U0330499

田东江 著

了无痕

报人读史札记五集

中山大学出版社
SUN YAT-SEN UNIVERSITY PRESS
·广州·

图书在版编目（CIP）数据

了无痕：报人读史札记五集 / 田东江著. —广州：中山大学出版社，2024.7

ISBN 978 - 7 - 306 - 08087 - 5

Ⅰ. ①了… Ⅱ. ①田… Ⅲ. ①杂文集—中国—当代 Ⅳ. ①I267.1

中国国家版本馆 CIP 数据核字（2024）第 087660 号

出 版 人：王天琪
责任编辑：裴大泉
封面设计：林绵华
责任校对：周明恩 孙碧涵
责任技编：靳晓虹
出版发行：中山大学出版社
电　　话：编辑部 020 - 84110283，84113349，84111997，84110779，
　　　　　84110776
　　　　　发行部 020 - 84111998，84111981，84111160
地　　址：广州市新港西路 135 号
邮　　编：510275　　　　传　　真：020 - 84036565
网　　址：http：//www.zsup.com.cn　E-mail：zdcbs@mail.sysu.edu.cn
印 刷 者：佛山市浩文彩色印刷有限公司
规　　格：880mm×1240mm　1/32　11.375 印张　296 千字
版次印次：2024 年 7 月第 1 版　　2024 年 7 月第 1 次印刷
定　　价：64.00 元

序

刘志伟

东江又要把一扎读史札记结集出版了。三四年前，他赐读《历史如此年轻》，展卷之间，如酌甘醴，浑身畅洽，不免击掌称妙。不意后来竟以作序为命，吾醉其文之醇郁，不自量力，慨然应允。未几读到他的书稿，心中暗暗称苦，自悔轻诺。缘东江览书之博，读史之通，阅世之敏，非吾能望其项背；其文练达平实，婉约藏锋，更可赏不可及。是故久久踌躇宕延，不敢落笔。近日获悉即将付梓，只待拙文，惶愧之下，更生失信误友之惧，唯有再览书稿，写下一点心得，望东江不以识短言拙见责。

我们在大学教历史，每年都会迎来自愿或不自愿地进入历史系的学生，与新生见面，总要面对一个永恒的问题——读历史有什么用？最简便的回答常常是引用培根那句话："读史使人明智。"这个说法，对学生来说，是否令他们信服，我从来也没有弄清楚，不过重复了千万次之后，对我们以史学为业的人来说，早成了一种信仰，很少认真去思考历史如何使人明智。

对于专业的史学研究者来说，这可能是一个不是问题的问题。人类的智慧，是由人们对世界的感知形成的。治史之人的使命，是把以不同的形式通过不同的媒介记录下来的历史记忆挖掘出来，加以整理和记录，构建一套关于过去的系统化事实，并在这个过程中，形成解释和理解这些经验事实的思考，由此养成知人论世的能力，大概就达到明智的目的了。在这个意义上，历史学与提升人类对自身社会的认识能力之间关系，是不言而喻的，无须深论。

但是，对于大多数非以治史为专业的人来说，读史，常常不是要去构建历史及其解释体系，而只是去阅读过去发生的旧事，很多时候只是从片断甚至是碎屑的历史阅读中寻找智慧。在这个意义上，读史如何使人明智，也许就可作一点辩说了。

在我个人的阅读史中，最早读到这一类征引史事评说时事的文字，是作为"文化大革命"导火索被批判的《三家村札记》和《燕山夜话》，虽然里面的杂文同东江的"读史札记"不同，但其中很多篇也是从史事引出话题，申衍见解的。借助古人处事与言说发挥意见，显然有助于增加文章论说的智慧和魅力，不过，初尝读书之味的我，在当时那位"理论权威"引导下，深信这是一种"最刻毒的借古讽今"，不免弃而鄙之。但不久，日诵"老三篇"，愚公移山"以古喻今"之训，却令我初识"历史"亦可是智慧之源。"借古讽今"谓之"刻毒"，"以古喻今"谓之"明智"，除了有政治立场之大是非之异外，是否还有学术伦理和道理之别呢？我一直困惑着！入了史学之门，吃了历史这碗饭之后，少年时的困惑，开始曾令我小心翼翼地回避这个读书治学之别径，结果却在教学和研究时有意无意地走到了相反的路径——"以今喻古"。于是时而萌出一点思考，究竟这个"喻"字，隐含着一种什么样的关系把古与今连接起来呢？

治史之人，用不同的历史资料互证，揭出或重建史实时，总是讲求史料本身必须有内在联系，或者时间相接，或者空间相连，或者因果相关，或者人缘相交。若将时空分隔，互不相干的史料拼砌起来，往往构成的是一幅虚妄的历史图像。然而，我们在识古知今，辨证思绎时，又总是要借助本来并无直接关联的故事，相互发凡，搜讨意义，阐发邃理。因此，古今相喻，虽然不是研究中考证史实的本体，却可以是研究中阐释文本的方法，是获得对史事的理解和诠释能力不可缺少的途径。陈寅恪先生以考古典今典笺释诗词证史的方法，之所以为学界所推崇，其理亦同。寅恪先生对此有极精辟之论，他在《读〈哀江南赋〉》一文中曰："兰成作赋，用古典以述今事。古事今情，虽不同物，若于异中求同，同中见异，融会异同，混合古今，别造一同异俱冥，今古合流之幻觉，斯实文章之绝诣，而作者之能事也。"（见《金明馆丛稿初编》）陈先生此论，道出了"喻"之真谛，至于古今情事何以合流，同异万物何以俱冥，此中之理，自可交给哲学家去回答。有一句源出圣经的西方谚语说"太阳底下无新事"，种种看起来新鲜的事情，其实过去都曾经以不同形式重复发生过。因此，面对缤纷世事，读史之人总可以处变不惊，见怪不怪，弃皮毛而入经络，去浅薄而转深邃。人们可以由捡拾旧事引出新见识，借评说历史明喻今世事，其间存在一种超越时空之理，此理所依，恐怕主要在人性天理之永恒。东江学人类学出身，又沉迷读史，对人性自然有深刻的了解，打通古今的本事也自然高人一筹了。

说到由人性相同而打通古今，本集中《避寒》篇便是一例。文章由今日路旁冻毙避寒人之惨剧，联想到古代权贵避寒故事种种，最后讲述朱珪的故事，以其拒受裘曰修赠貂裘时所说的"彼与某，皆人也"一语引出的议论收笔。朱珪是嘉庆皇帝曾赐挽诗表其"一世不贪钱"之人，在人间当属稀有物种。由此，我在这一句话读出的，不是"人生而自由平等"的原则，而是反照出权位在身之人利己害人之本性，人类历史上种种不平，岂是一句"社会不公"或"时代局限"所能掩饰。又《错认颜标》一篇，讲的是考试徇私故事，虽然考试徇私作弊，今日已是人神共愤，但古人徇私背后，却有不同心思。现今的作弊，这些心思恐怕已经不存，而科技手段，又绝了种种心思的路数，此中得失，恐非道德一尺可量。其实，东江这些札记，与其说是"以古喻今"，不若说大多是"以古晓今"。他多从今事落笔，再翻出古人故事，娓娓道来，并非要证明今事古已有之，而是从旧事中悟出理解今事的道理。几年前坊间为"方言"优劣存废众说纷纭，东江撰《土话》一篇，检出若干史实，即阐明了方言土话之地位与命运，胜过许多辩说。

我的一个同事，大学时读新闻传播学，也曾做过报人，后入史学之门。常听她说，新闻和历史是相通的，今日之历史，即旧日之新闻，而新闻一旦为人所闻，即已成为历史。虽然如此，现实生活中，报纸毕竟是"newspaper"，历史毕竟是"故纸"，不免常有井水河水之叹。不过，我的这位同事由学新闻而转入史门，多一点"入乎其内"之本事，故笔下说史总有生气；东江由读史籍而做报人，则多一点"出乎其外"的眼界，故纸上论世总有高致。东江的岗位角色，是"释今"，但他读书所好，是"考古"，由今事溯古典，用古典解今事，写了这么多读史札记，翻出旧事如许，引出话题无数。这一集用《了无痕》为题，盖仿释氏演空妙之微言，阐慈悲之奥义，读着他一篇一篇札记，我们又怎会真的相信"事如春梦了无痕"呢！东江毕竟是个报人，只要报人一直在言说，终归是"人似秋鸿来有信"的。

2015 年 4 月 5 日凌晨草于康乐园

目　录

龙

《壬辰年》特种邮票今天发行。

从 1980 年的《庚申年》开始，我国每年都发行生肖邮票，例牌在 1 月 5 日。首次发行很可能出于灵机一动，因为发行日期首先并非生肖"交替"之际，且从"猴"而非从"鼠"开始，也不合生肖排序。如今的"龙"发行到第三轮了，第一轮开路的那只"猴"，身价已成改革开放后中国邮票的一骑绝尘者：当年的 8 分面值现在竟逾万元；整版（64 枚）更传出拍到上百万元的惊人消息！究其原因，一方面发行量过低，还大量使用于通信，行使了邮票的正常功能；另一方面，黄永玉先生笔下的那只小猴从绘画到设计也着实可爱。而今年的这条"龙"，公布邮票图案时即引起舆论大哗，好多人不喜欢。那是一条正面对人的金龙，圆睁双眼，真正而非形象意义上的张牙舞爪。

龙，是传说中一种善于变化并能兴云雨、利万物的神异动物。十二生肖中，只有它并不是真实存在，但却是我们民族中最重要的文化符号。去今五六千年的红山文化就出土了大型玉龙，酷似英文字母 C：勾曲形，口闭吻长，鼻端前突，端面截平，并排两个鼻孔，颈有长毛，尾部尖收而上卷。专家考证，这是我国最早的龙的形象。在前人眼里，龙，"见则在田，跃则在渊，飞则在天"，不仅水陆两栖，而且还能飞翔，"无在而不宜者也"。

龙在后世几乎是皇帝的代名词。而在与皇家扯上关系或曰为其独霸之前，它应该很可爱，还能骑呢。据顾颉刚先生爬梳，《五帝德》托孔子语曰："颛顼……乘龙而至四海……惟其乘龙，故能遨游于四极也。"在讲到帝喾时也说到："春、夏乘龙，秋、冬乘马。"意味着龙与马有同等之效用，可以当作交通工具。《左传》干脆还说，以他们那个时间点来衡量的古时，国有豢龙氏、御龙氏，也就是养龙的和驾龙的。韩非《说难》亦有"夫龙之为虫也，可柔狎而骑也"说。《史记·封禅书》更保留了公孙卿讲的一个有趣故事：黄帝采首山之铜，铸鼎于荆山下，"鼎既成，有龙垂胡髯下迎黄帝"，结果不仅黄帝骑了上去，"群臣后宫从上者七十余人"，像搭火车一样都骑上了，"龙乃上去"。龙的身长究竟是有限的，那些没搭上的小臣，"乃悉持龙髯"；又因拽的人太多，导致"龙髯拔，堕"，龙胡子被揪断，人也掉下来了。后世美称人家的女婿为"乘龙快婿"，大抵正脱胎于骑龙。晋张方《楚国先贤传》云："孙儁字文英，与李元礼（膺）俱娶太尉桓焉女，时人谓桓叔元两女俱乘龙，言得婿如龙也。"

成语"叶公好龙"里的那条龙也非常可爱。它听说叶子高很喜欢它，"钩以写龙，凿以写龙，屋室雕文以写龙"，到处都画自己，像知道黄帝铸鼎的那条一样，特地跑来会粉丝。"窥头于牖，施尾于堂"，那副探头探脑的好奇样子委实不难想象。这条"真龙"大约与子高先生先前凭借想象所画的样子大相径庭，所以甫一见便"失其魂魄，五色无主"，怕极了。

《西游记》里跟袁守诚打赌的龙王，可能深知这一点，从水里钻出来后，"摇身一变，变作一个白衣秀士"，靓仔不说，还很儒雅，"丰姿英伟，耸壑昂霄。步履端祥，循规蹈矩。语言遵孔孟，礼貌体周文。身穿玉色罗蟠服，头戴逍遥一字巾"。这条龙虽贵为王，举止也颇类顽童,听说袁守诚算卦准,就去找人家的茬儿——"请卜天上阴晴事如何"。因为那是它的拿手戏,职司于此,以为可以打赢对方。袁守诚不含糊:"明日辰时布云,巳时发雷,午时下雨,未时雨足,共得水三尺三寸零四十八点。"它听完就笑了:"此言不可作戏。如是明日有雨,依你断的时辰数目,我送课金五十两奉谢。若无雨,或不按时辰数目,我与你实说,定要打坏你的门面,扯碎你的招牌,即时赶出长安,不许在此惑众!"钻回水里,众水族也笑了:"大王是八河都总管,司雨大龙神,有雨无雨,惟大王知之,他怎敢这等胡言?那卖卦的定是输了,定是输了!"然而,玉帝来旨,旨意正如袁守诚所云;再然而,"上有政策,下有对策",第二天它执行了命令不假,却是"挨到那巳时方布云,午时发雷,未时落雨,申时雨止,却只得三尺零四十点",也就是"改了他一个时辰,克了他三寸八点",然后去砸袁守诚的卦铺。不过,袁守诚又算出它"违了玉帝敕旨,改了时辰,克了点数,犯了天条。你在那剐龙台上,恐难免一刀",吓得它连忙"整衣伏礼"。

龙的形象是多面的,其"九子"长相各异,脾气和爱好也各异,有喜欢音乐的,有喜欢负重的,有睚眦必报的……代表了龙的多重性情取向。在辞旧迎新之际诞生的生肖邮票,真不妨让龙的样子展现其可爱的一面,过年嘛,关于龙的应时产品或商品说到底是助兴的产物。而《壬辰年》特种邮票上的龙,是蟠龙。蟠,屈也。蟠龙要凶一些,语云"龙蟠虎踞",说的就是地势雄伟险要,像盘着的龙,像蹲着的虎。这诚然是龙的形象的一面,但这个时候亮相,一个是与过年的氛围不大协调,再一个是"印证"了西方对龙的"充满霸气和攻击性的庞然大物"的"认知",无端予人以口实。所以,这枚邮票的设计即便说不上失败,肯定也说不上成功。

2012 年 1 月 5 日

断肠草

去年年底,阳春市发生了一起因吃猫肉火锅导致 3 人中毒、1 人身亡的案件,因为身亡者龙某某的广东省人大代表身份,引起了社会的广泛关注。此案告破后真相大白:投毒。而投毒者不是别人,正是食客之一、自己也中了毒的镇政府干部黄某。龙某某是亿万富翁,龙、黄两人之间曾经经济往来频繁,产生纠纷之后,黄无力偿还龙的欠款,遂产生杀人之念。黄某在火锅里投下的毒药,叫作"断肠草"。

断肠草是一种植物,这种叫法似局限于岭南地区,它还有别称。沈括《梦溪笔谈》云:"钩吻,《本草》一名野葛……根皮亦赤,闽人呼为吻莽,亦谓之野葛,岭南人谓之胡蔓,俗谓断肠草。"李时珍《本草纲目》云:"(钩吻)广人谓之胡蔓草,亦曰断肠草,入人畜腹内,即粘肠上,半日则黑烂,又名烂肠草。滇人谓之火把花,因其花红,而性热如火也。岳州谓之黄藤。"赵彦卫《云麓漫钞》溯至前朝:"老圃云:芙蓉花根三年不除,杀人。因忆古诗云:'昔为芙蓉花,今成断肠草。'则古人已曾言矣。"这里的古人,说的是李白,其《妾薄命》诗说道:"昔作芙蓉花,今为断肠草。以色事他人,能得几时好?"当然,李白这是在以此比兴,抒发别样的感慨。

断肠草的样子,《梦溪笔谈》有很细致的描述。沈括曾叫人

"完取一株观之",得知"其草蔓生,如葛;其藤色赤、节粗,似鹤膝;叶圆有尖,如杏叶,而光厚似柿叶,三叶为一枝,如绿豆之类,叶生节间,皆相对;花黄细,戢戢然,一如茴香花,生于节叶之间"。饶是描述细致,相信很多人看了之后仍然会一头雾水,倘若到山野中去鉴别,无从着手。而沈括之所以不惜笔墨,大抵是告诫他人须引起警觉,因为从来关于断肠草的功能如何,"注释者多端,或云可入药用,或云有大毒,食之杀人",他倾向于后者。沈括"尝到闽中,土人以野葛毒人及自杀,或误食者,但半叶许入口即死,以流水服之毒尤速,往往投杯已卒矣,经官司勘鞫者极多,灼然如此"。因此他认为:"此草人间至毒之物,不入药用,恐《本草》所出,别是一物,非此钩吻也"。同时,他更不相信这东西"主疗甚多"。

清朝学者王士禛在《池北偶谈》和《分甘馀话》里均谈到了断肠草,谈的也都是其毒性。《池北偶谈》里说,康熙庚申(1680)春,"有徽人方姓者,商于都门,与其徒八人合赀累千金往江南,次河间之南腰站,宿焉",八个人和骡夫一起吃饭,方商人"以斋素独后"。忽然一个人边吃边说:"断肠草,断肠草,断肠草。"连说了三遍。老方怪而问之:"君知食中有断肠草乎? 宜勿食。"那人尚能答应,但是看骡夫,"已如中恶状仆地矣"。此时,"方急呼,众人皆停箸,而身自走通衢,呼集居人,召医视之,曰中毒也。急解之,皆苏。而骡夫食独多,遂不救"。这跟阳春这单投毒案倒是类似,三人同吃,龙利源吃得较多才抢救无效。出了人命,商人们要告官,然"居人力浼(请托)之,仅以百金赂骡纲,其主人竟漏网",这应当是清代的一起用断肠草下毒的谋杀案了。老方后来告诉王士禛,那人说断肠草的时候,"听其语,随出诸口,初不自知也",好像有人在提醒一样。《分甘馀话》引的则是侍郎田雯巡抚贵州时的经历，"署中庭砌间有草，结实红如珊瑚可爱，熟时，有小鸟红色，羽毛甚丽，来食此草"。田雯问吏卒，人家告诉他："此断肠草也，鸟亦名断肠鸟，专以此草为食，皆有大毒。"看了这个显然不同于沈括描述的断肠草，没见过的人可能更糊涂了。

由"断肠鸟"想到"断肠猿"。《世说新语》云："桓公入蜀，至三峡中，部伍中有得猿子者，其母缘岸哀号，行百余里不去，遂跳上船，至便即绝，破视其腹中，肠皆寸寸断。公闻之，怒，令黜其人。"虽然那是言之凿凿的真"断"，我们也知道属于文学作品的夸张。断肠草也是这样，专业人士说并非真的断肠，而是其毒素会抑制受害者的神经中枢，令中毒者四肢无力，上吐下泻，腹疼难忍，然意识始终清醒。报道说，龙利源由于中毒后不能说出话来，用手一直指着黄光，大约可印证此类描述。

由"断肠猿"难免又会想到元曲里的名句"夕阳西下，断肠人在天涯"。断肠人，极度思念或悲痛的人。南朝梁任昉《述异记》云："昔战国时，魏国苦秦之难，有民从征，戍秦久不返。妻思而卒。既葬，冢上生木，枝叶皆向夫所在而倾，因谓之相思木。今秦赵间有相思草，状若石竹而节节相续。一名断肠草，又名愁妇草，亦名媚草，人呼为寡妇莎，盖相思之流也。"人既如此，属于人类近亲的猿同样如此实乃顺理成章。或者，正是因为刘义庆笔下的这个"断肠猿"，才催生了后世的"断肠人"吧？

报道还说，断肠草在阳春漫山遍野都可以找到，而其用于投毒尚是首次。但这个首次极其可怕，难免像新发现的食品不安全品种一样，至少在一段时期内要让人惴惴不安了。

2012 年 1 月 8 日

兆头

1月13日晚,意大利"科斯塔康科迪亚"号邮轮在其西部吉利奥岛附近海域搁浅。截至本人落笔,已造成6人死亡,29人失踪。路透社报道说,悲剧发生前,该邮轮曾显现一些"不祥之兆":2005年2月下水仪式,敲砸船艏的香槟酒瓶没有破碎;2008年11月,即将驶入港口时遭遇暴风雨,撞上码头;搁浅当天,恰逢星期五和13日,是西方人忌讳的"黑色星期五"……

兆,即预示,事物发生前的征候或迹象,如"左眼跳财右眼跳灾"之类。《红楼梦》第七十七回"俏丫鬟抱屈夭风流,美优伶斩情归水月"中,因为"生的太好了,未免轻狂些"的晴雯,被王夫人赶出大观园,宝玉就说:"我不是妄口咒人,今年春天已有兆头的。"袭人询其详,宝玉道:"这阶下好好的一株海棠花竟无故死了半边,我就知道有坏事,果然应在他身上。"在宝玉看来,"不但草木,凡天下有情有理的东西,也和人一样,得了知己,便极有灵验的"。他引申发挥道:"就像孔子庙前桧树,坟前的蓍草;诸葛祠前的柏树,岳武穆坟前的松树;这都是堂堂正大之气,千古不磨之物。世乱,他就枯干了;世治,他就茂盛了。"曹雪芹这段描写,可以视为前人释兆的"原理"。便是今天,在某些大人物身上,仍有人对兆头言之凿凿。

《水浒传》里，晁盖去打曾头市，宋江在山下金沙滩践行，"饮酒之间，忽起一阵狂风，把晁盖新制的认军旗半腰吹折。众人见了，尽皆失色"。为什么呢？吴用说了："此乃不祥之兆，兄长改日出军。"因为"风折认旗"，预示主将不利，而晁盖在此次作战中也果然为史文恭射死。金圣叹点评说："此非谓史文恭之箭，乃真出于宋江之手也。"这又是为什么呢？因为宋江平常把"哥哥是山寨之主，不可轻动"挂在嘴边，"打祝家庄则劝，打高唐则劝，打青州则劝，打华州则劝"，而"独至于打曾头市，宋江默未尝发一言"。所以老金认为："夫今日之晁盖之死，即诚非宋江所料，然而宋江之以晁盖之死为利，则固非一日之心矣。"而这种约定俗成的兆头观并非秘密，宋江既然知道，晁盖也应知道，晁盖可能以为对别人这样，到了他那里可以例外才执意成行吧。

文学作品是现实的折射，生活中笃信于兆的实例自然更多。唐玄宗时"宫中嫔妃辈施素粉于两颊，相号为'泪妆'"，有人就说不祥，后"果"有安禄山之乱。明朝正统年间，京师流行唱小寡妇上坟曲，后"果"有土木之变。《齐东野语》里有个叫耿听声的，"兼能嗅衣物以知吉凶贵贱"。以"兼"字似可推知"听声"乃耿氏技能代称而非本名，亦即老耿不仅耳朵了得而且鼻子也了得。《萍洲可谈》说到一种航海家，"识地理，夜则观星，昼则观日，阴晦观指南针"，有人认为这是中国航海使用指南针的最早记载。航海家还能"以十丈绳钩，取海底泥嗅之，便知所至"。但是显然，此嗅建立在见多识广的经验基础上，耿听声则不然，但闻而已。有人收集了宫里的一百多把扇子，他能嗅出哪个是皇后的，哪个是皇帝的；"又取珠冠十数示之"，他能嗅出其中一个"有尸气"，而那正是刚死掉的张贵妃的。至于他"听声"的本领，是从夏震的声音中"知其必贵，遂以其女妻其子，子复娶其女"，攀上了亲家。老耿的听与嗅，实质上就是掌握了其人之兆，不但能预卜而且能溯往就是。

成语"一语成谶"的"谶"，亦有兆的意味。两汉时有谶纬之学，迷信成分与自然科学知识良莠并存。隋炀帝"发使四出，搜天下书籍与谶纬相涉者，皆焚之，为吏所纠者至死"，对谶纬进行过毁灭性的打击。但没过多少年，李淳风等还是鼓捣出了《推背图》，今日仍然有人笃信，以为《推背图》推算出了其后的中国走向，甚至预言了抗战之后20年发生的"文化大革命"。《新唐书·方技传》载，太宗收到秘谶，言"唐中弱，有女武代王"，这是说武周代唐早有预兆。太宗问该怎么办，淳风曰："其兆既成，已在宫中。又四十年而王，王而夷唐子孙且尽。"太宗欲"求而杀之"，对曰："天之所命，不可去也，而王者果不死，徒使疑似之戮淫及无辜。且陛下所亲爱，四十年而老，老则仁，虽受终易姓，而不能绝唐。若杀之，复生壮者，多杀而逞，则陛下子孙无遗种矣！"这就把谶纬更加神秘化、绝对化了，即便知道"结果"，也没有办法改变。有人说这是十大已被验证的预言之一，后人就结果来说话，自然没有不"验"的道理，就如安禄山之乱、土木之变一样。

民谚中还有一种兆，如"瑞雪兆丰年"，则像那个嗅泥的航海家，建立在相应的科学道理之上。大雪就像给天地盖上了棉被，地里热量不易散发，从而保护越冬作物不会冻坏；而雪水融化渗透到泥土里，也会将大部分越冬虫卵冻死，使明年的害虫相对减少。邮轮"必然"沉没之类的"兆"，作为巧合的谈资可也，信以为真，就与扯淡为伍了。尤其政事，如唐朝虞世南所说："若德义不修，虽获麟凤，终是无补，但政事无阙，虽有灾星，未足为忧。"

2012年1月18日

异象

　　某个外国通讯社报道说，他们的领导人去年底逝世后，该国境内发生了一系列"神奇的自然现象"：发布"民族大国丧"噩耗的第二天下午，有个工人区上空出现了七色玲珑的彩虹，而这一天既没有下雨，也没有雪花飘落；在另一个地方，人们发现一只鸟一动不动地站在树枝上，原来早已冻僵，鸟站的地方距离领导人视察该地时与讲解员合影的地方只有几米远；还有个矿山的矿工们则发现，一只母熊和两只小熊走出山林，在领导人来往过的道路上长时间悲伤地哭叫，而熊在冬天里应该是在洞穴或空心枯树里冬眠的……目睹这一景况的该国百姓深有感触："看来兽类也为天降伟人的逝世感到悲伤。"

　　这些说法在我们都不陌生，古籍中极其常见，所谓异象。不少后世响当当的大人物，在其未达之际，每每有诸多不可理喻的奇异现象伴随着他。元杂剧《贤达妇龙门隐秀》中，富家女柳迎春看到给自家打工的薛仁贵晚上睡在草铺上，"身上十分单寒"，就脱下自己的红棉袄给他盖上了。何有此举？因为她定睛一看才是薛仁贵，乍看时那里"卧着一个白额虎"，以此异象知仁贵"久后必然发达"。在"事发"之前，异象实际上也是一种"兆"；不大一样的是，同样属于牵强附会的解释，兆头显现出来的迹象，"这个可以有",如风折认旗什么的;而异象的标志,"这个真没有"。以昭示动乱来说,《开元天宝遗事》云,天宝时"武库中刀枪自鸣",后来乃有安禄山之乱。"刀枪自鸣",神经正常的人会相信吗?还有,开元元年(713),"内中因雨过地润微裂,至夜有光",挖那块地方,"得宝玉一片如拍板样,上有古篆'天下太平'字"。扯不扯?

　　按照史书的说法,大人物出生之际也每呈异象。司马迁《史记》就言之凿凿地说,刘邦的母亲刘氏,"尝息大泽之陂,梦与神遇。是时雷电晦冥,父太公往视,则见交龙于上。已而有娠,遂产高祖"。也许因为是龙种的缘故吧,后来项羽要烹刘邦的父亲,刘邦一点儿也不在乎,说那就分给我一杯羹尝尝。钱锺书先生就此调侃说,汉高既号"龙种",即非太公之子,"宜于阿翁无骨肉情"。《北齐书》更有趣,娄太后"凡孕六男二女,皆感梦",怀孕时就知道了胎儿命运。六个儿子,三个即位当皇帝,三个称王,两个女儿皆为东魏皇后,且看异象如何昭示。怀着被追谥为世宗文襄皇帝的高澄时,"梦一断龙"。本来北齐该是从高澄这里开始计算的,他是东魏孝静帝元善见的大臣,人家是皇帝,自称朕就很正常,但有一回,他气得暴跳如雷:"朕!朕!狗脚朕!"还不解气,叫手下人上去"殴之三拳"。梦到"断龙",自然没有当皇帝的命了,高澄"遇盗而殂",年仅 29 岁。怀着开国皇帝高洋时,这回好了,"梦大龙,首尾属天地,张口动目,势状惊人"。怀着高演、高湛这两个只能靠接班当上皇帝的儿子时,一个"梦蟠龙于地",另一个"梦龙浴于海";怀两个女儿时,则"并梦月入怀";而怀襄城、博陵二王时,则"梦鼠入衣下"。抛开皇家,北宋文学家杨亿也是这样,出生时"有毛被体,长尺余,经月乃落",同样"先见"了日后的不同寻常。

　　在前人眼里,异象不仅与人的命运,而且与政治亦密切相关。《后汉书·五行志》汇集了诸多当年的水患,那些阐释都极有意思。如和帝永元元年（89），"郡国九大水，伤稼"。为什么呢？"是时和帝幼，窦太后摄政，其兄窦宪干事"。十二年（100），"颍川大水，伤稼"，这回是"和帝幸邓贵人，阴有欲废阴后之意，阴后亦怀恚怨"。殇帝延平元年（106），"郡国三十七大水，伤稼"，这回是"殇帝在襁褓，邓太后专政"。质帝本初元年（146），"海水溢乐安、北海，溺杀人物。是时帝幼，梁太后专政"。董仲舒说："水者，阴气盛也。"但对这些关于妇人干政的指摘，我们可以理解为他们对异象的笃信不疑，却也不妨理解为对异象阐释的借题发挥。明朝林子羽有一篇《义象行》："有象有象来天都，大江欲渡心趑趄。诱之既渡献天子，拜跪不与众象俱。象奴劝之拜，怒鼻触象奴。赐酒不肯饮。哺之亦不铺。屹然十日受饥渴，俛首垂泪愤且吁。"读到这里，谁会认为义象之举仅仅属于异象？果然，后面又说了："嗟尔食禄人，不若饭豆箕。象何洁，尔何污！"笔锋直指尸位素餐的"食禄人"，以及寡廉鲜耻的贪官污吏。

关于异象的那些事在古籍中实在车载斗量，原以为它们只是在故纸堆中酣睡，翻一翻把鼻子呛到才会发现，不意现实中仍然每每"发生"，尤其是关于当代大人物的异象昭示，神乎其神，传播者也莫不言之凿凿。别国的事情不好评价，只有说眼界还可以开到国外吧。

2012 年 1 月 20 日

代笔

年初,网友"麦田"的一篇博文《人造韩寒:一场关于"公民"的闹剧》,直指韩寒的成名完全是"人造"包装炒作而成,博文也由别人代笔。韩寒旋即声明:"如果任何人可以证明自己为我代笔写文章,哪怕只代笔过一行字,任何媒体曾经收到过属于'韩寒团队'或者来自本人的新闻稿要求刊登宣传,均奖励人民币两千万元。"此事不知与演艺界的范冰冰女士有什么干系,她额外再悬赏两千万元。随着打假名人方舟子的介入,质疑"升级",演变成了"方韩大战",韩寒声称要去起诉,方舟子则"不把它当回事"……一来二去,眼花缭乱。

从前便有代笔,这一点确凿无疑。科举时代冒名顶替进入考场,就属于代笔,当然严格地说叫枪手或枪替。代考试即代写文章,当然只是代笔的一个"分支",它还包括代作字画、代人做事,雅称叫"捉刀"。说到这儿把曹操又牵连进来了,令其躺着也中枪。《世说新语》云:曹操将会见匈奴使者,"自以为形陋,不足雄远国;使崔琰代,帝自捉刀立床头"。仪式过后,令间谍问曰:"魏王(即操)何如?"匈奴使答曰:"魏王雅望非常;然床头捉刀人,此乃英雄也。"曹操听了,"追杀此使"。给人看穿之故?捉刀,起初等于警卫。《资治通鉴·齐武帝永明二年》载:"旧制:诸王在都,唯得置捉刀左右四十人。"胡三省注曰："捉刀，执刀以卫左右者也。"李渔《闲情偶寄》谈及女子习技，表示自己并不反对，但以为"分内事"不能不顾，不能"不屑女红，鄙织纴为贱役，视针线为仇雠，甚至三寸弓鞋不屑自制，亦倩老姬贫女为捉刀人者"，苟如此，"失造物生人之初意"。瞧，"捉刀"在那里也能派上用场。

比较而言，代笔类的捉刀更为常见。《清稗类钞》云，刘墉刘罗锅"书楹联常用紫毫笔，尤好用蜡笺、高丽笺"。其书法造诣极高，与翁方纲、梁同书、王文治一道，被称为乾隆"四大书家"，"论者譬之以黄钟、大吕之音，清庙、明堂之器，推为一代书家之冠。盖以其融会历代诸大家书法而自成一家"。然而，刘墉"有三姬，皆能代之，可乱真，外人不能辨"。时人甚至见过刘墉"与三姬人论书家信，指陈笔法甚悉"，可见这是相互"切磋"的结果。不过，研究刘墉墨迹的人士早就发现，刘墉晚年"但署名'石庵'二字，及用'长脚石庵'印者，皆代笔"。清朝另一个大家耳熟能详的名人郑板桥，"工画兰竹，字亦有别趣"，他倒是没有姬人代笔，但他为潍县令时，"潍有木工某能效其书画，佳者几乱真。今人家所藏，赝者十九"，这是所谓"被代"了。

对于代笔与否，从来都是有承认的，有不承认的。清徐述夔话本小说《八洞天》有个情节，讲的是宋仁宗时的事。鲁惠有天正在衙斋闷坐，团练使昌期来说："近日侬智高已败死，其部将以众投降，寇氛已平。昨狄安抚行文来，要我去议什军情事，又要我作平贼露布一篇。我想这篇大文，非比泛常，敢烦足下以雄快之笔，代为挥洒！"鲁惠道："弱笔岂堪捉刀，还须先生自作。"昌期道："必欲相求，幸勿吝教！"鲁惠于是"磨墨展纸，笔不停挥，顷刻草成露布一篇"。昌期大喜称谢，遂"亲自录出"。上司看罢，大赞道："团练雄才，比前更胜十倍！"但昌期老老实实地说："不敢相瞒，此实非卑职所作,乃一书生代笔。"这是肯承认的。乾隆皇帝属于不肯承认的一类。

天嘏《满清外史》云:"长洲诗人沈归愚(德潜),为叶横山入室弟子,微时即名满大江南北。弘历闻而慕之,乃以庶常召试。不数年,遂跻八座,礼遇之隆,一时无两。尝告归,弘历以所著诗十二本,令其为之改订,颇多删削。迨归愚疾殁,弘历命搜其遗诗读之,则己平时所乞捉刀者咸录焉,心窃恶之。"这是说,沈德潜不愿埋没自己,把奉命代笔的那些旧账,重新算回了自己头上。当然,这样做是要付出代价的,死了也不要紧,可以掘你的坟。《清史稿·沈德潜列传》载:"(乾隆)四十三年(1778),东台县民讦举人徐述夔《一柱楼集》有悖逆语,上览集前有德潜所为传,称其品行文章皆可为法,上不怿。下大学士九卿议,夺德潜赠官,罢祠削谥,仆其墓碑。"

去年看过一部法国电影《另一个大仲马》,讲著名作家大仲马的助手十余年来如何为之代笔,生产出包括《三个火枪手》和《基度山伯爵》在内的名著。影片根据真实故事改编,可见代笔在国外也不例外。清梁绍壬总结过:"古书名家,皆有代笔:苏子瞻(轼)代笔,丹阳人高述;赵松雪(孟頫)代笔,京口人郭天锡;董华亭(其昌)代笔,门下士吴楚侯。"名人出现代笔,真不是什么了不得的事情。宋人袁燮说:"场屋代笔之罚,先朝之所甚严,罪至鞭背,终身不齿。"那指的是科举考场上,违法犯罪了,舍此之外,人们想弄清代笔与否,倒不是一定要不齿什么。而无论是谁,究竟代或被代了没有,不劳官司,早晚也会弄清楚吧。

2012 年 1 月 31 日

立春

昨天是立春，"春雨惊春清谷天"，二十四节气中之首。《史记·天官书》载："正月旦，王者岁首；立春日，四时之始也。"司马贞注释，这是说"立春日是去年四时之终卒，今年之始也"。按照这个观点，从前计量新的一年，不从正月初一，而从立春算起。也是从这天起，"流水初销冻，潜鱼欲振鳞"。（冷朝阳《立春》）

当下大讲传统文化，对立春这样的古人非常重视的节气，自然是个弘扬的机会。果然，随便浏览一下也看到好几则：北京建国门街道举办立春日鞭春牛和"咬春"活动，由打扮得漂亮喜庆的小牛童和春姑娘一起挥鞭打牛祈福，然后小牛童将牛肚子里装着六种杂米的袋子掏出，分发给居民，寓意丰收和谐；北京还有家春饼店，因购买的人太多而"惊动"了警察来维持秩序；山西省运城市新绛县举办一年一度的万名农民进城，踩街闹社火闹新春迎立春传统民俗大巡游等。"鞭牛县门外，争土盖春蚕"。（元稹《生春》）"小儿著鞭鞭土牛，学翁打春先打头"。（杨万里《观小儿戏打春牛》）立春中的一个重要风俗图像就是鞭打春牛，有人考证起源于先秦，因为春来了，大家都开始耕作了，只有老牛还在酣睡，要把它打起来。不过，结合牛的良善秉性及国人对之赞赏有加的一贯情结，横竖都让人怀疑这传说的可靠性。传说也考虑到了这一点，说不打真的牛，而以泥制的土牛来象征。今天建国门街道则是塑钢牛，所以牛肚子里才能装东西，以五谷流出来祈求丰收。在历法知识无从普及的古代社会，鞭打春牛意味着一年农事的肇始。这个民俗自周代起即正式列为国家典礼，撷取几个片段，足见这个传统两千年来的一以贯之。

《后汉书·礼仪志》载："立春之日，夜漏未尽五刻，京师百官皆衣青衣，郡国县道官下至斗食令史皆服青帻，立青幡，施土牛耕人于门外，以示兆民，至立夏。唯武官不。"在这一天，还要下宽大书，曰："制诏三公：方春东作，敬始慎微，动作从之。罪非殊死，且勿案验，皆须麦秋。退贪残，进柔良，下当用者，如故事。"俗语"一年之计在于春"的"春"，应该指的就是立春吧。

孟元老《东京梦华录》记录的是宋朝时的盛况。立春前一天，"开封府进春牛于禁中鞭春。开封、祥符两县，置春牛于府前。至日绝早，府僚打春，如方州仪。府前左右百姓卖小春牛，往往花装栏坐，上列百戏人物，春幡雪柳，各相献遗"。到立春那一天，"自郎官、御史、寺监、长贰以上皆赐春幡胜，以罗为之；宰执、亲王、近臣皆赐金银幡胜。入贺讫，戴归私第"。伊永文先生比对陈元靓《岁时广记》后发现，后者讲得更清楚些："立春之日，凡在外州郡公库造小春牛，分送诸厅。立春之节，开封府前左右百姓卖小春牛，大者如猫许，清涂板而立牛其上，又或加以泥，为乐工、雪柳等物，其市在府南门外，近西至御街，贵家多驾安车就看，买去相赠送。"这里的小春牛，显然成了吉祥物的一种。邓之诚先生从《岁时广记》中也爬梳出诸多立春民俗，"立春前一日，大内出春盘并酒以赐近臣，盘中生菜染萝卜为之装饰，置食中"，还要"烹豚、白熟饼、大环饼，比人家散子其大十倍。民间亦以春盘相馈，有园者园吏献花盘"。与此同时，京师贵家还要做面茧，"以肉或素馅，其实厚皮馒头馂馅也",这种应节食品在人日时也做,叫作探官茧;立春时再做,则叫探春茧,馅里"置纸签,或削作木书官品,人自探取以卜异时官品高下"。这种探官纸街市前期有卖,"言多鄙俚,或选取古今名人警策句可以占前程者,然亦但举其吉祥之词耳"。欧阳修诗云"来时擘茧正探官",说的就是人们把探官茧剥开,看自己"运程"如何的情景。当然,这只是纯粹的民间娱乐。

顾禄《清嘉录》讲的则是清代苏州风土人情。也是讲立春前一天,"郡守率僚属迎春娄门外柳仙堂,鸣驺清路,盛设羽仪,前列社伙,殿以春牛"。届时无论男女,大家争相用手去摸春牛,盖谚曰"摸摸春牛脚,赚钱赚得著"。其中的社伙,由"附郭县官都委坊甲装扮",造型有观音朝山、昭君出塞、学士登瀛、张仙打弹、西施采莲等。立春日,太守"鞭牛碎之",农民也"竞以麻、麦、米、豆抛打春牛",这叫"打春";"士庶交相庆贺",谓之"拜春"。与此同时,"里胥以春毬相馈贻,预兆丰稔;百姓买芒神、春牛亭子置堂中,云宜田事"。

"愿得长绳系去日,光临天子万年春。"唐阎朝隐句,因是《奉和立春游苑迎春应制》,免不了要拍拍皇帝的马屁。"兹日何所喜,所喜物向荣。灿缕作翠柳,意先新阳生。涂金镂为胜,义不首时轻。增年已叹老,斗酒聊自倾。"因是自家抒怀,梅尧臣乃感叹时光飞逝。立春在从前是那样的热闹,其民俗活动无疑具备农业经济社会的典型特征。虽然自新世纪以来,中央先后发了九个关于农业的"一号文件",但在追求 GDP 的大势所趋之下,农业的颓势似乎没有多少好转的迹象。在这样的背景下倘要振兴立春,恐怕比其他的传统节日要困难得多。

2012 年 2 月 5 日

拼爹

　　拼爹，是当下的一个热词，全称应该是"比拼老爹"吧。比拼老爹什么呢？老爹的能量。就是说，当今青年在上学、找工作、买房子等方面，凭借的往往不单纯是自身的能力，还有父母能量的大小。我读中学时，有"学好数理化，走遍天下都不怕"的说法，后来换成了"学好数理化，不如有个好爸爸"。30多年过去，当年的"不如有个好爸爸"卷土重来，或者从未退去也说不定，总之表述更加简洁了。犹如孙中山先生所说："至若三民主义、五权宪法，为立国之根本，中人以上能言之，大多数中下级民众，尚难尽解，不若'排满'口号，更易唤起群众。"网友还仿照祖先动辄"四大"——如发明、名著或才子——的做法，选出了当下的"四大名爹"，但凡关注现实的人都知道，这几个名爹的背后，关联着街谈巷议于一时乃至引起社会公愤的热点新闻事件。

　　在我们的封建时代，当官的爹荫庇子孙乃是正常不过的事情。《水浒传》里面，"一刀一枪，博个封妻荫子"的话屡屡能听到，如武松、杨志他们，虽然出身不同，拥有的此种理想却一般无二。封妻，弄个诰命夫人之类；荫子，有"文官一品至七品，皆得荫一子以世其禄"的明确规定。但那些掌握大小权力的人，不会仅仅满足于此，但有可能，千方百计地为没被荫到的那些"子"谋取非法利益。

《明史·魏允贞传》载，魏允贞"陈时弊四事"，其中一事为张居正的三个儿子"连登制科，流弊迄今未已"。制科，即国家临时设置的考试科目，旨在选拔各种特殊人才。张居正从这里找到了空子，来了个"私其子"。这个头一带坏，"他辅臣吕调阳子兴周，张四维子泰徵、甲徵，申时行子用懋，皆相继得举"。吕调阳，曾任国子监祭酒，官至礼部尚书。张四维，张居正死后代之为内阁首辅，《明史》其本传中明确指出："子泰徵、甲徵皆四维柄政时举进士。泰徵累官湖广参政，甲徵工部郎中。"申时行，张四维忧归，代之为首辅。那么，这几个能量不小的爹，把本该的择才录用变成了自家的近水楼台。魏允贞拿张居正开刀，实际上是在敲山震虎。因此他谏言："请自今辅臣子弟中式，俟致政之后始许廷对，庶幸门稍杜。"老爹还在台上的，儿子不准参加廷试。

但魏允贞的上疏，也恰如捅了马蜂窝。其时张四维的两个儿子正准备廷对，张四维就生气了："臣待罪政府，无所不当闻。今因前人行私，而欲臣不预闻吏、兵二部事，非制也。"他觉得张居正谋私，但自己是干净的，于是"为子白诬，且乞骸骨"，假装要撂挑子。同样坐不住的还有申时行，"亦疏辨"。重臣纷纷发脾气，万历皇帝害怕了，"责允贞言过当"，贬为许州判官。户部员外郎李三才因为"奏允贞言是，并贬秩调外"。但"允贞虽谪，然自是辅臣居位，其子无复登第者"，也算是贬得其所。此前的另一重臣焦芳也是这样，他儿子焦黄中"傲很不学"，廷试却"必欲得第一"。前文有述，此不赘言。儿子放出话来在于清楚爹的能量，有与他爹一拼的底气。

元无名氏有杂剧《寿亭侯怒斩关平》，讲的是关羽之子关平奉命收捕贼将，得胜而归的路上，坐骑不慎踏死老农王荣的独子；王荣到元帅府告状，关羽大怒，欲斩关平。王季烈评此剧云："事无所本，曲文率直，无俊语。当是伶工笔墨。"正因为是伶工笔墨，我们从这件寻常的"交通事故"中，不难看到法律与"拼爹"的较量。故事主要在第二折，关平得胜归来，因为急于报喜，"催勒这马者"，结果超速，"荡倒了个小的"，把王荣的儿子踩死了；偏偏他又肇事逃逸，"我行动些，走走走"。王荣来告状，官人起初尚给老人还礼，搞得令史大惑不解，官人还训斥他："你放屁。他是告状的，都是咱衣食父母。"等到听说告的是关平，令史先吓了一跳："这个颟老子，你别告一个，我也好替你整理也；你告着关平，谁敢拿他去？"颟，前文说了，詈词也。官人更退避三舍："休道是踏死你的孩儿，便踹死我的老子，我也不敢近他。"再看关平又是如何看待自己肇事的，"父亲，不干您孩儿事，是那马奔劣，您孩儿因报喜信，荡倒他来。"何其轻描淡写！好在剧目从褒扬关羽出发，使之没有徇私枉法。

《玉光剑气集》云，王阳明平宁王宸濠归，王父很高兴，但他对儿子说，你不如我啊。阳明坦承，是啊，儿子未作状元。阳明的父亲王华，是成化十七年（1481）状元。但王父并不是这个意思，而是"我有汝为儿，汝不如我"。所以，一定要"拼爹"的话，王华这种"拼"才值得推崇。在任何时代，在社会公平面前，如果凡事能够靠拼爹取胜，则无疑"冒犯"了公平。"吾疾贫富不均，今为汝均之"，北宋青城县民王小波一句口号就可以"聚徒为寇，杀眉州彭山县令齐元振"。而倘若是在公平的前提下导致贫富不均，王小波的话绝不会有那么大的煽动性。

2012 年 2 月 10 日

××体

去年开始的吧,至少是去年"登峰造极"的,网络上涌现了许多"××体",比如"凡客体""淘宝体""丹丹体""私奔体""咆哮体"等,更迭之快,到了目不暇接的程度。所谓"××体",就是不知什么人对某个人说的某段话发生了兴趣,觉得结构或文字或语气有点儿新鲜,于是大家都仿照那种结构或语气进行造句。举"凡客体"为例,以"爱……,不爱……,是……,不是……,我是……"为基本叙述方式,一时间,各种人物,无论名流或非名流,主动的或被动的,正经的或恶搞的,"爱不爱""是不是"便漫天飞舞了。

从前也有"××体",南朝就有好几个。齐武帝永明时期有"永明体",以沈约、谢朓为代表,永明是齐武帝的年号。这种诗体强调声韵格律,"平头、上尾、蜂腰、鹤膝"什么的必须避免。所谓"平头",就是诗句的第一、第二字不得与第六、第七字同声,如"今日良宴会,欢乐难具陈"(《古诗十九首》之四)中,"今""欢"都是平声,乐府可以,永明体就不行。"上尾"呢,是说第五字不得与第十字同声,如"青青河畔草,郁郁园中柳"(《古诗十九首》之二),按"永明体"要求,也坏了,因为"草"和"柳"都是上声。业界认为,"永明体"一改比较自由的古体诗文风,是五言诗走向格律严整的近体诗之间的过渡阶段,当然亦有认为此体走上了形式主义的歧途。沈约和谢朓都是成就非凡的人物,"沈诗任笔"中的"沈"就是沈约,二十四史中的《宋书》亦其所作。谢朓则山水诗成就极高,李白有"蓬莱文章建安骨,中间小谢又清发"(谢朓与谢灵运同族,乃称小谢),杜甫有"谢朓每诗堪讽诵,冯唐已老听吹嘘",两位大文豪都对他赞赏有加。

梁有"徐庾体"和"吴均体",均以代表人物来命名,命名方式类似今天的"梨花体",网友戏称诗人赵丽华的某些诗为"口水诗",乃谐其名音。"徐庾体",即徐摛、徐陵父子和庾肩吾、庾信父子的诗风和文风。《周书·庾信传》载:"肩吾为梁太子中庶子,掌管记。东海徐摛为左卫率,摛子陵及信并为抄撰学士。父子在东宫,出入禁闼,恩礼莫与比隆。既有盛才,文并绮艳,故世号为徐庾体焉。"从"当时后进,竞相模范,每有一文,京都莫不传诵"中不难推断,此体风靡一时。另,《南史·吴均传》载:"沈约尝见均文,颇相称赏。"梁武帝萧衍时,柳恽召之补主簿,每天大家赋诗作乐,"均文体清拔,有古气,好事者或学之,谓为'吴均体'"。

"××体"当然不限于南朝,晚唐最具影响力的诗人之一许浑,创有"丁卯体",全诗基本依照近体诗的平仄格律,只将领联的出句和对句这两句的第五字平仄互换。许浑晚年居丁卯桥,文集干脆也叫《丁卯集》。往前溯,屈原《天问》问世之后,就有了"天问体",其特点在于"问",全篇共 374 句,尽管以四言为主,兼有三言、五言、六言、七言,偶有八言,然殊途同归的是,自始至终以问句构成,一口气提出 170 多个问题,涉及天地生成、历史兴衰、神仙鬼怪等。比如"遂古之初,谁传道之?上下未形,何由考之?冥昭瞢暗,谁能极之?冯翼惟像,何以识之?"是关于天地生成的;"周幽谁诛,焉得夫褒姒?天命反侧,何罚何佑?齐桓九会,卒然身杀。彼王纣之躬，孰使乱惑？何恶辅弼，谗谄是服？"是关于历史兴衰的。

一"问"到底的"天问体"，对后世影响深远，钱锺书先生《管锥编》集纳了不少。如皇甫冉《问李二司直》："门前流水何处？天边树绕谁家？山绝东西多少？朝朝几度云遮？"王安石《勘会贺兰山主》："贺兰山上几株松？南北东西共几峰？买得住来今几日？寻常谁与坐从容？"至于篇什中的"贯穿问语"就更多了。白居易《梦刘二十八，因诗问之》："但问寝与食，近日复何如？病后能吟否？春来曾醉无？楼台与风景，汝又何如苏？"杜牧《杜秋娘》："地尽有何物？天外复何之？指何为而捉？足何为而驰？耳何为而听？目何为而窥？己身不自晓，此外何思惟？"甚至词也是这样，如钱先生"私喜"之朱彝尊《柳梢青》："遵海南耶？我行山路，朝傛非耶？遥望秦台，东观日出，即此山耶？崖光一线云耶？青未了，松耶柏耶？独鸟来时，连峰断处，双髻人耶？"

同样是出于模拟，昔日的"××体"是文学创作中的开路先锋，因之成为文学发展阶段的种种标志；今天的"××体"则纯粹属于大众娱乐的一种文字游戏，虽有方兴未艾之势，但注定昙花一现。这几年还能为大家玩儿得兴高采烈，将来可能就像咸亨酒店的老板年关将近时才想起"孔乙己还欠十九个钱"一样，讲到热衷于模仿、跟风时才想起：哦，那个时候还有一堆"××体"呢。

2012 年 2 月 18 日

围棋

2月15日，第16届LG杯世界棋王赛决赛第2局在韩国战罢，1991年出生的中国棋手江维杰五段再下一城，执白击败韩国棋手李昌镐九段，以2比0的比分夺得本届LG杯冠军。这是江维杰首次夺得个人世界大赛冠军，也是中国90后年轻棋手首次称雄世界赛场。中国围棋这两年的好消息很多，世界大赛上的成绩无疑是最好证明。

围棋有好多别名。《世说新语》云："王中郎以围棋是坐隐，支公以围棋为手谈。"这里就有坐隐、手谈两个，此外还有忘忧、烂柯什么的。其中，以"手谈"的声名最响。《浪迹三谈》引《群仙传》云："王积薪夜宿村店，闻隔壁围棋，及明视之，则无棋局，问之，乃手谈也。"实际上就是下盲棋。北齐颜之推《颜氏家训》云："围棋有手谈、坐隐之目，颇为雅戏，但令人耽愦，废丧实多，不可常也。"此论殊不可解。南齐虞愿每谏宋明帝："尧以此教丹朱，非人主所宜好也。"那是因为明帝"好围棋，甚拙"，却因为大家"共欺为第三品"，把他抬得太高，他自己"以为信然，好之愈笃"，耽误事了。然在拓跋焘一类杰出帝王身上，事情又当别论。《魏书》载，古弼收到百姓"苑囿过度，民无田业"的投诉，便来觐见，见拓跋焘正在跟给事中刘树下棋，只好等。等得久了，古弼很生气，"乃起，于世祖前挥树头,掣下床,以手搏其耳,以拳殴其背",曰:"朝廷不治,实尔之罪!"这一指桑骂槐,令"世祖失容放棋",曰:"不听奏事,实在朕躬。"而寻常人等下两盘,所谓"躭愒"还是言重了吧。

从前的大家闺秀讲究琴棋书画样样皆通,其中的"棋"就是围棋。所以要学棋,清朝李渔别有一解,其一,"妇人无事,必生他想,得此遣日,则妄念不生";其二,"女子群居,争端易酿,以手代舌,是喧者寂之";其三,"男女对坐,静必思淫,鼓瑟鼓琴之暇,焚香啜茗之余,不设一番功课,则静极思动,其两不相下之势,不在几案之前,即居床笫之上矣",来盘棋就不同了,"一涉手谈,则诸想皆落度外,缓兵降火之法,莫善于此"。所以李氏围棋是不主张战胜女子的,一个是"若有心使败,非止当下难堪,且阻后来弈兴",更主要的是,"纤指拈棋,踌躇不下,静观此态,尽勾消魂。必欲胜之,恐天地间无此忍人也"。此解真是令人忍俊不禁。

元杂剧《破苻坚蒋神灵应》中,有一段王坦之与谢安谈论围棋的"幽微之趣",诸如方的棋盘如何、圆的棋子如何、共计一十九路如何,都有一套说法。讲到具体战法,谢安说:"一安详,二布置,三用机,四舍弃,五温习,六究理,七自见,八知彼,九从心,十远意。远不可太疏,疏则易断;近不可太促,促则势微。欲下一子,先观满盘,从初至末,着着当先。追杀兮不可太过,妙算兮恭心却战,认真兮弃少就多。"这套围棋战法不知有没有人运用到官场中去,感觉上二者好像颇有相通之处。

《南史·齐本纪》载,高帝萧道成"少有大量,喜怒不形于色",兼且"性宽",举例说明就是"尝与直合将军周覆、给事中褚思庄共棋,累局不倦,覆乃抑上手,不许易行"。不许易行,就是不许悔棋。周覆不让悔,道成并不计较,所以说他"弘厚如此"。按照三国时韦昭《博弈论》的观点:"徙棋易行,廉耻之意弛,而忿戾之色发。"把悔棋的性质上了纲上了线。自然,此博弈论与今日作为经济学标准分析工具之一的博弈论不是一回事,但后者的词源在棋局对弈无疑。比较之下,以开明著称的李世民在这点上不及道成远甚。吏部尚书唐俭本来"甚蒙宠遇",至于太宗"每食非俭至不餐",但有一天下棋唐俭没让他,坏了,"上大怒,出为潭州"。还不解气,对尉迟敬德说:"唐俭轻我,我欲杀之,卿为我证验有怨言指斥。"好在第二天当面对质,敬德证否,"频问,确定不移"。太宗又怒,"碎玉珽于地,奋衣入"。但他到底想明白了,对大家说:"敬德今日利益者各有三:唐俭免枉死,朕免枉杀,敬德免曲从,三利也;朕有怒过之美,俭有再生之幸,敬德有忠直之誉,三益也。"但他还是派人告诉唐俭:"更不须相见,见即欲杀。"则唐太宗的输不起,真是表现到了极点。

李渔还有一个观点:喜欢弹琴不如喜欢听琴,喜欢下棋不如喜欢看下棋。何故? 看下棋,"人胜而我为之喜,人败而我不必为之忧"。听琴也是,"人弹和缓之音而我为之吉,人弹噍杀之音而我不必为之凶"。与其输不起,不如转爱好。而职业围棋就是要讲个输赢,唐宋时的中国围棋是独步世界的,前文已有道及。《清稗类钞》云,自清朝同治、光绪以来,"围棋已无国手,士大夫事此者亦日鲜"。为什么呢?"殆率趋于麻雀、扑克之途矣。"中国围棋自聂卫平开始呈现复苏迹象,30 年来振兴态势明显,越来越多的世界冠军被收入囊中。现在,江维杰又坐上了中国新锐领军人的头把交椅。围棋若能使大众性味盎然,端赖这些成绩作为坚强后盾。

2012 年 2 月 20 日

熊

从事"活熊取胆"的福建药企归真堂谋求在国内创业板上市，却引起了舆论的轩然大波，本来的经济行为酿成了社会事件。盖他们的申请资料显示，上市后，归真堂在未来要把养殖基地扩建到3000亩，黑熊的数量增加到1200只，熊胆粉的产量达到4000公斤。舆论坚决阻击之，在于归真堂"规模越大，受到虐待的黑熊就越多"。然中国中药协会会长房书亭言之凿凿地表示，他曾亲眼见过活熊取胆，"过程就像开自来水管一样简单，自然、无痛，完了之后，熊就痛痛快快地出去玩了。我感觉没什么异样！甚至还很舒服"。此语真假不论，憋住尚好，说了，效果适得其反。

熊是陆上肉食类中体型最大的动物，属国家一级保护范围，严禁猎杀食用。它身上珍贵的部位很多，最著名的当推熊掌。《孟子》在举例鱼和熊掌都喜欢而"不可得兼"时，"舍鱼而取熊掌"。在两千多年后的今天，鱼与熊掌的"地位"早已不可同日而语，判若云泥。此外还有熊白，就是熊背的白脂，也是真味之一。《北齐书·徐之才传》载：李谐在宴会上问徐之才："卿嗜熊白生否？"之才曰："平平耳。"反问："卿此言于理平否？"结果"谐遽出避之"。貌似聊吃的对话藏着什么玄机而令李谐下不来台呢？原来之才的父亲名雄，李谐是故意犯其家讳，之才很生气，因为李谐的父亲名平，便以其人之道还治其人之身。李谐出来的路上碰到外甥高德正，外甥问他怎么了，"谐告之故"，这小子乃"径造坐席，连索熊白"，故意跟之才过不去，来为舅舅出气。借此可知，熊白乃彼时宴会上的寻常菜肴。

熊掌、熊白都是美味，眼下备受关注的熊胆，则是要入药。这倒不是我们的专利，罗伯特·比德在其著作《熊》中说到，熊胆"有利于治疗心脏、消化系统和肝脏疾病，也可用于治疗幼儿失明、痔疮、结膜炎、幼儿腹痛和蛀牙"。（引文据江向东、何丹译本，下同）宋朝周密《齐东野语》"经验方"条也谈到了熊胆的这一功能："熊胆善辟尘。试之之法，以净水一器，尘冪其上，投胆一粒许，则凝尘豁然而开。以之治目障翳，极验。每以少许净水略调开，尽去筋膜尘土，入冰脑一二片，或泪痒，则加生姜粉些少，时以铜箸点之，绝奇。赤眼亦可用，余家二老婢，俱以此效。"经验方，该是民间偏方了。

人和熊共同生活在地球上，但它们的祖先要比人类的早得多。2500万年前，熊科的始祖即只有狗般大小的"曙熊"就出现了，而在埃塞俄比亚发现的最早人类"露西少女"，不过才300多万年。我们的祖先曾经跟熊发生过密切关联，当然，绝不是为了打熊身上那些宝贝的主意。一种观点认为，红山文化出土的玉龙可分两类，其中一类就是熊龙。从文献上看，《史记》开篇即讲黄帝，姓公孙名轩辕，裴骃集解则加上个"号有熊"，盖"以其本是有熊国君之子故也"。以"有熊"名国，值得玩味。黄炎大战时，黄帝"教熊罴貔貅貙虎，以与炎帝战于阪泉之野"，可见"有熊"建立在事实基础上。颜师古注《汉书》引《淮南子》云："禹治洪水，通轩辕山，化为熊。"结果禹太涂山氏来送饭时看见了，"见禹方作熊，惭而去"。前些年，有学者甚至用熊图腾来解释龙的起源，尽管乏人喝彩，但诸如此类至少说明祖先与熊的关系非同一般。

从精神层面回到物质层面。《旧五代史》载，后周郭威登基后有个口号："与其耗费以劳人，曷若俭约而克己。"见诸行动的是，"宫闱服御之所须，悉从减损；珍巧纤奇之厥贡，并使寝停"。他开了个单子，声明"尚有未该，再宜条举"。内容为："其两浙进细酒、海味、姜瓜，湖南枕子茶、乳糖、白沙糖、橄榄子，镇州高公米、水梨，易、定栗子，河东白杜梨、米粉、绿豆粉、玉屑籾子面，永兴御田红粳米、新大麦面，兴平苏栗子，华州麝香、羚羊角、熊胆、獭肝、朱柿、熊白，河中树红枣、五味子、轻饧，同州石镟饼，晋、绛葡萄、黄消梨，陕府凤栖梨，襄州紫姜、新笋、橘子，安州折粳米、糟味，青州水梨，河阳诸杂果子，许州御李子，郑州新笋、鹅梨，怀州寒食杏仁，申州蘘荷，亳州革藓，沿淮州郡淮白鱼，如闻此等之物，虽皆出于土产，亦有取于民家，未免劳烦，率皆糜费。加之力役负荷，驰驱道途，积于有司之中，甚为无用之物，今后并不须进奉。"同时明确，"诸州府更有旧例所进食味，其未该者，宜奏取进止"。在这份名录中，我们看到了熊胆、熊白，舍此之外，这份罢停的贡品清单，未尝不可作为研究当时地方特产的难得资料。

罗伯特·比德的书里还说到，在英国女王伊丽莎白二世1953年加冕典礼之前，数千只黑熊在加拿大被杀害，熊皮用于五个精锐步兵团军服的原料。1968年，加拿大再次大规模杀熊，为皇家禁卫军提供毛皮。从前取熊胆，大约也是要先取了熊的性命，如此看来，活熊取胆算是一种进步。然罗伯特·比德仍不认同归真堂一类的饲养场，因为此举不是"为了保护熊和它们的栖息而更多地了解熊的生态学，而是寻求增加熊胆产品的途径"。那些被活取胆汁的熊如果真的很舒服，自然最好，然子非熊，安知熊之泰否？

2012年2月26日

耐·烦

沈从文先生去世后，弟子汪曾祺有一篇《星斗其文，赤子其人》的文字，题借傅汉斯、张充和夫妇寄自美国的挽词："不折不从，亦慈亦让；星斗其文，赤子其人。"汪先生认为，这一嵌字格挽辞非常贴切，把沈先生一生概括得很全面。汪先生接下来谈到，沈先生很爱用一个别人不常用的词：耐烦。沈先生认为自己不是天才，只是耐烦。他对别人的称赞，常说"要算耐烦"；看见儿子小虎搞机床设计，说"要算耐烦"；看见孙女小红做作业，也说"要算耐烦"。汪先生认为，沈先生的"耐烦"，意思就是锲而不舍，不怕费劲。

沈先生的"耐烦"用法，与传统的不大一样。传统的耐烦有几个意思，比如"耐心，不怕麻烦"。嵇康名篇《与山巨源绝交书》中，说自己在人伦之礼、朝廷之法方面，"有必不堪者七，甚不可者二"，其中排在第七的不堪，就是"心不耐烦，而官事鞅掌，机务缠其心，世故繁其虑"。这是说，自己性情本来没那么耐心，职事却忙忙碌碌，纠缠着心神，加上逢场作戏的世故人情搅扰，根本不能忍受。又比如耐烦还是"忍受烦闷"。冯梦龙《蒋兴哥重会珍珠衫》中，蒋兴哥去广东结账，原打算"好歹一年便回"，结果因为"得了个疟疾。一夏不好，秋间转成水痢"，耽搁了。这边蒋兴哥

"虽然想家,到得日久,索性把念头放慢了",那边浑家王三巧儿也动了春心,卖珠子的薛婆受陈大郎之托,便来了个欲擒故纵。她说儿子开的店"只是接些珠宝客人,每日的讨酒讨浆,刮的人不耐烦。老身亏杀各宅们走动,在家时少,还好。若只在六尺地上转,怕不燥死了人"。三巧儿便道:"我家与你相近,不耐烦时,就过来闲话。"这些"耐烦",都与沈先生的南辕北辙。

《玉光剑气集》云,有个初为令的人求教于耿楚侗,官该怎么当。楚侗告诉他:"耐烦。"那人不大理解,楚侗在强调"耐烦未易言也"的同时,还是从几个方面讲给他听。其一,"令之职,宣上而达下者也,诸所关白,上或有格,不耐烦则愤,愤则上下之情睽矣。惟耐烦始能积诚委曲以相感",这是说上情下达时必须得耐烦。其二,"下而畎隶之子,鄙固狂悍,抵突咆哮,不耐烦,则淫怒以逞,失其当者多。惟耐烦而后能原情察理",这是说了解基层情况时必须得耐烦。其三,"至如宾旅之往来,竿牍之造请,非耐烦则必有草率获戾之处。勾稽之琐委,犴狴(监狱)之堤坊,非耐烦则必有疏漏之愆",这是说处理具体事务时必须得耐烦。最后,耿楚侗的总结很值得今天的地方官借鉴:"耐烦是为令之要领也。若服官而廉,尤为女而贞,分也,何奇特之有?"在他看来,"负其廉而自矜,由是不耐烦以承上而傲上,不耐烦以恤下而暴下,不耐烦以酬世理纷,而惰慢丛脞,所不免矣"。

当官需要"耐烦"的理论,未知是否正由耿楚侗所创,不过,前人的诸多经验之谈即便未冠其名,亦道其实。如张养浩《为政忠告》,对官员任命下达时该如何、上任时该如何、听讼时乃至闲居时该如何,都有详细忠告。就说上任吧,"比入其境,民瘼轻重,吏弊深浅,前官良否,强宗有无,控诉之人多与寡,皆须尽心询访也。至则远居数舍,召掌之者语其详疏,其概先得其情,下车之日,参考以断"。没有这些铺垫,就很容易开黄腔,而"一语乖张,则必贻笑阃境"。而做到这些,就需要耐烦。晚清重臣曾国藩,更有"居官以耐烦为第一要义"的概括。曾国藩几乎被视为近代"完人",后世居官者不能只是嘴里把他捧到天上,还要得其精髓。

《与山巨源绝交书》的由来,在于"竹林七贤"之一的山涛,没有耐住隐退的寂寞,终于在40多岁出仕。在他任尚书吏部郎时,想请嵇康代替自己的职务。应该是出于一片好心吧,但嵇康写了这封绝交书,责怪他不该撺掇自己出仕,愤激之情溢于言表。嵇康对自己有着清醒的认识,明知自己会不耐烦,就不去占着官位。可惜的是,嵇康的借题发挥过于尖锐深刻,尤其是他那"甚不可者二"中的其一,"每非汤、武而薄周、孔,在人间不止此事,会显世教所不容",司马昭"闻耳怒焉",不久便杀了嵇康。为什么呢?清朝学者俞正燮认为,当时王肃、皇甫谧等为司马氏篡位制造礼教根据,而杜撰汤、武、周、孔的话,嵇康说过"篡逆之事,以圣贤为口实,心每非薄之,若出仕人间,不自晦止,必身显见此事,非毁抵突,新代所不能容"。因而嵇康不出仕,自家不耐烦还只是借口,最主要的是看清了当时政治的黑暗。

在耿楚侗的结论里,还拈出南宋心学大师陆九渊的"耐烦是学脉",以为"耐烦"适用于方方面面,"非独为令要术也"。我在另一篇回忆文章中,读到沈从文先生自己对耐烦的解释:"北方话叫发狠,我们家乡话叫'耐烦',要扎扎实实把基本功练好,不要想一蹴而就。"则"非独为令要术"的"耐烦",为沈先生在文学、文物等等他或热爱或不得已而为之的领域"践行"了,虽然二者的语意并不完全一致。

2012 年 3 月 4 日

微服

　　北京市社科院满学研究所所长阎崇年日前在南京签名售书时，一连说了几个"绝无可能"：孝庄太后和多尔衮青梅竹马绝无可能、康熙与苏麻喇姑爱得死去活来绝无可能、康熙微服私访绝无可能……他这么说，是觉得自己写的清朝12个皇帝的历史故事才是真实的，告诉市民"历史不能歪曲，不能戏说"。阎先生所针对的，都是电视剧里的描写。其实，你这里可能是学术研究，但人家那里是要娱乐公众，二者本来就是"两股道上跑的车"，用学术来较真艺术，苛求了。至于说康熙微服私访"根本就没有""也没有必要""他有密折"云云，便较真不到地方了。

　　康熙也许没有微服私访过，然野史笔记中记载了不少皇帝都喜欢微服，表明这个品种还是可以存在的。"微服"一般与"私访"搭配，但不尽然，记载中的那些"微服"出于什么考虑的都有。

　　《北梦琐言》里有唐宣宗微服。此行给卢渥在旅店里碰见了，虽然他不认识皇帝，但正像阎先生说的，康熙无论是精神面貌还是举手投足，都和底层人民不一样。卢渥也是，一眼就"意其贵人"，乃"敛身回避"。然宣宗"揖与相见，渥乃自称进士卢渥"。卢渥时任陕州廉使，科举的时候已"甚有时称"，所以宣宗"请诗卷袖之"后才"乘驴而去"。未几，宣宗"对大臣语及卢渥，令主司擢第"，提拔得太突然，至于大家都追问卢渥"与主上有何阶缘"。相形之下，贾岛就"有眼无珠"了。他也遇到过微服的宣宗，人家屈尊请教过姓名之后，客气地说了句"久闻诗名"，他老人家居然反问："何以知之?"气得宣宗回去后就把他贬谪长江尉。

元杂剧《好酒赵元遇上皇》里有宋太祖赵匡胤微服。因为"登基以来，四海晏然，八方无事"，赵匡胤就带着楚昭辅、石守信"扮作白衣秀士"到城外去找酒喝。不过这三位都是平时兜里不揣钱的主儿，酒保还以为撞见了吃霸王餐的，引发了好一场冲突。

《挥麈录》里有宋徽宗微服，夜里骑匹马，"望睢阳而奔"。鸡叫之后，他们跑到一个地方，多数人家还睡着呢，"独一老姥家张灯，竹扉半掩"。徽宗推开进去，老太太问你们都是些什么人呀，徽宗答："姓赵，居东京。已致仕，举长子自代。"逗得同行人等哈哈大笑，"上徐顾卫士亦笑"。时值靖康元年，金兵入侵，徽宗急忙把皇位禅给了儿子。国家多事之秋，此刻他们难得开一回心了。而徽宗微服最有名的，还是去李师师那里"为狎邪游"。《李师师外传》说得很详细，《水浒传》"柴进簪花入禁院　李逵元夜闹东京"那一回也有描写。当代张友鹤先生指出，这两人的故事，"屡见于他书记载，并不完全出于虚构"。不过，后来有人给徽宗出主意，要去就干脆挖条地道，比"易服夜行"方便多了。

《枣林杂俎》云明太祖朱元璋"好微行察外事"。他对付被认出来的办法很特别：在标准像上做文章，"所赐诸王侯御容一，盖疑像也。真幅藏之太庙"。也就是说，当时万民能"看到"的朱元璋，非其真容。由此解开了自家的一个谜团：中学课本里的朱元璋像，纯粹歪瓜裂枣的模样，而台北故宫藏画（发行过邮票）的那个朱元璋又器宇轩昂。两相对照，不是判若两人，而绝对是两个人。所以如此，原来是有意为之了。

《清稗类钞》云同治皇帝好微服。有个湖南举人住在会馆准备考进士,会馆与曾国藩官邸相望。一天,举人午睡,有个少年"就案视其文,以笔涂抹殆遍,匆匆即去"。举人醒来问怎么回事,仆人说他是来找曾大人的,曾大人"出外未回,故信步至老爷处"。而曾国藩回来,一听描述,大惊曰:"此今上也。"因为文章被同治涂抹殆遍亦即改了又改的缘故吧,举人吓坏了,"不敢入春闱,即日束装归"。还有一次,同治跑到琉璃厂去买宣纸,"以瓜子金抵其值,肆伙辞不受,乃嘱其随往取"。瓜子金,属于"鬼脸钱",春秋战国盛行,彼时应该已经退出了流通领域,宋朝的,该是古董了,所以人家不收。但当伙计跟到午门,"不敢入,弃纸仓皇遁"。不过第二天,同治还是"遣小监如数偿之"。对同治这些轶事,徐珂续了条尾巴:"相传如此,不足信也。"

当然,微服是有"风险"的,赵匡胤他们三个就差点给人揍一顿。清朝光绪年间永平知府游智开曾经微服入一茶肆,他是要私访,访一下大家对他的评价。茶肆里有个府中胥吏一下就把他认出来了,但不点破,跟朋友故意"誉游清廉,天下无两"。老游也故意说:"此官虽好,然自某观之,亦尚未尽善。"没想到话音刚落,胥吏站起来批了他一个嘴巴:"游公青天,汝一小民,敢谤清官耶!"不过老游一点儿没恼,以为自己的形象在百姓心目中真的很崇高呢,"不知其侮,转而大喜"。

阎先生要是非常生气电视剧戏说的话,肯定读不了元杂剧。昭君出塞,将出汉界之际,居然投河自尽以誓死不从,这种典型的胡扯还不把阎先生气死? 奇怪的是,今天对那个著名事件的认识并没有受其影响。艺术再现肯定不会是图解历史,也不该是,戏说谈不上歪曲,而今天的影视再严肃,也不可能当成历史。比较来看,我们的当代史也一会儿一个"真相",倒颇有戏说的意味。

2012 年 3 月 13 日

吸 烟

　　广东全省正在推动公共场所和工作场所控烟立法。2010 年 9 月 1 日，广州市便已出台实施了《控制吸烟条例》，明确国家机关、企事业单位、社会团体和其他社会组织的办公室、会议室、礼堂、公共走廊、电梯以及本单位的餐厅、咖啡厅等，均为禁烟场所，那也是国内首部把办公室全面纳入禁烟范围的地方性控烟条例。不过，实施一年多来，总共开出罚单 13 个，连个人带单位一共才罚了不到 8 万元。同时，公共场所吸烟的状况并不见得有多大好转，因而这个《条例》就像《围城》里的方鸿渐一样：不讨厌，可是全无用处。

　　烟草不是我们的特产，引或传进来，大约是明朝中叶以后的事。姚旅《露书》云："吕宋国出一草，曰淡巴菰；一名曰醺。以火烧一头，以一头向口，烟气从管中入喉；能令人醉，且可辟瘴气。有人携漳州种之，今反多于吕宋；载入其国售之。"这是种植领域的青出于蓝而胜于蓝了。吸烟的害处今天尽人皆知，但从前不这么看，认为"火气薰灼，耗血损年，人每不觉"的只是个别有识之士，主流观点以为"其气入口，不循常度，顷刻而周一身，令人通体俱快"；甚者更谓"醒能使醉，醉能使醒，饥能使饱，饱能使饥"。今天的资深烟民，大约仍持此种信仰。比较而言，清人陆朗夫对吸烟的评价相对客观，以为八种情况下还是可以吸的："睡起也，饭后也，对客也，作文也，观书欲倦也，待好友不至也，胸有烦闷也，案无酒肴也。"而忌者亦有七事，"听琴也，饲鹤也，对幽兰也，看梅花也，祭祀也，朝会也，与美人昵枕也"。陆朗夫觉得，吸烟的人不能想吸就吸，得分清地点场合，不能煞风景。而吸烟"可憎者"更有五事，打头的是"吐痰也"。

　　说到吸烟，尤其跟清朝关联起来，很容易想到鸦片。鸦片之害众所周知，至于误国。大画家任伯年即有此嗜，他该算是"误画"，耽误画画。看他那样子，"发常长寸许，懒于濡毫，倍送润赀，犹不一伸纸"，至于"画材山积，未尝一顾"。有一天，戴用柏、杨伯润过其门，见一学徒倚门而泣，因为"店主命送画赀至任先生家，请其作画，数月未就，谓我干没润资，故不得画。今日又命我来取，云如不得，必将挞我。今任先生仍不见付，是以泣耳"。戴遂与杨同怒入，发现"任方卧烟榻吸烟"，呵斥道："汝得人钱，不为人作画，致使竖子哭于门，何也？不速画，我必打汝。"言罢，"戴与杨一人为伸纸，一人为调颜色。任援笔濡染，顷刻间两扇并就，戴以付学徒，欣谢而去"。

　　但清朝人吸烟并非全吸鸦片，纪大烟袋纪晓岚吸的就不是，他的烟斗大，"能容烟叶一两许"，有个亲戚"自诩烟量之宏"，晓岚笑曰咱俩比比吧，"乃以一小时赛吸"，结果晓岚大胜。曾国藩曾经吸烟，也不是吸鸦片。当时京师的一股风气，"士大夫无不嗜烟者，水旱外，又有潮鼻大者"。这里的"潮"，指潮州烟；"鼻"，指鼻烟；"大"，就是指鸦片烟。曾国藩有个同乡发小叫李广文的吸鸦片，曾国藩劝他不要抽，李广文说："吾所吸者，一耳。公则水旱潮鼻，四者具焉，何也？"曾国藩仿佛被惊醒，郑重地说："继自今，请子戒其一，我戒其四，可乎？"后来曾国藩"办军务，屡招之不至，最后来谒,询之",李广文很不好意思:"自与公约,闻公绝之久矣,而某沈溺如故,所不忍见公者,以此耳。"可见能够戒烟与否,与人的意志力密切相关。

王士禛《分甘馀话》云,韩慕庐嗜烟草及酒,"酒杯烟筒不离于手"。王士禛问过他:"二者乃公熊、鱼之嗜,则知之矣,必不得已而去,二者何先?"慕庐俯首思之良久,答曰:"去酒。"烟还是要抽。后来王士禛从《露书》中看到那段文字,以告慕庐,慕庐时掌翰林院事,乃命其门人辈赋《淡巴菰歌》。王澄思也有一首《淡巴菰歌》,同名而已,不是韩慕庐的授意之作。首先,王士禛与韩慕庐交谈,时间明确,发生在康熙戊午(1678)两人同典顺天武闱之时,而王澄思是康熙辛卯(1711)举人,隔了30多年。其次,从韩慕庐的嗜好看,该赋一定是赞美,而王澄思的是规劝。王的这一首,读来仍有其现实意义:"淡巴菰,万里别吕宋,梯山航海谁携来?但见此日竞栽种!竞栽种,占膏腴。粪田不播谷,汲田不灌蔬。种得一亩二亩淡巴菰,岁收不啻上农夫。三湘八闽植久遍,济郡近亦蕃千区。榷关岁收十万钱,五万多从此中输。生者日亦多,用者日以粗。下里若共华屋争,男子不敌兰闺需。衣可露肘食可缺,此物一日不可无。我闻昔时初授田,勤力总向农桑间。男耕不忧八口饥,女蚕不虑三冬寒。淡巴菰,饥不可为食,寒不可为襦,何乃不可无?"

今天把种植烟草视为经济作物,卷烟的利税又是极其可观,像房地产一样成为经济重要支柱,在这样的背景下谈控烟,逻辑上自相矛盾。依据《条例》控烟不得力,便本能地想到升格为法律,据悉广东省控烟立法文本有望提交2013年省立法程序。难道这种状况的出现,只是因为欠缺一部省级的控烟法律吗?

2012年3月17日

武 训

　　电影《武训传》在沉寂 60 多年之后似乎解禁了,因为该电影的 DVD 开始公开发行。而所以说似乎,在于 DVD 盒套封面上还缀着一条"供研究使用"的"小尾巴"。

　　《武训传》开拍于建国前,拍竣于建国后,其间社会剧烈变迁,拍摄也不断调整。孙瑜导演生前谈道:"剧本的主题思想和情节虽然作了重大修改——改'正剧'为'悲剧'——武训为穷孩子们终身艰苦兴学虽'劳而无功',但是他的那种舍己为人的、艰苦奋斗到底的精神,仍然应在电影的主题思想里予以肯定和衷心歌颂。"饶是如此,《武训传》仍然不幸成为新中国第一部禁片。

　　武训在现实中确有其人。《清史稿》载:"武训,山东堂邑人。乞者也,初无名,以其第曰武七。"成名之后,"有司旌其勤,名之曰训"。武训的故事很简单:以乞讨的手段来兴学,且持之以恒,用今人的话说,"一个人做点好事并不难,难的是一辈子做好事"。续看《清史稿》:"七孤贫,从母乞于市,得钱必市甘旨奉母。"——所以是书将之归入"孝义"类;山东巡抚张曜、袁树勋先后疏为之请旌,祀孝义祠。"母既丧,稍长,且佣且乞。自恨不识字,誓积赀设义学,以所得钱寄富家权子母,积三十人,得田二百三十亩有奇,乞如故。蓝缕蔽骭,昼乞而夜织。或劝其娶,七谢之。又数年，设义塾柳林庄，筑塾费钱四千余缗，尽出所积田以资塾。"近代教育家陶行知先生有短诗《武训颂》："朝朝暮暮，快快乐乐。一生到老，四处奔波。为了苦孩，甘为骆驼。与人有益，牛马也做。公无靠背，朋友无多。未受教育，状元盖过。当众跪求，顽石转舵。不置家产，不娶老婆。为著一件大事来，兴学，兴学，兴学。"基本上概括了武训的一生。

武训乞讨兴学大抵凭借"两板斧"：一是唱，二是跪。

先看武训的"唱"。《清稗类钞》云，武训"行乞时，不呼不号，高歌市墟村集间。歌无多，数语而已"。他唱的都是自己结合实际的即兴创作，开放未几那阵子风靡一时的台湾急智歌王张帝，就是这种路数，只是武训唱的全都与兴办义学有关。"我积钱，我买田，修个义学为贫寒""吃杂物，能当饭，省钱修个义学院""拾线头，缠线蛋，一心修个义学院；缠线蛋，接线头，修个义学不犯愁""不娶妻，不生子，修个义学才无私""不顾亲，不顾故，义学我修好几处""义学症，没火性，见了人，把礼敬，赏了钱，活了命，修个义学万年不能动""吃杂物，能当饭，省钱修个义学院。吃得好，不算好，修个义学才算好""谁推磨，谁推磨，管推不管罗，管罗钱又多。赢得钱，修义学"……应当说，武训深谙自宋元以来勃兴的民间说唱艺术之道，选对了合适的表现形式，赢得了大众。

再看武训的"跪"。开学后，武训"常往来塾中，值师昼寝，默跪榻前，师觉惊起；遇学生游戏，亦如之：师生相戒勉。于学有不谨者，亡闻之，泣且劝"。这种做法形同当下武汉城管的"注目式"执法：我不暴力，甚至不动手，就站成一排盯住你看。武训跪着不吭声，目的正是让你臊得慌。画家韩羽先生有篇文章回忆高小学堂时专门讲"修身"课的校长王克敬，一次讲得激动了："你们不好好地学，对得起谁呀，我替你们父兄难过啊！我求求你们，以后好好上学吧,我给你们跪下啦!"说着,一撩长衫跪了下来。然后他爬起来,又转向台上的老师:"各位老师,我求你们好好地教,好好地管……"说着,又跪了下去。效果呢?学生们"先是一愣,接着哄地笑了起来",老师们则"惊慌失措地四散躲开了",校长自此倒多了个外号:王疯子。韩先生说他后来才明白,他们家乡就是武训的家乡,武训精神深深地影响着那里的文墨人,"王校长下跪就是仿效武训的",可惜那种仿效纯粹生吞活剥。

武训"昼行乞,或为人转磨负绳。乞所得,锱铢不费,即馈之洁白者亦必干之以易钱,疾病寒暑不识也"。可贵的,他不是因为自己捐资就摆出一副居功自傲的架势,"开塾日,七先拜塾师,次遍拜诸生,具盛馔飨师,七屏立门外,俟宴罢,啜其馀",嘴里还嘀咕:"我乞者,不敢与师抗礼也!"最后,武训"殁临清义塾庑下,年五十九",病重之际,"闻诸生诵读声,犹张目而笑"。这样一个为义学奉献了一生的人,在后世"讨论"电影《武训传》的开篇宏文中,却是这样一种面目:"像武训那样的人,处在清朝末年中国人民反对外国侵略者和反对国内的反动封建统治者的伟大斗争的时代,根本不去触动封建经济基础及其上层建筑的一根毫毛,反而狂热地宣传封建文化,并为了取得自己所没有的宣传封建文化的地位,就对反动的封建统治者竭尽奴颜婢膝的能事,这种丑恶的行为,难道是我们所应当歌颂的吗?"其实,对此"千古奇丐",不妨套用该作者的另一篇著名文字来表述:一个乞丐,毫无利己的动机,把家乡人民的教育事业当作他自己的事业,这是什么精神?

早在1986年,国务院办公厅即已作出为武训恢复名誉的决定。什么原因使重见天日如此步履蹒跚?

2012年3月23日

姑娘，姑妈

在去年的兔年春节联欢晚会上，加拿大籍演员大山带领一帮老外说中文的节目给观众留下的印象至深。大山的中文没得说，姜昆先生的高徒，连中国的相声都驾驭自如，可见程度之高了。然而在节目中，他被"国际纵队"挨个"挤兑"不懂中文。其中一个漂亮的俄罗斯姑娘听大山叫她"姑娘"，是这样"教训"的："大山，你懂不懂中文？你该叫我姑妈，在中文里，娘等于妈，所以你应该叫我姑妈。"道理还真是这个道理，观众无不会心一笑。

然而，不要就此以为老外在这里发现了中文的什么奥秘，殊不知从前称呼"姑妈"正是称为"姑娘"。这在元杂剧中屡见不鲜，说到"姑妈"的时候基本上都是"姑娘"，似乎倒是没有见到"姑妈"的说法。

无名氏《施仁义刘弘嫁婢》中，卜儿先来个开场白："老身姓王，嫁的夫主姓刘，是刘弘员外。这个是我的侄儿，是王秀才，家私里外解典库，都亏了这个孩儿。"王秀才接着念白："一八得八，二八一十九，三八二十六，四八一十七。这么一本账，若不是我呵，第二个也算不清。"老太太肯定没文化，给蒙得杠杠的："孩儿也，你辛苦，俺也知道。"王秀才便借机诉苦："姑娘，这家私里外，许来大个解典库，我又写又算。那等费心。姑夫不知人，这两日见了我，轻便是骂，重便是打。若是姑夫今日来家时，姑娘，你说一声方便，我也好在家里存活。"

关汉卿《温太真玉镜台》中，温峤开场白云："小官别无亲眷，止有一个姑娘，年老寡居，近日取来京师居住。"关剧另一出《望江亭中秋切鲙》中，白士中前往潭州上任途中道白："路打清安观经过，观中有我的姑娘，是白姑姑，在此做住持。"虽然"姑姑"后世也是"姑妈"，像杨过称呼小龙女那样，但在这里显然还是"尼姑"之"姑"，先云"姑娘"已是一个明确的区分。

王实甫《西厢记》中郑恒念白："自家姓郑，名恒，字伯常。先人拜礼部尚书，不幸早丧。后数年，又丧母。先人在时曾定下俺姑娘的女孩儿莺莺为妻，不想姑夫亡化，莺莺孝服未满，不曾成亲。"然而半路里杀出个张君瑞，"俺姑娘（将莺莺）许了他。我如今到这里，没这个消息，便好去见他；既有这个消息，我便撞将去呵，没意思。这一件事都在红娘身上"。眼见得希望不大，郑恒发了狠："姑娘若不肯，著二三十个伴当，抬上轿子，到下处脱了衣裳，赶将来，还你一个婆娘！"

到清朝，"姑娘"与"姑妈"算是有了分野。《红楼梦》中出现了大量的"姑娘"，有人精确统计共有 1139 次，什么林姑娘、宝姑娘、晴姑娘、多姑娘，等等。不仅"量大"，用法亦多，另有研究指出，称呼年轻的未婚女子只是其一，还有称呼女儿、妾、姑妈、小姑子及轻浮女子等用法，成了一个客观的、具有多义性的称呼语。"姑娘"一词"变异"的同时，"姑妈"出现了。比如《红楼梦》第三回"贾雨村夤缘复旧职　林黛玉抛父进京都"，黛玉初到荣国府，贾母招呼宝玉来见妹妹，这时"宝玉早已看见了一个袅袅婷婷的女儿，便料定是林姑妈之女，忙来见礼"。如此等等，可拈"姑妈"之处不胜枚举。曹雪芹生活的年代约在 18 世纪中期，而早他 100

年，生活在 17 世纪中期的清朝著名戏曲作家李玉，其笔下的"姑娘"却还是"姑妈"。如此看来，倘若研究"姑娘"与"姑妈"究竟在何时分道扬镳，范围可以缩小在这百把年间了。

李玉《麒麟阁》第一本，秦琼被人陷害，解到潞州，衙门定例要先打一百杀威棒。秦琼的一干朋友乃开动脑筋为他开脱，因为倘棒落下去，"我等羞死了"。偏偏潞州一把手罗艺"是个铁心铁面的人"，大家就想到钻"制度"的空子。这天是罗太太生日，"老爷吩咐，一应文书不许投递，就是各部移咨与那边关急要飞报，都不许传进"，大家便抓住这个时机，"打听太太上堂时节，拼着老爷责罚几句，把秦兄这角公文传进，难道老爷撤了寿宴，又坐堂行刑起来？或者赏好恩典免打，就发回批"。结果，偏偏罗太是秦琼失散多年的"姑娘"，前面铺垫十分精彩的"智取权力"这一出大戏便戛然收尾，扫兴得很。罗太确定正是秦琼，乃叫："我儿！你姑娘在此。"秦琼则一时不辨真假，"作退介，秦氏又白"，秦琼仍然提醒"不要错认了"。罗艺说："这就是你亲嫡嫡的姑娘。侄儿嘎！"秦琼换好了衣服，还郑重其事："姑爹、姑娘请上，待儿拜见！"当然，《麒麟阁》故事发生在唐朝，倘李玉用唐人的口吻，所谓"分野"要又当别论了。

当下有个流传的段子说，一青年写信给一姑娘，却错把信中"姑娘"写成"姑妈"，姑娘十分生气，回信曰："怪你眼睛瞎，姑娘喊姑妈，若要嫁给你，羞死我一家！"青年不服气，写信回敬曰："妈就是娘，娘就是妈，姑娘没错，姑妈怎差？"俄罗斯姑娘道出的"姑娘姑妈"论，主创人员受此一类段子的影响也说不定。而借此探究一下传统文化中字同意不同的概念，倒也不失为一件有趣之事。

2012 年 3 月 30 日

小三

3月29日,电视剧《蜗居》编剧六六在官方认证的微博上公开叫板一个名为"ICE LEE"的第三者,称自己和先生有过23年的共同生活经历,"他爱我多过你",希望"ICE LEE"能接受现实。她还表示绝不允许对方伤害自己的老公。

在别人夫妇之间插足的第三者,今天叫"小三",分不清是昵称还是贬语。名之"三",自然是相对夫妇"二人"这个"数量"而来,即插入婚姻家庭的第三人。古代虽无"小三"之名,然"狐狸精"庶几近之。在前人眼里,狐狸可以修炼成精,变成美女来诱惑男人,《聊斋志异》《阅微草堂笔记》所言无不活灵活现。古人行其实者乃普遍现象,终于登堂入室的,今称"小三转正",彼时倘未休原配,相当于纳了小妾。李玉戏曲《双须眉》中,黄禹金出场道白:"荆妻邓氏,琴瑟和鸣。侍妾胡姬,衾裯与抱";且邓氏能"夫主出门,日与胡姬相共朝夕"。这种状况堪称皆大欢喜,然"幻想"的成分所占比重几何,当事人心里最清楚不过,不去理它。黄禹金的家人把邓氏、胡姬分别喊作大娘、二姨,也就是说,小三是尚未取得任何"名分"的一类。今天法律不容许"妾"的存在,则小三要么"转正",要么"狐狸精",即便成了"二奶",也终究是"狐狸精"的性质。

小三的产生有很多原因,原配年纪渐大,如白居易所云"何况如今鸾镜中，姿颜未变心先变"，曹邺所云"见多自成丑，不待颜色衰"，小三都可以趁机而入，所谓"色衰爱弛"。《汉书》载，李夫人病笃，汉武帝"自临候之"，但夫人蒙上了被子。她告诉武帝："妾久寝病，形貌毁坏，不可以见帝。愿以王及兄弟为托。"武帝"复言欲必见之"，夫人则"转向嘘唏而不复言"，被子倒是掀开了，但背过身去。武帝很不高兴，姊妹亦责怪李夫人："贵人独不可一见上属托兄弟邪？何为恨上如此？"夫人只好把话挑明："我以容貌之好，得从微贱爱幸于上。夫以色事人者，色衰而爱弛，爱弛则恩绝。上所以恋恋顾念我者，乃以平生容貌也。今见我毁坏，颜色非故，必畏恶吐弃我，意尚肯复追思悯录其兄弟哉！"李夫人当年肯定相当漂亮，"北方有佳人，绝世而独立，一顾倾人城，再顾倾人国。宁不知倾城与倾国，佳人难再得！"这首歌众所周知，这里的倾城倾国佳人，就是她。钱锺书先生认为，李夫人之蒙被转向，盖知"爱憎之时"矣，自己清楚因为什么被爱，又因为什么会前功尽弃。

　　无论是什么原因吧，小三肯定是正常家庭生活中的不和谐元素。六六试图凭借笔墨的力量击退小三，这种做法属于"文斗"。刘声木《苌楚斋续笔》里有两首"妻嘲夫娶妾诗"，也属此类，不同的是妻子直接针对丈夫。其一为袁龙文，"以州同需次广西"，其二为广东顾莘耕，"就幕河间"，两人的共同特点是"贫无担石"，却都"寄家书诡言娶妾"。袁妻黄氏答诗云："郎君新得意，志气入云霄。未筑黄金屋，先谋贮阿娇。"顾妻伊氏答的则是："当年曾赋《白头吟》，此去何妨别梦寻。郎欲藏娇侬敢妒，只愁筑屋少黄金。"刘声木评点："二诗皆妙，后诗婉约，尤胜于前诗。"不知道那两位最后娶成没娶成，拟娶的，正是今天标准的小三。当然，因为小三或"小三转正"，更多的是"武斗"，甚至酿成血案。沈德符《万历野获编》云："唐严武幼时，以父挺之爱其妾元英，不礼其母，夺槌击碎元英之首"；又云本朝"崔鉴年十四，以父私邻女魏氏，斥逐其母，鉴不胜愤，乃手刃魏氏"。皇帝"以幼能激义，特贷其死，发附近徒工三年"。两相比较，沈德符颇有感慨，首先是"孰谓古今人不相及"，其次是，"武虽婴孺，然世家胄，允熟闻节烈；鉴闾巷无知，发于至诚，较更难矣"，崔鉴更胜一筹。

　　陶宗仪《南村辍耕录》里也有个故事。御史大夫也先帖木儿"与夫人不睦，已数年矣"，翰林学士承旨阿目茄八剌死，也先帖木儿遣司马明里往唁之。"及归，问其所以"，明里云："承旨带罟罟（妇女所戴的一种高冠）娘子十有五人，皆务争夺家财，全无哀戚之情。惟正室坐守灵帏，哭泣不已。"御史大夫不吭声了，"是夜，遂与夫人同寝，欢爱如初"。陶宗仪认为："若司马者，可谓善于寓谏者矣。"度其语意，则也先帖木儿与夫人不睦，必与小三有关了。往前追溯一个朝代，再看《宋史·许仲宣传》。许仲宣为济阴主簿时，县令与他分掌县印。"令畜嬖妾，与其室争宠，令弗能禁"，爱妾露本相了，"欲陷其主，窃取其印藏之，封识如故，以授仲宣"。第二天上堂，仲宣"发匣，则无其印，因逮捕县吏数辈及令、簿家人，下狱鞫问，果得之于令舍灶突中。令闻之，仓皇失措"。诸如此类小妾"使坏"的故事实在很多，在制度允许纳妾的时代，古人只有借此来"教育"跃跃欲试者吧。

　　语云"一个巴掌拍不响"，尤其男女之事。从古到今，催生小三一类，责任该主要在男方。六六必欲解决问题，叫板人家可能偏离了方向。在落马贪官身上，几乎没有例外，"包"了多少个而已。可笑的是，东窗事发，贪官却每每抱怨"红颜祸水"，暴露出其"流氓性"的另一面。小三的名堂变了，实质没变，可谓正宗的"封建余毒"。

2012 年 4 月 6 日

桂林山水

　　清明节的假期本来只有一天,但被越俎代庖拼凑了三天——拽上个双休日。与两家友人相约去桂林走了一趟,此前还从未到过。范成大当年赴任桂林,坐船去的,其《骖鸾录》云,孝宗乾道癸巳(1173)二月"二十六日,入桂林界,有大华表,跨官道,榜曰'广南西路'"。我们是"飞"过去的,即便走陆路,也不会见到那样显著的标志,"欢迎来到××市"的龙门钢架常见,如今的地界只是如此告知。

　　"桂林山水甲天下"脍炙人口。有人考证,此语出自宋朝广南西路提点刑狱权知府事王正功,其七律中有句云"桂林山水甲天下,玉碧罗青意可参。士气未饶军气振,文场端似战场酣",作诗时间是宁宗庆元六年(1200)。诗之本意并非赞美桂林山水,乃是寄望即将赶考的学子功成名就,然而无心插柳柳成荫。范成大来任职时,此句尚未问世之故吧,接到调令后并不想来,"再上疏丐外祠以老,弗获命,乃襆被行",勉强上路。《北梦琐言》云,杨蘧"曾到岭外见阳朔、荔浦山水,谈不容口"。有次拜会侍郎王赞,"从容不觉形于言"——很有些眉飞色舞——曰:"侍郎曾见阳朔荔浦山水乎?"王赞说:"某未曾打人唇绽齿落,安得而见?"《稽神录》也说到了这件事,解释说"此言岭外之地,非贬不去",意谓王赞在骨子里并没有看得起岭南。这该是当时的普遍看法。

当范成大一家"甫入桂林界",却莫不"举头惊诧"。概因"平野豁开,两傍各数里,石峰森峭,罗列左右,如排衙引而南",令全家"皆动心骇目,相与指示夸叹",加上"夹道高枫古柳,道涂大逵,如安肃故疆及燕山外城,都会所有,自不凡也",始对桂林山水颇有相见恨晚之意。到"三月十日,入城,交府事"之后,范成大对所见美景仍然感慨有加,"郡治前后,万峰环列,与天无际",于是又记起"桂林自唐以来,山川以奇秀称,韩文公虽不到,然在潮乃熟闻之"。说"记起",在于呼应了他后面说的"士大夫落南者少,往往不知,而闻者亦不能信",自己大概正属于"不能信"的一类。后来,范成大更以韩愈咏桂林之"远胜登仙去,飞鸾不暇骖"语意,来命名此行日记为《骖鸾录》。

范成大还为后世留下了具有高度历史价值和科学价值的《桂海虞衡志》,用点校者孔凡礼先生的话说,在这部笔记中,范成大考察了以桂林为中心的广右地区的植物(花、果、草、木)、动物(禽、兽、虫、鱼)、矿产(金、石)、土产(香、酒)、工技(军器、乐器、其他工艺品)、岩洞(地貌、地质构造)、风俗、气候、文字等,构成广右地区的博物志。在"志岩洞"时,范成大开笔就写道:"予尝评桂山之奇,宜为天下第一。"未儿又说:"桂之千峰,皆旁无延缘,悉自平地崛然特立,玉笋瑶簪,森列无际,其怪且多如此,诚当为天下第一。"则王正功之"桂林山水甲天下"尚属借喻,真正认为如此且明确表达出来的,要首推范成大了。而范成大之"天下第一"说,显与文人墨客因为识见偏狭而动辄慷慨奉送"第一"的那些不同,他的足迹用同朝诗人张镃的话说,"东南西北曾遍历,焉哉乎也敢轻论"。再用孝宗皇帝的褒奖:"卿南至桂广,北使幽燕,西入巴蜀,东薄鄞海,可谓贤劳,宜其多疾。"则范氏"甲天下"论,是比较的结果。《桂海虞衡志》之成书，亦足见其对斯地的热爱。

《徐霞客游记》中有"游漓江日记"，记载了徐霞客眼中的桂林山水："隔江石峰排列而起，横障南天，上分危岫，几埒巫山，下突轰崖，数逾匡老。于是扼江而东之，江流啮其北麓，怒涛翻壁，层岚倒影，赤壁、彩矶，失其壮丽矣。"就凭这句话，巫山、庐山、赤壁、采石矶等各具特色的自然名胜，尽皆掀翻。尤其是月夜泛舟，令其动容，"江为山所托，偬东偬南，盘峡透崖"；到九马画山，"月犹未起，而山色空蒙，若隐若现"；到兴平，"群峰至是东开一隙，数家缀江左，真山水中窟色也。月亦从东隙中出"。徐霞客为桂林山水倾倒，至有"余志在蜀之峨嵋、粤之桂林以及太华恒岳诸山"的结论，只是遗憾"桂林之千峰未曾置足焉"。但他努力过，瞄准了一座，"欲一登高峰之顶"，终因"穹然无片隙，非复手足之力所及"，且"上既无隙，下多灌莽，雨湿枝缪，益难着足"而作罢。

桂林山水以其"石峰霍瑌，争奇炫诡，靡不出人意表"，再用范成大的话说："少陵谓之宜人，乐天谓之无瘴，退之至以湘南江山胜于骖鸾仙去，则宦游之适，宁有逾于此者乎！"清朝阮元任两广总督时，更有"愿令阳朔"之语。桂林山水在那个时代就如此为士大夫神往，但不知彼时彼地百姓生存状况如何，钱锺书先生认为范成大很早就有"忧稼穑""怜老农"一类作品，晚年的"四时田园杂兴"，更"算得中国古代田园诗的集大成"。惜乎暂未读到他在桂林时的此类作品，有的话，会读到吧。

2012 年 4 月 8 日

灵渠

桂林之行在兴安县逗留了两天,因为著名的灵渠的诱惑。灵渠是秦代著名的水利工程,也是世界上最古老的运河之一,它沟通了湘江与漓江,等于沟通了长江水系与珠江水系。曾经的灵渠,见证过岭南纳入中原版图的壮烈一幕;现实中的,早已静谧安详。

关于灵渠的构成,诸如铧嘴、南北渠、大小天平、陡门等,虽已从各种读物上略知一二,终不及实地一目了然,此古人"读万卷书,行万里路"之真谛所在。灵渠谁凿而何以凿,也都早已是常识问题。范成大《骖鸾录》说他赴任广西灵川县,"秦史禄所凿灵渠在焉,县以此名"。胡三省注《资治通鉴》转引范氏《桂海虞衡志》,又交待了灵渠的来龙去脉:"湘水源于云泉之阳海山,在此下瀓江,牂牁下流,本南下广西兴安,水行其间,地势最高,二水远不相谋。禄始作此渠,派湘之流而注之瀓,使北水南合,北舟逾岭。"在工作原理方面,"于湘流砂磕中垒石作铧嘴,锐其前,逆分湘流为两,激之,六十里行渠中,以入瀓江,与俱南。渠绕兴安界,深不数尺,广丈余。六十里间,置斗门三十六,土人但谓之斗。舟入一斗,则复闸之,俟水积渐进,故能循崖而上,建瓴而下,千斛之舟,亦可往来"。范成大因而感叹:"治水巧妙,无如灵渠者。"这里的斗(陡)门即船闸,今斗门旁有"世界最早"一类的标志。《桂海虞衡志》有存世本,何以要由胡注来转引?无他,今天所见的是节略本,上面这一段就没有。用孔凡礼先生的话说,这部广右地区的博物志,今本只有1.4万字,而"以彼(其他文献)较此,本书足本当为十万字或略多"。

后人言及灵渠,不乏借题发挥。《史记·平津侯主父列传》严安上书曰,"及至秦王,蚕食天下,并吞战国,称号曰皇帝,主海内之政,坏诸侯之城,销其兵",大家以为和平终于降临了,不料"欲肆威海外,乃使蒙恬将兵以北攻胡……又使尉屠睢将楼船之士南攻百越,使监禄凿渠运粮"。他想说,秦如果不是穷兵黩武,而是"缓其刑罚,薄赋敛,省徭役,贵仁义,贱权利,上笃厚,下智巧,变风易俗,化于海内",何止二世,"世世必安矣"。《淮南子·人间训》干脆直指秦之出兵南越,在于贪小利,受人家"犀角、象齿、翡翠、珠玑"的诱惑,才派尉屠睢"发卒五十万为五军:一军塞镡城之岭,一军守九嶷之塞,一军处番禺之都,一军守南野之界,一军结余干之水,三年不解甲弛弩,使监禄无以转饷,又以卒凿渠而通粮道,以与越人战"。这样一来,给秦失天下找到了另一种原因——"祸在备胡而利越",不是我们今天赋予的一统的宏大意义,而是惦记着人家的那点好东西,所以秦是"鸟鹊之智也"。

灵渠这一人造奇观,在它并非旅游景点之时,想来也有着无限的魅力。明代大旅行家徐霞客到过灵渠,其《粤西游日记》写得极为详细:"溯湘江而西……入兴安界,古松时断时续……至兴安万里桥。桥下水绕北城西去,两岸甃石,中流平而不广,即灵渠也。"过桥入北门,但见"城墙环堵,县治寂若空门,市蔬市米,唯万里桥边数家……饭后,由桥北溯灵渠北岸东行,已折而稍北渡大溪,则湘水之本流也。上流已堰不通舟。既渡,又东(有)小溪,疏流若带,舟道从之。盖堰湘分水,既西注为漓,又东浚湘支以通舟楫,稍下复与江身合矣……抵兴安南门。出城,西三里,抵三里桥。桥跨灵渠,渠至此细流成涓,石底嶙峋。时巨舫鳞次,以箔阻水，俟水稍厚，则去箚放舟焉"。徐霞客把南北渠游了个遍，其中的"县治寂若空门，市蔬市米，唯万里桥边数家"，道出了彼时灵渠所在尚有比较荒凉的一面，今非昔比。

《明会要》辑录："洪武四年（1371），修复广西兴安县马援故所筑灵渠三十六陡水，可溉田万顷。"这里说马援而非史禄，并非笔误。对开凿和完善灵渠有功的人物，元代以前就存在"四贤祠"，祭奠秦史禄、汉马援、唐李渤与鱼孟威。入清以来，重修记录更屡现，如康熙时两广总督石琳、广西巡抚陈元龙等都曾捐俸维修，有碑为证。有意思的是，灵渠那里还有一通"劣政碑"，刻有"浮加赋税，冒功累民，兴安知事吕德慎纪念碑"字样。吕德慎民初在此为官，据说因乱开税种，榨取民财，为陆荣廷革职查办，并立此碑。唐朝亦曾有"记恶碑"，可惜此品种如今未能得到传承。

"浮湘孤月下灵渠，牢落残魂伴索居。庚子日斜闻野鸟，端阳沙溆见江鱼。天高未敢重相问，年少何劳更上书？此去樊城望京国，定从王粲赋归欤。"明邝露写的《浮湘礼三闾墓田寻贾生故宅》，却在灵渠抒发感慨。"庚子日斜"，出贾谊《鹏鸟赋》；端阳，喻屈原；凭吊二人的同时又联想到"建安七子"之一王粲的《登楼赋》，倾吐自己渴望施展抱负、建功立业的心情。想来邝露神往当年千军万马"浮"过灵渠时的壮观情景，期冀再现得以重振大明江山。南明永历时，邝露与诸将守广州，正死于清军破城。今天的灵渠处处欢声笑语，尽管"转型期"恶性事件迭出，但恐怕也无人在此如邝露般浮想联翩，干些煞风景的事了。

在兴安另有一事可记。当地友人接风，饭桌上巧遇歌曲《春天的故事》《走进新时代》词作者蒋开儒先生。蒋先生正兴安人，定居深圳，斯时回乡省亲。交谈许久，其乐融融。

2012 年 4 月 14 日

黄河清

水利专家黄万里先生的事迹越来越为世人所认知。当年，他不同意修建三门峡水库的人。1955年7月18日，邓子恢副总理在《关于根治黄河水害和开发黄河水利的综合规划的报告》中乐观地认为："只要六年，在三门峡水库完成之后，就可以看到黄河下游的河水基本上变清。我们在座的各位代表和全国人民，不要多久就可以在黄河下游看到几千年来人民梦想的这一天。"事实如何今天已经明晰不过。黄先生不同意的理由是：黄河含沙量巨大，一旦三门峡大坝建成后，黄河潼关以上流域会被淤积，并不断向上游发展，到时候不但不能发电，还要淹掉大片土地。他同时指出，"黄河清"只是一个虚幻的政治思想，在科学上根本不可能实现。

"俟河之清，人寿几何！"《左传》援引的这句《周诗》，是说人的寿命很短，等待黄河变清是不可能的，进而比喻期望的事情不能实现，俗语里因有"黄河清，圣人生"之谓。然而对若干国人来说，事情没有办不到的，只有想不到的。于是在历史记载中，能够看到不少有此眼福的"幸运儿"，像"凤凰集于庭"或"麒麟现于野"一样，他们也曾"目睹"黄河的变清。拙文曾引元惠宗、清世宗（雍正）等对黄河清的反应，此番再拈新例。黄河何以会清？前人解释:"(黄)河水清,河阴精,本浊而反清,不惟异常,亦水气之极盛也。"这算是比较"科学"的了,更多的是将之视为祥瑞。

元王恽《玉堂嘉话》云,"丁丑岁二月初,黄河自陕州灵宝清澄至河南府。或云自潼关至三门集津",而且清了"殆三旬之久",足足一个月。王恽生于1227年,卒于1304年,查此间之丁丑,乃元世祖忽必烈至元十四年(1277)。不过,这个"或云",连清澄的地段也没搞准,表明王恽出自道听途说。又不过,这个前人以为五百年或千年当有一遇的现象,并不妨碍贺表的产生,臣子们不仅要"恭维德昭天汉,恩溥渊泉",以示吾皇"覆帱何止于中华,洋溢远沾于方表",而且要觉得自己三生有幸,所谓"叨居华省,幸睹荣光"。可惜忽必烈对此的反应如何,王恽没记下来,记的话,这个入主中原的"番人"对汉族文化的态度,该是很有价值的一笔,如果没有想当然的成分。

清萧奭《永宪录》云,雍正四年(1726),总督河道兵部尚书齐苏勒上疏云,他"本月十七日午后在睢宁工次,忽见黄河水湛然澄清",正纳闷呢,手下纷纷来报告他们辖区地段的黄河水也都变清了,一统计,"江南所属黄河澄清三日,自虞城至桃源上下六百里"。齐苏勒把这种现象视为"千古未有之奇徵",以此"知国福之盛,圣道之昌",并且他运用双重标准,把"属于"别人的祥瑞也归到自己头上。他在疏中说,明朝正德到天启年间,黄河清过六次;万历四十八年又有一次,但那是"我朝开基之瑞",跟他们没什么干系。

许是齐苏勒的上疏起了示范作用,次年,"沿河各报河清"。雍正高兴不已,归为"天人感应之理自非无因",联想到自己"统临万方,励精图治,全赖臣工各矢忠公、殚才力,有实效及于吏治民生"。高兴之余,给"京官自大学士、尚书以下主事以上,内大臣、都统以下参领以上……俱各加一级"。但与此同时，雍正似乎也察觉了此种祥瑞的成色，他这么说的："韩城令龚之琦详报雍正四年十二月初十日黄河水清至十五日止，今岁正月初七八日河水又清，所报河清二次，似属牵强。即据所报第二次，亦未声明于何日止，似此地方官于本地方事务全不留心，随意捏词，不求确实。"然后他派人下去核实，"并查议从前含糊之地方官"，担心地方官借机欺罔。但从反应来看，雍正在骨子里还是渴望河清的，他需要的是"真清"，别骗我。此前，明景泰五年（1454）正月，山西巡按御史何琛奏："黄河自龙门至芮城清同一色，此上至德所感。"廷臣欲行贺礼，景泰帝却很清醒："此乃偶然，不必贺。"混浊的黄河究竟有没有在不同的地段呈现暂清景象的可能，要就教于专业人士，然即便真清了一阵，景泰帝的态度较之雍正，也高下立判。

《梦溪笔谈》云，包拯"天性峭严，未尝有笑容"，所以大家说"包希仁笑比黄河清"，太难得了。包公不笑，是否有先天的因素未知，后天在于"与人不苟合，不伪辞色悦人"。张集馨《道咸宦海见闻录》云，在传统教育中形象颇为负面的"投降派"琦善，"有白面包龙图之号"。这样来看，琦善大概也可关联黄河清，他"性气高傲，不欲下人，才具素长，睥睨一切，当世名公巨卿，鲜有入其目者，词气亢厉，令人难堪，故朝臣毁多誉少"，多少可证一斑。在张集馨眼里，琦善是一代伟人，他认同时人的这个评价："我国家数十年来，仅此一人。"当代学者茅海建先生在其著作《天朝的崩溃》里，也以客观的立场评价了鸦片战争中的琦善其人，此不赘述。

2012 年 4 月 21 日

黄河清(续)

2009 年夏天偶到兰州，零距离接触了黄河。后来知道，兰州还是唯一黄河穿城而过的省会城市。黄河从哪里开始混浊我不大清楚，印象中，在兰州市区看到的黄河已经不"清"了。罗隐《黄河》诗曰："莫把阿胶向此倾，此中天意固难明。解通银汉应须曲，才出昆仑便不清。"他的清浊"分界"倒很清楚，但未知出自诗人臆想还是彼时的真实状况。

前文说到，"黄河清"已经有了约定俗成的含义，而"淮河清"似乎也是。汤显祖《牡丹亭·闹宴》中，落魄的柳梦梅来找准丈人杜宝，杜宝吃太平宴去了，柳梦梅便问什么是太平宴，人家告诉他："这是各边方年例。则今年退了贼，筵宴盛些。"柳梦梅琢磨："则怕进见之时，考一首《太平宴诗》，或是《军中凯歌》，或是《淮清颂》，急切怎好？且在这班房里等著打想一篇，正是'有备无患'。"从接下来的剧情看，柳梦梅打算弄篇文字非为杜宝着想，实则自家的意淫。然《淮清颂》里的"清"大抵无关河水清浊，从"长淮望断塞垣秋，喜兵甲潜收。贺昇平、歌颂许吾流"，以及"喜平销战气，不动征旗，一纸书回寇"等曲文来推断，该是海内清平一类的意思。《牡丹亭》写的是南宋故事，南宋著名词人张孝祥《六州歌头·长淮望断》有"长淮望断，关塞莽然平。征尘暗，霜风劲，悄边声。黯销凝",度《牡丹亭》那句,似正脱胎于此。而"长淮望断",今人释义为伫立于漫长的淮河岸边极目望远,则淮清所喻战乱之后的太平与河清所喻圣人现身的升平,应该有某种因果关联了。

宋太宗太平兴国年间,王延德等奉旨使高昌,过黄河时"以羊皮为囊,吹气实之,浮于水,或以囊驰牵木筏而度"。差不多千年之后,顾颉刚先生说1938年他去西宁,从皋兰渡黄河仍然是这种方式,羊皮筏子用嘴吹气,牛皮筏子则需要以铁筒打气。因而皋兰经营两种筏子的店铺甚多,且他们觉得谁的话华而不实,就说请你到黄河边上去吹牛皮筏子吧,顾先生认为俗语"吹牛皮"即由此而来。《清稗类钞》有一则"水卒报警",讲的则是黄河"漂流"。记得20多年前,受哪个国家的什么人刺激,国人一度争漂神州大地的大江大河,其中正有黄河。所谓争,是争"首漂",视为荣誉。因为此争以勇气、精神为主,说白了就是蛮干,所以不少勇士遇难了之后,到处漂流之风才渐渐平息下来。然水卒报警,开宗明义是被漂,为了将洪水消息让下游快速得知,做好防范准备。皋兰那里有"铁柱,刻痕尺寸以测水,河水高铁痕一寸,则中州水高一丈"。彼时之漂,"其法以大羊空其腹,密缝之,浸以蓖油,令水不透,选卒勇壮者缚羊背,如乘马然"。20多年前的漂,同样是不借助动力,形式上以及惊心动魄的程度都难免庶几近之。水卒们"食不饥丸,腰系水签数十。至河南境,缘溜掷之,流如飞,瞬息千里。河卒操急舟于大溜,候之,拾签,知水尺寸,得预备抢护……"

不管黄河清浊与否,它都还有另一种功能,就是像长城一样起到屏障的作用,北宋时著名的"回河之争"即与此相关。《宋史·安焘传》载,仁宗庆历八年(1048),黄河在今河南濮阳一带决口,"大河北流,宰相主水官议,必欲回之东注"。所谓回河,即强行引导黄河回归"东流"故道,不是"北流"顺势而形新河。用安焘的话说,"未决之前,河虽屡徙,而尽在中国,故京师得以为北限。今决而西,则河尾益北,如此不已,将南岸遂属敌界。彼若建桥梁,守以州郡,窥兵河外,可为寒心"。然"东流"并不那么容易,彼时虽无"人定胜天"口号,却需行其实。苏辙《龙川略志》云,文彦博等重臣都"力主回河之计,诸公皆莫能夺",但苏辙不赞成,虽然他的看法有点好笑:"河决而北,自先帝不能回,而诸公欲回之,是自谓勇智势力过先帝也。且河决自元丰,导之北流,亦自元丰。是非得失,今日无所预。诸公不因其旧而修其未完,乃欲取而回之,其为力也难,而其为责也重矣!"事实上,北宋也的确先后三次用人力强行逼河回归东流,均遭惨败。嘉祐元年(1056)那一次,功毕,当夜再决,"溺兵夫,漂刍蒿,不可胜计,水死者数千万人"。

《清稗类钞》还有一则相关条目,隐含的也是黄河的战略意义。康熙亲征准噶尔班师,在归化"躬自犒劳西路凯旋之师,辍膳享士,献厄鲁特之俘,弹筝筊,歌者毕集"。其中有个老胡"应声而歌"曰:"雪花如血扑战袍,夺取黄河为马槽。灭我名王兮,虏我使歌,我欲走兮无骆驼。呜呼!黄河以北奈若何?呜呼!北斗以南奈若何?"老胡之"有胆",信之不虚,他不仅毫不讳言地道出自己部落首领向南扩张的狂妄之心,且直言康熙们为"虏"。而康熙"大笑,赦之,遣还",则未知确实与否了。黄河在这里,显然成了一种象征,国土的象征。

2012 年 5 月 6 日

拍马屁

　　前文言及顾颉刚先生考证了"吹牛"的由来。实际上在那篇文章里，顾先生同时还考证了"拍马"。

　　拍马溜须，谄媚奉承的意思，再口语一点叫拍马屁。顾先生说，正如"吹牛"本无贬义一样，"拍马"也不是先天即令人嗤之以鼻。蒙古族有"人不出名马出名"之谚，因而他们"以得骏马为无上荣耀"，于是牵马与人相遇，往往互拍其马股曰："好马！好马！"概因马肥则两股必隆起，"拍其股所以表其欣赏赞叹之意"。此种礼仪后来形成了一个套路，不管那马究竟好不好，路遇的人都要拍两拍喝彩，就有了后世奉承迎合的意味。顾先生认为，"拍马屁"即从此而来。

　　但凡属于拍马屁的那些话，被拍者大抵都很"受用"，一般的逢迎尚好，遇到别有用心的，就要入其彀中。《倦游杂录》云，张宗永知长安县，"时郑州陈相尹京兆"，而宗永"尝以事忤公意"。对这样的顶头上司该怎么化解前嫌？老陈"有别业在鄠、杜间"，宗永又知道他好绝句，找到办法了，"乘间诣之"后，"于厅大书"绝句一首："乔松翠竹绝纤埃，门对南山尽日开。应是主人贪报国，功成名遂不归来。"人家都是贪财、贪赃枉法，老陈家的别墅闲置，却是因为主人"贪报国"，把个"贪"字活用得妙极了，马屁拍得该是何等之响？结果老陈"览而善之，待之如初"，张宗永果然收到了成效。

《默记》云五代时官至相位的状元王溥，其父王祚"奉养奢侈，所不足者未知年寿尔"，总是担心自己的生死。有天来了个算命的瞎子，家人和算命的就共同设了一个局，对算命的承诺，如果拍好了，"当厚以卦钱相酬"。于是，"祚令布卦，成，又推命"，算命的装作大吃一惊："此命惟有寿也！"没别的，就是命大。王祚高兴地问："能至七十否？"算命的笑了："更向上。"能不能活到八九十？算命的又笑："更向上。"咬咬牙，再问："能至百岁乎？"算命的这回不笑又假装改作叹气了，告诉他："此命至少亦须一百三四十岁也。"王祚大喜，却不忘关心自己的生命质量："其间莫有疾病否？"曰："并无。"不大相信，"固问之"，算命的不情愿地透露了一点："俱无，只是近一百二十岁之年，春夏间微苦脏腑，寻便安愈矣。"这通长寿马屁，拍得王祚忘乎所以，他还一本正经地嘱咐身边的子孙："切记之，是年且莫教我吃冷汤水。"

明朝崇祯进士唐九经，特别好拍马屁，"里中有官学士者，其封君家居"，他天天往人家跑。人们借他的名字来讥讽他："九经第一不修身，只为年来敬大臣。"《中庸》第十九章有"凡为天下国家有九经"，而九经排在第一位的就是"修身也"，正如朱熹注中所说："修身为九经之本。"其他八经，则"尊贤也，亲亲也，敬大臣也，体群臣也，子庶民也，来百工也，柔远人也，怀诸侯也"。明了这些，可知人们讥讽的意味如何了。官学士死后，"里中有以监司家居者"，唐九经改换门庭，又开始往那家跑，这回大家又说："（九经）近日不敬大臣矣，体群臣矣。"当然，对于唐九经这种眼睛一贯向上的人来说，欲其"子庶民，来百工"，无异苛求。

涉及政治的领域中，拍马屁更加常见。隋失其鹿之际，王世充跃跃欲试，道士桓法嗣"取《庄子》'人间世''德充符'二篇以进"，大拍马屁："上篇言'世'，下篇言'充'，言相国当德被人间，而应符命也。"王世充高兴得不得了，真的以为前世已经注定自己可当皇帝。冯梦龙愤愤地说："态臣贡谀，亦何不至哉!"连日暴雨，唐玄宗担心庄稼收成，杨国忠"取禾之善者献"，曰："雨虽多，不害稼。"《杨文公谈苑》云，广西转运使王延范既贵且富，一帮风水佬围在他周边，有的说他"素有偏方王霸之分"，有的说他"当大贵不可言"，有的说他"形如坐天王，眼如嚬伽，鼻如仙人，耳如雌龙，当大有威德"。一番马屁把王延范弄得忘乎所以了，"于是日益矜负，因寓书左拾遗韦务升，作隐语讽朝廷事"，结果"为人所告，鞫实抵罪，籍没其家，藁葬南海城外"。杨亿感叹："大抵术人谬妄，但知取悦一时，不知误惑于人，其祸有至于如此者。"沈德符《万历野获编》更认为，"但贡谀于先，而切谏于后"，亦可视为"市名钓奇"的一类。就是说，拍过马屁，后来反思了的，也为其所不齿。宋朝刘昌言"捷给诙谐，善揣摩捭阖，以迎主意"，然"士论所不协"。太宗始而没察觉，"连赐对三日，几至日旰"，后来省悟了，对左右说："刘某奏对皆操南音，朕理会一句不得。"马屁没拍成，刘昌言倒是知趣，"因遂乞郡"。

清末"鉴湖女侠"秋瑾有一篇《演说的好处》："现在我们中国，把做官当作最上等的生涯，这种最上等的人，腐败不堪：今日迎官，明日拜客；遇着有势力的，又要去拍马屁；撞着了有银钱的，又要去烧财神。"百年过去了，当年秋瑾抨击的包括拍马屁的这些现象，现在非但没有销声匿迹，反有愈演愈烈的倾向。对于这一点，任何关心社会现实的读者诸君想必都会认同吧。

2012 年 5 月 10 日

槟榔

不久前,第十九届中国·天津投资贸易洽谈会暨第八届
PECC 国际贸易投资博览会在天津梅江会展中心开幕。有记者在
现场看到,每个参展商家为吸引眼球,各展所长,奇招不断,然而,
整个展会最引人注目的还是来自海南组团的大陆版的槟榔西施。
按介绍,大陆版的槟榔西施,"是槟榔行业龙头企业口味王槟榔重
金打造的一群专注于槟榔文化推广的使者"。此前大家都知道,
槟榔西施是宝岛台湾的一种职业,特指路边贩卖槟榔的那些穿着
稀少、性感的年轻女性。

槟榔,其"大"的用处究竟是什么,我一直弄不清楚,耳闻目睹
就是嚼之一途。余等师友间聚会,某师必嚼,且大谈其益,比如开
嚼之后若干年从未患过感冒云云。嚼槟榔是岭南的一个重要生
活习俗,很古老,可溯至百越文化要素之列,与"断发文身"比肩。
屈大均《广东新语》云:"粤人最重槟榔,以为礼果,款客必先擎进,
聘妇者施金染绛以充筐实,女子既受槟榔,则终身弗贰。"瞧,槟榔
跟"节妇"还神奇地关联了起来。他也专门提到了海南,"琼俗嫁
娶,尤以槟榔之多寡为辞。有斗者,甲献槟榔则乙怒立解,至持以
享鬼神,陈于二伏波将军之前以为敬"。感觉上颇有些夸张,但槟
榔由"功能"决定的地位亦见一斑。《红楼梦》第六十四回,贾琏

到尤二姐那里去搭讪,见尤二姐"手中拿着一条拴着荷包的绢子摆弄",便往腰里摸了摸,说道:"槟榔荷包也忘记了带了来,妹妹有槟榔,赏我一口吃。"二姐道:"槟榔倒有,就只是我的槟榔从来不给人吃。"从这里看,贾府里嚼槟榔也是一种风气。这又可见,嚼槟榔并不为岭南所独有。为什么要嚼槟榔?用屈大均的说法,"真可以洗炎天之烟瘴,除远道之饥渴"。

南宋周去非《岭外代答》有"食槟榔"条:"自福建下四川与广东西路,皆食槟榔者。客至不设茶,唯以槟榔为礼。"他还记录了槟榔的吃法:"斫而瓜分之,水调蚬灰一铢许于萎叶上,裹槟榔,咀嚼,先吐赤水一口,而后啖其余汁。"同朝的范成大坐船到广西桂林上任,上岸之后,见"道上时有鲜血之点凝渍",觉得很不舒服,开始以为是"刲羊豕者舁过所滴",屠宰猪羊溅出来的血,然而到处都是,他"忽悟此必食槟榔者所唾,徐究之果然"。其《桂海虞衡志·志器》中有"槟榔合",云"南人既喜食槟榔,其法,用石灰或蚬灰并扶留藤同咀则不涩。士人家至以银锡作小合,如银铤样,中为三室,一贮灰,一贮藤,一贮槟榔"。《广东新语》中也有同名一则:"广人喜食槟榔,富者以金银、贫者以锡为小合,雕嵌人物花卉,务极精丽。中分二隔,上贮灰脐、萎须、槟榔,下贮萎叶。"吃的时候,"先取槟榔,次萎须,次萎叶,次灰,凡四物各有其序。萎须或用或不用,然必以灰为主,有灰而槟榔萎叶乃回甘。灰之于槟榔、萎叶,犹甘草之于百药也"。跟南宋时的吃法差不多,更讲究了就是,什么"灰有石灰、蚬灰,以乌侈泥制之作汁益红。灰脐状如脐,有盖,以小为贵"之类。贾琏槟榔包的形制未知如何,在屈大均的记述中,"包以龙须草织成,大小相函,广三寸许,四物悉贮其中,随身不离",所谓"合用于居,包用于行"。今天好像没那么复杂了,但见喜欢嚼的人,摸出一粒,径直丢入口中。包更不必

"以富川所织者为贵,金渡村织者次之",塑料袋便足以了事。

槟榔嚼得多的人都牙黑,吐出来的东西又红,从前好多人就看不惯。汤显祖《牡丹亭》中,杜丽娘的爸爸杜宝一直不满意准姑爷柳梦梅,即便柳梦梅中了状元,仍然讥讽他:"花你那蛮儿一点红嘴哩!"柳梦梅辩解道:"老平章,你骂俺岭南人吃槟榔,其实柳梦梅唇红齿白。"杜宝当然知道这一点,其时,他正"劾奏柳梦梅系劫(杜丽娘)坟之贼,其妖魂托名亡女,不可不诛",恨屋及乌,瞧见柳梦梅自然气不打一处来。范成大实际上也是不大看得惯,语气委婉而已。老友之间,更难免善意的调侃。王士禛《分甘馀话》云,程石臞"南海人,嗜槟榔,官兵部职方郎中",有天早朝,士禛戏占一绝赠之:"趋朝夜永未渠央,听鼓应官有底忙?行到前门门未启,轿中端坐吃槟榔。"闻者皆为绝倒。

《南史·刘穆之传》载,刘穆之小时家里很穷,"好往妻兄家乞食,多见辱,不以为耻"。有一天人家那里有宴会,不让他去,他非去,"食毕求槟榔",两个舅哥说话了:"槟榔消食,君乃常饥,何忽须此?"后来穆之发迹,专门把舅哥召来,醉饱之后,"乃令厨人以金柈贮槟榔一斛以进之"。这种不忘旧怨的报复做法,该是从刘邦那儿学来的。刘邦当年也是常领一帮人到哥哥家蹭饭吃,嫂子很烦,有一次故意"刮釜底,佯为羹尽"。等到当了皇帝,鸡犬升天,"而伯子独不得封"。老太公亲自说情,刘邦说他不是忘了,"为其母不长者耳",于是给封了个羹颉侯。

西施与槟榔,从前似未闻关联在一起,现代人的"创意"?只是弘扬槟榔文化不错,却别让槟榔西施来喧宾夺主吧。

2012 年 5 月 19 日

美食

纪录片《舌尖上的中国》一时大热。被食品安全弄成惊弓之鸟的国人，拾回了自己国度尚有美食的良好记忆，进而开始咀嚼那些"家乡的味道""小时候的味道"。上溯一下，孔夫子即有"食不厌精，脍不厌细"的名言，达到这个不低的要求，肯定算得上美食了。据杨伯峻先生统计，《论语》中"食"字出现过 41 次，其中30 次是当"吃"来讲的。"割不正，不食；不得其酱，不食"，看夫子讲究的，切出来的东西刀工不好他都不吃。

每个地方都有每个地方的美食，每个人也都有自己"文化圈"中的美食记忆。西晋张翰千里迢迢跑到洛阳在齐王冏手下当差，"因见秋风起"，想起家乡吴中的菰菜、莼羹、鲈鱼脍，感慨道："人生贵得适志，何能羁宦数千里以要名爵乎！"然后便"命驾而归"，官都不当了。当然，张翰的抽身而退，非为单纯地惦记美食，"以明防前，以智虑后"的成分不容忽略，没有多久，司马冏不是就兵败被杀了吗？这是《晋书·张翰传》里的记载。同书《陆机传》里，陆机和弟弟陆云刚到洛阳时拜访侍中王济，王济指着羊酪问陆机，你们家乡什么东西比得了这个？陆机说："千里莼羹，未下盐豉。"羊酪是王济眼里的美食，陆机乃以美食答之。千里，指千里湖，那里莼菜做的汤味道鲜美；后半句有争议了，有的说是莼羹不必用盐豉做调味品也好吃，但我认同宋人曾三异的说法："盖'末'字误书为'未'。'末下'，地名；'千里'，亦地名。此二处产此二物耳。"《陆机传》在那问答之后，有"时人称为名对"一句，正表明了上下的对仗属性，虽然不知道"末下"究竟在哪里。不管怎样，莼羹借此出了大名，东坡诗曰："若问三吴胜事，不惟千里莼羹。"后人更以"千里莼羹"为成语，泛指有地方风味的土特产。

张翰因美食而弃官，南朝刘宋时的毛修之则因擅长烹饪美食而得官。本来"修之有大志，颇读史籍"，通过正常的途径当上了官，但在刘裕这边时给北魏俘虏了，修之便露了一手，"尝为羊羹，以荐虏尚书，尚书以为绝味，献之于（拓跋）焘；焘大喜，以修之为太官令"，此后"尚书、光禄大夫、南郡公"等头衔纷至沓来。不仅如此，毛修之"在虏中，多蓄妻妾，男女甚多"。凭借一道拿手好菜而因祸得福、优哉游哉到这种程度，恐怕是包括他自己在内的所有人都始料不及的。

钱锺书先生评价昭明太子《七契》，"谋篇陈陈相因，琢句亦无警出"，但美食那节值得一赞，尤"瑶俎即已丽奇，雕盘复为美玩"那句，说食而兼说食器相得益彰，盖美食与美器往往缺一不可。《水浒传》第三十八回，宋江和戴宗、李逵在琵琶亭上喝酒，"有十数副座头，戴宗便拣一副干净座头"。宋江喝多了，忽然心里想要鱼辣汤吃，便问戴宗道："这里有好鲜鱼么？"戴宗笑道："兄长，你不见满江都是渔船。此间正是鱼米之乡，如何没有鲜鱼！"宋江道："得些辣鱼汤醒酒最好。"戴宗便唤酒保，教造三分加辣点红白鱼汤来。而汤端上来后，宋江说："美食不如美器。虽是个酒肆之中，端的好整齐器皿。"这其实是说那汤不行，因此宋江"再呷了两口汁，便放下箸不吃了"。酒保说实话了："不敢瞒院长说，这鱼端的是昨夜的。今日的活鱼，还在船内，等鱼牙主人不来，未曾敢卖动,因此未有好鲜鱼。"鱼牙主人就是浪里白条张顺,倘生在今天的广东,无疑属于"三打"——打击欺行霸市、打击制假售假、打击商业贿赂——对象,他是明摆着"欺行霸市"。关于美食与美器的关系,钱先生归纳了三种:一种是"美器无补于恶食",如曹植云"金樽玉杯,不能使薄酒更厚",酒不行,什么盛都一样;再一种是"恶器无损于美食",如杜甫云"莫笑农家老瓦盆,自从盛酒长儿孙",酒好,瓦盆装来喝也好。而李白的《行路难》——金樽清酒斗十千,玉盘珍羞直万钱。停杯投箸不能食,拔剑四顾心茫然——则更进一解,"苟有心事,口福眼福胥成乌有,美食美器唐捐虚设而已",在食品安全问题几乎无处不在的当下,谈论美器更是奢侈之事了。

有人评论,看《舌尖上的中国》觉得各种美食各种美好,而看新闻觉得各种食品各种剧毒。如果我们抛弃荒谬的"媒体抹黑"论,多少会正视这一现实。现如今,盛在碗里的东西让人放心,大约已经可称为美食了。孔夫子那时,"鱼馁而肉败,不食。色恶,不食。臭恶,不食。失饪,不食。不时,不食……"现在肯定行不通,原材料即便变味乃至腐烂,商家或商贩不会告诉你,并且他有种种无良之方进行"消解",让你蒙在鼓里。夫子又有一句"沽酒市脯,不食",这是说从市上买来的肉干和酒,他不吃。杨伯峻先生说:"孔子为大夫,家中自当有酿酒,但必谓一生从不沽酒市脯,则商贾之以此为业者,人皆嫌其不洁,无人敢买,宁有此理?"那么,孔夫子涉及的倒还不是食品安全问题。

2012 年 5 月 23 日

到此一游

这几年国人旅游大热。

《淮南子》早就说过："凡人之所以生者，衣与食也。今囚之冥室之中，虽养之以刍豢，衣之以绮绣，不能乐也。"为什么呢？"以目之无见，耳之无闻。"所以，"穿隙穴，见雨零，则快然而叹之，况开户发牖，从冥冥见炤炤乎！从冥冥见炤炤，犹尚肆然而喜，又况出室坐堂见日月光乎！见日月光，旷然而乐，又况登泰山，履石封，以望八荒，视天者若盖，江、河若带，又况万物在其间者乎！其为乐岂不大哉？"层层递进到最后，"登泰山"云云，讲的可不是旅游的妙处？

关于旅游，今天却有这么句顺口溜："上车睡觉，下车尿尿，景点拍照，回家一问，啥都不知道。"这种传神的概括，揭示了满足于"到此一游"的旅游，去过那儿，照片为证，就够了，景点内涵什么的不在关心之列。素质差的，还要想方设法在景区留下"到此一游"的字迹。于慎行《谷山笔麈》云，杨巍"平生宦游所历名山，皆取一卷石以归，久之积石成小山"，闲时"举酒酬石，每石一种，与酒一杯，亦自饮也"。但像这种旅游，在古人中也要归为高雅的一类。孙悟空与如来佛打赌，在如来手掌上一个筋斗翻出去，走着走着，"忽见有五根肉红柱子，撑着一股青气"，认为"此间乃尽头路了"，怕如来赖账，要"留下些记号"，乃在那中间柱子上写一行大字云："齐天大圣，到此一游。"这是经典文学作品的描写。有趣的是，悟空写完之后，"又不庄尊，却在第一根柱子根下撒了一泡猴尿"。

细看不少留存至今的摩崖石刻，尽管因为年代久远等因素罩上了各级文物的外衣，实际上也就是直白的"到此一游"。因此，今天的偷偷摸摸刻画与当年堂而皇之地凿出，东西的性质委实没有什么两样。

大名鼎鼎的肇庆星湖，其历代石刻中就不乏"到此一游"的直白手笔，自唐迄清，历历在目，拈若干例于此。

唐朝的。李绅有"长庆四年二月，自户部侍郎贬官至此，宝历元年二月十四日将家累游"。李绅就是著名诗句"锄禾日当午，汗滴禾下土"的作者。

宋朝的。有"嘉定戊寅春二月望，郡守嘉禾徐龟年率权高要令、录参赵汝袭劝耕于星岩。后二日，汴人赵汝袭挈家来游，弟汝附、子崇烨侍。温陵谢庭玉、莆阳阮时孺偕行"。今人编纂的《肇庆星湖石刻》中作"徐龟年题名"，逻辑上应该是"赵汝袭题名"才对，疏忽不小。

包青天包拯的手书真迹极其珍罕，七星岩正有一通，文字内容多少要见笑了，道是："提点刑狱周湛，同提点刑狱钱聿、知郡事包拯同至。庆历二年三月初九日题。"以《爱莲说》闻名的周敦颐，旅游文字同样令人不敢恭维："转运判官周敦颐茂叔，熙宁二年三月七日游。军事推官谭允、高要县尉曾绪同至。"

唐宋呼应的。陶定有"宋乾道己丑秋九月乙丑，陶定观李北海记"，与到此一游稍有不同，是到此一看。他看的李北海记，即唐朝李邕的《端州石室记》，是李邕"开元十五年正月廿五日"来这里的游记。所幸《端州石室记》今天仍然在世，已成七星岩"镇岩之宝"。

元朝的。"奉训大夫、肇庆路总管府达鲁花赤、古汴宋寿玉景福；昭勇大将军、肇庆路总管府尹、庐山燕宗龙叔亨，暨文武僚采来游。是日也，天高气清，人物咸悦，星岩绚彩，佥谓岩瞻之佳兆也"，加多了几句，字里行间便洋溢出此行的欢欣。

明朝的。有"嘉靖戊戌十二月五日，广东右布政使杨铨，按察使詹瀚，右参政龚亨、严时泰，都指挥李时同游"，以及"崇祯辛未仲冬二日，总督两粤少司马大中丞王业浩，按粤侍御梁天奇同游"。不过，明朝人留下的诗作也多，著名人物像俞大猷、邓芝龙等，多少算提升了石刻的档次。

清朝的。有张远的"康熙丙子冬日，侯官张远、蓝涟，会稽宋溌同游"；有刘师陆的"道光壬寅岁夏五月，权守得代，曾游是岩。六月七日再游。遍观前贤题刻，拓取以归。洪洞刘师陆子敬记。男辂公路侍，七岁女子记珠亦随来。区远祥刻字"。

按前人"以所见知所不见"理论，肇庆星湖如此，别的地方未必"大相径庭"。传统文化嘛，一脉相承。《梦溪笔谈》里还有一则相关的趣事，"有一故相远派在姑苏，有嬉游"。他不仅到处留下"到此一游"，还不忘了远房当过大官的那个亲戚，怎么写的呢？"大丞相再从侄某尝游。"再从侄，即再从兄弟之子。从兄弟，已是同祖父的堂兄弟；再从，只能沾上亲戚的边。则此种高攀，难免为人恶搞，果然，"有士人李璋"在"再从侄"的旁边题曰："混元皇帝三十七代孙李璋继至。"混元皇帝，太上老君的尊号，道教相信先秦老子是老君的化身，老子姓李名耳，李璋用"再从侄"的语意辛辣地嘲讽了胡乱攀附，以期"大树好乘凉"的庸俗心态。

当年，杨巍是对着旅游"纪念品"自斟自饮，于慎行说自己"慕其事而无石可浇,山园种菊二十余本,菊花盛开,无可共饮,独造花下,每花一种,与酒一杯,自饮一杯,凡酬二十许者,径醉矣"。看起来,老于一来酒量有限,二来喜欢猫在家里当宅男吧。开玩笑。

2012 年 5 月 27 日

美食（续）

北京三联书店的"闲趣坊"丛书出了十几本了，选题基本上除了关于书，就是关于吃，后者如《肚大能容》《文人饮食谈》《老饕漫笔》《吃主儿》《寒夜客来》《川菜杂谈》等。这里的吃，涉及的尽皆美食，非清人陈其元所谓"食无粗精，饥皆适口"。

陈其元在回忆避乱（该是避太平天国）时的日子说："偶得一鱼一肉，不啻八珍之享。"承平年间尤其是当官以后不同了，"每岁首赴苏贺正，僚友邀饮，一日之间或至三四五处"，赶场似地吃，虽然进嘴的东西"皆穷极水陆"，天上飞的，地下跑的，什么好玩意都有，"然闻招则蹙额，举箸则攒眉"。何曾的"无下箸处"，大约正是此种反映。所以，陈其元不知从哪里听说，"宋人治具宴客有三字诀：曰烂，曰热，曰少。烂则易于咀嚼，热则不失香味，少则俾不属餍而可饫"，他以为那个"少"字"真妙诀也"，吃得太饱不行。《牡丹亭》里有一句"直到饥时闻饭过，龙涎不及粪渣香"，虽嫌粗鄙，意思一般无二。

美食肯定是逐渐讲究起来的，温饱之后才谈得上享受，然前人文字中的诸多美食，大抵还不是《舌尖上的中国》渲染的那种。《韩非子·六反》有云："今家人之治产也，相忍以饥寒，相强以劳苦，虽犯军旅之难，饥馑之患，温衣美食者必是家也。"这里的美食，显见寓意小康。《墨子·辞过》在谈到"古之民未知"什么——比如宫室、衣服、舟车——而圣王、圣人尽显开创之功时说:"古之民未知为饮食时,素食而分处。故圣人作诲男耕稼树艺,以为民食。其为食也,足以增气充虚,强体适腹而已矣。故其用财节,其自养俭,民富国治。"现在呢,《墨子》厚古薄今:"厚作敛于百姓,以为美食刍豢,蒸炙鱼鳖,大国累百器,小国累十器,前方丈,目不能遍视,手不能遍操,口不能遍味",吃不完又不打包,致美食"冬则冻冰,夏则饐馊"。这句话,用后世杜甫的概括最能诠释其神韵:"朱门酒肉臭,路有冻死骨。"这里的美食,亦显见仍然不是食物意义上的。西晋傅咸痛陈其时奢侈留下一句名言:"奢侈之费,甚于天灾。"他的办法是,"欲时之俭,当诘其奢;奢不见诘,转相高尚"。他说三国时毛玠"为吏部尚书,时无敢好衣美食者",连曹操都感叹"孤之法不如毛尚书",其与崔琰典选举,"务以俭率人,由是天下之士莫不以廉洁自励,虽贵宠之臣,舆服不敢过度"。美食在这里,也要划入社会学范畴。

《舌尖上的中国》中的美食,是单纯谈吃,通过多个侧面来了解中华饮食文化的精致和源远流长。总导演陈晓卿说:"我们更多在讲人的故事,人是主角,而美食是吸引观众的一条重要途径。"美食与人,密不可分,前人正有"食以人传"之说,代表人物非苏轼莫属,东坡肉、东坡羹、东坡腿等,直接命名的就有不少。"东坡肉",源自东坡"慢着火,少着水"的煮肉经验;"东坡羹",源自东坡"所煮菜羹也",要"揉洗数过,去辛苦汁";"东坡腿"则比较少见,朱彝尊《食宪鸿秘》讲到了做法:"陈金腿(放了一段时间的金华火腿)约六斤者,切去脚,分作两方正块,洗净,入锅煮去油腻,收起。复将清水煮极烂为度。临起,仍用笋、虾作点,名东坡腿。"但这里的美食,存心是要搭名人的车。清代戏曲家李渔就

"东坡肉"开了个玩笑:"卒急听之,似非豕之肉,而为东坡之肉矣。嘻,东坡何罪,而割其肉,以实千古馋人之腹哉?"他还有个结论:"甚矣,名士不可为,而名士游戏之小术,尤不可不慎也。"其实,除了他老人家,说到"东坡肉"时,谁会往"唐僧肉"那里去联想呢?

李渔是个美食家,他有一套"蔬食第一,谷食第二,肉食第三"的理论,此不赘言。他还自称"于饮食之美,无一物不能言之,且无一物不穷其想象,竭其幽渺而言之",但偏偏于螃蟹是个例外,"心能嗜之,口能甘之,无论终身一日,皆不能忘之"。他太爱吃螃蟹了,"每岁于蟹之未出时,即储钱以待",甚至把这笔钱称为"买命钱",因而"自(螃蟹)初出之日始,至告竣之日止,未尝虚负一夕,缺陷一时"。他觉得别人都不会吃螃蟹,"以之为羹者,鲜则鲜矣,而蟹之美质何地?以之为脍者,腻则腻矣,而蟹之真味不存。更可厌者,断为两截,和以油、盐、豆粉而煎之,使蟹之色、蟹之香与蟹之真味全失"。有趣的是,他把人家的种种吃法,视为"皆似嫉蟹之多味,忌蟹之美观,而多方蹂躏,使之泄气而变形者也",令人忍俊不禁。

李渔还有个奇论:"万古生人之累者,独是口腹二物。"他这么推导的:"口腹具而生计繁矣,生计繁而诈伪奸险之事出矣,诈伪奸险之事出,而五刑不得不设。"好家伙,社会所以纷繁复杂,全是由美食引起来的。这奇论大约也可溯至墨子,墨子不是早说了嘛:"人君为饮食如此,故左右象之,是以富贵者奢侈,孤寡者冻馁,虽欲无乱,不可得也。君实欲天下治而恶其乱,当为食饮不可不节。"这样的使命,美食其实承担不起,也不该由其承担。相形之下,袁枚的"学问之道,先知而后行,饮食亦然",道理讲到这个程度,就可以了。

2012 年 6 月 6 日

《资治通鉴》

余之读史,自司马光《资治通鉴》始。1992 年硕士研究生毕业后到广东省政协机关工作,开头那些天闲着没事,忽见办公室书橱中有一套中华书局版的《资治通鉴》,乃从第一册起开读,每天一卷,进而又陆续读了《左传》《战国策》、二十四史等。

司马光说过:"自吾为《资治通鉴》,人多欲求观读,未终一纸,已欠伸思睡,能阅之终篇者,惟王胜之耳。"《资治通鉴》连同胡三省的注,并没多大部头,"阅之终篇"实非难事,温公此言当系另有所指。王胜之和司马光是好朋友,胜之有个观点很有意思:"人君之难,莫大于辨邪正;邪正之辨,莫大于置相。相之忠邪,百官之贤否也。若唐高宗之李义甫,明皇之李林甫,德宗之卢杞,宪宗之皇甫镈,帝王之鉴也。高宗、德宗之昏蒙,固无足论;明皇、宪宗之聪明,乃蔽于二人如此。以二人之庸,犹足以致祸,况诵六艺、挟才智以文致其奸说者哉!"拐弯抹角,攻击的实际上是时任宰相、司马光政敌王安石。往今天各级官员的头上望去,戴着谁都知道怎么弄来的博士帽子的不在少数,而按胜之的逻辑,反腐败的难度就不可能不大,此其观点所以有趣之处。

《资治通鉴》的书名,因宋神宗认为该书"鉴于往事,有资于治道"而钦赐,但作为我国首部编年体通史,其在民间也产生了巨大影响力。王锜《寓圃杂记》有"脂麻通鉴"的故事。说郡人有个叫韦政的，"平生好讦，凡官吏之贪酷，豪强之侵渔，人所不能直者，被其讦，讦则必去其人乃已"。然而这个豪侠之士有个弱点，"素不读书，好大言。偶记君臣故事数则，往往对客谈之，谈毕寂然无声，盖已罄矣"，别人就把他的这点历史知识叫作"脂麻通鉴"。为什么呢？"盖吴人爱以脂麻点茶，鬻者必以纸裹而授"，有个卖家"就地取材"，径用家藏的旧书包芝麻，有心人则攒了下来，"积至数叶视之，乃《通鉴》也"。于是"取以熟读，每对人必谈及"，人家问他怎么知道这么多，他实话实说："我得之脂麻纸上，仅此而已，余非所知也。"有一说一，实则也是韦政们的可爱之处。

《柳南随笔》云，明朝有个叫严衍的嗜读《资治通鉴》，读罢指出该书有七病：一曰漏，如删节太甚；二曰复，如一事两载；三曰紊，如前后事失序；四曰杂，如张李互见；五曰误，如事有舛误；六曰执，如取舍固执己见，如不载屈原事；七曰诬，如皮日休仕于黄巢，近诬。于是他撰写了《资治通鉴补》，"孜孜矻矻，一事而遍采诸书，卷帙多至四倍"。然而严衍吃力不讨好，时人目其书为"涨膀通鉴"。涨膀，也是吴俗俚语，即以水浸物。涨膀通鉴，等于说这是注水通鉴，注水肉在当下大行其道，参照之，可明了俚语此意。然上海古籍出版社2008年精装出版了严衍的这部著作，煌煌六大册，想来是认可该书的价值吧，余尚未一窥究竟。"涨膀通鉴"云云，出于某个学霸的恶意诋毁也说不定。

嘉靖年间广东东莞陈建编纂有《皇明资治通纪》，书名显系自《资治通鉴》化来，但与今天流行的书名"搭车"有本质区别。沈德符《万历野获编》对之不屑一顾，认为该书"皆采掇野史，及四方传闻，往往失实"。且举隆庆时李贵和上言为证："我朝列圣实录，皆经儒臣纂修，藏在秘府，建以草莽僭拟，已犯自用自专之罪。况时更二百年，地隔万余里，乃以一人闻见，荧惑众听，臧否时贤，若不禁绝,为国是害非浅,乞下礼部追焚原板,仍谕史馆勿得采用。"这个建议被采纳了,然而"海内之传诵如故也"。不是原版焚毁吗?人家另起炉灶,"其精工数倍于前"。这就不是沈德符一句"芜陋之谈,易入人如此"所能蔽之的了。《皇明资治通纪》也在2008年由中华书局出版,定名为《皇明通纪》。点校者钱茂伟先生认为《皇明资治通纪》是"翻刻者定的题目,是一个他称",但他认为作为第一部明代通史著作,该书"影响了晚明史坛近百年时间,是一部富有时代光泽的作品"。

细看李贵和所论,未免"强盗逻辑"。倘"时更二百年"便不能问津,《资治通鉴》从公元前403年的周威烈王写起,到司马光的时代又过了多少年?1400多年。何谓"地隔万余里"?陈建虽东莞人,然非幽谷一叟,福建侯官县学教谕、江西临江府学教授、山东阳信知县等全都干过;并且,其"采据书目"以政书、方志、编年史、杂史笔记、文集、奏疏为主,"几乎搜集到了当时所能看到的图书"。合而观之,那是真正地读了万卷书走了万里路的。诋毁之,要害也许在于钱先生所说,该书"能引导读者关注国家存在的社会问题"。而倘若现实中的当政者一定要对那些问题装聋作哑,自然要视此书为十恶不赦了。

言归正传。1997年2月余到南方日报工作,未几去参加人民日报评论部办的一个培训班,在北京上了两天课,即开赴山西考察。记得傍晚坐火车出发,天蒙蒙亮时到洪洞下车,看了苏三监狱、大槐树,又坐大巴车前往目的地运城,一路上,临汾、侯马、闻喜……这些如雷贯耳的地名,先已令人盯住窗外;途经夏县时一度偏离主干道,弯了一弯,却居然到了"司马温公祠"!这一惊喜更非同小可,今天回忆起来,仍有如在梦中之感。

2012年6月11日

女娲

山西吉县"发现"了女娲骸骨！消息传出，不可能不惊世骇俗。

报道说，这是国家文物局原副局长张柏、故宫博物院副院长李文儒等23位考古、历史、神话、民俗专家近日"形成的共识"。根据呢？吉县人祖山那里出土了一具成人头骨，碳14同位素测定年代大约有6200年之久；还有，明代的当地人留下一段墨书题记："大明正德十五年（1520），天火烧了金山寺，皇帝遗骨流在此。"然而，只弹无赞的舆论热议未几，那里又来了个矢口否认，推说是当地宣传部门的某个个人所为。这是当下各地普遍"流行"的一种做法。先以爆炸性的"眼球"新闻吸引公众，遭到迎头痛击之后诿过于个体。久而久之，大家"见怪还怪"的是玩儿得离谱的那些，如"坐实"女娲的这类。

女娲神话早已家喻户晓。在咱们先民的世界观中，女娲是人类的始祖，人就是由她"造"出来的。吉县那具只有区区6200年、不过只相当于半坡文化时代的骸骨敢说成是女娲，显见是来自不知何时得名的"人祖山"的底气。而所以强调"咱们先民"，是因为人家也有先民，且"人家先民"也有人家的创世以及造人神话。比如在希腊神话中，造人的就是先觉者普罗米修斯，他知道"天神的种子"埋在泥土里,便用泥土"按天神的样子"塑造了人类。咱们的女娲也是用泥土。《太平御览》引《风俗通》云:"俗说:天地开辟,未有人民。女娲抟黄土作人,剧务力不暇供,乃引绳于泥中,举以为人。"女娲不仅造出了人,而且负责到底,还保护人。《淮南子·览冥训》云:"往古之时,四极废,九州裂,天不兼覆,地不周载;火滥焱而不灭,水浩洋而不息。猛兽食颛民,鸷鸟攫老弱。于是女娲炼五色石以补苍天,断鳌足以立四极,杀黑龙以济冀州,积芦灰以止淫水。"于是乎,"苍天补,四极正,淫水涸,冀州平,狡虫死,颛民生。"《列子·汤问》也收入了类似传说。

女娲最为国人熟知的正是炼石补天。"我笑共工缘底怒,触断峨峨天一柱。补天又笑女娲忙,却将此石投闲处。野烟荒草路。先生拄杖来看汝。倚苍苔,摩挲试问,千古几风雨。"(辛弃疾词)脍炙人口的《红楼梦》故事,也是由一块女娲补天用剩下的"闲石"切入。曹雪芹这么说的:"原来女娲氏炼石补天之时,于大荒山无稽崖炼成高经十二丈,方经二十四丈的顽石三万六千五百零一块。娲皇氏只用了三万六千五百块,只单单剩了一块未用,弃在此山青埂峰下。"这块石头,被"(那僧)念咒书符,大展幻术",给变化成了"一块鲜明莹洁的美玉,且又缩成扇坠大小的可佩可拿"。众所周知,贾宝玉出生时衔在嘴里,后来挂在脖子上,演绎出"历尽离合悲欢炎凉世态的一段故事"的,就是这块玉。用清朝"二知道人"的说法,这叫作"蒲聊斋之孤愤,假鬼狐以发之;施耐庵之孤愤,假盗贼以发之;曹雪芹之孤愤,假儿女以发之;同是一把辛酸泪"。不管"假……发"的载体如何吧,"此石投闲"与"单剩一块",让人隐约觉得曹著与辛词之间存在某种逻辑关联,悼红轩主人受到启发也说不定。

女娲是神话传说。何谓神话传说?先民借助想象和幻想把自然力拟人化的产物。鲁迅先生在《中国小说史略》中说过："昔者初民，见天地万物，变异不常，其诸现象，又出于人力所能以上，则自造众说以解释之；凡所解释，今谓之神话。"因而女娲的"现实"样子全凭想象，但不知怎么成了人头蛇身。王逸《天问集注》云："女娲人头蛇身，一日七十化。"今天出土的汉代古墓石刻画像上，常见伏羲、女娲人首蛇身的形象，有的两者尾部缠绕在一起。长沙马王堆西汉墓出土的帛画正中，画着长发女首蛇身的女娲高踞日月之上。恰似"谎言千遍成真理"，神话愈深入人心，愈让人觉得似有其事。《淡墨录》"己未博学鸿词五十人"条，康熙皇帝就曾针对毛奇龄的考卷发问："有女娲补天事，信否？"冯溥对曰："在《列子》诸书有之，似乎可信。"同书"毛奇龄"条再次提到此事，原来毛文是这么写的："日升于东，匪弯弓所能落；天倾于北，岂炼石之可补。"康熙"夹纸签于卷，问女娲事信否，不宜入正赋否"，冯溥说了《列子》一类的话后，补充道："赋体本浮夸，与铭颂稍异，似可作铺张。"康熙说："如此，则文颇佳。"言罢还把毛奇龄的卷子从"上卷末"移到"上卷中"，提升一个等次。不过，《啁啾漫记》云康熙又说："朕忆楚辞亦有之，但恐齐东野语不宜入正赋。"历史记载从来都是这样，不知信谁的好，无关宏旨的好说，关的呢？而所谓"楚辞亦有之"，即《楚辞·天问》中的"女娲有体，孰制匠之？"那是诗人屈原因为搞不清女娲来历而发出的困惑。

"女娲炼石补天处，石破天惊逗秋雨。"（李贺句）如今女娲骸骨所"逗"的，该是公众了。神话中的"人物"如何会有实体存在？当代学界的某些结论当真比神话还神，没有做不到，只有想不到。早几年，某地就曾言之凿凿地"发现"了孙悟空哥哥的墓地，以此"证明"大圣的籍贯在我这里。实际上，这是各地把文化仅仅当作能够带来经济效益手段的一种，抢夺文化资源势必就抢红了眼。

此番女娲骸骨"发现"后未"辟谣"前,吉县县委书记毛益民在接受采访时,不是已将人祖山喻为"引领吉县经济腾飞的新坐标"了吗?

2012 年 6 月 23 日

三不

　　"崔永元公益基金"将于今年 8 月在湖南开展"乡村教师培训"项目,大约进行了例牌的投石问路,不料被湖南省教育厅回复为:不反对、不支持、不参与。这让小崔非常生气,他同样回之以"三不",说人家"不努力、不作为、不要脸"。然而,正当大家对湖南省教育厅"同仇敌忾"之际,人家也说话了,原来崔方提出了"发文件"等六项要求,而他们认为,"对于民间公益组织开展的公益活动,应由该组织依法依规进行组织,省教育厅作为政府机构,依照自身的职能职责不宜代替民间组织直接发文和参与组织"。信息披露一完全,小崔立刻被戴上了"颐指气使"的"公益钦差"帽子。

　　小崔这个项目举办过五期,"甘肃、贵州、四川、湖南、黑龙江等省共约 700 名乡村教师已接受这个培训",此前肯定一路顺风顺水。此番的是非曲直,由于社会舆论的强烈介入,即便最后没有定论,想必公众关于"民间"与"官方"的界线会清晰许多。这里比较感兴趣的是双方的"三不"。传统文化中,"×不"是一种常见的用法。姜太公《阴符》有"大知似狂。不痴不狂,其名不彰;不狂不痴,不能成事"。《庚巳编》中,人家向 120 岁的王士能请教长寿之方,他说"但平生不茹荤,不娶妻,不识数,不争气"。诸如此类的"二不"或"四不"诚然亦不乏见,然"三不"更具规模。

明朝"要留清白在人间"的名臣于谦,被誉为"不要钱、不爱官、不顾身"。浙江千岛湖上有"三不"亭纪念海瑞,一说此乃海瑞在淳安极力倡导的社会道德基本准则:不偷、不抢、不讨;另一说为海瑞自警:不怕死、不爱钱、不立党。清朝程镜涛乃"不目色、不拾遗、不徼名",那是曾任云南、川陕、两江总督的尹继善给他的概括。尹尝在嘉定城隍庙灵苑微服私访,"时方春游,士女杂沓,尹踞坐盘石,镜涛适至,遇妇女,侧身避之。有遗钗者,镜涛拾得,亟访其夫,还之,其夫感谢,且叩姓氏,不以告,拱手遥去"。尹继善追上去,就这样给程镜涛奉上了"一举有三善"的溢美之词。当然,尹继善本人觉得自己是深思熟虑的,"观子于微,知非矫饰所致。某阅人多矣,未有高谊如先生者"。昭梿《啸亭杂录》则曰尹继善本人还多一不:不侵官、不矫俗、不蓄怨、不通苞苴。只是未知此"四不"的客观程度如何。

金埴《不下带编》云,他在京城中发现,"朝彦群公,遍粘公约一纸于邸馆门左",写的是什么呢?"同僚朝友,夙夜在公,焉有余闲,应酬往返,自今康熙五十八年己亥岁元旦为始,不贺岁,不祝寿,不拜客,有蒙赐顾者,概不接帖,不登门簿,亦不答拜。至于四方亲友,或谒进,或游学,或觅馆来京枉顾者,亦概不接帖,不登门簿,不敢答拜,统希原谅",落款为"九卿、六部、詹事、翰林、科道等衙门公启"。就是说,这里面的三组"三不",是朝臣们的自律之约。《清稗类钞》里有个年纪不小的县令,上任之后即在县治之前大书一纸:一不要钱,二不要官,三不要命。清官啊,百姓应该感动才是,谁知第二天再看那"三不",每行下各添了两个字:嫌少、嫌小、嫌老。人家刚来,就给这样"定性",只有一种解释:百姓被先前的那些信誓旦旦弄怕了,没有丝毫的信任感。金埴看到的那纸告示又执行得如何？可惜没有下文。

前人云："古书凡数稍多者皆曰三，尤多者曰九。"而"三不"之"三"既然确数，是乃钱锺书先生所说的"累叠之妙"了。《史记·项羽本纪》中："诸将皆从壁上观，楚战士无不一以当十，楚兵呼声动天，诸侯军无不人人惴恐。于是已破秦军，项羽召见诸侯将，入辕门，无不膝行而前。"叠用了三"无不"，而《汉书·项籍传》里只剩了个"无不一当十"，明朝陈仁锡认为："（《史记》）叠用三无不字，有精神；《汉书》去其二，遂乏气魄。"钱先生认同此说，且又举本篇末项羽"自度不能脱"时说的三句话，一则曰："此天之亡我，非战之罪也。"再则曰："令诸君知天亡我，非战之罪也。"三则曰："天之亡我，我何渡为！"此处"累叠"，揭示了项羽"心已死而意未平，认输而不服气"的心态，故"言之不足，再三言之也"。钱先生还将《史》《汉》之《晁错传》中错父的话进行了对比，前曰："刘氏安矣！而晁氏危矣！吾去公归矣！"后曰："刘氏安矣而晁氏危，吾去公归矣！"钱先生认为《史记》叠用三"矣"，纸上如闻太息，断为三句，削去衔接之词，顿挫而兼急讯错落之致；《汉书》的处理则索然无味。

小崔们的"三不"，亦得"累叠"之精髓了。顷又见一则消息，6月3日，台北市资深议员杨实秋宣布参选下届市长，以"不应酬、不浪费、不加班"原则为政见。杨实秋认为，不应酬才能避免贪污与政风问题；不浪费除了樽节公帑之外，更要努力活化市有资产，不愧对市民辛苦的纳税钱；不加班是要求所有同仁提高效率，将更多的时间放在家庭生活。看起来，"三不"什么的，在今天的生命力仍然勃兴。

2012 年 6 月 30 日

食无肉

在刚刚结束的世界女排大奖赛总决赛上,中国女排第一场赢了古巴,然后四连败,结果在六只参赛队伍中只名列第五。输给美国、巴西这样的强队,固然在"情理"之中,但输给了土耳其尤其是泰国,令国人很不好接受。不过,在比赛还没结束的时候我们就知道,所以遭此败绩,一个重要原因是姑娘们"食无肉"。那是主教练俞觉敏说的:为了保证食品安全,中国女排已经断肉三个礼拜,回到北仑基地后才开始吃上肉;因为缺肉,中国女排在体能和体质上有明显的下降,身体训练的强度也不敢上量。

以瘦肉精猖獗的程度来推断,俞教练所言未必为虚。年初的时候,国家体育总局正有一则"禁肉令":一是禁止运动员在外食用猪牛羊肉,二是各训练基地在未确保肉食来源可靠的情况下,暂停食肉。此前,刘翔多年不吃猪肉亦轰动一时。然找出此输球主因,还是令舆论大哗。有网友说少林武僧从不吃肉,他们的体能、功夫是如何练的? 那是抬杠,吃肉和体能应该还是有紧密关联的。武松打虎之前,就先在"三碗不过冈"酒店一边喝酒,一边要酒家"好的(熟牛肉)切二三斤来吃酒"。于是,"店家去里面切出二斤熟牛肉,做一大盘子,将来放在武松面前"。未几,武松又叫"肉便再把二斤来吃",酒家"又切了二斤熟牛肉,再筛了三碗酒"。景阳冈上老虎出现时,"武松被那一惊,(十八碗)酒都作冷汗出了",逻辑上看,武松打虎的力量唯有来自那四斤牛肉。宋江在江州与戴宗、李逵饮酒,"见李逵把三碗鱼汤和骨头都嚼吃了",便要了二斤羊肉,"放在桌子上,李逵见了,也不谦让,大把价挝来,只顾吃,拈指间把这二斤羊肉都吃了"。李逵的力量很大,让他食无肉也会成无源之水。

《战国策》中有个入了中学语文课本的著名故事。齐人冯谖家贫,托关系愿寄食于孟尝君门下,但"左右以君贱之也,食以草具"。没多久,冯谖说话了,且大张旗鼓,所谓"居有顷,倚柱弹其剑",边弹边唱:"长铗归来乎!食无鱼。"手下人报告上去,孟尝君很爽快地说:"食之,比门下之(鱼)客。"前人考证,孟尝君的三千门客有三种待遇:上客食肉,中客食鱼,下客食菜。冯谖吃上鱼,等于待遇晋升了一等。见到奏效,冯谖又两次故技重施,一次喊"出无车",一次喊"无以为家",令孟尝君"左右皆恶之,以为贪而不知足"。当然,其后的事实证明,孟尝君的"投资"得其所哉,且冯谖也真的算不上贪,他毕竟没有觊觎食肉的上客待遇。李逵吃完羊肉高兴地说:"这宋大哥便知我的鸟意,吃肉不强似吃鱼!"孟尝君那里的肉鱼功能区分,显然早具此意。

食无肉其实并非一无是处,明朝120岁的王士能谈长寿之因,排在第一位的就是"不茹荤"。高层次的,还足以与官员清廉为伍。如南齐庾杲之"清贫自业,食唯有韭菹、瀹韭、生韭杂菜",有人开玩笑说:"谁谓庾郎贫,食鲑常有二十七种。"二十七,以三九谐三韭。"唯有",也许绝对了,类似海瑞的不常吃,买两斤肉也成新闻,相对更合情理。明传奇《绣襦记》还有"一碗饭长腰米,十八样小菜儿",此中"十八样"即所谓"二韭",二九一十八。溯其源,要直攀杲之了。

《孟子》曰："五亩之宅,树之以桑,五十者可以衣帛矣,鸡豚狗彘之畜,无失其时,七十者可以食肉矣。"表明去今两千多年前,食无肉是很正常的社会现象。食无肉与食有肉,构成了统治阶层与被统治阶层的鸿沟。饶是如此,食有肉阶层也有"诸侯无故不杀牛,大夫无故不杀羊,士无故不杀犬豕"的约束。众所周知,著名的曹刿还很瞧不起食肉的。当年,在"齐师伐我"之际他要出头,在他眼里,"肉食者鄙,未能远谋"。钱锺书先生认为曹刿的话"尚含意未申",辅以《说苑》记东郭祖朝上书晋献公问国家之计事,才能明了。献公使告祖朝:"肉食者已虑之矣,藿食者尚何与焉?"祖朝曰:"肉食者一旦失计于庙堂之上,臣等之藿食者宁无肝脑涂地于中原之野与?"藿食者,就是食无肉的人群。彼时的食无肉,当然不是像今天寻常人等为了养生、运动员担心"阳性",而是没得吃,不准吃。

苏东坡说过:"宁可食无肉,不可居无竹。"陈平原先生有次参加学术会议后参观,主办方为了赶时间安排他们在一所高校食堂大吃蔬菜,陈先生随遇而安,以为"偶尔来顿以素代荤,就像写诗作文的以俗为雅一样,也都别有风味"。他们的活动均与运动量无涉,自然可以偏重雅兴,而据说按正常要求,一名运动员每天要吃八两猪肉和八两牛肉,则断肉三周该是何等后果?然东坡又说:"人瘦尚可肥,士俗不可医。"本次总决赛中,中国女排面对最弱的泰国队,尽遣主力上场也难求一胜,心理素质、技战术层面的原因才是主要的吧,倘若认定因为食无肉,除了让人哑然失笑,也许离"不可医"相去不远了。

2012 年 7 月 3 日

卢沟桥

　　今天是"七七事变"75周年纪念日。1937年的这一天，日本军队在今北京城郊的卢沟桥悍然向中国军队发动进攻，炮轰宛平城，挑起事端，中国守军第29军37师219团奋起还击。因而这一天，既是日本帝国主义全面侵华的开端，也是中华民族全面抗战的开始。卢沟桥，这座造型优美、独具艺术价值的石拱桥，在历代文人墨客的凭吊感怀声中，从此又被赋予了中华民族奋起抵御外寇的新内涵。

　　卢沟桥始建于大金，"卢沟"作为河则早已闻名于桥前。南宋孝宗乾道六年（1170），范成大以资政殿大学士身份出使大金，一路上边走边记，留下了《揽辔录》这部史料价值甚高的日记。陆游阅读时，至"中原父老见使者多挥涕"还"感其事"作了一首绝句："公卿有党排宗泽，帷幄无人用岳飞。遗老不应知此恨，亦逢汉节解沾衣。"余疑放翁"王师北定中原日"亦由此衍生。范成大在书中提到"过卢沟河"，再"三十五里，至燕山城。逆（完颜）亮始营都于此"；并写下《卢沟》诗："草草舆梁枕水低，匆匆小驻濯涟漪。河边服匿多生口，长记辀车放雁时。"清人沈钦韩注曰："此河，宋敏求《番记》：谓之芦菰，即桑乾河也。公呼卢沟，依此言卢沟乃芦菰之音转。"这也间接道出了"卢沟"的一种得名。还有一种如

《清稗类钞》所说："沟本桑乾河故道,因其水浊而黑,故曰芦沟,又曰浑河,国朝改名曰永定河。"卢的一个意思正是"黑"。从前的樗蒲戏,倘若掷出五子皆黑就叫"卢",这是最高的采,掷的人都希望得到,往往一边掷一边期盼,因有"呼卢"之说。

别看今天卢沟河早已干涸,当年水势肯定是相当凶猛的,从卢沟桥附近有规模宏大的河神庙可以推知,其历史也早于桥之本身。《金史》载,世宗大定十九年(1179)有司言:"泸沟河水势泛决啮民田,乞官为封册神号。"惹不起,供起来,哄它。然礼官一翻簿子,"祀典所不载,难之"。不过朝廷马上就变通了,"特封安平侯,建庙"。此后,"奉旨,每岁委本县长官春秋致祭,如令"。河神当然没那么好哄,明刘侗、于奕正所著《帝京景物略》里,有不少卢沟河"溃岸"的记录,"溃八百二十丈""溃百丈"不等,而卢沟桥本身安然无恙,于是人们传说"桥有神焉",以万历三十五年(1607)的那次大水传得最神。是年,"阴霖积旬,水滥发,居民奔桥上数千人,见前水头过桥且丈,数千人喧号,当无活理。未至桥,水光洞冥间,有巨神人,向水头按令下伏,从桥孔中去"。这一神话,实际上佐证了卢沟桥的固若金汤。也正是卢沟桥的"神性",使之像全国各地许多巧夺天工的建筑一样,归为"鲁公输班神勒也"。

《金史》明确记载,卢沟桥建成于金章宗明昌三年(1192),今年正其820岁生日。世宗大定二十八年(1188),曾"诏卢沟河使旅往来之津要,令建石桥",然"未行而世宗崩"。桥成之后,"敕命名曰'广利'",所以卢沟桥原名广利桥。有意思的是,桥建好了,"有司谓车驾之所经行,使客商旅之要路,请官建东西廊,令人居之"。章宗曰:"何必然,民间自应为耳。"颇有今天不断强调的"市场的归市场"意味,然马上有人担忧:"但恐为豪右所占,况罔利之人多止东岸,若官筑则东西两岸俱称,亦便于观望也。"从"遂从之"来看，卢沟桥在当年并非孤零零地立在旷野。《帝京景物略》也说："桥北而村，数百家，己巳岁虏焚掠略尽。村头墩堡（碉堡），徇河婉婉，望去如堞。"这里的己巳岁，即崇祯二年（1629），这年冬天，清军曾兵临北京城下。作为"使旅往来之津要"，南方的学子进京赶考、外省官吏来京述职、商贾运送货物，都沿此路入京。行走其间的，还有意大利著名商人和旅行家马可·波罗。

京谚有云："卢沟桥的狮子——数不清。"盖因桥栏以造型各异的狮子来装饰，构成卢沟桥独一无二的艺术特色。《帝京景物略》说"狮母乳，顾抱负赘，态色相得，数之辄不尽"。《清稗类钞》说"石栏双锁，上镌狮像百余，姿势各异，亦前代美术之一种也"。1988年我第一次游览卢沟桥，此后每去一次，都认真地去数狮子。凭吊之外，游桥乐趣亦在于斯。《清稗类钞》还说，卢沟桥"在昔为南北往来冲要，骚人墨客过此，必流连题咏，故燕京八景中有'卢沟晓月'，与'长亭灞桥'同为胜迹"。金赵秉文诗正可作为诠释："河分桥柱如瓜蔓，路人都门似犬牙。落日卢沟沟上柳，送人几度出京华。"汉代送客至灞桥，"折柳赠别"。两相参照，卢沟桥可不继承了传统？

大约从1980年起吧，每年7月7日到来时，我都要朗诵一遍林斤澜先生的短篇小说《一九三七和十三》。小说开篇就写到"卢沟桥"，正从1937年7月7日这一天落笔，描写江南海滨13岁的少年杜百鱼，对战争的残酷性尚没有丝毫认识，以为"那姿态不是一声爆炸，粉碎了和平生活，倒像是姗姗来迟的奖赏，好事多磨的节日"，因而"心花怒放"。在林先生的众多作品中，这篇也许微不足道，但却是我在当代中国短篇小说中最喜欢的一篇，喜欢其隽永的语言、细致入微的生活场景捕捉。

2012年7月7日

错认颜标

今年的高考录取已经开始了。现在是网络录取，不像我们那会儿，每个学校都要派遣人马奔赴各个省区，现场录取。那种录取的弊端显而易见，各路人马恰如本校"钦差大臣"，分数考得硬朗的除外，一般的，可上可下甚至根本没有"可上"成分的，如何拿捏规则，基本上全靠他们自己。因而道德、学识或自律较差的，"将在外，君命有所不受"。网络录取则不仅节省了大量物质成本，而且极大地减少了暗箱操作的空间，所以又有"阳光录取"之谓。

去今仅仅二三十年前还是那个模样，倒退回古代就更不用说了。清朝录取作弊可列入"大案"级别也就是震惊朝野及后世的，至少就有三起：顺治丁酉案、康熙辛卯案和咸丰戊午案。至于光绪时苏州发生的内阁中书周福清向浙江乡试主考行贿通关节舞弊案，如果当事人不是鲁迅先生的祖父，则根本提不上台面，这一类的事情实在太多了。考官在其中的形象，《养吉斋丛录》有个说法颇能破的。那是雍正乙卯（1735），顾镇、戴瀚主顺天乡试，民间有"顾司空，顾人情不顾脸面；戴学士，戴关节不戴眼睛"的"谣言"，愤慨之情溢于言表。顾镇，时工部侍郎；戴瀚，前榜眼。好在朝廷重视了汹汹民意，"镇免官，瀚杖徒"。显然，这种处理只是局限于那些激起了民愤有酿成群体性事件可能的,没做得太过的那些家伙,暗地里仍可弹冠相庆。

在赤裸裸的金钱交易之外,科举录取中还有一种"顾人情"的做法,叫作"错认颜标"。此举无关行贿受贿,始作俑者郑薰也根本没有什么私心,但后人的做法还是使之演变成一种舞弊行为。

颜标,唐朝人,宣宗大中八年(854)被"错认"的状元。怎么会被"错认"呢?五代王定保《唐摭言》云,颜标科考时,主考官郑薰凭感觉认定他是颜真卿的后人,要给予照顾。"安史之乱"之后,唐朝出现中央集权削弱、藩镇强大、互相争战的局面,社会动荡不已。而在"安史之乱"之中,颜杲卿、颜真卿兄弟抗击叛乱的事迹名扬天下,玄宗先是伤心叹息"河北二十四郡,竟无一忠臣",后来又感叹"朕不识颜真卿形状如何,何为得如此!"因此,郑薰拟取颜标为状元,有勉励忠烈后人的意味,宣宗也照准了。然而至颜标谢恩之日,才知他出身贫寒,与颜真卿并无任何亲戚关系,是郑薰自己表错了情。后人乃讥之"主司头脑太冬烘,错认颜标作鲁公"。颜标于正史中无传,事迹并不可考,或许表明实在乏善可陈,没有可资记载的东西。此前一科,即大中五年(851)诞生的两广第一个状元莫宣卿,虽然病逝于台州赴任途中,《全唐诗》里也还收录了三首半作品呢,"书屋倚麒麟,不同牛马路。床头万卷书,溪上五龙渡"云云,而颜标在历史上却只是因为郑薰才得存的孤零零名字。郑薰在《新唐书》里有传,所以说他错认颜标没有私心,从该传中能窥端倪。

传在《新唐书》卷第一百七十七,字数不多,亦可足见其为人为官。郑薰"出为宣歙观察使。前人不治,薰颇以清力自将",结果触动了太多人的利益,没干下去,"牙将素骄,共谋逐出之"。其为"吏部侍郎。时数大赦,阶正议光禄大夫者,得荫一子,门施载"，太监们以为找到了机会，"用阶请荫子（不知怎么来的）"，然"薰却之不肯叙"。其"再知礼部"时，"举引寒俊，士类多之"，"错认颜标"应该就发生在这时。传中却并无这一标志性事件的记载，为尊者讳之故？

再看看另一种错认颜标。《清稗类钞》云，光绪壬辰（1892年）会试前，张謇、刘可毅等一干考生拜谒翁同龢相国。寒暄罢，翁同龢说："今日时势，宜统筹全局。"这话是说给张謇听的，等于在向他透漏会试考题的信息。然而连着说了几遍，"张不省，刘默志焉"。因此，会试时，"刘即以统筹全局嵌入破题"，翁同龢"得卷，狂喜，定为元"，还写了"为国家得人庆"等批语。等到卷子拆封，翁同龢大失所望，了解到刘可毅也是江南名士，"始少慰"，但还是酸溜溜地说了句"差强人意"。等到是科第二场，《诗》艺为"昔我往矣，杨柳依依。今我来思，雨雪霏霏"四句，刘卷有句云"策马三韩，雪花如掌"，因为张謇曾经驻兵高丽，翁同龢认定这话一定出自张謇，"不待搜寻，定为首选"，结果又可想而知。

之前光绪己丑科（1889）也是这样。正总裁还是同光年间的"清流领袖"李鸿藻呢，一心想"取中天津辛元炳"，然"误以许叶芬荒率之文为辛，置第一。辛文实充畅，竟抑置誊录"，这真是弄巧成拙了。如郑薰式的错认颜标，即便是有心之失，充其量以懵懂浅陋名之亦足矣，反观李鸿藻、翁同龢，一心要关照自己心仪的对象，是一种公然作弊。只是张謇没有那么多歪心眼，凭实力还是得了状元，而刘可毅倒是真正揣摩透了翁同龢，其"策马三韩"乃故意投其所好也说不定。至于辛元炳，李鸿藻不是把人家给害了吗？

2012 年 7 月 13 日

热水瓶

7月14日晚上央视播出的《寻宝——走进晋江》中,一位藏友展示了一件与现代热水瓶外部形状完全一致的"明永乐青花热水瓶"。按"藏宝者"自己的说法:"明代的时候没有胆,那个时候还没有这个工艺,装开水进去用棉被包起来(用以保温)。"他的宝物认定证据,只是瓶底的文字:"明成祖内阁司礼太监御宝 大明永乐六年戊子秋。"他还声称这是郑和下西洋时装开水用的。此语一出,把现场的专家和观众全都逗乐了。专家调侃说:"感谢陶瓷创作者丰富的想象力……如果郑和地下有知,肯定打喷嚏。"专家所以要调侃,正是作为证据的那20个字露出了马脚,太普通的常识告诉我们,"永乐六年"与"明成祖"没有并行的道理。

不过,明朝存在热水瓶倒是很有可能的,甚至可以早到宋朝。《夷坚志》里有两则材料,其一见《夷坚甲志·伊阳古瓶》。说张齐贤的裔孙张虞卿,"得古瓶于土中,色甚黑,颇爱之,置书室养花"。斯时为严冬,"一夕忘去水,意为冻裂",谁知第二天一看,"凡他物有水者皆冻,独此瓶不然"。虞卿觉得很奇怪,试着装上热水,结果"终日不冷"。于是,"张或与客出郊,置瓶于篚,倾水瀹茗,皆如新沸者",这就完全具有热水瓶的功效了。可惜的是,该瓶后来为喝醉了的仆人失手打碎,打碎了才发现,"与常陶器等,但夹底厚几二寸,有鬼执火似燎,刻画甚精,无人能识其为何时物也"。有夹层,更证其符合热水瓶的保暖原理了。画鬼为燎以保温,自然是前人对无以解释的现象的一种解释。从"醉仆触碎"来推断,这热水瓶也不能排除陶瓷为之的可能。

其二见《夷坚丁志·琉璃瓶》。"徽宗尝以紫流离胆瓶十,付小珰,使命匠范金托其里",也就是要在瓶胆里镀层东西。但小太监拿给御用工匠们看,大家都表示没办法,概因"置金于中,当用铁篦熨烙之,乃妥帖,而是器颈窄不能容,又脆薄不堪手触,必治之,且破碎",因此他们"宁获罪,不敢为也"。有一天,小太监在街上发现一个"锡工扣(即以金玉等缘饰器物)陶器精甚",又想到了自己的任务,就拿出一个胆瓶试着说:"为我托里。"谁知人家根本不犹豫,"但约明旦来取"。果然第二天就搞好了,小太监深表佩服:"吾观汝伎能,绝出禁苑诸人右,顾屈居此,得非以贫累乎?"然后把事情的来龙去脉跟他实话实说,那人答,这件事很容易做到。小太监就把他请入后苑进行表演,徽宗也好奇地跑来看个究竟,且"悉呼众金工列庭下",让大家观摩。"锡工者独前,取金锻治,薄如纸,举而裹瓶外",看到这儿,大家迫不及待地下结论:"若然,谁不能?固知汝俗工,何足办此。"锡工笑不应,"俄剥所裹者押于银箸上,插瓶中,稍稍实以汞,掩瓶口……良久,金附著满中,了无罅隙,徐以爪甲匀其上而已"。再看到这儿,"众始愕眙相视",服了。其人奏言:"琉璃为器,岂复容坚物拚(碰撞)触,独水银柔而重,徐入而不伤,虽其性必蚀金,然非目所睹处,无害也。"看罢,徽宗"大喜,厚赉赐,遣之"。

这一段材料,伊永文先生认为大体符合热水瓶制作技术,因为清楚地描述了在玻璃胆瓶上涂附水银的过程。而热水瓶的工作原理,正是通过瓶胆上涂的水银层,来断绝瓶内与瓶外的热交换,使瓶内的"热"出不去,瓶外的"冷"进不来,热量不至于散失,从而保持瓶内热水的温度。不过这里说是制作热水瓶似乎牵强，盖其涂水银非为考虑保温，而是非如此则不能涂金。如果一定与热水瓶关联在一起，只能是"无心插柳柳成荫"了。

《夷坚志》之书名，出自《列子·汤问》，大鱼名鲲，大鸟为鹏，"大禹行而见之，伯益知而名之，夷坚闻而志之"，因而鬼怪故事亦称"夷坚"故事。然《夷坚志》虽是一部志怪小说集，仍为后世提供了宋代社会丰富的历史资料，陆游《题夷坚志后》即有"岂惟堪补史，端足擅文豪"的高度评价。另一方面，参诸宋代的其他记载，同样可印证热水瓶的存在。如《东京梦华录·马行街铺席》讲到该街商业如何繁荣就说道，"各有茶坊酒店，勾肆饮食……夜市直至三更尽，才五更又复开张"，便是这空缺的时间段，服务也没有中断，"至三更，方有提瓶卖茶者。盖都人公私荣干，夜深方归也"。又如《梦粱录》云，桥道坊巷，"冬日虽大雨雪，亦有夜市盘卖。至三更后，方有提瓶卖茶"。显然，"提瓶卖茶"是一个独立的职业，而半夜三更、冬日雨雪时倒出来的应该是热水，则提瓶也该是热水瓶了。

夹层、镀水银，宋代有了今日热水瓶的雏形自不待言，然究竟是个什么样子，却尚未有出土实物，只能是去从同时代出土的瓷茶瓶、玻璃水瓶等去推测，伊永文先生推测为"宽口、长颈、长腹、瓶口安有开启的瓶盖"。不要说宋代的，明代的热水瓶什么样，今人也一头雾水，但无论什么样，600 年前的东西和 600 年后的一模一样，都难免令人喷饭。青花瓷热水瓶曝光之后，迅速在网络"走红"，许多网友还晒出青花冲锋枪、青花电视机和咬了一口的青花苹果等 PS 照片，极尽调侃之能事，也间接调侃了"藏宝者"的无知。

2012 年 7 月 18 日

麻将

前几天到成都走了一趟。第一次去，武侯祠、杜甫草堂，心早已神往之，但成都的麻将作为其"文化"特色，亦同样如雷贯耳。在机场到市区的途中，导游讲了个笑话：某人在飞机上听到地面哗哗地响不知怎么回事，人家告诉他那是因为到成都了，麻将声。导游讲的非笑话是：成都的茶馆就是麻将馆。她是津津乐道于此的，自然有道理，麻将在十几年前就被我国列为体育竞技比赛项目，"凡有井水处，皆闻麻将声"，那顶流露讥讽的帽子属于从前，已经被甩进太平洋了。

麻将大约起源于明朝，胡适先生考证，由彼时一种叫"马吊"的纸牌演变而成。顾炎武《日知录》云："万历之来，太平无事，士大夫无所用心，间有相从赌博者，至天启中，始行马吊之戏。"吴伟业《绥寇纪略》干脆认为崇祯时马吊大盛，"明之亡"即亡于此，应该是有些道理的。但清朝以来，显见又得到了进一步繁荣。《清稗类钞》之"叉麻雀"条，对麻将为什么叫"筒"、叫"万"、叫"条"，为什么有"东西南北"风等，都有一番粗略的考证，《尔雅》《周礼》什么的全用上了，说明麻将本身确实很有文化色彩。不过，前人留下的文字中，言及的却大抵都是麻将的危害一面，或有偏颇？

宣统时，王治馨任奉天巡警局总办，"局员中有彭某等三人，恃宠骄蹇,同人侧目"。有天两个客人造访王寓,想打麻将,"而少一人,俗所谓三缺一者是也"。王治馨乃命左右赶紧打电话召人,他的下令很有意思:"叫大浑蛋。若已他出,二浑蛋、三浑蛋皆可。"这种称谓令"二客大愕,询何人",王治馨说:"吾局多浑蛋,皆嗜博,此乃浑蛋之尤者,故以大二三别之耳。"这就可见,王治馨虽然也有牌瘾,但对沉迷其中的人还是嗤之以鼻的。

　　某京兆尹好打麻将,肯定是被议论了,遂有人为之辩解:"事有甚于画眉者,奚独此之责?"西汉时的张敞画眉,脍炙人口,至于今日以喻夫妻感情甚笃。辩解的人意思是说,张敞也不务正业,为什么单单指责玩儿麻将的?张敞是宣帝时的京兆尹,与清朝的这位在官职上确有可比性。然辩解的人话音刚落,旁边又有人嘲讽地说:"吾今乃知古今人之相去诚远矣。汉之京兆,尚知以画眉自娱,今之京兆,则惟知叉麻雀而已。"《汉书》载:"敞本治《春秋》,以经术自辅,其政颇杂儒雅,往往表贤显善,不醇用诛罚。"且"朝廷每有大议,(张敞)引古今,处便宜,公卿皆服,天子数从之"。就是说人家本职工作干得也好,画眉只是自娱。而"惟知叉麻雀而已",是除了会干这个,别的全都两眼一抹黑。

　　光、宣间的麻将风行,"达乎诸侯大夫及士庶人,名之曰看竹"。为什么俗事雅称呢?也是语含讥讽。东晋王子猷特别喜欢竹,即使借住朋友家中,如果那里无竹,也要赶紧种上。旁人不解:"暂住何烦尔?"他反应很大,"啸咏良久",才指着竹子说:"何可一日无此君?"打麻将曰看竹,借用的正是这一句:离不开了。彼时的打麻将,像奉天局的那些浑蛋一样,没有不赌博的,"其穷泰极侈者,有五万金一底(局)者矣"。今天有所谓健康麻将的说法,实际上说归说,打起来不能不带"彩头"。余问导游成都如何,也是"彩头"大小而已。慈禧太后打麻将时,陪打者祭出的则是

"政治牌"，存心哄她老人家高兴，然后达到自己的目的。于是，"每发牌，切有宫人立于身后作势"，当内线，发暗号，比方看到慈禧"有中发白诸对，侍赌者辄出以足成之"，老让她赢。赢了，"必出席庆贺"；输了，"亦必叩头来孝钦赏收"。老太太赢得合不拢嘴的时候，"则跪求司道美缺"。看这用人，乌烟瘴气到了什么成度。顺便说一下，慈禧用的麻将极其讲究，"牌以上等象牙制之，阔一寸，长二寸，雕镂精细，见者疑为鬼斧神工也"。

正是麻将与赌博的如影随形、须臾不可分之故吧，前人多力陈麻将之弊，胡适将之列为"鸦片、八股、小脚"之外的中国第四害。"平心静气"的自然也有，如今天苏州"寒山寺"照壁上那三个大字的书写者陶浚宣，即有"长篇咏之"，其中说道，鏖战了一个通宵，"胜者忻忻负皇遽，面色如土不敢怒。脱下鹔鹴裘，低首长生库。到门踟蹰惭妇孺，誓绝安阳旧博侣"，输的垂头丧气，拍胸脯信誓旦旦，再不玩了；而一旦回过神来，又不是他了，"明朝见猎眉色舞，枭化为狼蝮为蝎。破人黄金吮人血，枯鱼过河泣何及"。陶浚宣悲叹，对这种"方将取汝子，弗仅毁汝室"的"不祥之物"，我国上下却"沉沉大梦真竹醉，白昼黄昏为易位"，而"君不见万国人人习体操，强身强国五禽戏"。这个见解于今亦振聋发聩。而几十年后，麻将摇身一变为"强身"方式的一种，该是陶浚宣万万不曾料到的吧。

大学者梁启超也十分好玩麻将，但他说过，他只有在打麻将的时候才会忘记读书，只有在读书的时候才会忘记打麻将。玩麻将把握住这个度，积极意义才可能彰显。然而一个不容忽视的事实是，不少人却是只知道打麻将根本不知道读书，或者因此而荒废了读书乃至其他。2008 年"5·12"汶川大地震时，成都人当夜在户外避震，壮观的是满大街麻将照打，当时的新闻作为成都人在大灾之前生活如何淡定的一个例证,但以"灰暗"心理来"定性",着迷麻将到了近乎没心没肺的地步,似乎更准确些。

2012 年 7 月 21 日

都江堰

去成都，日程上的都江堰之行最令我所期盼，因为4月份去了广西灵渠。从战国的秦到帝国的秦，总共有三大水利工程，灵渠之外，即郑国渠、都江堰。不睹则已，区区四个月之内，"三大"而幸睹其二，岂不快哉？

同样是水利工程，如果说这三个"性质"有什么不同的话，在于前两个出于军事需求，而都江堰纯为民用。关于郑国渠，《史记·河渠书》这样说的："韩闻秦之好兴事，欲罢之，无令东伐，乃使水工郑国间说秦，令凿泾水自中山西邸瓠口为渠，并北山东注洛三百余里，欲以溉田。"韩国出于自身安全的考虑鼓动秦国修渠，旨在消耗其人力和财力。许是靡费过大的缘故，这一用意在半途被秦给识破了，"欲杀郑国"，郑国则这样辩解，开始确实是那个目的，"然渠成亦秦之利也"。秦人也觉得是这个道理，"卒使就渠"。果然，"渠就，用注填阏之水，溉泽卤之地四万余顷，收皆亩一锺。于是关中为沃野，无凶年，秦以富强，卒并诸侯"，坏事变成了好事。这条动机与结果全然背道而驰的渠，也因此有了纪念意义，"命曰郑国渠"。灵渠呢，其所以要沟通长江与珠江两大水系，出发点是为了对岭南用兵。

都江堰的背后没有干戈相向的动机。"都江堰水沃西川，人到开时涌岸边。喜看枒槎频撒处，欢声雷动说耕田。"这首《灌阳竹枝词》，生动再现了当地百姓"清明放水"时的欢乐情景。《风俗通》云"秦昭王使李冰为蜀守"，李冰就在那里谋划开凿都江堰。再引《河渠书》所载："蜀守冰凿离碓，辟沫水之害，穿二江成都之中。此渠皆可行舟，有余则用溉浸，百姓飨其利。至于所过，往往引其水益用溉田畴之渠，以万亿计，然莫足数也。"都江堰的惠民效应早已众所周知，如《华阳国志》云："于是蜀沃野千里，号为'陆海'。旱则引水浸润，雨则杜塞水门。故记曰，水旱从人，不知饥馑，时无荒年，天下谓之'天府'也"。从今天的"秦堰楼"上俯瞰，鱼嘴、飞沙堰、宝瓶口等三大主体工程尽收眼底。鱼嘴分水、飞沙堰泄洪排沙、宝瓶口控制内江进水量，三者充分利用山势、地势和水势，有机配合，相互制约，实现了自动分流、自动排沙和自动灌溉，使人、地、水三者高度协调统一。范成大到广西赴任，路过都江堰登的是"怀古亭"，与我们一样"俯观离堆"，但人家得诗一首，"付与离堆江水去"云云，留下了历史印记。

在火药尚未发明的年代如何劈山凿渠？李冰的办法是"积薪烧之"（《水经注》），使岩石爆裂；修飞沙堰则就地取材，"破竹为笼，圆径三尺，长十丈，以石实中，垒而壅水"。（《元和郡县图志》）今天说起来容易，而从后人附会的种种神话色彩中，却不难领略当年定有惨烈的一面。《华阳国志》云："冰凿崖时，水神瘨怒。冰乃操刀入水中，与神斗，迄今蒙福。"落成之后，仍不安宁，"江神岁取童女二人为妇"，于是，"冰以其女与神为婚，径至神祠，劝神酒，酒杯恒澹澹"。然江神敬酒不吃，李冰乃"厉声以责之，因忽不见。良久，有两牛斗于江岸旁"，其中一牛，正是李冰的化身。《太平广记·李冰》对此描述得更活灵活现："冰乃入水戮蛟，己为牛形。江神龙跃，冰不胜。"出来再想办法，乃"选卒之勇者数百，持强弓大箭",云自己前番变成牛跟他打,他一定也会变成牛,"我以太白练自束以辨",打的时候,你们就射那个没记号的,这样终于杀掉了江神。李冰此举再次感动当地百姓,"慕其气决,凡健壮者因名'冰儿'"。都江堰景区也因有"伏龙观",范成大来时就有了,他说"相传李太守锁孽龙于离堆之下"。唐文宗大和五年(831),"洪水惊溃"而"唯西蜀无害",百姓把功劳又记到了李冰头上,这回说"冰神为龙,复与龙斗于灌口,犹以白练为志。水遂漂下"。晚清董湘琴游伏龙观,那句"问他伏龙可曾寒",锵然有声。

在都江堰之外,李冰还主持了不少水利工程,只是都江堰的光芒使其他的相对黯然。《华阳国志》就举了好几例:其一,"通笮道文井江,径临邛与蒙溪,分水白木江,会武阳天社山下合江";其二,"导洛通山,洛水或出瀑口,经什邡、郫、别江会新都、大渡";其三,"又有绵水,出紫岩山,经绵竹入洛,东流过资中,会江阳,皆溉灌稻田,膏润稼穑";其四,"又识察水脉,穿广都盐井、诸陂池,蜀于是盛有养生之饶焉"。凡此种种,"是以蜀川人称郫、繁曰'膏腴',绵、洛为'浸沃'也",显而易见,这些都是四川之所以被称为"天府之国"的重要前提。

战国迄秦兴修水利,大抵是全方位的事。著名的西门豹"发民凿十二渠",从而"引漳水溉邺,以富魏之河内",同样赢得了百姓的爱戴,歌曰:"邺有贤令兮为史公,决漳水兮灌邺旁,终古舄卤兮生稻粱。"(《汉书》)秦境还有一条"兴成渠",在"咸阳县西十八里,自秦汉以来,疏凿为漕渠,起咸阳,抵潼关三百里,无车挽之劳"。(《长安志》)甚至秦二世胡亥修建阿房宫,也是"开渠而运南山之漆"。(《括地志》)郑国渠、灵渠和都江堰最为耀眼夺目,想来是工程设计最为精妙且对后世影响最为深远吧。

2012 年 7 月 28 日

新科状元

每年高考之后,都有一些地方要做足新科"状元"文章。今年湖北恩施搞了个"状元游街":四名身穿校服的小伙子合力扛起一块大幅"喜报",一名胸戴大红花的男生——高考状元——钻出天窗站在一辆黑色轿车中,数十人组成的腰鼓队紧随车后,招摇过市。高考状元中的"状元"二字,曾经引起质疑,以为高考与科举全然两个性质。不过时间长了见怪不怪,犹如足球运动员的"国脚"还是"国手"之争,现在没人再去计较"概念"的准确与否了。但恩施之举,显然是连形式上都在向真状元靠近。

科举状元是一项了不得的荣誉,前人极其看重。《默记》云,杨察得了榜眼,"报者至,其母睡未起,闻之大怒,转面向壁",且曰:"此儿辱我如此。"杨察回到家,"亦久不与语"。杨察母亲大抵属于今天的美国"虎妈"蔡美儿一类:对子女寄予太大期望,子女也不能辜负期望,必须达到她心目中的成功。手段上,二者也有相类之处。在杨母这里,儿子"小不中程,则扑之",辅以棍棒;"虎妈"则为两个女儿制定了十大戒律,"采用咒骂、威胁、贿赂、利诱等高压手段",因此女儿7岁时,因为一首钢琴曲没弹好就被强迫从晚饭后一直练到深夜,中间也不许喝水或上厕所。但亦如"虎妈"的收获——17岁长女为哈佛、耶鲁同时录取——一样,杨察弟弟杨寘接下来实现了老娘的宏愿,中了状元。可惜的是,这个状元弟弟"通判润州,以母忧不赴,毁瘠而卒",因而史书中只留下了狂妄自大的形象,倒是榜眼哥哥当过御史中丞、户部侍郎,还留下了二十卷文集,成绩更可观一些。

《永宪录》里也有个故事。康熙二十一年(1682),蔡升元中了状元。科举三年一度,必有状元诞生,但蔡升元的很不寻常,实现了父辈的无穷期望。他连名字都是父亲的。这是怎么说?"其父少梦蔡升元状元及第,因以自名",然而,休提殿试,便是童子试老蔡亦迭遭"不利",连科举的第一关都过不了,比中举前的范进还不如。因而老蔡改名"蔡晟",但为了那个实在辉煌的梦,便把"蔡升元"这个名字"传给"了儿子。可惜的是,蔡升元后来为了爬得更高,"进女于椒寝",把女儿献了出去,"为士林所不齿",状元不状元的,真没什么实质意义。

从全国的士子中杀出重围,高中魁首,自然风光无限。《清稗类钞》云:"进士及第,有胪唱,胪凡五唱,第一甲第一名某,第二名某,第三名某,二甲第一名某等,三甲第一名某等,其声凝劲以长。"唱名传呼完了,"榜眼探花送状元归第(本省会馆),探花送榜眼归第",谁送探花呢?"自归第,无人送"。状元的风光,毕现一斑。曾经读过一篇文章,清朝也是中国最末一科探花商衍鎏先生说,他们那科的状元本来是朱汝珍的,钦定之后,刘春霖取而代之,朱、商依次降等。商老说他从榜眼降到探花没什么,朱汝珍从状元降到榜眼区别可就大了。唐朝放榜之后,进士往往雁塔题名、宴游曲江池,"一日看尽长安花";明清的那些,大抵是从金銮殿出来,一路走到大明(或清)门便了事了。因此,状元游街,有钱、有权主要是二者兼而有之的人家的小姐在楼上抛绣球,以期砸中状元而结成姻缘,这种在我们头脑里似乎根深蒂固的热闹场景,纯粹戏曲小说的演绎发挥。苟如是,则恩施之举,似如周恩来在西安事变解决时感慨张学良护送蒋介石回南京:看京剧《连环套》中毒太深了,不但摆队送(黄)天霸,还要负荆请罪。

宋朝某翰林学士跟状元王曾开玩笑:"状元试三场,一生吃着不尽。"不料王曾正色曰:"曾平生之志不在温饱。"《宋史·王曾传》载,王曾"每进见,言利害事,审而中理;多所荐拔,尤恶侥幸"。在下面也是这样,"人乐其政,为画像而生祠之"。他的那句"夫执政者,恩欲归己,怨使谁归?"范仲淹亦钦佩不已。清朝王有光《吴下谚联》还讲到:"新科状元夫人,以无黄鸡子掷之城垣之下,俗名'散荒'。"那意思是,"状元出身处拔去福泽,年谷必遭荒歉也",因为本地的好运气都给状元一个人带走了。倘真的碰上"岁有不登,流离载道",地方要设厂赈粥,新科状元还要怆然表态:"奈何以吾一人富贵,带累乡邻吃此薄粥哉!"此举之意,亦在于使新科状元"刻刻存'带累'二字于心坎中,苦之以薄粥,偿之以厚福,异日辅国安民,功溥当时,泽流后世,知某州某县某乡有某某也,斯梓里之叨光不朽矣"。这种仪式,假惺惺的也罢,终究比单纯的骑马(坐车)游街更有意义一些。

前几年在广东德庆也大作状元文章,全省各种高考状元在那里的孔庙搞"状元礼",届时"状元"们也是高头大马、红袍加身。北京就更提升了一个档次,名之曰"中国'金榜'文化节",气魄也更大:网罗了全国内地 31 个省市自治区的 62 名、外籍两名、港澳台 6 名高考状元,前来"胸佩红花绶带,接受与会领导的检阅"。这种以"文化"名义包装出来的东西,横竖都有乌烟瘴气之感。当然,也许是自家的感觉出了问题。

2012 年 8 月 4 日

诡异数字

伦敦奥运会上,"中国飞人"刘翔预赛时跨越第一个栏架就打栏摔倒,国人再次目瞪口呆了一回。上一次是北京奥运,刘翔临阵退赛。本来,在本届奥运之前,刘翔在一些重要赛事上接连传出好消息,甚至在超风速的情况下还平过世界纪录,国人莫不以为他此番定能一雪前"耻",证明自己真的"归来"。殊不料……刻薄者云,刘翔两次踏进了同一条河流;眼尖者则发现,刘翔本次的运动员号码,居然与北京奥运时一模一样:1356。言外之意,事情早有预兆。

这个"1356"被视为诡异数字,甚至其"涵义"本身也非常"诡异",当年的发现者就说了:代表 13 亿中国人、56 个民族,意义非凡。就如毛泽东生前警卫部队的 8341 番号,因为 83、41 关联的事情太过巧合,难免产生种种民间版本,如毛泽东年轻时在湖南新军汉阳造步枪的编号,等等。或许都是无稽之谈吧,但倘若认为这个数字的确比较诡异,恐怕说得过去。类似情况在从前就更多了。

南宋王明清《挥麈录》云:"本朝名公多厄于六十六。"韩琦、欧阳修、苏轼、秦桧、吕端、吕蒙正等,都是这个岁数去世的。杨万里也注意到了这一现象,在他的名单里又补充了司马光和王安石。当然，在"人生七十古来稀"的时代，"享耆寿者"亦大有人在，以宋朝宰相而言，王明清也举了不少超过的，"宋惠安八十，张邓公八十六，陈文惠八十二，富文公八十一，杜祁公八十，宋元献七十九，李文定七十七，曾宣靖八十，庞颖公七十六，苏丞相八十二，文潞公九十四，蔡师垣亦九十一"。但那么多响当当的人物"厄于六十六"，足以说明"六十六"对宋朝大臣来说是个诡异数字。

洪迈《夷坚志》"茅山道人"条云，南宋高宗绍兴年间秦昌龄与侄子"诣茅山观鹤会"，又是"邀溧水尉黄德琬访刘蓑衣于黑虎洞"，又是"遣小史呼能唱词道人"，玩得很高兴。"迨夜，步月行歌，至清真观路口道堂，众坐，诸人各呈其伎"，忽然半空中传出声响，"如人歌四句"，其中两句是："四十三，四十三，一轮明月落清潭。"秦昌龄当年正四十三岁，"大不乐，历扣二十人"，问这么不吉利的话是谁说的，大家"皆曰元未尝发口"，嘴都没张能说什么？"乃罢酒而还。"而秦氏"九月果卒"。前一年，黄达真对秦说过："君有冤对，切忌四三。"秦曾恳求化解之术，黄达真神神叨叨了一番，从结果看显然没有奏效。同书亦有"黄达真诗"条，讲的则是另一关于寿命的诡异数字。孝宗乾道年间黄达真过建昌，"士大夫多往谒，必与之诗"，给邓珪的是："柳绿桃红春昼永，家童唤起睡中忙。偶然日下音书至，回首江城又夕阳。"珪既得诗，又问自己的寿命，黄达真盯着他看了一会儿："五十七。"邓珪那时四十四，觉得自己来日无多，加上诗里有"夕阳"一类的话，不大舒服；但"日下音书"几个字，又觉得自己可能有"中都荐召"的希望。日下者，帝都也。然而四年后的五月十七日，早晨起来，邓珪还"盥栉如常"；快到中午，"觉体中微不快，就榻偃息，呼小奴奚童拊摩"，转眼间"遍身皆冷，手足亦僵。童撼，不之应，急报家人出视，则已死"，享寿四十八。大家这时发现，所谓五十七"指其卒之月日耳";又邓珪居宅在城下,"入殓时日正曛",应了"江城夕阳"之谓也。则黄达真诗不仅数字诡异,文字亦成谶语。

诡异数字当然不局限于人的寿命。《邵氏闻见录》云,范质举进士之时,"和凝为主文,爱其文赋"。爱到了什么程度?和凝自己是以第13名登第,饶是他认为范质的文字"宜冠多士",最后还是给定了第13名,用意是"欲君传老夫衣钵耳"。范质也引以为荣。又因为两人先后为相,有人献诗曰:"从此庙堂添故事,登庸衣钵亦相传。"和凝在这里,是把"13"视为诡异数字的。陶宗仪《南村辍耕录》云,元初五刑——笞、杖、徒、流、死——中,笞或杖,每与"七"相关。也就是说,打犯人的屁股,"凡七下至五十七下用笞,六十七下至一百七下用杖"。徒一年,杖六十七;一年半,杖七十七;二年,杖八十七;二年半,杖九十七;三年,杖一百零七。总之,都有"七"这个零头。为什么呢?刑部尚书王约说了,这是"国朝用刑宽恕"的表现,"笞杖十减其三,故笞一十减为七"。面对当下的"取整",即"匿税者笞五十,犯私盐茶者杖七十,私宰马牛者杖一百"之类,王约"数上言"主张用回从前的做法,然"议者惮于变更,其事遂寝"。

在"1356"之外,有业内人士更发现了关于刘翔的另一诡异数字:1287。那是央视体育频道田径专项记者冬日那的专利。她说:"今天(刘翔再次摔倒日)是用摄像机记录他整整12年8个月零7天。"然后是我们"恍然大悟":刘翔在这个赛季的最好成绩是12秒87,他的再次"倒下"是2012年8月7日。一连两个1356,一连三个1287,好家伙,诡异数字大有"前生注定"刘飞人的意味。那么,刘飞人今后能不能摆脱1356或1287的困扰,倒要让我们不得不予以关注了。

2012年8月11日

庆父

鉴于当下的用人——或直接说用官——状况，忽然想到了"庆父不死，鲁难未已"这个成语。我知道这样联想也许并不妥当，然而不知怎么就想到了。

《左传·闵公元年》载，冬，齐桓公派仲孙湫到鲁国了解情况，仲孙湫回去报告："不去庆父，鲁难未已。"齐桓公不解："若之何而去之？"仲孙湫肯定地说："难不已，将自毙，君其待之！"庆父，鲁庄公的庶兄，庄公死，子般即位。庆父使圉人杀子般立闵公，后又杀闵公而奔莒。鲁用贿赂求莒将之送归，庆父就是在回国途中自缢身亡。有了从政时的那些履历，庆父被喻为祸根；"庆父不死，鲁难未已"，便喻祸根不除，不得安宁。

历史上庆父一类的人物比比皆是。《墨庄漫录》里有则"襄阳谣"："襄阳二害，田衍、魏泰。"说田衍、魏泰居襄阳，"郡人畏其吻"；未几，李孖又来郡居，襄阳人憎之，又有"近日多磨，又添一孖"。这里的"吻"，似可作"能言善辩"来解。田衍、李孖事迹散见，魏泰留有一部《东轩笔录》，所记宋仁宗、神宗两朝事居多，因为一方面他常与上层人物交往，熟知内情，另一方面他的姐夫曾布是王安石变法的主要助手，所以他对变法这一段的历史记载有重要的参考意义。该书点校者李裕民先生说："朱熹《五朝名臣言行录》《三朝名臣言行录》引该书达36条,在225种引书中,居第五位。"亦可佐证其别种价值。至于田衍、魏泰及李孚在襄阳如何为害,令百姓如此厌恶,暂未读到第一手史料,不敢妄言,从这则襄阳谣本身来推断,三人正有"庆父"的意味。

《南部新书》云,武则天问张元一:"在外有何事?"元一答,有三件喜事:"旱降雨,一庆;中桥新成,万代之利,二庆;郭霸新死,百姓皆欢,三庆也。"郭霸死了,百姓高兴得不得了,显见也是"庆父"无疑了。《旧唐书·酷吏传》中有郭霸,与著名的来俊臣、周兴为伍,仅从这个"分类",便约略可知其为人了。细看下去,其行为亦足佐证自己不冤。先看其谄媚程度,"时大夫魏元忠卧疾,诸御史尽往省之,霸独居后。比见元忠,忧惧,请示元忠便液,以验疾之轻重"。他要尝尝魏元忠的大便,来判断一下元中的病情。元忠"惊悚",但郭霸不觉得什么,尝过之后高兴地说:"大夫粪味甘,或不瘳。今味苦,当即愈矣。"尝粪,在血缘人群中是一种孝亲之行。南齐庾黔娄有"尝粪忧心",在著名的《二十四孝》中还占据一席之地。《梁书》载,黔娄的爸爸病了,医生说:"欲知差剧,但尝粪甜苦。"尽管爸爸"泄痢"即拉稀,黔娄还是毫不犹豫地"辄取尝之",结果因父便"味转甜滑",还"心逾忧苦"。然"刚直"的魏元忠很厌恶郭霸这一套,不仅不受用,反而"以其事露朝士",让大家都知道郭霸是个什么人。事实上,郭霸对于下属或同僚,完全是另一种面目,他"尝推芳州刺史李思征,榜捶考禁,不胜而死"。这样的人为什么还能够得到提拔呢? 一哥(姐)喜欢。"初举集,召见,(郭霸)于则天前自陈忠鲠",说"往年征徐敬业,臣愿抽其筋,食其肉,饮其血,绝其髓"。这一番显示衷心的表白令"则天悦,故拜焉"。现实生活中的诸多"庆父",大抵都是领导"说你行你就行"而诞生的产物。

《桯史》里有则"秦桧死报",诠释了另一种"百姓皆欢"。秦桧抓了赵鼎(《宋史》曰"鼎为南渡名相,与李纲齐名")的儿子赵汾,想借此"谋尽覆张忠献(浚)、胡文定(安国)诸族"。算盘打好了,秦桧自己已经病重不起。时张浚贬谪永州(今湖南永州),"微闻当路意,汾既系,昕夕不自安"。正没办法只好等着大祸临头呢,忽然有天"外间报中都有人至",赶紧出来,却见"一男子喘卧檐下,不能言。方吉凶叵测,众环睨缩颈"。此情此景,饶是张浚"素坚定,于是亦色动",实在不知是祸是福。过一会儿,"掖之坐,稍灌以汤饵而苏,犹未出语,亶数指腰间,索之,得片纸",原来写的是秦桧死了。该人因急于报信,"走介星驰,至近郊,益奔程欲速,是以颠蹶……顷刻之间,堂序欢声如雷"。"庆父"终于死了,那该是怎样的快慰?!

　　看了这些实例,本文开头的联想似乎有了依归。如今因为根本没有干部"能下"(号称的则有很多)的通道,因而哪个地方、哪个单位若是换了新的领导或者提拔了什么人,对该地方、该单位的走向来说全凭运气:口碑不错,那就捡着了;声名狼藉,也一点儿辙都没有。亦即该"庆父"死之与否,全凭其自然"消失",暴卒或因其贪腐而落马,像郭霸就是因为害了李思征,老是梦见人家来找他,"援刀自刳其腹",吓死的。而倘若此"庆父"没有作奸犯科,或作奸犯科没有暴露,或暴露了而没有司职机构秉公执法,他就可以安稳地一直干下去。因而前人虽然早就深刻认识到了"庆父不死,鲁难未已"的定律,当下却因多如牛毛的规章、制度也不能约束、制裁而使之"死"掉,"×难未已"就在所难免了。这个×,极端点儿说,可以用地方、单位等任意替代。

2012 年 8 月 19 日

假古董

北京电视台有个"天下收藏"栏目,其中的"砸赝品"一直是观众比较关注的看点。大概内容是:观众拿自己的"宝物"(瓷器)来鉴定,如果经在场专家确认为假,在双方签署完协议后,由手持紫金锤的主持人王刚将赝品当场砸碎。这节目近些天成了社会话题,概因北京电视台与首都博物馆合作,把前者提供的30余件赝品与后者提供的40余件(套)真品放在一起对比展出,结果有中国收藏家协会的人士通过观展认为,该栏目之前所砸掉的"赝品"中有不少是真品,并且不乏珍品,达三成之多。不过,节目方底气十足,因为他们都是事先从潘家园等旧货市场故意买来的假货,"当然不会砸错"。

专家或差矣。通过"眼观"来鉴定,无论何方高手,都很容易走眼。实例比比皆是,单拿《清稗类钞》里的几个故事就足以说明问题了,学富五车的人也一样会上当受骗。

先看阮元,他在金石、校勘等方面都有非常高的造诣,有"一代文宗"之谓。其督两粤时,曾"宴高材生于学海堂,所用器具皆三代鼎彝尊罍之属,食品一秉《周礼》",全然复古。有宾客感叹说:"阮公明经博古,一宴会而能令诸生悉某味为某形某名,受益者多且速矣。"不过,阮元的那些三代器物可能净是假古董。

概其提出告老还乡之后,着力"搜罗金石,旁及钟鼎彝器,一一考订,自夸老眼无花"。一天,"有以折足铛求售者,(阮)再三审视,铛容升许,洗之,色绿如瓜皮,大喜,以为此必秦、汉物也,以善价得之"。后来也是宴会,"以之盛鸭,藉代陶器。座客摩挲叹赏,文达(阮谥)意甚得也"。然而就在这时,不幸发生了,"铛忽訇然有声,土崩瓦解,沸汁横流"。阮元气坏了,"密拘其人至",却非惩治,而是"键之室,命每岁手制赝鼎若干,优其工价",反而干起了知假买假的勾当,至于"此后赠人之物,遂无一真者"。

阮元的门生都知道老师好这口,有时不免开开玩笑,前文曾略有道及。那是阮元抚浙之时,"其门生有入都会试者,偶于通州逆旅中购一饼充饥,见其背斑驳成文,戏以纸揭之,绝似钟鼎铭,即寄文达"。假装说是在古董店里碰到一个古鼎,"惜无资不能购,某亦不知为何代物,特将铭文拓出,寄请师长,与诸人考订,以证其真赝"。阮元马上翻书,且与几位名士共同探讨,最后,阮元认为烧饼凸凹印出来的图案"为《宣和图谱》中之某鼎",还"题跋于后,历言某字某字,皆与《图谱》相合,某字因年久铭文剥蚀,某字因揭手不精,故有漫漶,实非赝物云云"。门生收到回信,自然是"见之大笑"。

再看翁同龢,同治、光绪两代的帝师,"嗜古成癖,生平搜罗金石、鼎彝之属甚富"。他还在当权时,有人向他兜售一只古瓶,"翁视之,古色斑斓,而其质甚轻,疑是秦、汉以上物",一番讨价还价之后,"以二千金购得"。翁大喜过望,"把玩不释手",坏就坏在"亟为贮水养花"之上,还"置酒邀宾,相与赏玩"。结果酒喝若干巡,一客起来欣赏,觉得瓶子有点漏,"以手举之,应手断烂",这下把客人吓坏了,而"细辨瓶质,乃熏染硬纸而成者"。结果"众大笑,翁亦爽然自失",赶紧扔掉了事。

再看张之洞，探花出身，"中学为体，西学为用"的提出者。光绪中，他以鄂督入觐，去逛琉璃厂，瞥见一家古董店装潢雅致，乃驻足浏览。一下子为院里的陶制巨瓮所吸引，"形奇诡，色斑斓，映以玻璃大镜屏，光怪陆离，绚烂夺目"，仔细看去，"四周皆篆籀文如蝌蚪，不可猝辨"。张之洞喜欢得不得了，问价钱，人家说不卖，"为某巨宦故物，特借以陈设"。过了几天，张之洞忍不住，"偕幕僚之嗜古者往观之"，幕僚"亦决为古代物，又欲得之"，让店主跟人家通融通融。"往返数四"，最终张之洞如愿以偿，赶快把瓮上的文字拓印了几百份，"分赠僚友"，然后也是古为今用，"置之庭，注水满中，蓄金鱼数尾"。这回瓮倒是没漏，然"一夕，大雷雨，旦起视之，则篆籀文斑驳痕化为乌有矣"，原来也是彻头彻尾的假古董。

再看毕沅，状元及第，《续资治通鉴》作者。其抚陕时过生日，"某令特具古砖十数方为寿，并将砖名揭出，装成册页，古雅可爱"。毕沅很高兴，对送货人说："我生日，惟尔主所赠，特风雅，甚荷厚意，然未免劳苦矣。"谁知那人得意忘形，泄露了天机。他说是啊，很辛苦，"即小人于此事亦出力不少"，然后"将其主人如何觅旧本摹仿，如何在某处定造，如何上色，如何使之剥落，如何使之生苔藓之术，一一言之，不稍讳"。这下弄得毕沅很下不来台，"不作一语，拂袖而入，旁人皆匿笑"。

看了这么多有学问的人的经历，逻辑上或可推断"收藏家协会"的专家有武断之嫌。后来他们又"组织了五六批的相关人士来首都博物馆看，大家都觉得是有问题"，仍然是眼观而已。有人说，即便是赝品，把好好的东西砸了也是浪费。然而，人家电视台的出发点毫不讳言为了收视率，这与究竟砸了什么，便属于截然不同的两回事了。

2012 年 8 月 24 日

《汉书》

如果问西汉的河间献王刘德是谁，恐怕没几个人知道，虽然他是汉武帝刘彻的哥哥，并非寻常草民；而如果提到"实事求是"一词，恐怕没几个人不知道。刘德与之有什么因果关联吗？有。该词词源就在《汉书·河间献王德传》，说他"修学好古，实事求是。从民得善书，必为好写与之，留其真，加金帛赐以招之"。颜师古注"实事求是"，乃"务得事实，每求真是也"。有人考证，作为一种治学态度，"实事求是"始于汉代，流行于清代。但众所周知的是，这四个字到了毛泽东这里，被赋予新的涵义，才使人们耳熟能详。

《汉书》是我国第一部纪传体断代史。班固在自述撰书之旨时这样说的："唐虞三代，诗书所及，世有典籍，故虽尧舜之盛，必有典谟之篇，然后扬名于后世，冠德于百王。"哪一纪、哪一表、哪一志、哪一传为什么要那样，都讲得简明扼要，可见其出发点是为前汉留下历史记录。此前的《史记》关于前汉部分只到汉武帝，《汉书》则不仅贯穿前汉始终，且奠定了编修正史的体例。加上其"整齐一代之书，文赡事详，要非后世史官所能及"，在史学史上的价值和地位都非常重要，因而历来《史》《汉》连举、班马并称。《汉书》的魅力，也势必催生诸多故事：隋唐时的李密趴在牛背上读《汉书》；宋朝苏舜钦以《汉书》下酒；明末清初钱谦益因为手头紧,不得不卖掉家藏"为宋椠本之冠"的前后《汉书》,令他"殊难为怀",以为"约略相似"南唐李后主去国,"听教坊杂曲,挥泪对宫娥",凄凉得很。诸如此类,前文均有道及,此处另陈其他。

刘肃《大唐新语》云,张由古"有吏才而无学术"。这是说他当官还行,学问就别提了。偏偏张由古不肯藏拙,老要显摆自己,以示官学通吃。有一次,张由古"于众中叹班固大才,文章不入《文选》",愤愤不平。旁人说有啊,班固的《两都赋》《燕山铭》《典引》不是都被昭明太子收进去了吗,"何为言无?"由古一脸不屑:"此并班孟坚文章,何关班固事!"张由古居然连"孟坚"是班固的字都不知道。刘肃作结曰:"仕进者可不勉欤!"这一结论至今仍然掷地有声,当下各级官员不少是顶着"在职硕士、博士"帽子的,权钱交易与否另当别论,混到了就混到了,没被拆穿算你走运,只是千万别东施效颦张由古好了。

洪迈《夷坚志》云,苏东坡贬谪黄州时曾手抄《金刚经》,"笔力最为得意,然止第十五分,遂移临汝";贬谪惠州时,"思前经不可复寻,却取十六分以后书之"。后来,这前后两部分还是珠联璧合,人们惊讶地发现,"其字画大小高下,墨色深浅,不差毫发,如成于一旦"。《金刚经》之分为三十二品,每一品为一分,也是昭明太子萧统的作为,每一品他还加了个小标题,以使读者对下面的内容一目了然,大抵也可以算是"编辑"的祖师了。苏轼一生抄写过的佛经很多,自然也会抄写其他,其中《汉书》就抄了三遍,至于能够背诵如流。时人不禁感叹:"东坡(这种天才)尚如此,中人之性可不勤读书邪?"

根据故事传闻,李密当时读的是《汉书·项羽传》、苏子美读的是《汉书·张良传》,余继登《典故纪闻》云,明宣宗朱瞻基则对《汉书·循吏传》情有独钟,为此还写了篇序论,认为传中所载六人，"兴学校，勤劳来，劝课农桑，修举水利，恭俭爱人而已"，都没有什么惊天动地的事迹，班固何以给他们如此之高的评价呢？无他，这六人"以其奉职循理而民自化，异于尚威严以为治者"，而"自古有天下者，皆以民为本"。所以，宣宗觉得"治天下之民，必用天下之善士。此后世郡守县令之职所由重也。"在他看来，"夫一郡一邑，其地环千里百里，其民以千万计，而付之守令者，欲其教养之而已。教养之道，农桑学校而已。农桑之业修，则民足于衣食而遂其生；学校之政举，则民习于礼义而全其性，如是足以为善治矣。然而世之才能之吏，或不知务此，往往任智术，利威严，苛刻削急，于是民受其弊"。宣宗朝有"仁宣之治"之谓，仁宗是宣宗的父亲，两父子在位期间，是有明一代吏治清明、经济发展、社会稳定的时期，后人比之西汉"文景之治"。宣宗朝也人才济济，文有"三杨"（杨士奇、杨荣、杨溥）、蹇义、夏原吉；武有张辅，地方有于谦、周忱。这么多人才集于庙堂，或许正是他读了《汉书·循吏传》的学以致用吧。可怪的是，宣宗同时又被讥为"蟋蟀天子"，《聊斋志异》中的名篇《促织》，揭示的就是他如何好斗蟋蟀、官吏如何"岁征民间"的惨况。"以民为本"的道理认识得那么深刻，却为了自己的嗜好，"每责一头，辄倾数家之产"，这该是其殊不可理喻的另一面。

读书使人受益，《汉书》身上种种可为佐证。《谷山笔麈》指出当时的一种现象："《史》《汉》文字之佳，本自有在，非谓其官名、地名之古也。今人慕其文之雅，往往取其官名地名以施于今，此应为古人笑也。《史》《汉》之文如欲复古，何不以三代官名施于当日，而但记其实邪？文之雅俗固不在此，徒混淆失实，无以示远，大家不为也。"这种读书现象，这就是把书给读偏了。

2012 年 8 月 30 日

诡异数字(续)

浏览所见,所谓诡异数字,历史上还真的着实不少。

《萍洲可谈》云,何执中的诡异数字是"五"。他"微时从人筮穷达",人家告诉他:"公凡遇五,即有喜庆。"果然,"何以熙宁五年,乡荐余中榜第五人及第,五十五岁随龙(随太子即位而得重用),崇宁五年作宰相,每迁官或生子,非五年即五月或五日",个人一生中的大事都离不开"五"。

《清稗类钞》里的杨沂秀也是这样。其乃贵州定远人,"嘉庆甲戌进士",是年为公元1814年,年份并未逢"五",然杨沂秀考了第五,且其"幼时应童子试,县、府、院考俱列第五";踏上仕途,"挑选陕西鄠县知县,制(掣)签亦第五名"。因此,大家干脆叫他"杨第五"。掣签选官,由明朝万历年间文选员外郎倪斯蕙首先提出、吏部尚书孙丕扬加以推广的一种做法,也就是候选官员无论贤愚清浊,一概都要凭手气抽签上岗。荒唐吗?得放在相应的时代背景之下考量。彼时"宦官请托"大行其道,照顾得了这个,照顾不了那个,全乱套了。所以掣签法即出,"一时宫中相传以为至公,下逮闾巷翕然称诵",连操纵大权的太监们也觉得不错,民间就更不要说了,虽然"不知其非体也"。用于慎行的说法:"至于人才长短,各有所宜;资格高下,各有所便;地方繁简,各有所合;道里远近,各有所准。乃一付之于签,是掩镜可以索照,而折衡可以坐揣也。"但没有办法的时候,这只能是最好的办法。

《履园丛话》云,苏州蒋以暄的诡异数字是"四十一"。他做了一个梦,"不解何义",乃到韦应物庙去祈梦。梦到了什么呢?"梦至一巨第,门首墙上有真草隶篆四行,每行三字相同,乃四十一也"。在真书那行,"下旁注一悲字";草、隶、篆书那三行,"下旁"分别注"去""存""喜"字。在沈德符《万历野获编》中,镇江守君许国诚"少年祈梦于其乡九鲤湖",神人告之曰:"子生平功名,一如宋宗泽。"宋朝的宗泽,众所周知是抗金名臣。不管日后应验与否吧,至少做梦的人听得明白无误。蒋以暄则一点也不明白。然而没多久,别人明白了。他爸爸去世,"时为乾隆四十一年",真书之"悲"乃验;守孝刚满,"以暄亦殁,年四十一岁",草书之"去"又验;蒋以暄生前喜欢写诗,写完就丢,死后友人代为整理,"仅存四十一首",隶书之"存"又验;后来,"以暄胞侄泰阶官起居注主事,加三级,恭遇覃恩",蒋以暄跟着沾了光,被赠朝议大夫,时"距以暄殁已四十一载",则篆书之"喜"又验。四十一,就是这样和蒋以暄生前生后结下了不解之缘。

跳出具体的个人,在事件上也存在诡异数字,比如明初纪年。后来的史书中给了建文帝的位置,1399 年到 1402 年算他的,但篡位的永乐皇帝并不这么看。靖难之役成功后,那年七月他登了基,诏曰:"今年以洪武三十五年为纪,明年为永乐元年。建文中更改成法,一复旧制。"不仅年号,凡是他认为被颠倒了的东西都再颠倒回来。万历二十三年(1595),神宗"诏复建文年号"。那是礼科给事中杨天民、四川道御史牛应元的功劳,二人上奏:"建文年号,不宜革除,值会纂修国史之时,当更正洪武三十二年至三十五年号,以复建文元、二、三、四四年之旧。"不过顾炎武说:"成祖以建文四年六月己巳即皇帝位,夫前代之君若此者,多即其年改元矣。不急于改元者,本朝之家法也;不容仍称建文四年者,历代易君之常例也。故七月壬午朔诏文一款'今年仍以洪武三十五年为纪,其改明年为永乐元年'。并未尝有革除之说,即云革除,亦革除七月以后之建文,未尝并六月以前及元二、三年之建文而革除之也。故建文有四年而不终,洪武有三十五年,而无三十二、三十三、三十四年。"在顾炎武看来,这种现象有前例可寻,五代时"后汉高祖之即位也,仍称天福十二年,其前则出帝之开运三年。故天福有十二年,而无九、十、十一年"。尽管"成祖之仍称洪武"与之暗合,然从正常的更迭来看,以诡异名之并不过分。

话说回来,前人谈论诡异数字亦有为诡异而诡异的成分,所谓"一言偶合人心惑,半事相符众口宣"罢了,根本当不得真。如何执中登进士榜,实际上是熙宁六年(1073),科举每三年举行一次,熙宁五年并不是考试年份,登什么进士榜?退一步说,即便如此巧合,也并无实质意义可言。《宋史·何执中传》对他的评价很低,大观三年(1109),太学生陈朝老上书:"陛下知蔡京之奸,解其相印,天下之人鼓舞,有若更生。及相执中,中外默然失望。执中虽不敢肆为非法若京之蠹国害民,然碌碌庸质,初无过人。"在"天下败坏至此"的背景下,"多见其不胜任也"。敢让徽宗看到"天下败坏至此"的字眼,陈朝老胆子天大,然只是"疏奏不省,而眷注益异",并没有被治罪。当然徽宗也没有罢何执中的官,只是疏远了,算是上书起到了作用吧。

2012 年 9 月 9 日

倭

　　9 月 10 日,日本政府悍然决定购买"尖阁诸岛"(即中国钓鱼岛及其附属岛屿)中的钓鱼岛、北小岛和南小岛。消息传来,神州大地群情激愤。随着"九一八"国耻日的即将到来,激愤更达到了高潮,国内许多地方发生了反日游行示威活动,尤以西安、长沙、郑州、深圳等地为烈。一时间,"保钓抗倭"之声不绝于耳。

　　在我们的典籍中,很早就称日本为倭。《汉书·地理志》载:"乐浪海中有倭人,分为百馀国,以岁时来献见云。"颜师古引《魏略》注曰:"倭在带方东南大海中,依山岛为国。度海千里,复有国,皆倭种。"十八世纪,日本九州发现了一枚"汉倭奴国王"金印。而《后汉书·东夷列传》载:"建武中元二年(57 年),倭奴国奉贡朝贺,使人自称大夫,倭国之极南界也。光武赐以印绶。"则那枚金印与这次赐予也许存在一定的关联。明张瀚《松窗梦语》袭前人语云:"日本在东南大海,近日所出,故以名之。"因而可知,"日本"乃大号,得自地理方位;"倭"则属于花名,有"象形"意味。按许慎《说文解字》解释,"倭"字从人从委,"委"从女从禾,"委曲也,取其禾谷垂穗委曲之貌"。那么,"人"与"委"联合起来,引申表示"身材矮小的人"。

　　《戒庵老人漫笔》里有一篇《倭房公赋》,"沙汰毕,督学一,文运兀,倭房出"云云。从标题以及开篇,知其模仿杜牧《阿房宫赋》。结尾处又有:"呜呼,戕士类者,倭房也,可杀也,护倭房者何人也? 亦可杀也。嗟夫,使朝廷听好人则足以拒倭,倭不为督学之人,则自秀才士夫以及君,谁得而被祸也?"虽然一口一个"倭",却也与日本没有丝毫干系,该赋抨击的是万历十四年(1586)科道考官房寀如何大肆收受贿赂,至于"案首赃私,多于仓廪之粟粒,家书包票,等于官店之帛缕"。《万历野获编》更干脆指出:"房之试士,用法太严,江南士子恨之入骨。至拟杜牧《阿房宫赋》作《倭房公赋》以讥切之,俱用杜韵脚,其组织之巧,叶字之稳,几令人绝倒。"以"倭房公"名之,逻辑推去,房寀应该是小个子,士子作赋正抓住了他的这一典型外观特征。作者的结论更有意思:"科道不能明言,而野史言之,野史言之而远播之,是使野史之言而强于国史也。"则今天热议的官方与民间"两个舆论场"并行,算是由来已久了。一笑。

抗日战争期间,"倭寇"乃国人对日本兵的普遍称谓。九一八事变后第二天,1931 年 9 月 19 日,蒋介石在日记里写道:"昨晚倭寇无故攻击我沈阳兵工厂,并占领我营房。"而从前称日本为倭,未必有刻意蔑视之意味。听上去似贬义,乃该字"其貌不扬",兼且染上了民族情绪之故。另外,咱们的祖先鄙夷四裔,音译诸多汉字中蕴含的瞧不起的成分,呈全方位态势:印度是"身毒"、中亚诸国是"匈奴"(古称"鬼方""猃狁")、朝鲜半岛小国是"狗邪"等;即便对自己境内的少数民族,族名前大多也加"犭"旁,解放后才换成"亻"。所以,倘若鄙视日本,做"倭"字的名分文章并没有多大意义。

提及历史上的中日关系,大抵表现为鲜明的两极:一极是唐代如何友好,日本的遣唐使派了多少批来中国交流,其中的阿倍仲麻吕与李白、王维等如何结下深厚友谊;再一极是明代如何交恶,东南沿海如何抗倭,如何诞生了戚继光、俞大猷等民族英雄。

日本学者古濑奈津子撰有《遣唐使眼里的中国》,对认识友好时期的中日关系很有帮助。里面收录了一张"遣唐使一览表",对总共20次遣唐使的每一次,包括任命及出发的年份、使节名、人数及船数、归国时间等一一罗列,借此亦可知阿倍仲麻吕717年来中国那一拨,总共557人乘坐四艘船只,其中不仅有阿倍等留学生,还有留学僧以及各种技能之士。众所周知,遣唐使中以阿倍仲麻吕(晁衡)最为知名,王维有名篇《送秘书晁监还日本并序》,"向国唯看日,归帆但信风"云云;李白也有著名的《哭晁卿衡》:"日本晁卿辞帝都,征帆一片绕蓬壶。明月不归沉碧海,白云愁色满苍梧。"所以哭,是他以为阿倍在归国途中遇难,悲切之情难免溢于言表。实际上幸免的阿倍又折返长安,最终埋骨于"安史之乱"后的大唐都城。

友好时期的中日关系尽管呈单向,主要是日本以唐制为模本,在语言、文学、风俗、文化上形成了与中国相似但又别于中国的民族文化,但文化濡化是双向的,不仅他们的文化后来传"回"了中国,有"礼失求诸野"之效,而且客观上保留了我们的诸多典籍。欧阳修《日本刀歌》即云:"徐福行时书未焚,逸书百篇今尚存。"把上限溯得更早,日本学者铃木贞一甚至统计出徐福当年携带到日本的书籍共有儒家经书1850卷、其他典籍1800卷。明朝黄瑜说:"使五经由是而完,帝王大典得以不泯,顾不韪与!"遣唐使的一个重要的使命是将记载中华文明的书籍大量带到日本,今天我们能够读到有"中国小说开山之作"美誉的唐朝张鷟之《游仙窟》,正是"出口转内销"的结果。

2012 年 9 月 20 日

手表·自鸣钟

　　陕西出了个"表叔"。事情的起因极其偶然，8 月 26 日，延安发生了一起客车追尾油罐车导致 36 人死亡的特大交通事故，身为省安全生产监督管理局局长的杨达才赶到事故现场，却不幸被拍到一张面含微笑的照片，引发公众不满，旋即对之"人肉搜索"。结果发现，在不同场合的照片中，杨达才戴着不同品牌的手表，至少有 11 块之多，其中高级手表五块，每块价值万元以上，最高的达 40 万。未几，杨达才被撤销了各种党政职务。

　　手表是计时工具的一种，异化成腐败的载体，悲哀并不在它自身。在表或钟问世之前，我们古代的计时工具基本上是漏壶、日晷等。壶漏是利用水的均衡滴漏原理，日晷是利用太阳投射的影子来测定并划分时刻。北京故宫的大殿门外，往往都有日晷；前些年兴建的中华世纪坛，主体建筑也正是日晷形状。研究认为，壶漏的起源上溯商周，日晷的可靠记载出现在隋。这些计时方式诚然体现了前人智慧的结晶，然缺陷亦显而易见：壶漏，水流速度与壶中水的多少相关，影响准确度；日晷，阴天、夜晚时没有太阳就不行。谢肇淛《五杂组》因此认为："今占候家时多不正，至于选择吉时，作事临期，但以臆断耳。烈日中尚有圭表可测，阴夜之时所凭者漏也，而漏已不正矣，况于山村中无漏可考哉？故知兴作及推禄命者，十九不得其真也。"他进而现身说法："余于辛亥春得一子，夜半大风雪中，禁漏无声，行人断绝，安能定其为何时？"在他看来，依靠生辰八字来推测什么，也就成为扯淡之事。

到了明朝，钟表由意大利传教士引进，计时方式出现了革命性的变化。再用谢肇淛的话说："西僧利玛窦有自鸣钟，中设机关，每遇一时辄鸣，如是经岁无顷刻差讹也，亦神矣。"顾起元《客座赘语》也说利玛窦"所制器有自鸣钟，以铁为之，丝绳交络，悬于簧，轮转上下，戛戛不停，应时击钟有声"，所谓"器亦工甚"。由自鸣钟之"神"，清朝学者赵翼的结论尤为值得重视，在"钟能按时自鸣，表则有针随晷刻指十二时，皆绝技也"的基础上，他认为"今钦天监中占星及定宪书，多用西洋人"，诚乃自然而然，"盖其推算比中国旧法较密云"。其值得重视的结论在于："西洋远在十万里外，乃其法更胜，可知天地之大，到处有开创之圣人，固不仅羲、轩、巢、燧已也。"在自以为天朝至尊、万国朝贡的时代，这样的见解可谓振聋发聩。

《清稗类钞》云："国初，福建漳州有孙细娘者，造小自鸣钟，高仅一寸，而报时不差分毫。"表明在清初，我们已有了制造钟表的自主能力。又云，"乾隆时，内府有自鸣钟，下一格有铜人，长四五寸许，屈一足跪，前承以沙盘。钟鸣时，铜人手执管，划沙盘中，作天下太平四字，钟响寂，则书竟矣"。又云，"平湖沈文恪公初在闽，曾见一钟，上一格两扉常阖，交初正时，铜人两手启扉，转身于架，取槌击钟如数，毕，置槌于架，两手阖扉"。这些现于宫廷的、地方的自鸣钟，应该都是国产品牌，因为我们不难发现，它们对钟表报时功能的拓展，打上了"中国化"的鲜明烙印。

《清稗类钞》还有乾隆年间重制圭表、壶漏的记载。重制圭表是在甲子（1744）二月，"盖迎日推荚，肇自上古，而土圭测景，详于

成周。宋元嘉时，何承天立表候暑，后代仍之。明于观象台下设
暑影，堂南北平置铜圭，于石台南端植铜表，上设横梁，用影符以
取中景。本朝因其制，惟铜表旧高八尺，此加二尺焉"。重制壶漏
是在丙寅（1746）四月，"盖浮漏之制，有求壶、废壶。复壶以播水，
建壶以受水，玉权以酾水，铜史以令刻。今之日天壶即求壶遗制，
制天壶即复壶遗制，平水壶、分水壶即废壶遗制，万水壶即建壶遗
制。至于龙口玉滴，铜人抱箭，亦即玉权铜史遗制。自宋以来，大
略相同，惟旧法每日十二时分一百刻，今厘为九十六刻，此则有异
者也"。乾隆此举不知出于什么考虑，是刻意复古，还是彼时已有
了"非遗"的传承意识？乾隆时的钱塘工匠厉之锷，"尝自出巧思，
制刻漏壶，镕锡为之，运转自然，暑刻相应，不爽毫发"，担心诸如
此类的技艺失传？而从另一则"交泰殿大钟"来看，前者的可能性
更大。"交泰殿大钟，宫中咸以为准。殿三间，东间设刻漏，一座
几满，日运水斛许，贮其中。乾隆以后，久废不用"；西间"则大钟
所在，高大如之，蹑梯而上，启钥上弦，一月后始再启之，数十年无
少差，声远，直达乾清门外，犹明万历时旧制也"。大钟无异于"标
准时间"，于敏中任文华殿大学士兼军机大臣时，每闻钟声，必呼
同直者曰："表可上弦矣。"

　　乾隆很喜欢钟表，其授意购买、制造、改造钟表的谕旨比比皆
是。如乾隆二十二年（1757）粤海关总督李永标、广州将军李侍尧
进贡"镶玻璃洋自鸣乐钟一座，镀金洋景表亭一座"，乾隆传谕：
"此次所进镀金洋景表亭一座甚好，嗣似此样好的多觅几件，再有
此大而好者亦觅几件，不必惜价。如觅得时，于端阳贡几样来。"
杨达才的众多名表，则显然是属下"进贡"的结果，他也许不必张
开尊口，大家也会奔着"土皇帝"的权力蜂拥而至。

2012 年 9 月 26 日

卢梭

今年是法国启蒙思想家让·雅克·卢梭诞辰 300 周年，标准时刻是 6 月 28 日。卢梭是法国大革命的思想前驱，正如 1791 年 12 月 21 日，国民公会投票通过决议给他树立雕像的铭文所言：自由的奠基人。其名著《社会契约论》开篇就说："人是生而自由的，但却无往不在枷锁之中。"（据何兆武译本）梁启超《卢梭学案》亦指出："要而论之，则民约云者，必人人自由，人人平等。"卢梭认为自由是绝对的，放弃自由就意味着放弃做人的权利。

卢梭死后整整 100 年，其人才进入我们国人的视野。那是光绪四年（1878）四月初三，出使英法两国的清廷特使郭嵩焘在《伦敦与巴黎日记》中写下的，他译的是"乐苏"，说乐苏和华尔得尔（即伏尔泰）"著书驳斥教士"。有人考证，这便是最早提及卢梭的中文文献。光绪二十八年（1902），李殿林督学江苏，评点岁试的卷子，"某卷内用卢梭二字，李瞠目不知所谓"。结果，"其幕友有知卢梭出处者，具告之"，李的嘴巴仍然很硬："何谓卢梭？此真是噜苏。噜苏，犹疙瘩也。"李殿林是同治时的进士，钦点翰林授庶吉士，后来又当过宣统皇帝经筵侍讲官，算是帝师了。可见彼时卢梭虽已"引进"，不少满腹经纶的重臣仍然不知所谓。卢梭成噜苏，李殿林是在刻意掩饰自己，而 19 世纪末的中西文明碰撞，官员的颟顸、顽固与真无知同时暴露无遗。领头的慈禧太后就说过："予乃最聪明之人,尝闻人言英王维多利亚事,彼于世界关系,殆不及予之半。"瞧瞧,倒是人家啥也不懂。

《清稗类钞》云,黄漱兰督学江苏,有廪生考算学,"用数目处,以亚拉伯字书之"。黄阅之大怒:"某生以外国字入试卷,用夷变夏,心术殊不可问。着即停止其廪饩。"硬要因此把人家的助学金给取消掉。又,光绪时曾纪泽奉命使俄,期满回京,"以在俄久,起居习惯,均有欧风",这下子可不得了,"京朝士夫见之大哗,而理学家尤深恶痛嫉",说当爹的(曾父乃国藩)以道学名世,"子乃用夷变夏,是真不肖之尤"。而正是睁眼看过世界的曾纪泽,"鉴京官之迂谬,不达外情,乃建议考试游历官,专取甲乙科出身之部曹,使游欧美列邦"。朝廷采纳了他的建议,选拔 12 名地方官员去英国、法国,宝应兵部主事刘启彤、吴县刑部主事孔昭乾、江阴工部主事陈燨唐、文登刑部主事李某等。还没出发呢,先有人不高兴了。刘启彤等因"久客津海关署,习外事,众皆奉为导师",本来挺正常的事情,孔昭乾摆资格:"我为散馆庶常,岂反不如彼,而必听命于彼乎?"不服。到意大利,外籍船长跟大家说,明天有邮船去上海,谁要是寄家书,"今日可书之",于是大家都写。次日晚餐,席间没有牛肉,孔昭乾察觉有问题,对刘启彤说,我的信一定给船长偷看了。他的推断理由是:"我家不食牛肉已数代,自登舟至今,每饭皆牛,尝不得饱。昨于家书中及之,兹忽无牛,是以知其阅我家书也。"刘笑曰:"船主未必识华文,阅信何为?况欧人以私拆人信为无私德乎,君何疑?"孔拿翻译说事:"彼,我国人,何以识洋字?安保船主不识华文耶?"其实那天没上牛肉,盖"西行浃旬,牛适罄也"。到了英国,某天参观大炮厂,"见有长三尺许之炮弹",孔昭乾问翻译这是什么玩意,人家说炮弹,他恼了,把我当小孩耍吗？"炮弹乃圆物，我幼即见之。此殆一小炮，何云炮弹？"据说上世纪 70 年代末刚开放那阵，咱们出去的官员也是每留笑柄，未知二者有无本质区别。

晚清以张之洞为代表的洋务派，把"中学为体，西学为用"作为指导思想，这本来不坏的经是怎样被念歪的呢？邹福保跟李殿林聊过："某拟定一章程，其西学，以蒙学课本当之；其算学，以市间通行之大九九小九九当之，庶几两无所背。"李揖之曰："我公妙论，可谓洞见其微，坐而言者，傥起而行，真能为士林造福也。"即便对上峰不是阳奉阴违，对西方思想的理解也完全是生吞活剥。《清稗类钞》云，有家大门上贴了一副对联，八个大字："自由不死，国魂来归。"因为写在了白纸上，"不知者方以其家为有丧也"。又"权利"二字，时人见解精辟者认为"亦世界各国人人所公认而不讳之物也。所别乎可不可者，公私而已"；而"国人对于'权利'二字辄有别解，而多从己着想。未得权也，不惜丧名屈节以求权；既得权也，又不惜丧名屈节以求利；既得利也，更荒淫奢侈，无所不为，而其后权亦有所不顾。何以故？以既得利，即无权，而我仍可安居行乐也。此乃国人富贵贫贱最劣之根性，苟不除之，他日之不为奴隶牛马也，几希矣"。这话今天读来，未有过时之感。

光绪时为选拔"洞达中外时务"人员，曾开过"经济特科"，不考八股文，而代之以策论。有个人本来列为一等，张之洞"以卷中用卢梭语，降列三等，批语中有'奈何'二字"。那人自嘲曰："博得南皮唤奈何？不该试卷用卢梭。"西学为用，但新名词不在其列，亦见张之洞言与行的跛腿。去年，100 多名学者联合向国家新闻出版总署、国家语委举报第六版《现代汉语词典》收录"NBA"等 239 个西文字母开头的词语，应该与之相类吧。

2012 年 9 月 29 日

幸福

央视记者国庆期间走基层，在全国各地随机寻找路人发问"你幸福吗?"意外的是，收到了几个"神回复"，即答非所问然妙趣横生的回复。第一回是山西太原一个农民工回答"我姓曾"；第二回是河南郑州火车站排队买票的大学生，回答"在跟你说话的时候，队被人插了"。新近是浙江海宁一个捡瓶子老人，问:"您收了多少瓶子了?"答:"73 岁了"又问同一问题，答:"我吃的政府低保，650 块一个月，政府好。""您觉得您幸福吗?""我耳朵不好。"当然，"神回复"的出发点并非存心作对。

建设"幸福××"，是当下流行的一个热词，热得滚烫。这里的××，可以置换为各省市县，也可以是各领域、各行业、各企业，犹如"文化"成为热词之时，就是个名词的后缀，凡事皆可缀以"××文化"。不同的是，"幸福"变成了前缀。在这样的宏观背景之下，可知央视记者有百姓幸福与否之问，并不突兀。早两年还有个"2009 中国最具幸福感城市"评选，评出了 20 个城市；而另一边厢，网友马上评选了 10 个"2009 中国最具愤怒感城市"。结果，20个"最幸福"的与 10 个"被愤怒"的城市，不是楚河汉界，泾渭分明，而是你中有我，我中有你。也就是说，其中有几个城市既"最幸福"又"被愤怒"。再当然，这里有存心作对的成分。

查"幸福"一词,本意是祈望得福。"幸"有众多义项,其一是"希望、期望"。《史记·曹相国世家》说曹参"相舍后园近吏舍,吏舍日饮歌呼。从吏恶之,无如之何,乃请参游园中,闻吏醉歌呼,从吏幸相国召按之"。这里的"幸",就是希望曹参出面管一管,结果曹参"反取酒张坐饮,亦歌呼与相应和",跟大家一起尽兴。曹参手下真的是太不了解长官了,其代萧何为相后,"举事无所变更,一遵萧何约束",自己则"日夜饮醇酒"。后世还因此创立了新成语:萧规曹随。大臣们看不过眼,就要当面直言,不能对曹参寄予什么希望。平时去找他,好啊,"参辄饮以醇酒,间之,欲有所言,复饮之,醉而后去,终莫得开说,以为常"。所以,"吏醉歌呼"正对他的心思,焉望制止?况且,曹参的一个特点是"见人之有细过,专掩匿覆盖之",即便醉酒误了政事,在他眼里也许只算小事一桩呢。

"幸福"中"幸"的义项正是如此,其与"福"的组合即所谓动宾结构,前人有过这种用法。《新唐书》卷一百八十一乃陈夷行、李绅等的列传,末尾有一段"赞曰"即评论,对崇佛表达了强烈不满,这么说的:"若佛者,特西域一槁人耳。裸颠露足,以乞食自资,癯辱其身,屏营山樊,行一概之苦,本无求于人,徒属稍稍从之。然其言荒茫漫靡,夷幻变现,善推不验无实之事,以鬼神死生贯为一条,据之不疑。"这种认识或可谓之偏见,走了极端,与利玛窦踏上咱们国土时,明朝人对耶稣的认识差不多。然《新唐书》关键的字句还在这里:"初,宰相王缙以缘业事佐代宗,于是始作内道场,昼夜梵呗,冀禳寇戎,大作盂兰,肖祖宗像,分供塔庙,为贼臣嘻笑。至宪宗世,遂迎佛骨于凤翔,内之宫中。韩愈指言其弊,帝怒,窜愈濒死,宪亦弗获天年。幸福而祸,无亦左乎!"好了,"幸福而祸",或"幸福"一词的词源,其意正为祈望得福。

唐宪宗奉迎佛骨,韩愈写下著名的《论佛骨表》,是一件惊天动地之事。所谓"窜愈濒死",就是将韩愈先贬"天下之穷处"阳山,再贬尚未开化之潮州。"宪亦弗获天年",是说宪宗李纯卒年仅仅 42 岁,他 28 岁登基,在皇位上只待了区区十几年。崇佛而双输,在《新唐书》列传作者宋祁眼里是根本不该崇的重要例证。而在韩愈的文章里,"佛不足事"这层意思论证得非常清楚:"汉明帝时,始有佛法,明帝在位,才十八年耳。其后乱亡相继,运祚不长。宋、齐、梁、陈、元魏已下,事佛渐谨,年代尤促。惟梁武帝在位四十八年,前后三度舍身施佛,宗庙之祭,不用牲牢,昼日一食,止于菜果,其后竟为侯景所逼,饿死台城,国亦寻灭。事佛求福,乃更得祸。"因此在韩愈眼里,"假如其(佛)身至今尚在,奉其国命,来朝京师,陛下容而接之,不过宣政一见,礼宾一设,赐衣一袭,卫而出之于境,不令惑众也"。他有个更决绝的主意是:"乞以此骨付之有司,投诸水火,永绝根本,断天下之疑,绝后代之惑。"韩愈的这些话,不招致一心谋求长生不老之药的宪宗盛怒才怪。

倘若央视记者发问的"幸福"是其原初意义,亦即"你祈望得福吗",在当下的社会心态面前是比较合逻辑的,恐怕也不会出现"神回复";然而他或她显然不是,他们是从今天的幸福概念,比如生活、境遇等如何称心如意的角度出发的。那么,问一个 73 岁却还在靠捡瓶子贴补生活的老人幸福与否,至少就有些刺耳,那不是老人应该颐养天年的年纪吗? 积经验度之,央视记者在出发前信心满满,以为在国庆 63 年之际,天南地北、各个阶层的人们都会像自己设定的那样脱口而出如何幸福吧。不过,央视能够把这些内容原封不动地播放出来,也有令人刮目相看的另一面。

2012 年 10 月 5 日

神秘纸条

中国网球一姐李娜更换教练之后，打了几场好球。有好事记者发现，盘间休息时，李娜往往拿出一张神秘纸条来看，认为对李娜起到了莫大帮助作用。比如，10月5日的中网女单1/4赛事，李娜2：0击败了卫冕冠军A.拉德万斯卡，在发球胜赛局前，李娜便拿出了神秘纸条，旁边撑伞的小球童好奇地斜眼偷瞄，一并被摄影记者定了格。原来，神秘纸条上写的是针对对手的一些技术要领，以及"相信自己，你一定能做到"类的励志话。这些文字对李娜临场或有帮助，但倘若夸大神秘纸条的功效，则其作用便与巫术殊途同归了。

最早玩儿神秘条子游戏的，大约是陈胜，秦朝末年的那个农民起义领袖，条子所要起到的正是巫术之效。《史记·陈涉世家》载，陈胜、吴广起事之前，先做名分文章，"丹书帛曰：'陈胜王'，置人所罾鱼腹中"。之后应该也是安排好的，"卒买鱼烹食，得鱼腹中书"。陈胜觉得说服力还不够，"又间令吴广之次所旁丛祠中，夜篝火，狐鸣呼曰：'大楚兴，陈胜王。'"装神弄鬼，吓得戍卒们"夜皆惊恐"，然天亮后"皆指目陈胜"。陈胜目的就这样达到了，于是杀醉尉，揭竿而起。陈胜玩儿的是神秘帛条，彼时纸张尚未发明，连国家的法律也写在竹简上，遑论戍卒搞的那点儿小把戏了。

明朝刘振之的就是神秘纸条了。自己写的,连家人也不给知道写的是什么,"藏箧中",每年元旦时自己拿出来看看,看完了,再"加纸封其上"。刘振之官至鄢陵知县,崇祯十四年(1641),李自成攻陷许州,知州王应翼等身死,"自许以南无坚城",鄢陵岌岌可危。这时有人主张投降,且"宜速降",振之怒斥之余,"集吏民共守";城陷之后,"振之秉笏坐堂上。贼索印,不与,缚置雪中三日夜,骂不绝口,乱刃交下乃死"。其后"家人发箧",看到神秘纸条原来写的是:"不贪财、不好色、不畏死。"而"每岁元旦取视",足见刘振之在不断提醒自己。此前,宋相赵普也有类似举动,但他看的是神秘书籍。《宋史》说他"少习吏事,寡学术,及为相,太祖常劝以读书",赵普因此"晚年手不释卷,每归私第,阖户启箧取书,读之竟日,及次日临政,处决如流"。看的是什么呢?家人也不知道,等他死了,"发箧视之,则《论语》二十篇也"。赵普是故弄玄虚,并且还极大地神秘化了《论语》的功能,似乎现实中的工作指南一般,什么"昔以其半辅太祖定天下,今欲以其半辅陛下致太平",即后人所谓"半部《论语》治天下"。果如此,则举个用《论语》操作的实例看看?

　　王士禛《池北偶谈》有个条目,说孝廉宋幼清"精数学"。此"数学"自然不是今天高考的那个重要科目,而是"术数之学",说白了就是能掐会算,预知未来。这样的神人古代和现代都有不少,唐朝李淳风、宋朝陈抟等,大名鼎鼎。今天有人坚信,李的《推背图》连第二次世界大战、钓鱼岛问题都预言到了,神乎其神。并且此风不独于我国,当下沸沸扬扬的玛雅人预言2012年12月21日乃世界末日,也是此种路数。"精数学"的宋幼清,是在儿子直方出生时"预书一纸",对老婆说,等儿子中进士之后,"乃启视之"。顺治四年(1647),宋直方"果然"高中,遵父嘱打开了那张神秘纸条,只见上面写道:"此儿三十年后,当事新朝,官至三品,寿止五十。"宋直方后来又"果然"于康熙丙午(1666),以宗人府丞迁副都御史,至三品;死的年龄再"果然"正五十也。三个"果然"的引号是在下添加的,用意不言自明。顺便说一句,陈寅恪先生在《柳如是别传》中考证,宋直方与名妓柳如是的关系始而非同一般,破裂后,"宋氏怀其悔恨之心,转而集矢于牧斋。论其致此之由,不过褊狭妒忌之意耳。其人品度量,殊为可笑可鄙"。至于神秘纸条所书,寅恪先生认为"甚为荒诞,自不必辨"。

《清代野记》云,彭玉麟曾给曾国藩写过一个神秘纸条:"江南半壁无主,老师其有意乎?"意在劝其称兵自立。曾国藩一见大惊,立即将纸条撕碎咽下,连呼:"不成话!不成话!"吓坏了。相形之下,李鸿章面对类似的事情则淡定得很。《异辞录》云,同治皇帝死后,因为没有子嗣,法国大使便不知跟谁建议:"不如李某为帝。"八国联军打进北京,"深恨吾国攻击使馆之不道",想换个皇帝,立谁好呢?有说立孔子后人的,有说从明王室中寻找的,德军统帅瓦德西则主张立李鸿章,派人跟他说:"各国军舰百余艘,拥公为帝,可乎?"结果鸿章只是"笑谢之而罢"。

李娜脾气的暴躁公众透过荧屏都有目共睹,神秘纸条或能起到稳定情绪的作用,但观众还是不要如记者般以为就此找到了法宝,神化那张寻常的纸条。李娜在去年获得法网冠军后,基本上就再没有像样的成绩,甚至"吞蛋"的情形也屡屡出现。而已经30岁的李娜在网坛还能走多远,终究要靠平日累积的实力,记者不要不着四六地聒噪为好。比李娜大一岁的小威廉姆斯,大满贯头衔已经取得了15个,还在统治着女子网坛,小威有没有神秘纸条一类的东西在支撑?

2012 年 10 月 7 日

蟹

　　"时值香橙螃蟹月,景当新酒菊花天。"明朝徐元的诗,当下正是这个时令。上点儿档次的宴请,一道大闸蟹必不可少;寻常的菜场、超市,也到处都在卖蟹,其中以阳澄湖大闸蟹声名最著、价码最高。然如同贵州正在注册"国酒"商标的茅台酒,东西如何实在真假难分,尽管在防伪技术上动足了脑筋,却依然是"道高一尺,魔高一丈"。

　　《本草纲目》这样描述蟹:"横行甲虫也。外刚内柔,于卦象《离》。骨眼蜩腹,蚫脑鲎足,二螯八跪,利钳尖爪,壳肥而坚,有十二星点。"寥寥四十来个字,活灵活现。蟹,实际上是个"单名",清翟灏《通俗编》云:"《周礼·梓人》疏:蟹谓之螃蟹,以其侧行者也。按:语义当正作旁,今字从虫,疑是后人率加。《埤雅》云:蟹旁行,故里语谓之旁蟹,可证。"其实宋人傅肱《蟹谱》早就说了:"以其横行,则曰螃蟹;认其行声,则曰郭壳;以其外骨,则曰介士;以其内空,则曰无肠。"所以,蟹有横行介士、无肠公子等别称。至于这些别称美恶、褒贬与否,要具体问题具体分析。1976 年打倒"四人帮"那阵,北京流行吃蟹,大家都指定要"三公一母",正因"横行"之蟹与"霸道"组合在一起,构成依仗权势为非作歹之意,那么"横行介士"在这里便贬义无疑。宋孔平仲《常父寄半夏》

诗,"小女作蟹行,乳媪代与攘;分头各咀嚼,方爱有所忘"云云,描写的是年幼的子女争吃的场面,完全是欢乐情景。

鲁迅先生《今春的两种感想》中有名句云:"第一次吃螃蟹的人是很可佩服的,不是勇士谁敢去吃它呢?"改革开放后,"吃螃蟹"更与"第一""勇于"等同义,吃螃蟹也从单纯的生物行为上升至社会学范畴。《荀子·劝学》论道:"蚓无爪牙之利,筋骨之强,上食埃土,下饮黄泉,用心一也。蟹六(实八)跪而二螯,非蛇鳝之穴无可寄托者,用心躁也。"鲁迅先生还有名篇《论雷峰塔的倒掉》,说他们小时候吃蟹,"煮到通红之后,无论取那一只,揭开背壳来,里面就有黄,有膏;倘是雌的,就有石榴子一般鲜红的子。先将这些吃完,即一定露出一个圆锥形的薄膜,再用小刀小心沿着锥底切下,取出,翻转,使里面向外,只要不破,便变成一个罗汉模样的东西,有头脸,有身子,是坐着的,我们那里的小孩子都称他'蟹和尚',就是躲在里面避难的法海"。诸如此类,也是社会学意味。

生物行为的吃螃蟹,历史非常悠久。段成式《酉阳杂俎》云:"平原郡贡蝤蟹,采于河间界。每年生贡,斫冰火照,悬老犬肉,蟹觉老犬肉即浮,因取之,一枚值百金。以毡密束于驿马,驰至于京。"唐之平原郡在今天山东德州一带。杨贵妃喜欢吃荔枝,"颠坑仆谷相枕藉,知是荔枝龙眼来"的惨烈之账算到了她的头上,此番的蟹是谁吃的呢?冤无头、债无主的话,历史对杨贵妃就失之于刻薄了。再看《蟹谱》:"(五代)钱氏间置鱼户、蟹户,专掌捕鱼蟹,若今台之药户、畦户,睦之漆户比也。"专业户的出现,足证官方对蟹的需求数量非常庞大。宋朝这一点倒是很明确:皇帝吃。邵博《邵氏闻见后录》云:"仁宗皇帝内宴,十门分各进馔。有新蟹一品,二十八枚。帝曰:'吾尚未尝,枚直(值)几钱?'左右对:'直一千。'帝不悦曰:'数戒汝辈无侈靡,一下箸为钱二十八千,吾不忍也。'置不食。"邵博还说,李处度藏有仁宗飞白"四民安乐"四字,旁题"化成殿醉书,赐贵妃"。他感叹仁宗"虽酒酣、嫔御在列,尚不忘四民,故自圣帝明王以来,独以仁谥之也"。而最早吃蟹具体可以追溯到什么时候,须待方家考证了。

蟹在今天,尤其物流业发达之后,是个全方位的存在,从前不是这样。沈括《梦溪笔谈》说,关中没有螃蟹。宋神宗元丰年间他在陕西时,"闻秦州人家收得一干蟹,土人怖其形状,以为怪物",于是"每人家有病虐者,则借去挂门户上,往往遂差",效果很不好。为什么呢?因为"不但人不识,鬼亦不识也",鬼不认得那是什么,不害怕,所以挂也白挂。《清稗类钞》云:"贵州物产有竹荪、雄黄之类,蔬菜价值亦廉。居民嗜酸辣,亦喜饮酒,唯水产物则极不易得,鱼虾之属,非上筵不得见。光绪某岁,有百川通银号某,宴客于集秀楼,酒半,出蟹一篋,则谓一蟹值银一两有奇,座客皆骇,此足以见水产物之难得而可贵也。"这样看,至少陕西在宋朝、贵州在清朝,蟹还是比较稀奇之物。

《蟹谱》还说:"蟹至秋冬之交,即自江顺流而归诸海,苏之人择其江浦峻流处,编簾以障之,若犬牙焉。致水不疾归,而岁常苦其患者,有由然也。虽州符遣卒俾令弃毁,而吏民万端终不可禁。"前两天有部叫作《鸟之殇,千年鸟道上的大屠杀》的纪录片在网上引起关注,拍的是湖南很多地方杀戮南来过冬的候鸟,仅在10月3日那天打下来的就足有一吨之多。从前的"苏之人"捕蟹,性质庶几近之,只是前人尚未认识到鸟是人类的朋友,所以造成的危害不过是"水不疾归",今人带来的则是生态灾难。

2012 年 10 月 13 日

蟹（续）

浙江桐乡市公证处主任沈吉龙吃蟹的旧账被网友翻出来了。一份《桐乡市公证处的领导，你用公款去吃了、拿了、玩了，就请提供明细账单》的网帖声称，2010 年桐乡公证处用于食品、礼品、餐费、考察费等消费接近 100 万元，但公证处编制人员仅 3 人，且支出并无明细账单。其中，2010 年公证处等相关人员曾以考察的名义去阳澄湖吃螃蟹，报账十几万元。

贪腐的人多了去了，手段并无二致，数额不同而已，但还是总能发现"特性"的一面，比方此番是吃蟹。

如今论起蟹，正以阳澄湖大闸蟹最为知名。这个品牌是从什么时候开始的，也要待方家考证。宋祝穆《方舆胜览》记述阳澄湖所在的平江府"土产"，只提到了三种：彩笺、太湖石和莼鲈。虽然像他叙州郡沿革一样对土产的描写也过于简略，但毕竟涉及了吃，注引苏子美《论风俗》"莼鲈稻蟹，可以适口"，可知彼时蟹也是一种美味，只是比不上"白如玉"的鲈鱼。明朝袁宏道当过吴县知县，其间写下了许多著名的游记，偏偏文有《阴澄湖》而没有《阳澄湖》，"潼子门下船，北去一里，为阴澄湖"云云。万历二十四年（1596），他"与顾靖甫放舟湖心，披襟解带，凉风飒然而至，西望山色，出城头如髻，不知身之为吏也"。可惜，正高兴呢，"邮者报台使者至，客主仓皇，未能成礼而别"，立刻又打回了"身之为吏"的本相。当代样板戏《沙家浜》里，郭建光有段唱词："朝霞映在阳澄湖上，芦花放稻谷香岸柳成行。"说明他们18个伤病员养伤的地方，正处在大闸蟹盛产的核心区，然他们"一日三餐有鱼虾"，却并未道及此物，此中固有合辙押韵的考虑，但倘若阳澄湖大闸蟹彼时为名品，没有不以其他方式表现的道理吧，道之，军民鱼水情可以更深一层。

桐乡市公证处连同合同工在内总共只有15名员工，即便倾巢出动，吃掉十几万元的大闸蟹还是能够让人惊讶得张大嘴巴，一顿吃的，还是几天吃的？太喜欢吃了，还是怎样？可惜语焉不详。清朝戏剧家李渔对蟹的偏爱，那是到了痴的地步，其自道"家人笑予以蟹为命"，拙文已多有涉及，此处聊作补充。李渔把相关事项干脆一概以"蟹"名之：蟹上市的九月、十月叫作"蟹秋"；担心过了季节没得吃，"命家人涤瓮酿酒，以备糟之醉之之用"，于是糟名"蟹糟"、酒名"蟹酿"、瓮名"蟹瓮"；家里专门管蟹的丫鬟叫作"蟹奴"。到了这个程度，他还觉得自己做得不够，感叹："蟹乎！蟹乎！汝于吾之一生，殆相终始者乎！"遗憾"所不能为汝生色者，未尝于有螃蟹无监州处作郡，出俸钱以供大嚼，仅以悭囊易汝。即使日购百筐，除供客外，与五十口家人分食，然则入予腹者有几何哉？蟹乎！蟹乎！吾终有愧于汝矣"。他的感叹和遗憾，落脚于"悭囊易汝"而非公款大嚼，这是可以名之曰痴，而桐乡公证处一类只能名之曰腐败的本质分野所在。

在具体吃法上，李渔也有自己的心得："凡食蟹者，只合全其故体，蒸而熟之，贮以冰盘，列之几上，听客自取自食。剖一筐，食一筐，断一螯，食一螯，则气与味纤毫不漏。出于蟹之躯壳者，即入于人之口腹，饮食之三昧，再有深入于此者哉？"他认为，吃别的东西他人可以帮手，自己尽享其成，"独蟹与瓜子、菱角三种，必须自任其劳。旋剥旋食则有味，人剥而我食之，不特味同嚼蜡"。他把这比作"好香必须自焚，好茶必须自斟"。那么，《清稗类钞》上介绍的一种类似鱼生吃法的"蟹生"，具体而言就是"以生蟹剁碎，将麻油先熬熟摊冷，并草果、茴香、砂仁、花椒末、水、姜、胡椒为末，再加葱、盐、醋与之拌匀"，这要是被李渔遇到，会认为是草菅蟹命吧。

对蟹没有什么"感情"，单纯只是要借题发挥的，显然抱另一种态度。如宋人之"水清诇免双螯黑，汤老难逃一背红"，又如北京当年那"三公一母"，都是借蟹来喻坏人没有好下场。不错，前人亦有"蟹厄"之说。元高德基《平江记事》云："吴下蟹厄如蝗，平田皆满，稻谷皆荡尽。"因而吴谚有"虾荒蟹乱"之说。然蟹厄造成的灾害在于数量如蝗，何以"三公一母"便能翻云覆雨？不管怎么说，以蟹来借喻坏人，正如杭州西湖边跪着的"白铁"，无辜受过。

10月22日，桐乡有关部门作出回应称：桐乡市公证处存在工资发放违规及其他违反财经纪律的问题，公证处主任沈吉龙及市司法局副局长朱莉萍已被停职检查。不难发现，近年越来越多的腐败线索总是依靠业余的网友来发现，南京周久耕因为抽了太高档的烟、陕西杨达才因为戴了太高档的手表、广州番禺蔡彬因为名下的22套房产等，事后想来，这些线索都谈不上隐秘。我一向认为，民间不该成为反腐败的主力军，现在却正有成为主力军的趋势，长此以往，专门的监察机构汗颜事小，沦为"执行部门"、演变为体制机制的不堪事大。

2012年10月24日

偏方

四川阆中市天宫乡 38 岁的副乡长戴彬，可能是第一个站在江苏卫视《非诚勿扰》舞台上的乡镇干部，结果场上 24 盏女嘉宾的灯全部灭掉，觅偶未果。然而他的身份先是引起了一阵轰动，随后，戴彬通过媒体公布了自己祖传的治疗荨麻疹的偏方，这一下更不得了，红得一塌糊涂，全国各地包括香港在内都有电话打来希望得到诊治。有意思的是，阆中市卫生监督执法大队派出工作人员进行调查取证后认为，戴彬没有行医资格，不能开处方。

戴彬算不上开处方，他是"贡献"而已，原本有此一方。偏方，相对的是"正方"即正式的药方，在民间广泛流传或为家族传人所掌握，并不见于各种古典医学著作。对偏方的功效，不要问为什么，没有原理可讲，可能是前人碰巧实践的结果，也可能是故弄玄虚。余少时生长在京郊顺义县南庄头村，每到冬季，因为照旧整天在外面疯玩，双手手背每同癞蛤蟆的皮，兼且肿胀流脓。忽有人示偏方曰：用热水泡毕双手，再涂以麻雀粪可治。彼时生产队做豆腐的大灶檐下，栖居着成群麻雀，得雀粪诚为易事。试之，果然，不过两次而已，双手完全细嫩光洁。鲁迅先生在《呐喊》自序中说，他"有四年多，曾经常常——几乎是每天，出入于质铺和药店里"，用当来的钱给久病的父亲去买药，"因为开方的医生是最有名的,以此所用的药引也奇特:冬天的芦根,经霜三年的甘蔗,蟋蟀要原对的,结子的平地木……多不是容易办到的东西"。而最后的结果是"我的父亲终于日重一日的亡故了",所以在鲁迅先生的语气中,能够分明地感受到他的不屑。因而对偏方,神奇与荒诞并存。

梁章钜《归田琐记》讲到好几个偏方,有治疝气的,有治眼睛的,有治骨折的。梁章钜得过疝气,"有客教以荔枝核煎汤服之,遂愈"。但他把这个偏方介绍给朋友,不灵,可能就像戴彬说的,每个人的体质不一样,不是一偏就灵。梁章钜忽然想起自己抄过一个,说辛弃疾抗金还朝时得了疝气,"有道人教以服叶珠,即薏苡仁也。法用东方壁土炒黄色,然后入水煮烂,放沙盆内,研成膏,每日用无灰酒调服二钱即消",这回在朋友那里也灵了。梁说"此一段,忘却在何书抄来",应该是抄自南宋张世南《游宦纪闻》吧,该书卷五正有这段。治眼睛的实例是山西太原守药景锡,他已经失明了 19 年,"忽有神人传一灵方,用厚朴五分,清水一碗,煎至五分,洗之即愈,复为山东莱州守",而"未洗之先,须斋戒沐浴,将洗之际,须应日光焚香,一日三次"。治骨折的那个,是纪晓岚听别人说的,"以'开元通宝'钱烧而醋淬,研为末,以酒服下,则铜末自结而为圈,周束折处"。纪晓岚说他试过一只骨折的鸡,果然就接上了,而炖吃这只鸡的时候,"验其骨,铜束宛然",他因此还很不理解,"铜末不过入肠胃,何以能透膜自到筋骨间也"。后来他又读到张鷟的《朝野佥载》,其中说道:"定州人崔务堕马折足,医令取铜末酒服之,遂痊平。后因改葬,视其胫骨折处,铜末束之。"晓岚因此悟出,铜末就行了,不一定非得用"开元通宝"。

《清稗类钞》里有两个偏方更离奇。先说明末清初名医俞嘉言,有天坐船路过一村,"见一少女浣衣于河,注视久之,忽呼停棹,命一壮仆曰:'汝登岸,潜近其身,亟从后抱之,非我命,无释'"。仆人照做,结果可想而知,"女怒骂大呼,其父母闻而出,欲殴之",这时名医说话了:"我,俞嘉言也。适见此女将撄危症,故救之,非恶意。"俞嘉言大名鼎鼎,女孩父母便听他"从实招来"。嘉言曰:"(女)数日将发闷痘,无可救。吾所以令仆激之使怒者,乘其未发,先泄其肝火,使势少衰,后日药力可施也。至期,可于北城外某处取药,毋迟。"其后的事情果如俞嘉言所料。同样的"流氓医法",另一名医秦景明也用过,也是治痘疹,故事的前后一如前一个的翻版,女于桥阴织布、遣仆抱其腰戏之、村人毕集将执僮等,秦景明曰:"(女)是将出痘,然毒伏于肾,见点复隐,则不可药,吾故惊之,俾毒提于肝,乃可着手。"当代有人研读《本草纲目》后发现,其压轴的"人部",将头发、头垢、耳屎、膝头垢、爪甲、牙齿、人屎、人尿、精液、唾液、齿垢、胡须一概视为良药,且都有种种神奇药效,进而认为从中医中"要去除大量的粗、伪来获得那么一点可能的精、真,是一个艰难的使命"。诚哉斯言。

由偏方忽然想到了社会治理。以为当下的反腐,每由网友从官员抽的烟、戴的表、住的房发现问题,进而把那官员拉下马,也当属"偏方",而"正方"应该是行之有效的监督制约机制。"偏方"固然可以奏效,但它依据一时一事判断的随机性却可能误中无辜,更可能给公众反腐败必须如此的错觉,使潜在的"漏网之鱼"只需在公开场合伪装好自己便可弹冠相庆。正如医学界一样,偏方可以作为一种必要的补充,终究唱不了主角,何况也不该如此。

2012 年 10 月 29 日

倭（续）

中日关系到了明朝，基本上是交恶史，即便是日本来朝，朱元璋亦以"虽朝实诈"来看待。《双槐岁钞》云，洪武辛亥（1371）年，日本国王良怀遣僧祖入贡，《祖训》就是这么认为的："虽朝实诈，暗通奸臣胡惟庸，谋为不轨，故绝之。"不仅如此，还"于辽、浙、闽、广沿海，置备倭官军"。到了永乐初，日本国王源道义先是"入贡不绝"，后又"犯辽东之金州"，虽然二者未必存在逻辑关联，然在时人眼里，"虽朝实诈"可征矣。

在明朝正野史中，有大量关于"倭"的记载。虽然间或亦如"宣德中，以久不通贡，求可往使者"，潘赐遂有"两使日本"，但总的来看，按时下对新闻界的一个流行说法，尽皆负面内容。翻一翻《明史》《明会要》，不难领略。倭人在中国的行为，甚至中国法律都约束不了他们，享受外交豁免权一般。比如成化四年（1468），日本使臣清启"伤人于市……有司请治其罪，诏付清启"，清启则振振有词："犯法者当用本国之刑，容还国如法论治。"语云弱国无外交，然彼时大明之于日本，弱吗？不弱，却也如其所愿，颇难理解，自后的恶果自然是"使者益无忌"。因此，以严格意义上的"民族英雄"标准来打量历史，大约只有从明朝起，戚继光、俞大猷抗倭才真正立得住脚。其他如岳飞抗金、文天祥抗元，今天看来都不是敌我矛盾，而惟有抗倭的"外敌"性质未变。当我们的版图基本奠定之后，林则徐、关天培抗英等"民族英雄"的光环也更加名副其实。

野史笔记中，倭人的形象就更加不堪了。《松窗梦语》里有一段说的是倭人如何狡诈。"永乐初，遣太监郑和等率舟师三万下西洋，日本国入贡"。郑和下西洋威风八面，同时也产生了一定的"副作用"，就是"虽足伸威海表，而华人习知海夷金宝之饶，夷人亦知我沿海要害之处，以故寇盗复起"。此后"倭奴假我勘合，方物、戎器来朝，遇官兵诘问，矫云入贡"，原本的偷偷摸摸变成了大摇大摆。而"每乘我师无备，即肆行杀掠，满载而归"。《明会要》所载足以佐证此事。景泰四年（1453）日本入贡，"至临清，掠居民货。有指挥往诘，（被）殴几死"，在大明的土地上无法无天到了什么程度？地方要惩治，"帝恐失远人心，不许"，息事宁人的做法已经没有了底线。于是，"（倭）时载方物戎器出没海滨；得间，则张其戎器而肆侵掠；不得，则陈其方物而称朝贺"。就是说，掂量着能得手就逞强，不能才服软。

倭人的得以逞强，亦折射出其时明军战斗力的孱弱。何良俊《四友斋丛说》中有一件事不知是真是假。说假的吧，"乙卯年"的时间点很清楚，《明史》明确为嘉靖三十四年（1555）；说真的吧，着实不可思议，概"倭贼从浙江由严衢过饶州，历徽州宁国太平而至南京，才七十二人耳"，在与南京守军的对阵中，却"杀二把总指挥，军士死者八九百，此七十二人不折一人而去"。不仅如此，还把南京弄成了惊弓之鸟，"十三门紧闭，倾城百姓皆点上城，堂上诸老与各司属分守各门，虽贼退尚不敢解严"。何良俊对此感慨颇多："夫京城守备不可谓不密，平日诸勋贵骑从呵拥交驰于道，军卒月请粮八万，正为今日尔。今以七十二暴客扣门，即张皇如此，宁不大为朝廷之辱耶？"接下来的一幕在何良俊看来更加不能理解："倭贼既杀败官兵，此日即宿于板桥一农家。七十二人皆酣饮沉睡。此农家与顾彭山太常庄邻并，其庄上人亲见之。此时若有探细人侦知其实，当夜遣一知事将官，潜提三四百人而往，可以掩杀都尽。"其实，这没什么不能理解的，他自己都给出答案了："诸公皆不知兵，闻贼至则盛怒而出。一有败衄则退然沮丧，遁迹匿影唯恐不密……且又不用细作，全无间谍，遇着便杀，杀败即退，不知是何等兵法也。"

但明朝还有一个怪象：称倭的，未必都是日本人。此话怎讲？《明史·外国·日本传》给了个估计："大抵真倭十之三，从者十之七。"假倭即"二鬼子"俗称汉奸的人很多。万历年间编写《虔台倭纂》的官员谢杰甚至极端地认为："海滨人人皆贼，诛之不可胜诛！"著名的汪直该为其一。所以说其著名，在于前几年有日本人到汪直的家乡安徽歙县为他修建了墓园，两个外地的年轻教师闻讯后专门跑去把墓碑给砸了，此新闻轰动一时，令当地以之为"招商"媒介的政府煞是难堪。汉奸太多，"倭寇"就防不胜防了。一如当时浙江巡抚朱纨所言："去外夷之盗易，去中国之盗难；去中国之盗易，去中国衣冠之盗难。"

纵观历史，中日关系不堪回首的一面在任何时候都是不争的事实，"终明之世，通倭之禁甚严，闾巷小民，至指倭相詈骂"，你才倭呢、你全家都倭的意思吧。但是每一次危机之相重新显露之时，亦不该将友好的一面全盘抹杀。10月7日，在余波未平的反日声浪中，西安的阿倍仲麻吕纪念碑遭人用油漆涂抹，碑文内容部分被遮盖，碑上还被用油漆写了个"拆"字。不用说，像对日系汽车的打砸行为一样，不分青红皂白地迁怒，便是极不理智的了。

2012年11月2日

手表·自鸣钟（续）

继陕西杨达才"名表门"事件后，网友在福建省交通厅厅长李某的多张照片中又发现破绽。那些照片都是公开发表的，但职司监察的部门大约司空见惯，因而只有网友才看得出，其人"手戴50000元雷达镶钻手表，腰系15000元爱马仕皮带"。李某因此被称作"表叔厅长"。

李某的高档奢侈品当然可以是合法收入所得，然而吊诡的是，像湖北三峡大学学生刘艳峰致信陕西省财政厅要求公开"表叔"杨达才工资一样，现在又有重庆工商大学杨璠向福建省交通厅和财政厅要求公开李某的工资，却均被告知不属于他们机关的政府信息公开范围。既然此一级别的官员薪金多少并非秘密，而二人的收入与穿戴如此地不相匹配，就只能允许大家往"歪处"想了：受贿。这是没有办法的事，否则想不通。实际上，当年的自鸣钟自打来到我们的国土上，扮演的也正是"敲门砖"的角色。第一批外国传教士，靠包括自鸣钟在内的礼物贿赂当时的地方官员，才得以登陆中国。

按照利玛窦《中国札记》的说法，当时的两广总督陈瑞"是个小心谨慎的官吏，也确凿无疑是个贪官"（据何高济等译本，下同）。罗明坚神父登陆其办公所在地肇庆，先奉上"总值超过一千金币"的礼物，总督的"傲慢态度顿时消失了"。罗明坚打算随澳门检查官再来肇庆时，准备了一块很精致的表，然而他病倒了，乃请检查官托话："原打算带给他一件漂亮的用铜制成的机械小玩意儿，不用碰它就能报时。"总督了解后，"吩咐一名秘书以他的名义写一封邀请信，请罗明坚无论如何病一好立刻就去见他，并把那件新奇的玩意儿带去"。传教士们就此品味出了重要信息："它证明不止是一封简单的邀请信而已，事实上，它是一份官方的文件，公开允许神父们有权在广州城修建一所房屋和一所教堂。可以很容易想象，在我们的宗教团体之内和在它之外，这产生了多么大的欢乐。长期渴望的理想终于达到了。"由此可知，那件新奇的机械小玩意该有多么大的魔力。

然而，这却只是西洋钟表的小试牛刀。在去南京的途中，利玛窦和南京的礼部尚书王忠铭"商议了使这次计划得以愉快完成的办法"，结果"尚书建议"，给皇宫的主管和宫中一个太监各送一座钟。不过，"利玛窦神父却不肯把一座钟送给任何人，除了给尚书本人。这似乎使他无比高兴，他们同意了这种办法。事情就这样商定了，一座钟送给了王尚书，他学会了开动和在必要时进行调整"。利玛窦希望送钟的结果是能够好钢用在刀刃上，以得其所哉吧，毕竟携带有限，不能像变魔术一样变出来，但他已经深切感受到，这东西一送则灵。后来在紫禁城，利玛窦更是以两座自鸣钟赢得了万历皇帝的赏识。当然，利玛窦送的东西不止这些，他的清单是："谨以天主像一幅，天主母像二幅，天主经一本，珍珠镶嵌十字架一座，报时钟二架，《万国图志》一册，西琴一张，奉献于御前；物虽不腆，然从极西贡来，差足贵异耳。"客套这两句，就是咱们"千里送鹅毛，礼轻情意重"的意思了。而正是这两座钟——一座镀金铁制带有悬锤的大自鸣钟，一座高只盈掌、发条驱动的青铜镀金制小自鸣钟——才引起了万历皇帝的浓厚兴趣，他还钦定钦天监的人去跟利玛窦学习自鸣钟的原理和使用方法。按规定，外国贡使到时间必须离开北京，而利玛窦等以养护皇帝的钟表为契机，成功实现了留居北京的目标，使他们近二十年来一直试图进入北京的努力没有付诸东流。后来北京的钟表修理匠人把利玛窦尊为行业祖师，是有一定道理的；而利玛窦也未尝不是用钟表行贿"开路"的祖师，到杨达才等人那里去讨好的人没有意识到这一点就是。或者，干这行无师自通，无须意识到祖师不祖师的。

钟表的原初功能是掌握时间的，赵翼《簷曝杂记》里有个说法很有趣："朝臣之有钟表者，转误期会，而不误者皆无钟表者也。"斯之谓"淹死的都是会游泳的"。他举例说，傅恒家甚至仆从"无不各悬一表于身"，这么多表，"可互相印证，宜其不爽矣"，不过，"一日御门之期，公表尚未及时刻，方从容入直，而上已久坐，乃惶悚无地，叩首阶陛，惊惧不安者累日"。傅恒家哪来那么多表？同时期的和珅死后抄家，在钟表一项，计有"大自鸣钟十九座，小自鸣钟十九座，洋表一百余个"，都是贪来的，傅恒家大约一个路数。那么皇帝之外，这两位或可称为"表叔"的祖师了。

中国共产党第十八次代表大会正在召开，报告指出"坚持用制度管权管事管人，保障人民知情权、参与权、表达权、监督权，是权力正确运行的重要保证"。国家行政学院教授汪玉凯就此认为，官员财产申报公开制度无疑是一个非常重要的手段，而目前只有申报环节没有公示环节，也丧失了公众的监督作用，而启动官员财产申报公开制度这项工作的切入点，应该是新提拔的官员。这个建议是有可操作性的。总之，像现在这样继续下去的话，"我家的'表叔'数不清"是很有可能的。

2012 年 11 月 11 日

三不（续）

十八大报告中又一次提到了"三不"：只要我们胸怀理想、坚定信念，不动摇、不懈怠、不折腾，顽强奋斗、艰苦奋斗、不懈奋斗，就一定能在中国共产党成立一百年时全面建成小康社会，就一定能在新中国成立一百年时建成富强民主文明和谐的社会主义现代化国家。又一次，是因为党和国家最高层面在2008年十一届三中全会召开三十周年，以及在2011年中国共产党成立九十周年这两个纪念大会上，先后用过这个说法，其中原本属于寻常百姓"土话"的"不折腾"，甫一亮相之际，曾令国人倍感新奇。

6月份的时候余曾有一文，拈史上若干实例以为"三不"溯源。又见之，兴犹未尽。

《玉光剑气集》至少还记录了明人的这样两则。其一，胡大海说："吾愚人，不读书，惟知三事：不杀人，不掠妇女，不焚毁庐舍。"其二，姚文灏自谓："平生所能者三：毁誉不入，请托不行，贿赂不入而已。"胡大海乃明朝开国大将，在《明史·胡大海传》里，除了前面的话略有变动——"吾武人，不知书，惟知三事而已"——之外，后面的"三不"完全相同。征战必少不了杀戮，那么胡大海的"不杀人"，应该是"不妄杀人"吧。总之，他所奉行的"三不"，为他赢得了民心，"以是军行远近争附。及死，闻者无不流涕"。姚文灏乃成化年间进士,曾提督松江等处水利工部主事,以治水闻名,有著作《浙西水利书》传世。在承平时期,姚文灏的"三不",该是包括今天在内的文官奉行的底线准则了,时有"君子"已经把话说在了头里:"能此三者,何适不行?何事不办?"

《左传》中有著名的"三不朽":大上立德,其次立功,其次立言。襄公二十四年(前549),鲁国大夫穆叔(叔孙豹)访晋,范宣子(士匄)向他讨教什么叫"死而不朽"。穆叔始而未答,范宣子乃亮出观点请教:"昔匄之祖,自虞以上为陶唐氏,在夏为御龙氏,在商为豕韦氏,在周为唐杜氏,晋主夏盟为范氏,其是之谓乎?"穆叔说不是,"此之谓世禄",贵族世代享有的爵禄。穆叔认为:"鲁有先大夫曰臧文仲,既没,其言立,其是之谓乎!"臧文仲虽然死了,但他的思想还活着,身死而名不朽灭,这才是死而不朽。穆叔进而把死而不朽分为三等:"豹闻之:'大(太)上有立德,其次有立功,其次有立言。'虽久不废,此之谓不朽。"至于"保姓受氏,以守宗祊",虽穆叔说的"世不绝祀,无国无之",以当时的情势衡量即立论不足,遑论后世的正史亦有二十四部之多,每一新王朝往往都以绝前代之祀为基本前提,然穆叔"禄之大者,不可谓不朽"的观点,则完全能经受得住时间检验。立德、立功、立言这"三立",构成穆叔——虽属闻之,并无版权——眼中"不朽"的三个层次。明朝张翰极其认同此说:"士非此三者,无以托于世而列于士君子之林矣。兼之者,其命世之豪杰乎!道德不足,则功业、文章亦足表见。"但是,他进一步认为:"若夫希世取容,求为富贵利达而已,又何足比其数也。"就是说,同样是功业、文章,也有真有伪,涉及到立功、立言的动机和目的如何吧。生活当中,话说得非常漂亮的,不是代不乏人吗?

陈康祺《郎潜纪闻四笔》云:"文章家传述忠臣、谊士、烈妇、贞姬,往往有'九死不悔'之语。'九死'云者,特言其死志之不更,非果历蹈死地自一、二而至九也。"的确,"古书凡数稍多者皆曰三,尤多则曰九"。因而,曰三曰九,还有并非确数的另一面。宋人赵季仁有"三愿":一愿识尽世间好人,二愿读尽世间好书,三愿看尽世间好山水。宋高宗向李纲咨询"攻战、手背、措置、绥怀之方",李纲以"三勿以、三而以"来回答:勿以敌退为可喜,而以仇敌未报为可愤;勿以东南为可安,而以中原未复、赤县神州陷于敌国为可耻;勿以诸将屡捷为可贺,而以军政未修、士气未振而强敌犹得以潜逃为可虞。这里的"三愿""三勿以、三而以",即便并非确数,亦明显抓住了问题的本质;而抓住问题的本质,才是"曰几"的根本目的。仍以宋朝为例,人问天下何时太平,岳飞答:"文臣不爱钱,武臣不惜死。"仅此"两不",亦足矣。再说"三不朽",张翰以为士有此三者方能列君子之林,司马迁《报任安书》中已先认为有五:"修身者智之府也,爱施者仁之端也,取予者义之符也,耻辱者勇之决也,立名者行之极也。士有此五者,然后可以托于世,列于君子之林矣"。

所以计较"曰几"的数目,在于今天的反腐败举措中,"不准"多如牛毛,看似很具体入微,实则舍本逐末。公权力在手,自然要受到制约,然如此罗列下去,则"不准"将何止百千、千万?前人云挂一漏万,因而抓住根本的东西才至关重要,"一生二,二生三,三生万物",对"不准",曰"三不"也够了,最多不要超过"九不"。

2012 年 11 月 25 日

假古董（续）

　　"中国十大历史文化名楼"最近传出计划要集体"打包"申遗的消息，虽然业界人士说"还没有达成完全统一的意见，还在协调中"，但各种评论不管三七二十一，先响起了一片指责之声。这"十大名楼"是：黄鹤楼、岳阳楼、滕王阁、大观楼、蓬莱阁、鹳雀楼，以及长沙天心阁、南京阅江楼、西安钟鼓楼和宁波天一阁。指责者说，其中仅天一阁等少数建筑属于国家文物保护单位，多数都是现代新修的，假古董。

　　古董，一般是指古代流传下来的器物。郑玄注《周礼》："器物，尊彝之属。"后来衍生了，也是各种用具的统称。又衍生，比喻过时的东西或顽固守旧的人。仿古或复古建筑今日亦称假古董，使外延再扩大一层。《菽园杂记》说，自然造化中有种种奇特的生物现象，比如京师有一种叫牛心红的李子，"核必中断，云是王戎钻核遗迹"；湖南有种竹子，"斑痕点点，云是舜妃洒泪致然"；吴中有种白牡丹，"每瓣有红色一点，云是杨妃妆时指捻痕"。此外有舜哥麦，"其穗无芒，熟时遥望之，焦黑若火燎然，云是舜后母炒熟麦，令其播种，天佑之而生"；还有王莽竹，"每竿著土一节，必有剖裂痕，云是莽将篡位，藏铜人于竹中，以应符谶而然"。诸如此类，"固皆附会之说，然其种异常，亦造化之妙"，跟假古董自然还不是一回事。

关于假古董，历史上有很多笑话。《太平广记》卷二五六"李寰"条云，唐李寰镇晋州，他有个好道的表兄武恭，"性诞妄"。李寰生日，他"箱擎"——箱装递送来一件旧上衣，别看东西旧，有一套说辞："此是李令公收复京师时所服，愿尚书功业，一似西平。"好嘛，古董。等到李武恭生日，李寰以其人之道还治其人之身，箱擎"一破弊幞头"，别看东西破，"知兄深慕高真，求得一洪崖先生初得仙时幞头，愿兄得道如洪崖"。洪崖先生相传为轩辕黄帝的乐官，后来修道成仙，比唐朝的东西自然要古得多。同书卷二四六"何勖"条云："宋江夏王义恭性爱古物，常遍就朝士求之。"侍中何勖已经进献了，不够，还要。何勖很生气，只好"下有对策"。有次出行，在路上看见一个狗颈圈、一条破短裤，"乃命左右取之还"，然后郑重其事地送上去，笺曰："承复须古物，今奉李斯狗枷、相如犊鼻。"战国时的名人用品，够古董吧？

谢肇淛《五杂组》也有类似的笑话。有个姓秦的喜好古董，不买对的，只买贵的，但求东西"古"，越"古"越好。一天，有人"持败席一扇"找上门来说："昔鲁哀公命席以问孔子，此孔子所坐之席也。"老秦很高兴，"遂以附郭之田易之"。没多久又有人"持枯竹一枝"说："孔子之席，去今未远，而子以田售。吾此杖乃太王避狄，杖策去邠时所操之棰也，盖先孔子之席又数百年矣，子何以偿我？"老秦毫不含糊，"倾家资悉与之"。未几，再有人"持朽漆碗一只"曰："席与杖皆周时物，固未为古也，此碗乃舜造漆器时作，盖又远于周矣，子何以偿我？"老秦简直欣喜若狂了，"遂虚所居之宅以予之"。然而买了这三件破烂之后，"田舍资用尽去，致无以衣食"，于是"披哀公之席，持太王之杖，执舜所作之碗，行乞于市"，一边要饭一边还不忘连半吊子知识都没有的嗜好："那个衣食父母，有太公九府钱，乞我一文！"

杨瑀《山居新语》有不少反映元代政治、社会经济、文化科技的珍贵史料，但在涉及古董时着实露了怯。他说他为太史院官时，手下人告诉他："本院库中，有汉高祖斩白蛇剑藏焉。"对这种扯淡的事情，他怀疑的只是"晋太康中武库火，已毁此剑，何缘更有？"又听说"官库有昭君琵琶，天历太后以赐伯颜太师妻"，他疑惑的也只是"今不知何在"。甚至连某个有钱人家藏有孔子穿过的鞋，他都深信不疑。于慎行《谷山笔麈》似是续貂："晋武帝时，火起武库，焚累代之宝，其中有汉祖斩蛇剑、王莽头、孔子履。"国库里如何会收藏这些东西？老于还给找了一通理由："盖汉以斩蛇剑为国宝，乘舆法驾出，则侍中一人捧剑在左右，匈奴以月支头为国宝，与汉使盟誓，出以饮酒，汉藏王莽头，亦此意也。此皆王迹所兴，传示后人，自有深意。"他遗憾的，只是"以孔子之履与莽头同藏，则污圣矣"。

苏东坡过陈州，待了七十多天，"近城可游观者无不至"。这一趟，让他看到了不少假古董。比如厄台寺，"云孔子厄于陈、蔡所居者"，他当即认为"其说荒唐，在不可信"。但是现代人可不管那么多，一点捕风捉影的东西都能做出大块文章。新近湖北郧西因为其"世界第一牛"牛头、牛尾的两块铭牌对铜牛身高、体宽弄出两个出入颇大的数字而为公众所瞩目，因此我们才知道，那个铜牛之所以横空出世，在于他们认为凄美动人的牛郎织女传说就发生在自己的一亩三分地上，他们要打造七夕文化！制造假古董，大约没有哪个时代像如今这样兴师动众，堂而皇之。而定睛看去，那些非驴非马的东西后面，实际上都隐藏着对 GDP 渴求的冲动，文化只是件虎皮而已。

2012 年 11 月 29 日

×园

11 月 28 日一大早从广州飞杭州,转乘大巴,未及中午就到了绍兴,南方报业组织的浙江行第一站是鲁迅故居。沈福煦先生在《水乡绍兴》中说,因为鲁迅,其故居一带保留了绍兴的原有风韵。因此,"出门向东,不上半里,走过一道石桥,便是我先生的家了。从一扇黑油的竹门进去,第三间是书房。中间挂着一块匾道:三味书屋……"《从百草园到三味书屋》里的描写,很容易在现实中得到印证。加上咸亨酒店、土谷祠什么的,于空间分布上一一得到对号入座,课文变得更加生动起来。

在鲁迅故里的众多景观中,三味书屋之外,最有名的莫过于百草园了,收进中学课本的那篇文字,真正影响了几代人。周作人《鲁迅的故家》是解读鲁迅作品人和事的独家珍贵资料,其中第一部分正是"还原"百草园。周作人认为:"若是照字面来说,那么许多园都可以用这名称,反正园里百草总是有的。不过别处不用,这个荒园却先这样叫了,那就成了它的专名,不可再移动的了。"因而在他眼里,"百草园的名称虽雅,实在只是一个普通的菜园"。从字面来看,百草园的确给人以园林的错觉。盖×园在从前,大抵都有园林的意味,与身在其中的宅第等建筑说不上谁点缀谁,相得益彰吧,而不像百草园,真的只是"我家屋后"的菜园这样实指。

据考证，商周时代就有了人工营造的园林，先是奴隶主的，后是帝王和官僚贵族的、私家的。东汉重权在握的外戚梁冀，"大起第舍"之余，"又广开园囿，采土筑山，十里九陂，以像二崤，深林绝涧，有若自然，奇禽驯兽，飞走其间"。仲长统则幻想有一座×园，"以为凡游帝王者，欲以立身扬名耳，而名不常存，人生易灭，优游偃仰，可以自娱"。如何自娱呢？"使居有良田广宅，背山临流，沟池环匝，竹木周布，场圃筑前，果园树后"，这样的话，可以"蹰躇畦苑，游戏平林，濯清水，追凉风，钓游鲤，弋高鸿。讽于舞雩之下，咏归高堂之上"，这种"逍遥一世之上，睥睨天地之间，不受当时之责，永保性命之期"的生活。"岂羡夫入帝王之门哉！"不过，仲长统说这些话，流露出理想破灭、心灰意冷的意味。

《晋书·王献之传》载，王献之"尝经吴郡，闻顾辟彊有名园"，跟人家并不相识，也不打招呼，轿子就直接就抬进去了，"时辟彊方集宾友，而献之游历既毕，傍若无人"。顾辟彊很生气，勃然数之曰："傲主人，非礼也。以贵骄士，非道也。失是二者，不足齿之伧耳。"言罢将王献之赶出了门，由此亦可见所谓名士的潇洒，自私自利的成分也甚。同书《谢安传》载，谢安"性好音乐，自弟万丧，十年不听音乐"；当上大官后，另一个样了，"期丧不废乐"，守孝的时候照听不误。"王坦之书喻之，不从，衣冠效之，遂以成俗"。谢安"又于土山营墅，楼馆林竹甚盛，每携中外子侄往来游集，看馔亦屡费百金"，虽然"世颇以此讥焉"，但谢安"殊不以屑意"。这一点倒是跟今天有点儿相像，当官的，当大官的，行为如何全凭自身修养，出格的就出格了，制度基本上起不到约束作用。从前一个"衣冠效之"来推断，谢安大建私家园林势必也会带动起风气。

北宋司马光有著名的"独乐园"，其自述"平日多处堂中读书，上师圣人，下友群贤，窥仁义之原，探礼乐之绪"，倘"志倦体疲"，则"投竿取鱼，执衽采药，决渠灌花，操斧剖竹，濯热盥手，临高纵目，逍遥相羊，唯意所适"。熙宁二年（1069）二月，宋神宗正式任命王安石为参知政事，负责变法事宜，《独乐园记》云"熙宁四年迁叟始家洛，六年买田二十亩于尊贤坊北关，以为园"。由此可见，司马光彼时心境该与仲长统一般无二，仲氏空想，君实先生坐实了就是。沈括也差不多这样，他说自己三十来岁时"尝梦至一处，登小山，花木如覆锦，山之下有水，澄澈极目，而乔木翳其上"，后来又总是梦到；谪官之后，终于找到了对号入座的地方，"于是弃浔阳之居，筑室于京口之陲。巨木蓊然，水出峡中，停瀯杳缭，环地之一偏者，目之梦溪"。在梦溪园中，"居在城邑而荒芜古木与鹿豕杂处……渔于泉，舫于渊，俯仰于茂木美荫之间"，且留下了不朽的《梦溪笔谈》，英国科学史家李约瑟称之为"中国科学史上的坐标"。

《清稗类钞》"园林类"，汇集了很多×园。如怡园（严嵩严世蕃父子之）、万生园、随园（袁枚之）、胡园、又来园（刘舒亭之）、韬园、拙政园等。有意思的是，柯悟迟《漏网喁鱼集》云，太平军当年攻入苏州，"西半城亦是白地，东半城所剩十之五、六分，前所往来街巷，今无从问津"。其对文化之破坏之惨烈亦见一斑，比如搬不走的大端砚，宁可砸断它，损人亦不利己。不过，"狮子林、留园内各伪王游玩之所，尚无大坏"，×园在他们眼里终究还算是好东西，乐得坐享其成。

走进百草园，举凡"碧绿的菜畦、光滑的石井栏、高大的皂荚树、紫红的桑葚"，导游一一给大家对号入座，认真听的游客不免鸡啄米般地点头，时时作恍然大悟状。可惜，周作人当年这样落笔:"桑葚本是很普通的东西,但百草园里却是没有。"煞风景吗?
有人认为是。不过,既然周作人从实写来,说不上吧。

2012 年 12 月 3 日

普陀山

早晨从绍兴将要出发的时候，天气放了晴，而按天气预报应该有雨。大巴似乎便带着欢快，直奔隶属舟山市的普陀山。普陀山，久仰大名然未曾谋面，其与山西五台山、四川峨眉山、安徽九华山并称佛教四大名山嘛。据说，唐宣宗大中年间（847—860），天竺僧人来此修行，"亲睹观世音菩萨现身说法，授以七色宝石"，遂传此地为观音显圣地。

《西游记》里，孙悟空常来普陀山，请观音菩萨管好自己的手下。第十七回，在黑风山屡战熊罴怪不果，悟空就跑到普陀山"兴师问罪"。今天来，光是长达50公里的舟山跨海大桥就要行驶好久，悟空那时倒是方便得很，驾起筋斗云，"须臾间，（从西域）到了南海"。那该是悟空头一回去，所以为普陀山的美景所吸引，先有一番"停云观看"，但见"汪洋海远，水势连天。祥光笼宇宙，瑞气照山川。千层雪浪吼青霄，万迭烟波滔白昼。水飞四野，浪滚周遭。水飞四野振轰雷，浪滚周遭鸣霹雳……才见观音真胜境，试看南海落伽山"。我们没有俯瞰的眼福，但因为弃车登船后风比较大，对"水飞四野，浪滚周遭"还是颇有领略。在悟空的"但见"里，还有句"观音殿瓦盖琉璃，潮音洞门铺玳瑁"，未几我们就游览了仍然见存的"潮音洞"，就在"不肯去观音院"旁边，那三个字还是康熙皇帝的御书。

宋人张邦基有一部《墨庄漫录》,说他在四明(宁波旧称明州,四明乃别称)市舶局时,司户王粹昭曾带着公文前往"昌国(今定海)县宝(普)陀山观音洞祷雨",回来后给他讲述了自己的奇遇:"山有洞,其深罔测,莫得而入。洞中水声如考数百面鼓,语不相闻。其上复有洞穴,日光所射,可见数十步外,菩萨每现像于其中。"王粹昭"因密祷,愿有所睹",果然如愿,"须臾,见栏楯数尺,皆碧玉也。有刻镂之文为毬路,如世间所造宫殿者。已而,复现纹如珊瑚者亦数尺,去人不远,极昭然也。久之,于深远处,见菩萨像"。然而可惜,菩萨虽然"白衣璎珞,了了可数",却看不见脑袋。寺僧说,你运气不错了,"祷于洞者,所现之相有不同,有见净瓶者,有见璎络者、善财者、桥梁者,亦有无所睹者",看过菩萨脸的,"乃作赤红色"。所以王粹昭告诉张邦基:"今于山上作塑像,正作此色,乃当时所见者。"由此可知,宋时普陀山上即有观音像。今天的则在 1997 年落成,33 米高,仿金铜精密铸造,而佛面熔入黄金 6500 克,没有采纳"关公面"的说法。

顾祖禹《读史方舆纪要》在"宁波府"有"补陀洛迦山",他写书的主要目的之一是反清复明的需要,因而具有浓厚的军事地理色彩。《墨庄漫录》就说了,普陀山"东望三韩、外国诸山,在杳冥间,海舶至此,必有所祷。寺有钟磬铜物,皆鸡林(今韩国庆州)商贾所施者,多刻彼国之年号。亦有外国人留题,颇有文采"。这段话,交待了普陀山地理位置的重要,虽然它只是舟山群岛 1390 个岛屿中的一个小岛。《方舆胜览》讲到"庆元府"(明州前身)时引《图经》云:"明之为州,乃海道辐辏之地,故南接闽、广,东则倭人国,北控高丽,商舶往来,货物丰衍。东出定海有蛟门、虎蹲,天险之设,亦东南之要会也。"东出定海,正指普陀山一带。顾祖禹就更直接："往时日本、高丽、新罗诸国皆由此取道以候风信。嘉靖中倭寇据此,官军击破之。"检索《明史》,嘉靖三十三年(1554)俞大猷在普陀山与倭寇打过一仗,虽然大猷"先后杀倭四五千",在普陀山那一仗并没有打赢。

《明史·俞大猷传》载:"(嘉靖)三十一年(1552),倭贼大扰浙东。诏移大猷宁、台诸郡参将。会贼破宁波昌国卫,大猷击却之……越二年,贼据宁波普陀。大猷率将士攻之,半登,贼突出,杀武举火斌等三百人,坐戴罪办贼。"的确是俞大猷出击,但中了人家的埋伏,到其"俄败贼吴淞所",才"诏除前罪,仍赉银币",又有"贼自健跳所入掠,大猷运战破之"等。这里无意贬损俞大猷的形象,只是疑问顾氏的说法。忽然想到,普陀山在这一点与卢沟桥颇有相似之处,在卢沟桥,中华民族打响了全面抗日战争的第一枪。漫步普陀山,留下标志性"磐陀石"石刻的侯继高,亦为抗倭名将;潮音洞附近,还有一边有块不起眼的记载李文进、俞大猷功绩的"抗倭刻石"。那么,"世界上独一无二"(马可·波罗语)的卢沟桥与"海天佛国"普陀山,殊途同归之处是抗倭的人文内涵。

除了巨资修建的观音铜像,普陀山禅院众多,香客甚多。导游一路上对到哪里该如何进香,不断强调"规矩"。当年孙行者来到普陀山,与菩萨面对面说话却也毫不客气:"我师父路遇你的禅院,你受了人间香火,容一个黑熊精在那里邻住,着他偷了我师父袈裟,屡次取讨不与,今特来问你要的。"但看过《西游记》的人都知道,菩萨对悟空也始终没有恶感,在虔诚地跪在菩萨面前谨小慎微的人们眼里,不知该怎么看这个问题。

2012 年 12 月 6 日

观音

　　普陀山作为我国佛教四大名山之一,是观音菩萨教化众生的道场。佛山市南海区前些年造了个据说世界最高的观音坐像,名曰"南海观音",那是借"南海"这个地名与观音"所在"之南海这两个相同汉字上打了个马虎眼,有鱼目混珠之嫌。神州大地遍布大佛,总要找些名目吸引信众吧。普陀山上寺庙众多,前人诗曰"山当曲处皆藏寺,路欲穷时又逢僧";资料上也说,最盛时有82座寺庵,128处茅篷,僧尼达4000余人。1997年普陀山南海观音立像竣工,9月29日举行开光大典。此观音铜像总高33米,重70多吨,成为"海天佛国"的标志性景观。

　　"人人阿弥陀,户户观世音",观音信仰有"半个亚洲的信仰"之谓。普陀山成为观音道场,据说始于唐懿宗咸通四年(863)。山上有处名胜,叫"不肯去观音院",余等登岸未几即前往。而未抵之时对院名望文生义,想当然地以为那里早就是个观音院,某个冥顽之辈不肯去拜,因之留下掌故。到了近前才知道,原来主语是观音本身,乃观音不肯去;不肯去哪儿呢? 日本。相传唐宣宗时,日本僧人慧锷从五台山奉观音菩萨像回国,在普陀山歇脚时遇到风浪受阻,以为菩萨不肯东去,便靠岸留下佛像。于是,这成了普陀山之所以为观音道场的缘由,虽与前文所引的说法大异其趣。这个"不肯去观音院",因为主语不对,逻辑显然不通,却不知怎么千百年就这么不通下来。

一种普遍的观点认为,观音"全名"观世音,唐太宗时因避"李世民"的讳而简称为观音,任继愈先生主编的《中国佛教史》,以及《辞海》、皇皇十几册的《汉语大词典》均持此说,颇有权威意味。不过,此说早就受到质疑。李利安先生《观音汉译名称的历史演变与争论》即提出了三点:一是"观音"的名称早在唐代以前就有;二是唐代以后特别是唐代的时候,"观世音"依然是译经家翻译经典和佛教界在其他著作中使用的名称;三是唐代初期关于避讳的规定以及实际执行的情况并非那么严格。

关于第一点,如南朝梁法云《妙法连华经义记》、慧皎《高僧传》中已多次使用"观音",北齐、隋等佛家著作中亦不乏见。关于第二点,如世称律祖的道宣在太宗贞观十九年(645)著成的《续高僧传》中,使用"观世音"一词达20处,那可是世民在位的时候呢。关于第三点,世民在被立为王位继承人时,朝廷有诏:"依礼,二名不偏讳。近代已来,两字兼避,废阙已多,率意而行,有违经典。其官号、人名、公私文籍,有'世民'两字,不连续者,并不须讳。"典型的例子就是太宗时当朝的虞世南还继续叫他的虞世南,不像此前的王昭君得叫几年王明君(晋人避开国皇帝司马炎父亲的"昭"字讳),此后的赵匡义得叫几年赵光义(避哥哥宋太祖赵匡胤的"匡"字讳)。总之,"观音"作为简称几乎从一开始翻译介绍这位菩萨到中国来时就出现了,以之为避讳而简全完全站不住脚。

今天各地的观音,形象无不为雍容的美妇人,大家都知道从前不是这样,敦煌壁画中的观音就是留着蝌蚪胡的男儿郎。按唐朝李百药的说法,观音"变性"始于北齐。《北齐书·徐之才传》载,世祖高湛"酒色过度,恍惚不恒,曾病发,自云初见空中有五色物,稍近,变成一美妇人,去地数丈,亭亭而立。食顷,变为观世音"。然明胡应麟《少室山房笔丛》云:"今塑画观音像无不作妇人者,盖菩萨相端妍靓丽,文殊、普贤悉尔,不特观世音也。至冠饰以妇人之服,则前此未闻。考《宣和画谱》,唐、宋名手写观音像极多,俱不云妇人服,李廌、董逌《画跋》所载诸观音像亦然,则妇人之像当自近代始。"又举宋人小说载南渡甄龙友题观世音像——巧笑倩兮,美目盼兮;彼美人兮,西方之人兮——为例,认为"宋时所塑大士像或已讹为妇人,而观世音之称妇人亦当起于宋世"。这里的甄龙友,乃南宋高宗绍兴二十四年(1154)进士。清赵翼《陔馀丛考》也认为"六朝时,观音已具女像"。综合这些见解似可发现这样一条路径:观音始而男性;北齐迄明,男女并存,或此或彼;到明朝则彻底转变。

无论是何时"转变"的吧,如今观音的形象已固化为美貌动人、面善心慈的"东方圣母",而到了当代黄永玉先生那里,端的叫全然颠覆。他画过好几幅《观音》,并非或盘腿或站立的传统形象,手持净瓶仍然不假,却同时伸出了双脚。其中一幅的文字更风趣:"世人成日找观音,观音有事不知找谁。打坐成日,亦应得伸脚之时。"即便站立着的观音,也是叉开双脚,形同农妇,令人忍俊不禁。在他的眼中,观音显然不是一个摆在神龛上高高供起的神,而是一种文化,一种象征。钱锺书先生曾经就"明人尝嘲释氏之六字真言"进行调侃,说"唵嘛呢叭唪吽"差不多是"俺那里把你哄"。黄老翁更近一步,观其言行举止,不仅是"老夫聊发少年狂",更与大闹天宫的孙猴子颇有几分相似。

2012 年 12 月 9 日

天一阁

从普陀山到宁波市区,感觉上没有多远,过了舟山跨海大桥,好像不一会儿就到了,许是陶醉于大桥两侧美景之故吧。此行到宁波,专为饱览名震古今的天一阁。前些天沸沸扬扬的"中国十大历史文化名楼"打包申遗,天一阁即居其一。不过,"十大"中的多数,如黄鹤楼、滕王阁、岳阳楼、鹳雀楼等,都是近些年重建的产物,楼名才是遗产。而天一阁由里到外货真价实,那块"全国重点文物保护单位"的牌子不言自明。

天一阁建于明朝嘉靖年间,为兵部右侍郎范钦退隐后的私宅。范钦酷爱书籍,为官近30年,每到一地都广搜图书。与多数追求异书秘本的藏书家不同,范钦重视当代人的著作,其藏书以明刻本为主,因而明代的地方志、政书、实录、诗文集也特别多。这种"厚今薄古"的思想自然不为时人所注意,但随着时间的推移,尤其是除藏书之外,天一阁刻书和传抄活动也十分著名,其不可估量的文化价值便愈发凸显。这座我国现存最早的私家藏书楼,如今不啻传统文化的一个象征了。

眼前的"天一阁博物馆"是所宅院,游人接踵,似以看热闹、看稀奇的居多。范钦有《上元诸彦集天一阁即事》诗,从中不难窥见当年的另一种盛况:"阛城花月拥笙歌,仙客何当结辖过。吟倚鳌峰夸白雪,笑看星驾度银河。苑风应即舒梅柳,径雾含香散绮罗。接席呼卢堪一醉,何来心赏屡蹉跎。"诗题中的天一阁想必即泛指宅院本身,狭义的才是那座悬着"天一阁"匾额的藏书楼,因为特指的那个楼,不是什么人都能轻易能进去的。清康熙十二年(1673)学者黄宗羲登阁,史上大书特书,全在于破天荒。范家家规甚严,继承藏书的范钦长子范大冲,定了"代不分书,书不出阁"的禁约。至今天一阁里还保留着一块禁牌:"子孙无故开门入阁者,罚不与祭三次;私领亲友入阁及擅开书橱者,罚不与祭一年;擅将藏书借出外房及他姓者,罚不与祭三年;因而典押事故者,除追惩外,永行摈逐不得与祭。"祭祀先祖,是中华民族慎终追远的一项重要传统。子曰"吾不与祭,如不祭",不能祭祖,在封建时代是不可想象之事。祖先崇拜作为前人生活中的一种强烈信仰,也是宗族结合的精神支柱。"不与祭",等于在精神上被逐出了宗族,是很重的惩罚。清道光九年(1829),范家又进一步规定:"阁上门槛锁钥封条,房长每月会同子姓稽考,并察视漏水、鼠伤等情,以便即行修补;阁下每月设立巡视二人,其护程及阁下各门锁钥归值月轮流经营,如欲入内扫刷以及亲朋游览,值月者亲自开门,事毕检点关锁。倘阁下稍有疏失,损坏花木器物,罚不与食一次。"至于天一阁历史上遭到的浩劫,如乾隆时的点名征书、道光时的英军劫取、民国时的窃贼作案等,时势使然,家规徒叹。

有了黄宗羲的"始破例登之",天一阁"外姓人不得入阁"戒律就有了松动的余地。全祖望《天一阁碑目记》说:"于是昆山徐尚书健庵闻而来抄;其后登斯阁者,万征君季野;又其后,则冯处士南耕;而海宁陈詹事广陵纂《赋汇》,亦尝求之阁中。"登阁的人们大抵都登出了成果,黄宗羲《天一阁藏书记》说:"余取其流通未广者抄为书目,凡经、史、地志、类书坊间易得者及时人之集三式之书,皆不在此列。"专挑不容易看到的,因而他这一抄,不仅"余之书目遂为好事者流传",而且成就了他编辑《明文案》《明文海》《明文授读》等著作。全祖望文中的"万征君季野"即万斯同,黄宗羲学生,清初官修《明史》的主要作者之一,再用全祖望的说法:"《明史稿》五百卷皆先生手定,虽其后不尽仍先生之旧,而要其底本,足以自为一书者也。"登天一阁观书,助了万斯同一臂之力。以范钦搜求的省、府、州、县志而言,就比《明史·艺文志》著录的还多;其明代进士登科录、会试录、乡试录、武举录等,至今保存完好的尚有 370 种,九成以上是海内孤本。天一阁比别的文保单位多一块"全国重点古籍保护单位"的牌子,足证其别样价值了。

清代鄞县秀才王定洋写了首诗:"积德与儿孙,儿孙享其福;积书与儿孙,儿孙不能读;试看当年范司马,藏书空满天一阁。"表达了对天一阁藏书秘不示人的不满,全祖望也说:"予之登是阁者,最数其架之尘封,衫袖所拂拭者多矣。"为藏而藏,今天的诸多图书馆正有这种遗风。但在当时,对这种实情也要辩证地看。倘若没有如此严格的管理,天一阁也许要像许多古代藏书楼的命运一样湮没于世,文献中只留下一个令人神往的名目。因此,还是宁波本土人余秋雨先生登临天一阁时说过的话比较精辟:"我们只向这座房子叩个头致谢吧,感谢它为我们民族断残零落的精神史,提供了一个小小的栖脚处。"

2012 年 12 月 14 日

避寒

入冬以后因为避寒,贵州毕节、河南郑州相继发生了惨烈之事。先是 11 月 16 日,毕节 5 个相互间有血缘关系的少年躲进垃圾箱生火取暖,导致一氧化碳中毒,全部死亡;再是 12 月 2 日,一农民工在郑州闹市区立交桥下露宿 20 多天后,冻病而死。消息传出,举国哗然。二者涉及的都是生存状况问题,一个是关于留守儿童的,一个是关于进城找出路的农民工的。我们的许多问题都是这样,待到极端之事发生,便引起"高度重视"。

那两种避寒方式,等于退回了主要凭借身体抵御自然的时代。从前正是这样。《开元天宝遗事》云,杨贵妃入宫之际,"与父母相别,涕泣登车",结果"泪结为红冰",化妆品的因素之外,主要的还是天寒。李白有一次为玄宗撰昭告,竟然"笔冻莫能书字",没办法,玄宗只好令"宫嫔十人侍于李白左右,令各执牙笔呵之",才把诏书写成。砚要是冻上呢?不怕,玄宗有"七宝砚炉",其神奇之处在于,"每至冬寒砚冻,置于炉上,砚冰自消,不劳置火"。因此,玄宗在冬天"常用之"。类似的宝贝还有"自暖杯""辟寒犀"。自暖杯是酒杯,"取酒注之,温温然有气相次如沸汤"。辟寒犀是犀角,交趾国进贡来的,"色黄如金……以金盘置于殿中,温温然有暖气袭人",如自暖杯一样,不知何种发热原理。然而宝贝不常有,所以即便如富豪,避寒的方式方法也寻常不过。如"巨豪王元宝,每至冬月大雪之际,令仆夫自本家坊巷扫雪为径路,躬亲立于坊巷前迎揖宾客,就本家具酒炙宴乐之,为暖寒之会"。朋友们聚在热炕头,喝点儿小酒。然王巨豪之举估计不是做善事,而是会员在他这个会所搞什么活动吧。

《开元天宝遗事》里还有王公贵族如何避寒。提到了岐王,"每至冬寒手冷,不近于火,惟于妙妓怀中揣其肌肤,称为暖手"。出门则用自己的玉鞍,此鞍也算宝贝了,"虽天气严寒,则此鞍在坐上如温火之气"。也提到了申王,"每至冬月风雪苦寒之际,使宫妓密围于坐侧以御寒风,自呼为'妓围'"。杨国忠也是这个路数,"选婢妾肥大者,行列于前,令遮风,盖借人之气相暖",他管这叫"肉阵"。玄宗时的岐王有两个,这一个当为李范(本名李隆范),玄宗的弟弟,就是杜甫名诗《江南逢李龟年》中"岐王宅里寻常见"的那个"岐王"。申王在玄宗时也有两个,避寒的这个不知具体是谁,不论是谁吧,岐王、申王荒淫无耻的程度,借此均可窥一斑。

《安禄山事迹》云,安禄山这个人很有心计,他虽然握权边陲,却对朝廷的事情了如指掌。什么办法呢?"令麾下将刘骆谷在京伺察朝廷旨意动静,皆并代为笺表,便随所要而通之",把朝中人等打点得心满意足,上下都吃得很开。天宝六载(747),加安禄山御史大夫,封其两妻康氏、段氏"并为国夫人"之后,大家对他更高看一眼了。御史中丞杨国忠,那是什么后台?却"每禄山登降,扶翼之";右丞相李林甫"专宰相柄,威权莫二",有天见到安禄山"于政事堂,引坐与语",说着说着,还"脱已披袍覆之(时属冬寒)",一副关切模样。不过,参见《旧唐书·安禄山传》,李林甫或是在猫玩老鼠,他把安禄山完全看透了,"每与语,皆揣知其情而先言之，禄山以为神明"，因此，安禄山"每见林甫，虽盛冬亦汗洽"。冒汗还给人家披袍子，什么意思？

《清稗类钞·廉俭类》有个故事，朱珪"一介不取，历官中外，无敢以苞苴进者"。后来官当大了——吏、兵、户部尚书，协办大学士，太子太保，太子太傅等都干过——仍然"清贫若寒素"，本色不改。有年新年，下大雪，他去裘曰修家拜年，曰修"见其所衣为棉袍褂"，调侃说："范叔何一寒至此？某欲效古人以绨袍赠君。"范叔，战国时的范雎，本是魏人，相秦之后，"号曰张禄"。《史记·范雎传》云，魏闻秦且东伐韩、魏，乃派须贾来探听情况，"范雎闻之，为微行，敝衣间步之邸，见须贾"。须贾以为当年的老部下混得不好，乃曰："范叔一寒如此哉！"言罢"取其一绨袍以赐之"。等到须贾得知真相，大惊之余，"肉袒膝行，因门下人谢罪"。裘曰修调侃的那句话，正以这个故事为依托。说完，他也是"即呼仆入内，取貂裘一袭奉之"。朱珪仍然拒绝："良友多情，固所深感，然朱某固一介不取，生平未尝失节。且貂裘亦仅壮观，若云御寒，则已著重棉矣。"朱珪进而引申说出的话，更见其境界："君不见道旁雪中尚有多数赤身僵卧者乎？彼与某，皆人也。某较彼已有天堂地狱之别，敢不知足！君盍以赠我者移赠若辈乎？"裘曰修彻底服了："君真道德士，当谨遵仁人之言。"言罢，"急呼仆持貂裘付质，以质价购棉衣数十件，至市给贫民"。

怀朱珪之心投入社会管理，相信在 21 世纪、在我们国民生产总值位居世界第二之际，不会有因避寒而失去生命的惨烈事情发生。而现在，各种救助机构牌子都挂着，"中国特色"的客观情况也的确存在，但惨烈之事所以发生，根本上还在于一些官员主观上欠缺"彼与某，皆人也"的意识。

2012 年 12 月 16 日

梦

2012年年度汉字又出炉了一个:梦。所以说又,因为前几天至少已经有了两个:习、微。肯定还有别的什么,咱没看到就是。如今的年度汉字评选都滥了,似乎什么媒体、机构搭个班子就能评,草台与否不敢妄下结论,只是"年度"这种本该"唯一"的事情,弄得眼花缭乱。评"梦"的这个,由国家语言资源监测与研究中心、商务印书馆、中国网络电视台联合主办,迄今已七届,应该有些权威色彩吧。他们对该字的解说是:奥运梦、飞天梦、航母梦、诺贝尔奖梦,GDP赶英超法,在去年一一得到了兑现。那么,这个"梦"实际上是隶属国家层面的抽象的梦。而单拿一个梦字说事,更容易想到的是个人的具体的梦。

梦是什么?按照辞书上的概念,梦是睡眠时局部大脑皮质还没有完全停止活动而引起的脑中的表象活动。梦的形成,今天自然有科学的阐释,从前则有从前的哲学。《周礼》对梦的产生有六种解释:一曰正梦,谓无所感动,平安而梦也。二曰噩梦,谓惊愕而梦也。三曰思梦,谓觉时所思念也。四曰寤梦,谓觉时道之而梦也。五曰喜梦,谓喜悦而梦也。六曰惧梦,谓恐惧而梦也。《世说新语》云,卫玠小时候问乐令什么是梦,答曰"是想"。卫玠仍然疑惑:"形神所不接而梦,岂是想邪?"又答:"因也。未尝梦乘车入鼠穴。"余嘉锡先生笺疏:乐令的"想也",是思梦;"因也",则是正梦。不过,《搜神记》里的卢汾却曾"梦入蚁穴",比鼠穴要小得多,在那里还"见堂宇三间,势甚危豁,题其额曰'审雨堂'"。

不用跟前人抬杠吧。总之,按照六梦那个"公式",人为什么会做那样一个梦,前人大抵都可以找到相应的原因。

洪迈《容斋随笔》云,虞世南死后,唐太宗梦见了他,"有若平生"。第二天他下令:"世南奄随物化,倏移岁序。昨因夜梦,忽睹其人,追怀遗美,良增悲叹!宜资冥助,申朕思旧之情。可于其家为设五百僧斋,并为造天尊像一躯。"对此,洪迈很不以为然:"夫太宗之梦世南,盖君臣相与之诚所致,宜恤其子孙,厚其恩典可也。斋僧造像,岂所应作?形之制书,著在国史,惜哉,太宗而有此也。"不管别人怎么看吧,太宗这一梦可称"思梦"。

苏轼《东坡志林》云,他做了很多写诗的梦。"初自蜀应举京师,道过华清池",梦见唐玄宗令赋《太真妃裙带词》,他写的是"百叠漪漪水皱,六铢纵纵云轻。植立含风广殿,微闻环佩摇声"。元丰六年(1083)十二月,"梦数吏人持纸一幅",请撰《祭春牛文》,他提笔疾书"三阳既至,庶草将兴,爰出土牛,以戒农事"云云。元祐六年(1091)十一月,梦见几个人在谈论《左传》,醒来后"念其言似有理",还录了下来。东坡这些梦,应该是"寤梦",并无所见而全凭想象,有半睡半醒之意。他在黄州时曾梦至西湖,云"梦中亦知其为梦也",正是这种状态。

张怡《玉光剑气集》云,朱棣"靖难",前朝官员耿(景)清不从,会"百官拜迎江次,公直立,骂不已"。朱曰:"且不说天子,即亲王,敢尔尔!罪云何?"耿再骂:"汝今日尚得称亲王耶!"朱"命左右抉其齿,且抉且骂,含血直噀上衣",结果被"醢之,夷九族"。后来,耿清在永乐皇帝的梦里来讨债了,至于"绕殿追之"。永乐这一梦，显见是"惧梦"。可惜，他睡醒之后变本加厉，"籍其乡，转相攀染者数百人"。

谈迁《枣林杂俎》云，崇祯皇帝曾"梦有一人书'有'字"，醒来后跟大家咨询吉凶。拍马屁的说："此大有之祥。"未几有人上疏，言"陛下梦后，诸臣某某以为祥，臣窃以为非利。盖'有'字，则'大明'去其半矣"云云。这么不中听的话，自然要惹得龙颜大怒，结果派锦衣卫去查也不知道是谁说的，只好归结为"贼奸细也"。崇祯的梦，应该归属"噩梦"。他不是说过嘛，"朕非亡国之君，事皆亡国之象"，时时都在担心丢了江山。

李调元《淡墨录》云，有个叫冯香山的秀才梦到神告诉他，今年江南乡试的题目是《乐则韶舞》。早晨起来，冯秀才赶快就此做了篇文章，背熟。走进考场，果然是这个题目，以为必中，却是榜发无名。夜间散步，无意中听到两人在谈论是科文章，"一人诵之，一人拊掌曰：'佳哉，解元之文'"。冯秀才觉得一定是解元"割截卷面，偷其文字"，调包了，就进京向礼部告了一状。"部为奏闻，行查江南，解元薛观光文虽不佳，并非冯稿"，结果冯秀才"获诬告之罪，发配黑龙江"。则冯秀才这一梦，先为"喜梦"，再为现实版的噩梦了。

历史上有不少著名的梦，庄周蝴蝶梦、卢生黄粱梦、淳于棼南柯梦、悲金悼玉的红楼梦等，各自折射出一套相应的人生哲学。"只因未了尘寰事，又作封侯梦一场。"在许多时候都尤多出现的，恐怕正是如卢生这种娶美女、举进士、迁达官，以期享尽荣华富贵的黄粱梦。这种看似不自觉的虚拟意识，实际上有着肥沃的现实基础。

2012 年 12 月 23 日

二十四节气

昨天是二十四节气中的小寒。

"春雨惊春清谷天,夏满芒夏暑相连,秋处露秋寒霜降,冬雪雪冬小大寒。"读初中时,我就会背这首二十四节气歌。20 世纪 70 年代中,北京郊区中学开设有"农业"课。此前,从长辈口中零零星星地也了解了不少,"惊蛰乌鸦叫,春分地皮干"云云。二十四节气是上古农耕文明的产物。我们的前人很早就认识到了季节更替和气候变化的规律,借助之,能够比较准确地顺应寒暑冷暖、昼夜短长和气温变化,可以更好地安排生产和生活。我故乡的父老乡亲,彼时种地下田便以之为参照。

《尚书·尧典》有"日中星鸟,以殷仲春……日永星火,以正仲夏……宵中星虚,以殷仲秋……日短星昴,以正仲冬",语言学家王力先生认为,这意味着时人已经掌握了二分二至,日中、宵中即指春分、秋分,日永、日短即夏至、冬至。《吕氏春秋》则名二分曰"日夜分",因为这两天昼夜长短相等;名二至曰"日长至、日短至",因为这两天一天白天最长一天白天最短。《左传·僖公五年》传曰:"春王正月辛亥朔,日南至。公既视朔(每月朔日在太庙听治一月之政事),遂登观台以望,而书,礼也。凡分、至、启、闭;必书云物(云物即云的色彩,《周礼》所谓'以五云之物,辨吉凶、水旱降丰荒之祲象'），为备故也。"杨伯峻先生认为,这意味着时人已经掌握了四立,此中"分"为春分、秋分,"至"为夏至、冬至,"启"则指立春、立夏,"闭"指立秋、立冬。那么,前面这段话的意思是说,国君于二分二至及四立之日,必登台以望天象即日旁云气之色,以占吉凶,对未来心里能早点儿有谱。四立何以称为启、闭?杨先生如此解释,春生夏长,古人谓之阳气用事,启,开也,故谓之启;而秋收冬藏,古人谓之阴气用事,故谓之闭。

在《吕氏春秋》里,便明确提到立春、立夏、立秋、立冬四个节气了。其开篇《孟春纪》即谈及立春时的规定动作:"先立春三日,太史谒之天子曰:'某日立春,盛德在木。'天子乃斋。"到了立春那一天,"天子亲率三公、九卿、诸侯、大夫,以迎春于东郊。还,乃赏公卿、诸侯、大夫于朝"。立夏、立秋、立冬的时候也是这套程序,只是太史分别又说了"盛德在火、在金、在水"的话,因此天子这三天大概同样没有肉吃。"还"的时候,出手也不尽不同,立夏"还,乃行赏封侯庆赐,无不欣悦";立秋"还,乃赏军率武人于朝";立冬"还,乃赏死事,恤孤寡"。在《淮南子》里,我们就见到了和后世完全相同的二十四节气名称,表明到了秦汉年间,二十四节气已完全确立。

《淮南子·天文训》曰:"两维之间,九十一度十六分度之五,而升日行一度,十五日为一节,以生二十四时之变。"然后,从冬至开始,每"加十五日",则道出一个节气名称,小寒、大寒、立春……再以冬至终,次序和今天一模一样。不过,《汉书》的记载表明,这个次序实际上被后人微调过了,其《律历志》在"惊蛰"之下有"今日雨水","雨水"之下有"今曰惊蛰","谷雨"之下有"今日清明",足证汉初惊蛰尚排在雨水前面,谷雨尚排在清明前面。所以,何宁先生集释《淮南子》时认为,"后人以今之节气改之也"。孔颖达

《左传正义》干脆点明,更改就发生在武帝太初(前104—前101)年间。调整的目的何在?大约节气名称的含义更接近时令之故吧。

二十四节气是前人留下的宝贵财富,在农业社会就是揭示时令特征、指导农业生产的"小百科丛书",完全融入了人们的日常生活中。宋人即编辑了《岁时杂咏》,二十四节气又成为诗人灵感迸发的重要题材。以四立来说,只挑名人的看,孟浩然有《立春日对雪》:"迎气当春立,承恩喜雪来。润从河汉落,花逼艳阳开。不睹丰年瑞,焉知燮理才。撒盐如可拟,愿糁和羹梅。"司马光有《四月十三日立夏呈安之》:"留春春不住,昨夜的然归。欢趣何妨少,闲游勿怪稀。林莺欣有吒,丛蝶怅无依。窗下忘怀客,高眠正掩扉。"(陶潜尝言夏月虚闲,高卧北窗之下,清风飒至,自谓羲皇上人。)白居易有《立秋日曲江忆元九》:"下马柳阴下,独上堤上行。故人千万里,新蝉三两声。城中曲江水,江上江陵城。两地新秋思,应同此日情。"范成大有《立冬夜舟中作》:"人逐年华老,寒随雨意增。山头望樵火,水底见渔灯。浪影生千叠,沙痕没几棱。峨眉欲还观,须待到晨兴。"如此等等,借时令而抒发各种情感。

"芒种火烧天,夏至雨涟涟""白露身不露,寒露脚不露""小寒雨蒙蒙,雨水惊蛰冻死秧""小寒若是云雾天,来春定是干旱年""小寒不寒,清明泥潭""小寒暖,立春雪"……前人的经验之谈,往往是科学认知的基础。2006年5月20日,二十四节气民俗列入了第一批国家级非物质文化遗产名录,显见了国家层面的重视。2016年11月30日,二十四节气被正式列入联合国教科文组织人类非物质文化遗产代表作名录,名曰"二十四节气——中国人通过观察太阳周年运动而形成的时间知识体系及其实践",更得到了国际的认可。平心而论,脑袋里还有二十四节气这些概念的人,怕都已经有一把年纪了。如何使这笔宝贵的文化遗产对后人而言像前人那样入脑入心,在口耳代代传承已然中断的前提下,唯有寻找新的发力之点。

2013 年 1 月 6 日

狮子

1月5日在杭州动物园，一群游客扔雪球打狮子取乐被拍下并报道。从照片上看，母狮吓得紧紧躲在公狮后面。报道说，游客"尽兴"离去的那一瞬间，公狮死死盯着他们的背影，大吼一声。报道显见拟人化了，但设身处地，狮子的愤怒着实不难想见。

狮子，外来物种，来得比较早。《后汉书》有不少相关记载。《肃宗孝章帝纪》有"月氏国遣使献扶拔、师子"；《顺帝纪》有"疏勒国献师子、封牛"；《班超传》有"月氏常助汉击车师有功，是岁贡献珍宝、符拔、师子，因求汉公主"；《西域传》有"章帝章和元年（87），遣使献师子、符拔"；又，"和帝十三年（101），安息王满屈复献师子及条之大鸟，时谓之安息雀"。这些记载之所以是"师子"，乃因"狮"为后起字，彼时尚无，至于何时出现，要就教于方家。总之，这些记载是狮子进入我们本土的最早信息。《明史·张录传》载，正德年间"西域鲁迷贡狮子"，表明彼时仍在继续。张录进言："明王不贵异物。今二狮日各饲一羊，是岁用七百余羊也。牛食刍菽，今乃食果饵，则食人之食矣。愿返其献，归其人，薄其赏，以阻希望心。"张录是从杜绝奢侈靡费的角度出发，可惜"帝不能用"。

狮子，今天的人敢用雪球打它，正所谓"龙游浅水遭虾戏"。

如果在它生活的领地,不要说人,在我们的传统观念中,老虎都要惧它几分。张华《博物志·异兽》里有一段近似小说家言的描述:"汉武帝时,大苑之北胡人有献一物,大如狗,然声能惊人,鸡犬闻之皆走,名曰猛兽。"这个"猛兽",研究者认为就是狮子。武帝"怪其细小,及出苑中,欲使虎狼食之",谁知"虎见此兽即低头着地",武帝还以为老虎在积蓄力量准备搏杀呢,又谁知"此兽见虎甚喜,舐唇摇尾,径往虎头上立,因搦虎面,虎乃闭目低头,匍匐不敢动,搦鼻下去,下去之后,虎尾下头起,此兽顾之,虎辄闭目",把老虎玩儿得像猫一样。《博物志》还有一段曹操直接遭遇狮子袭击的记载:"魏武帝伐冒顿,经白狼山,逢师子。使人格之,杀伤甚众,王乃自率常从军数百人击之,师子哮吼奋起,左右咸惊。"这头狮子,不知是从皇家苑囿里溜出来的,还是彼时已有野生的了。

　　狮子和老虎都称百兽之王,一个是西方的说法,一个是我们的。二者究竟谁更厉害一些,因为生存的范围并不重合,除非人为,基本上没有直接较量的可能,只在当初"界定"各自"领地"之际或许曾经有过,而从老虎今天的活动范围之大来看,或为老虎取胜。据说古罗马时代,狮子和老虎在竞技场中曾有格斗表演,也是老虎战胜狮子。杨衒之《洛阳伽蓝记》载,我们这里至少也有过类似的"关公战秦琼"。他说:"狮子者,波斯国胡王所献也,为逆贼万俟丑奴所获,留于寇中。永安(北魏孝庄帝年号)末,丑奴破,始达京师。"庄帝谓侍中李彧曰:"朕闻虎见狮子必伏,可觅试之。"范祥雍先生认为,庄帝所言,或即据《博物志》"猛兽"那段。皇帝要寻开心,"于是诏近山郡县捕虎以送。巩县、山阳并送二虎一豹,帝在华林园观之",但见"虎豹见狮子,悉皆瞑目,不敢仰视"。再把园中养的一头盲熊来试,结果刚闻到狮子气味,盲熊便"惊怖跳踉,曳锁而走",逗得皇帝小儿高兴极了。后来广陵王即位,诏曰:"禽兽囚之则违其性,宜放还山林。"这个观点倒是极端超前,让野生动物回归自然,不是这些年才有的呼声吗?于是,"狮子亦令送归本国"。不过,上有政策,下有对策,"送狮子者以波斯道远,不可送达,遂在路杀狮子而返"。

清人《养吉斋丛录》云:"冬日得雪,每于养心殿庭中堆成狮象,志喜兆丰,常邀宸咏。"且曰乾隆年间曾有两次(壬申、乙酉)"以雪狮、雪象联句"。光绪间颜缉祜撰《汴京宫词》,仍有"瑞雪缤纷感上天,堆狮挂象戏阶前"。以狮象组合来寓意吉祥,在《洛阳珈蓝记》中已见端倪。其"龙华寺"条云:"永桥南道东有白象狮子二坊。"周祖谟先生释曰:"坊者,里巷之名。"佛教故事中,文殊菩萨与普贤菩萨正为一对组合分侍释迦如来左右。文殊的坐骑是青狮,分司智慧;普贤的坐骑是白象,一般视为祈求延命的本尊。"白象狮子二坊"在南北朝即相比邻,或可表明这种文化心理在那时已经物化成型。

面对游客掷来的雪球,狮子用吼叫以示愤怒。而狮子吼,早成专有名词,比喻佛菩萨说法时震慑一切外道邪说的神威,概《维摩经》曰:"演法无畏,犹狮子吼。其所讲说,乃如雷震。"到了宋朝,被东坡拿来与朋友开玩笑,又异化成了悍妻妒骂之声的代名词。在《闻潮阳吴子野出家》中,东坡尚能一本正经,"丈夫生岂易,趣舍志匪石。当为狮子吼,佛法无南北";而在《寄吴德仁兼简陈季常》中,"龙丘居士亦可怜,谈空说有夜不眠。忽闻河东狮子吼,拄杖落手心茫然",就纯粹是寻陈慥的开心了。但未知东坡这一玩笑,有无对佛祖不恭的成分。

2013 年 1 月 9 日

禹

新年伊始,《南方周末》的"新年特刊"引起了一场轩然大波。起因在于有人发现,封面《追梦》的首句就错了,道是"2000 多年前的大禹治水";而二版一向作为招牌的《新年献词》也有两处错误。由此牵连出来的其他话题,超出本文议论范围,按下不表。照指谬者的说法,2000 多年前是汉朝,大禹治水应为 4000 多年前。汉朝说不错,但大禹治水的年代也未必确。诚然,2000 年 11 月 9 日,作为国家"九五"科技攻关重点项目的夏商周断代工程正式公布了《夏商周年表》,定夏朝约开始于前 2070 年,支持 4000 多年说,不过,虽然该工程是一个以自然科学与人文社会科学相结合的方法,来研究夏、商、周三个历史时期的年代学的科学研究项目,但这个结论仍然只是主观的推定,概因到目前为止,还没有确凿的考古材料予以佐证。

按司马迁《史记》的说法,禹是颛顼的孙子、鲧的儿子,再往上攀,则是黄帝的玄孙。司马迁生活在汉代,他距大禹的时间段与我们距他的差不多,遥远得很,这段"正史"也只能是"探禹穴,窥九疑"之际的听说,年代太久且没有地上地下材料证明的事情,不可能有定论。《汉书·律历志》便说"颛顼五代而生鲧",一下子就差了好几辈呢。禹在传说中最有名的功绩,正如《南方周末》封面文章所说的治水。饶是《史记》的这部分史料肯定失真,我们也不妨姑妄听之。司马迁云,帝尧时"鸿水滔天,浩浩怀山襄陵,下民其忧",于是"求能治水者"。鲧被举荐出来,却是"九年而水不息,功用不成",于是舜又脱颖而出。这先生一上任,先行究责,"行视鲧之治水无状,乃殛鲧于羽山以死",比今天的所谓"责令引咎辞职"要严厉得多。有意思的是,他也当真外举不避仇,"举鲧子禹,而使续鲧之业"。许是"天下皆以舜之诛为是",禹亦高风亮节,至少尚未沾染上后世"杀父之仇不共戴天"的陋见,虽则"伤先人父鲧功之不成受诛",禹还是全力以赴投入工作,"劳身焦思,居外十三年,过家门不敢入。薄衣食,致孝于鬼神。卑宫室,致费于沟淢。陆行乘车,水行乘船,泥行乘橇,山行乘檋。左准绳,右规矩,载四时,以开九州,通九道,陂九泽,度九山",最终成就了享誉后世的治水伟业。

　　禹既是一个神话人物,又是史书记载的我国第一个世袭王朝——夏朝——的开创者,"帝舜荐禹于天,为嗣。十七年而帝舜崩。三年丧毕,禹辞辟舜之子商均于阳城。天下诸侯皆去商均而朝禹。禹于是遂即天子位,南面朝天下,国号曰夏后,姓姒氏"。上古的神话众多,独此有坐实的可能,届时,则已知的任何重大考古发现或许都将黯然失色。《谥法》曰:"受禅成功曰禹。"以此来观,禹未必为人名。然还有一种说法,"古者帝王之号皆以名,后代因其行,追而为谥",这样来看,禹又可能是人名。丰富和零乱的前人流传,愈加证明上古时代的神话只能是朦胧的轮廓。在现实中,九州大地称为禹地或禹域;《尚书》中保留了我国古代重要地理资料的那部分托名大禹,称为《禹贡》,甚至旧传《山海经》亦为禹所撰,是书因而又称禹书。诸如此类的现象,正如钱穆先生在《黄帝》中所言,先民形容一个伟人,"话虽不多,一下子就说过了限度。富于幻想的述说者,把古代伟人说成神;着重实际的述说者,把他们说成圣;一切文明的产物都归功于他们"。

关于禹,上世纪中还有一段众所周知的公案,不是年代问题,而是禹之"虫"否的问题,主要当事人为古史辨学派创始人顾颉刚先生。《顾颉刚自传》云:"我在 1923 年讨论古史时,曾引《说文》的'禹,虫也,从内,象形'及'内,兽足蹂地也',疑禹本是古代神话里的动物。这本是图腾社会里常有的事,不足奇怪。陈立夫(1941 年)屡在演讲里说'顾颉刚说大禹王是一条虫呢',博得大家一笑。"但我们都知道,对顾先生"禹虫说"的嘲讽和挖苦,以鲁迅先生 1935 年发表的小说《理水》为甚,影响也最大。当代有学者认为,小说中鲁迅将作为动物之名的"虫"偷换为蠕虫,极大地丑化了新生的顾氏假说。顾先生虽然在自传中并不讳言"一生中第一次碰到的大钉子是鲁迅对我的过不去",但不知为何把这笔账单单记到陈立夫的头上。顾先生的这一假说,实则以图腾证古史的探索,因此他晚年依然强调禹是夏之图腾。倘以为顾先生那是信口雌黄而笑之,则此笑未免浅薄,至于被论敌当作软肋加以要挟和揭发又当别论。

前几年有个叫纪连海的先生谈到禹,才真正是信口雌黄。他在上海电视台一档节目中说,大禹治水"三过家门而不入",另有隐情,因其生命中还有另外一个女人——瑶姬,相传瑶姬曾献有治水妙法的"丹玉之书"给大禹,助其治水成功,大禹不回家在于有"婚外情"。此语即出,不劳专业人士批驳其亵渎先贤,即我们旁观者也难免觉得:为了哗众取宠,人的胆子真是可以膨胀得天大。

2013 年 1 月 12 日

土话

从 1 月 4 日开始,南京 40 多辆 2 路公交车都将启用南京话和普通话"双语版"的报站提示音。此举令市民既意外又高兴,"亲切得一米""南京味儿满满的",肯定都是赞许了,而且前一句也许正是南京话。市民希望能将此举推广到南京所有公交车上,不过相关负责人说,南京话版本的报站音只用于 2 路公交车,未知掣肘何在。概因好多年前,广州所有公交车和地铁站都是粤普"双语"乃至"三语"(再加英语)报站,足证并无不可实行之处。

有人考证,在明代及清代中叶之前,南京话一直是中国的官方标准语,到雍正皇帝时北京话才夺去头把交椅。与官话相对应的,该是土话,也就是局部地区内使用的方言。方言与土话有时可以重合,终究方言要高出一筹吧。这样来看,南京话是由"官"而"土",北京话是由"土"而"官"。我国方言有"八大"之多,各大的亚支更不知凡几。从前几年开始,社会上就不时传来"保卫方言"的声音,不少地方政协委员还先后提交了此类提案。实则方言或土话的衰落正常不过,其产生源于地域封闭,如今省与省之间有飞机高铁、省内到处"一小时生活圈",交流如此频密,方言或土话又焉有不渐趋衰落之理?而"保卫"同样正常不过,正如古旧建筑的命运日益引起人们的关注一样,属于"仓廪实"之后的一种文化自觉。

　　不同地方的人都说，用自己的土话念唐诗如何更有味道，流露出浓浓的文化自豪感。这个问题早为前人所认识。明朝叶盛《水东日记》即云："方言语音，暗合古韵者多。"他举例说他那个时候山西人读"去"为"库"，闽人读"口"为"苦"、读"走"为"祖"；又说"吾昆山吴松，江南以归，'呼'入'虞'字韵，而独江北人则'呼'入'灰'字韵"。土话与今天普通话的一个最大区别，当如清人朱彭寿所说："北人无入音，故于入声诸字，读之均在平去之间。"其《安乐康平室随笔》云，"南人读之无甚区别者，北音则显然不同。顾亦有南音异读，而北音转陕混同者"，并且，"上去声中颇有数字，则无论南北，往往读时易于混淆"。每一种，他都拈若干字来诠释。朱氏所言确是。汉语老四声是"平上去入"，新四声去了"入"，把"平"拆分为"阴平、阳平"。前人总结了《分四声法》："平声平道莫低昂，上声高呼猛烈强，去声分明哀远道，入声短促急收藏。"虽然这里对入声发音有个形象定义，但对讲普通话的北方人来说，分清之还是一件很难的事情，大量地听的同时进行比对，才能找出门道，1986 年 11 月我在珠海市斗门县进行方言调查实习时深有体会。在此前提之下，用普通话来读古人的作品，自然不会完全合辙押韵。然比较土话与普通话，用"文化相对"的观点最合适不过，二者绝无高下优劣之分。

　　古人作诗，往往也把土话直接用在句子中。比如杜甫有"黑暗通蛮货"，苏轼有"三杯软饱后，一枕黑甜余"，都是什么意思？宋人发现："南人谓象牙为白暗，犀为黑暗……睡美为黑甜，饮酒为软饱。"《淡墨录》云，雍正十三年（1735）陕西乡试，"蜀驿盐道佟鉴，戏用陕西土语，作颂圣表文，借以讥讪陕西士子"，被巡抚硕色"以科场重地，玩视大典，妄肆讪笑"参奏，结果"部议照捏造讹言,刊刻传播,杖一百,流二千里例,奉旨依议"。佟鉴的玩笑开大了,未知是否史上以土话获罪的仅有个案。当代有人研究说,《金瓶梅》里的许多词语都是江苏新沂一带的土话,因而新沂人读《金瓶梅》最亲切,有这种可能,但不知其他地方的人能否也列出自己最亲切的句子。前文提到吴越王钱镠《还乡歌》,"普通话"版的,家乡父老"虽闻歌进酒,都不之晓",而"高揭吴喉"即土话版的,"侬"了几"侬",才赢得"合声赓赞,叫笑振席"。吴方言在今天仍是"八大"之一,彼时的通行范围自然更窄。但土话的身份认同功能就是这样强烈,某种程度上已是故乡的胎记。

1月17日又有报道说,去年12月18日晚上18点,南京电视台一向强调字正腔圆、发音精准的十八频道《标点》,"一整档60分钟的新闻节目全都用地方方言播出,在全国都算得上是第一个吃螃蟹的"。这可把话说过了头,概因广东也是早就有若干电视频道,甚至全天候白话播出,广州电视台新闻、体育等频道,广东电视台珠江频道皆是,早已表明普通话与方言之间的关系并非形同水火。而诸如本山大叔的小品,诸如"绳命是剁么的回晃,人生是入刺的井猜"——去年延参法师的沧州土话一度笑翻全国公众,不是也着实展现了土话的魅力吗?

2013年1月20日

射箭

　　江苏卫视新近一期(1月27日)"非诚勿扰"节目中有个来自加拿大温哥华的男嘉宾张圆圆,提着弓背着箭袋的武士装扮亮相,给人以十足的穿越感觉。他说自己喜欢历史文化,尤其射箭、吹箫、骑马。在节目现场,吹箫之余他还张弓搭箭,大秀射箭技术。在他看来,实战是没有距离的,所以边退边射,三支箭也果然全部中靶。点评嘉宾乐嘉认为他射的一般,但嘴里"哈"的一声很好;黄菡也认为,他喊得最好,动作第二,成绩第三。

　　张圆圆喜欢的这些,的确是我们的传统文化。孙诒让释《周礼正义》之"退而以乡射之礼五物询众庶"指出:"退,谓王受贤能之书事毕,乡大夫与乡老则退各就其乡学之庠而与乡人习射,是为乡射之礼。"古代教育学生即有"六艺"之说,就是学生要掌握礼、乐、射、御、书、数,其中的"射"即射箭。孔夫子弟子三千,为什么贤人只有七十二呢?《史记》说了,因为只有这七十二人"身通六艺",没有偏科。《水浒传》梁山好汉里有小李广花荣、《水浒全传》方腊战将里有小养由基庞万春,二人都是一等一的神射手,而养由基战国时人、李广汉代名将,都是生活中的真实人物。至于神话中,还可以添上后羿,他连太阳都能射下来。现实中,严重夸张的也有不少。宋人彭乘《续墨客挥犀》比对李广的传记即发现了这一点。《史记》云李广"夜见石，以为虎，射之没镞"，《汉书》则说"隐羽"，因而老彭认为："铁能入石逾寸，亦足为异，必无竹能入石过尺之理。虽云精诚所至，恐物理不然，此殆班氏之饰词也。"夸张过了头，应了鲁迅先生嘲笑的"广州雪花大如席"。

在冷兵器或以冷兵器为主的时代，弓箭是一种重要的武器。以宋朝为例，吴璘著有《兵法》两篇，大致说："金人有四长，我有四短，当反我之短，制彼之长。"金人那四长，除了骑兵、坚忍、重甲，就是弓矢。他的对策是："以分队制其骑兵；以番休迭战制其坚忍；制其重甲，则劲弓强弩；制其弓矢，则以远克近。"岳飞的部下杨再兴"以三百骑遇敌（金兵）于小商桥"，恶战之后，再兴死难，"后获其尸，焚之，得箭镞二升"，似可窥见金人弓矢之强。论起宋方武将弓矢，自然也有代表人物，比如岳飞，"未冠，挽弓三百斤，弩八石，学射于周同，尽其术，能左右射"。但吴璘那两篇文字，显就普遍而言，一旦"人均"，便是人家占优。文臣中习射的，就比较稀奇了。宋太祖问赵普："儒臣中有武勇兼济者何人？"赵普举荐辛仲甫，一个例证就是仲甫"顷从事于郭崇，教其射法，后崇反师之"。太祖赶快召见，"便令武库以乌漆新劲弓令射"，结果"仲甫轻挽即圆，破的而中"。太祖很高兴，仲甫却觉得没什么："臣虽遇昌时，陛下止以武夫之艺试臣，一弧一矢，其谁不能？"言下之意这只是自己的雕虫小技，太祖听出来了，安慰说："果有奇节，用卿非晚。"在民间，苏辙听说哥哥也好起这口，欣然写下《闻子瞻习射》，"旧读兵书气已振，近传能射喜征蘉。手随乐节宁论中，箭作鸥声不害文"云云，进一步表达了对哥哥"抚我则兄，诲我则师"的崇拜。

清昭梿《啸亭杂录》有"不忘本"条，云"本朝初入关时，一时王公诸大臣无不弯强善射，国语纯熟。居之既久，渐染汉习多以骄逸自安"。乾隆意识到了问题的严重性,"力为矫革,凡有射不中法者,立加斥责,或命为羽林诸贱役以辱之。凡乡、会试,必须先试弓马合格,然后许入场屋,故一时勋旧子弟莫不熟习弓马"。乾隆认为:"周家以稼穑开基,我国家以弧矢定天下,又何可一日废武?"后面还有"射布靶"条,"每岁上狩木兰前,将派往扈从王公大臣、文武官员等习射于出入贤良门,上亲阅之以定优劣,其中三矢以上者,优赉有差。今上(嘉庆皇帝)自甲戌春,命八旗护军、前锋营每旗拣选善射者百人,上亲阅视,其中优者,立为擢升"。《清稗类钞》云,道光皇帝 10 岁时射箭就已百发百中,在木兰围场,"俟诸王射毕,亦御小弓矢,连发中其二"。乾隆高兴地抚摸他的头,说连中三箭就给你穿黄马褂,道光也果然做到了。黄马褂呢,"仓卒间不得小者,即以成人之衣被之。及谢恩起,而裾长拂地,不能行,乃命侍卫抱以归"。乾隆因此赋诗,有"所喜争先早二龄"之句,是说自己 12 岁时从狝木兰,初围得熊,而孙子才 10 岁就做到了,初围得鹿。然众所周知,爷爷时康乾盛世,孙子时爆发了令大清屈辱的鸦片战争,表明在坚船利炮面前,射箭的本领如何,已经丧失了实战功效而徒具象征意义,就像日本侵华时军官们别别扭扭地挂着的那把指挥刀了。

张圆圆最终并没有"射"得美人归,VCR 还没放完,24 名女嘉宾的灯已经全灭了。他参加的是"返场专辑",意味着来过一回了。两次踏进同一条河流,意味着张圆圆喜欢的这些传统文化,在 80 后乃至 90 后女青年那里根本产生不了吸引力。在传统文化全方位日渐式微的大背景下,张圆圆应该认识到这一点,毕竟在加拿大生活跟这里隔了不薄的一层吧。

2013 年 1 月 29 日

灶王爷

　　今天是农历十二月二十三，小年。按我的家乡的说法："腊月二十三，灶王爷升天。"因此，这一天是祭灶的日子，欢送灶王爷到天庭去享受一年一度的七天长假。有的地方，升天日期是在二十四，出于朗朗上口的考虑，俗谚也另有版本。如范成大《祭灶词》，"古传腊月二十四，灶君朝天欲言事"云云。灶王爷升天干什么呢？范词说了，汇报。传说灶王爷本来是在天庭上给玉皇大帝掌勺的"御厨"，因为偷吃了不该吃的东西，被罚落人间，所以整天就待在灶台上，看人家做好吃的，吧唧嘴。但玉皇并没有把事做绝，每天腊月二十三直到除夕，允许他回去探亲，上面还有个灶王奶奶呢。比较来看，灶王比牛郎织女要幸运得多，后者的探亲假一年才只一天。

　　灶王爷要升天，民间一派紧张，概因担心他在玉皇面前说坏话，"外廷千言不如禁密片语"嘛。所以就把灶王爷尊奉为灶神，平时自然供奉，动身的这一天更好酒好肉摆起来。这样一看，祭灶这一套就有了"贿赂"的意味，范词后续部分的高度概括道得分明："云车风马小留连，家有杯盘丰典祀。猪头烂熟双鱼鲜，豆沙甘松粉饵圆。男儿酌献女儿避，醉酒烧钱灶君喜。婢子斗争君莫闻，猫犬触秽君莫嗔，送君醉饱登天门，杓长杓短勿复云，乞取利市归来分。"既然吃饱了,喝好了,那些"婢子斗争""猫犬触秽"之类的芝麻小事就当没看见算了,"上天言好事,下界降吉祥"吧。《帝京景物略》亦云:"廿四日,以糖剂饼、黍糕、枣栗、胡桃、炒豆祀灶君,以槽草秣灶君马,谓灶君翌日朝天去,白家间一岁事。祝曰:好多说,不好少说。"民间如此行事的文化心理,显然认为"吃人家嘴软,拿人家手短"的明规则,既适用于人也适用于神。想想也是,好多貌似不食人间烟火的神其实就是人,吹成了神而已,区别在于有的成了永久的神,有的昙花一现,有的一捅就破。而造神者仍然乐此不疲,那是把所造之神权当满足一时之需的工具。

祭灶习俗由来已久,但对于灶神的"实体",说法可就五花八门了。一种说,灶神是一位上古帝王或其后裔。一具体,说法又不同了。《淮南子》就有两说,一曰"炎帝作火死而为灶";《太平御览》引其佚文又云:"黄帝作灶,死为灶神。"《风俗通》则从《周礼》中爬梳出:"颛顼氏有子曰黎,为祝融,祀以为灶神。"这一种,明显地具有"神化"色彩,虚幻缥缈一些。另一类则相对"人化",更能让民间觉得若有其事。隋杜台卿《玉烛宝典》引《灶书》说法,灶王爷"姓苏,名吉利"。《庄子·达生第十九》提到"灶有髻",唐初道士成玄英疏曰灶神叫作髻,他不知从哪里听来的:"其状如美女,著赤衣。"段成式《酉阳杂俎》有"诺皋记",为其"览历代怪书,偶疏所记",同样不知他从哪本怪书上看来的,"灶神名隗,状如美女。又姓张名单,字子郭。夫人字卿忌,有六女,皆名察洽",灶神的全家都给安排齐备了。不仅如此,段成式还知道东王公叫什么倪,西王母叫杨回。但从流传下来的灶神"模样"看,大抵都是留着八字胡的中老年汉子,与"女"尚相去甚远,遑论"美"?简直就是"风马牛不相及",美女说或是哪个风流才子的一厢情愿而民间不屑采纳吧。

《战国策·赵策》载，卫灵公宠爱雍疽、弥子瑕，这两人"专君之势，以蔽左右"，借势来个狐假虎威。有乐人对卫灵公说，前几天我做了个梦，现在果然见到您老人家了。灵公问他做了什么梦，他说梦见灶王爷了。灵公很生气，人家梦见君上都是梦见太阳，你却梦见灶王爷，要解释清楚，"有说则可，无说则死"。乐人从容道来：太阳普照大地，什么也遮蔽不了，"若灶则不然，前之人炀，则后之人无从见也"，有人把灶口堵住，后面的人就烤不到火。比喻过后，乐人直奔主题："今臣疑人之有炀于君者也，是以梦见灶（君）。"乐人这是借灶王爷来进谏，灵公听明白了，"因废雍疽、弥子瑕，而立司空狗"。《论语·八佾》也有这种借题发挥。王孙贾有一句"与其媚于奥，宁媚于灶"，什么意思呢？综合前人的见解大致是这样：祭灶，乃五祀（门神、户神、井神、灶神、土地神并宅神）之一，"凡祭五祀，皆先设主（牌位）而祭于其所，然后迎尸（神之替身）而祭于奥（室西南隅为奥），略如祭宗庙之仪"，这就是所谓"奥有常尊而非祭之主"，以祭灶而言，"灶虽卑贱而当时用事"。所以王孙贾是在暗示孔子："自结于君，不如阿附权臣。"王孙贾乃卫大夫，正权臣也，他那是以奥喻君，以灶自喻。不过，对王孙贾的暗示，孔子明确表示"不然"。

与多数人媚灶的做法不同，明朝谢承举的态度是反其道而行之。其《送神辞》云，去说吧，去汇报吧，不要紧，然"切须公语毋隐容"，别乱说就行。"公厅纷纭争务繁，私家细琐犹多类"，一年里得有多少事情发生？且"今年畿甸事更多，愿神开口如悬河"。谢承举的态度极其可取，事情是自己干下的，还怕人说？另一方面，防神之口甚于防川，同样是不行的。

2013 年 2 月 3 日

鞭刑

全国人大代表、广州市公安局人事处处长陈伟才日前在列席省人代会时贡献了一个建议:对男犯引进新加坡的"鞭刑"。他觉得,目前广州市"刑事案件高发的态势跟全国形势吻合,比较处于高位",因此该用"严刑峻罚"来解决这一问题。他绘声绘色地说,像新加坡那样,"藤条先泡几天,拿出来打",一般的人两鞭子就晕菜了;晕了没问题,没打够数的话,先攒着,过两个月再来挨抽。讲完之后,全场哄堂大笑。

咱们真要使用鞭刑的话,根本无须引进人家的,把自己用过的翻出来就是。鞭刑在咱们这儿的历史堪称悠久。《尚书·舜典》载:"鞭作官刑。"前人传曰,此乃"以鞭为治官事之刑";再疏曰:"此有鞭刑,则用鞭久矣。"看,那说的还是夏朝建立之前的事情呢,至少公元前两千多年了。《国语·鲁语》中,臧文仲对鲁僖公说:"大刑用甲兵,其次用斧钺,中刑用刀锯,其次用钻笮;薄刑用鞭扑,以威民也。"韦昭注曰:"鞭,官刑也。扑,教刑也。"薄刑即轻刑,目的是震慑,陈代表要继承的正是此种遗风,只是有些数典忘祖。二十四史的《刑法志》里,不少都提到了鞭刑,而像南朝宋少帝刘义符那样,"亲执鞭扑,殴击无辜,以为笑乐",属于"贵"极无聊的变态行为,自然又当别论。

何种罪名不用判刑而抽鞭子？陈代表倒是没建议，怕也没法建议吧，前人那里则有实例。《左传·庄公八年》载，齐襄公出猎，撞见一只猪，很大，随从告诉他那不是猪，而是公子彭生。襄公大怒，弯弓就射，结果"豕人立而啼"，把他吓坏了，"坠于车，伤足，丧屦"。回来后，让一个叫费的随从去找鞋，没找到，乃"鞭之，见血"。《庄公三十二年》载，庄公求雨，"讲于梁氏"（即彩排礼仪）。杨伯峻先生释曰："梁氏，鲁大夫。其家盖近于雩门，故于此讲肆也。"时"女公子观之"，有个叫荦的养马佬"自墙外与之戏"，庄公之子子般"怒，使鞭之"。《史记·鲁世家》载，这个女公子为梁氏女；然杜预说是庄公之女，即子般之妹。不管前者是猪是人，后者是谁家的令爱，鞭刑之何以施，可窥一斑。

施刑时该往哪个部位抽呢？新加坡是屁股，咱们以前或脊背，或脸。先看鞭脊背。徒人费受刑之后，刚走到门口，正碰上公孙无知政变，人马杀到了门口，知道他是襄公的人，乃"劫而束之"。徒人费祭出缓兵之计，说我哪里会和你们作对呢？刚才还被人家打了，说罢"袒而示之背"为佐证。其后的事实证明，徒人费绝对忠心耿耿，这样的人为了一只或一双鞋而受鞭刑，襄公宜其亡矣。再看鞭脸。《宋书·沈怀文传》载："竟陵王据广陵反，及城陷，士庶皆裸身鞭面，然后加刑，聚所杀人首于石头南岸，谓之髑髅山。"沈怀文与颜竣、周朗很要好，然"竣以失旨见诛，朗亦以忤意得罪"，后来，孝武帝威胁进谏的王景文说："卿欲效颜竣邪？何以恒知人事。"又曰："颜竣小子，恨不得鞭其面！"鞭脸何时退出历史舞台未知，不能鞭脊背则始现唐朝。《新唐书·刑法志》载："太宗尝览《明堂针灸图》，见人之五藏皆近背，针灸失所，则其害致死，叹曰：'夫箠者，五刑之轻；死者，人之所重。安得犯至轻之刑而或致死？'遂诏罪人无得鞭背。"《册府元龟》则说太宗读了

《明堂孔穴》乃有此感慨，并且补充了一句："自古帝王，繇来不悟，不亦悲夫。"《元史·刘秉忠传》载秉忠上书，其中也说到"鞭背之刑宜禁治，以彰爱生之德"，忽必烈"嘉纳焉"。《续资治通鉴》亦云元世祖至元二十九年（1292）二月，"申禁鞭背国法，不用徒、流、黥、绞之刑，惟杖臀"。这末三字，就是只做屁股的文章了，新加坡做法或源于此也说不定。不过《明史·刘仁本传》载，因为方国珍与元有海运来往，"实仁本司其事"，所以朱亮祖打下温州抓住刘仁本，"太祖数其罪，鞭背溃烂死"。可见朱元璋自动站进了唐太宗划定的"不亦悲夫"之列。还可悲的是，朱亮祖和儿子朱暹也是被朱元璋鞭死的，在这里，一定要取其性命，也就无关鞭哪个部位了。

《三国志》载，青龙二年（234）春，魏明帝诏曰："鞭作官刑，所以纠慢怠也，而顷多以无辜死。其减鞭杖之制，著于令。"没有禁绝鞭刑但减缓。隋朝开皇元年（581）则直接下令废除，但当楚州行参军李君才上言"帝宠高颎过甚"之时，杨坚大怒，"命杖之，而殿内无杖，遂以马鞭笞杀之"，所以清朝沈家本说："隋文除鞭刑而复以马鞭笞杀人，是其除重刑但慕虚名耳，非真能行仁政也。"口是心非。元朝英宗至治三年（1323）"禁鞫狱以私怨鞭背"，表明那个时候的鞭刑已经属于刑讯而非刑法。鞭刑在我们这里究竟何时退出了历史舞台，要就教于方家了。

陈伟才代表表示，他将在今年的全国"两会"上提出这一呼吁。看看他此番语出惊人之后大家的反应——几乎一边倒地挞伐，还是算了吧，别再提这话茬儿了。新加坡有很多经验诚然值得我们借鉴，但首先要去粗取精，其次不能生吞活剥。

2013 年 2 月 6 日

蛇

蛇年到了。陆游《人日雪》诗曰："非贤那畏蛇年至，多难却愁人日阴。"实际上，无论"畏"之与否，12 年一个轮回，"蛇"总要来走一遭。

对许多人来说，蛇是比较可怕的动物。前两期江苏卫视"非诚勿扰"相亲节目，一个男嘉宾没有牵手成功，乃将事先带来的盒装礼物送给了"心动女生"刘五朵，打开一看居然是条活着的小蟒蛇，结果全场耸动。可怕的不仅是蛇的形象，还在于它的毒性（对毒蛇而言）。柳宗元名篇《捕蛇者说》道得分明，永州野产之异蛇，因为有奇特的医疗效用，"太医以王命聚之，岁赋其二，募有能捕之者"。这种蛇，"黑质而白章；触草木，尽死；以啮，无御之者"。主人公蒋氏"貌若甚戚"地告诉柳宗元："吾祖死于是，吾父死于是。今吾嗣为之十二年，几死者数矣。"而永州百姓仍然"争奔走焉"，概因捕蛇可以"当其租入"，且"吾斯役之不幸，未若复吾赋不幸之甚也"。孔子令弟子记住"苛政猛于虎"，柳宗元则告诉世人"苛政亦猛于蛇"。以是推之，但凡苛政，都有"猛于"的一面，既不拘虎或蛇等动物，亦不会拘"稻粱黍、麦菽稷"等植物。

有意思的是，形象欠佳的蛇在古籍中也象征国君、君子。《左传·文公十六年》载："有蛇自泉宫出，入于国，如先君之数，毁泉台。"杨伯峻先生释曰,泉宫在郎,郎在曲阜南郊,为近郊之邑;入于国,即入于鲁都曲阜。而杜预在作注之前数了一下,鲁自伯禽开国到文公之前的僖公,一共有17名"先君",这就等于是说,共有17条蛇从郎钻进曲阜。那么,蛇之此举一定预示着什么。果然,"秋八月辛未,声姜薨,毁泉台"。按杜预的解释,鲁人把文公的母亲声姜之死,正归为蛇妖所出,所以把泉台给拆了。蛇可象征国君,未知其又名小龙是否有此关联。唐李冗《独异志》云:"晋文公时,有蛇当道而行,文公以为不祥,反政修德,令吏守蛇。"夜半,守吏梦见有人杀蛇,说:"何以当圣人道!"但我们都知道,斩当道之蛇最著名的是汉高祖刘邦。刘邦当亭长时,"为县送徒郦山,徒多道亡",知道交不了差,干脆把剩下的都放掉,有十几个人愿意跟着他。一行人"夜径泽中",路遇大蛇,刘邦借着酒醉,"拔剑击斩蛇,蛇遂分为两,径开"。一个神仙化作的老妪哭着说,被斩的是白帝啊;不过,斩的人是赤帝。《左传·成公二年》又有齐晋鞌之战的记载,"丑父寝于辂中,蛇出于其下,以肱击之,伤而匿之,故不能推车而及"。这里大约没有灾异征兆在内,而是逢丑父真的给蛇咬了。

在民间,关于蛇则有脍炙人口的白娘子传说:白蛇、许仙、法海、西湖、断桥、雷峰塔……这个凄美故事的原型,或出自《太平广记》卷第四百五十八之"李黄"条。时间,唐宪宗元和二年(807);地点,都城长安;人物,"陇西李黄,盐铁使逊之犹子也"。故事的结构在后世看来很老套。李黄"因调选次,乘暇于长安东市,瞥见一犊车,侍婢数人于车中货易。李潜目车中,因见白衣之姝,绰约有绝代之色",于是搭讪,于是求欢,于是遂愿。然"一住三日"出来,"仆人觉李子有腥臊气异常",回到家,未几归西。"家大惊惶",找到庄严寺附近的那个寻欢之所,却只见一棵皂荚树。邻居说:"往往有巨白蛇在树下,更无别物。"在"李黄"条的后半段,记载了另一说。也是元和年间,主人公换成了凤翔节度使李听的侄子李琯,"自永宁里出游,及安化门外,乃遇一车子,通以银妆,颇极鲜丽,驾以白牛。从二女奴,皆乘白马,衣服皆素,而容姿宛媚"。李琯黏上人家了,一直跟到家里,"见一女子素衣,年十六七,姿艳若神仙。琯自喜之心,所不能谕,因留止宿"。也是第二天回家后坏了,"脑裂而卒"。家人找到他昨晚过夜的地方,"但见枯槐树中,有大蛇蟠屈之迹。乃伐其树,发掘,已失大蛇,但有小蛇数条,尽白"。两个雷同故事的主人公都是姓李,如何后来改为姓许,又如何添了青蛇与和尚,其中的发展、演变一定是篇大文章。

"李黄"末尾云此条出自《博异志》,而上海古籍出版社去年八月的标点本唐谷神子之《博异志》(《次柳氏旧闻》附)中并无此篇,另有同名之书乎? 新近龚琳娜女士再推"神曲"《法海你不懂爱》,就蛇年的来到重新演绎了这个故事。但不比其彼"神曲"《忐忑》轰动一时,此"神曲"甫一问世,喝倒彩之声此起彼伏,且文化界开始讨论"娱乐底线",佛教界据说在当代首发严正抗议,因法海禅师乃金山寺史上有道高僧。歌词中的"法海你不懂爱,雷峰塔会掉下来"也根本不通,即便没有鲁迅先生家喻户晓的那篇文章,我们也知道直立着的塔一旦坍塌是"倒"下来,"掉"下来,你当那是塔尖上的饰物啊?

清魏子安小说《花月痕》开篇有番议论:"读书人做秀才时,三分中却有一分真面目。自登甲科,入仕版,蛇神牛鬼麇至沓来。"仕版,记载官吏名籍的簿册,亦借指仕途或官场;蛇神牛鬼,比喻各色邪恶和各种歪人。后世之牛鬼蛇神,当从此借用而来,只是所借所喻全然颠之倒之。

2013 年 2 月 10 日

长假

今年的春节长假刚过未几,至少已经传出两则因延长假期而被免职或停职的消息,都发生在湖南。先是娄底市房产局违规放假十天,有人电话询问为什么不遵守国务院规定时,他们的值班人员回答说:"国务院,好遥远啊。"党委书记彭逢林随后被免去,还将按程序免去其局长职务。接着是衡阳市石鼓区法院,法官任照为在电话回答当事人询问时说,"农历十五后上班""没有出节都办不了事",并称这是"中国的传统"。2 月 22 日,石鼓区法院决定对任法官停职检查,等候处理。

重要节日放长假,确是中国的传统。这节日,不仅是民俗中的庆祝或祭祀日子,而且包括皇帝的生日。

《唐会要》卷八十二有"休假"条,其中说道:"开元二十二年(734)六月十七日敕:'诸州千秋节多有聚会,颇成靡费。自今已后,宜听五日一会,尽其欢宴,余两日休假而已。任用当处公廨,不得别有科率。'"这个千秋节就是玄宗的生日,五年前,源乾曜、张说他们上表奏请定下来的。肃宗宝应元年(762)八月三日敕:"八月五日本是千秋节,后改为天长节。旧给假三日,其前后一日假权停。"这就表明,之前八月初五起要放假三天,但既然换了皇帝,对不起,降为一天。九月一日又敕:"天成地平节,准乾元元年

(758)九月一日敕,休假三日,望准八月三日敕,前后日权停。"天成地平节是肃宗自己的生日,老子退出了历史舞台,该在位的儿子分享令全民休假的荣誉了,原来那个只休一天,又特别重申了一下。今天的朝鲜似有此种遗风:4月15日是太阳节,金日成生日;2月16日是光明星节,金正日生日。太阳节时全国放假三天,海关等也一律停止办公。光明星节似是放假两天。照此推论,1月8日的金正恩生日,命名及放假天数只是时间问题。

传统节日的法定假期,开元二十四年(736)亦明确:"寒食、清明,四日为假。"代宗大历十三年(778)敕:"自今已后,寒食通清明休假五日。"德宗贞元六年(790)又敕:"寒食清明,宜准元日节,前后各给三日。"这里的"元日",就是今天的大年初一,"总把新桃换旧符"的时候。这等于是说,那时的春节、清明节都是三天假期。今天的所谓七天长假实际上也是只有三天,七天是前拉后拽了两个双休日凑出来的,而凑出来的那四天属于正常休息,根本与假期无关。

洪迈《容斋三笔》有"上元张灯"条,云宋朝元宵节假期是五天,本来跟唐朝一样是三天,"俗言钱忠懿纳土,进钱买两夜,如前史所谓买宴之比"。所谓买宴,即臣下献钱财以参与国君所设的宴会,类似于今天的"巴菲特午餐"吧,巴菲特不是帝王而已。自2000年起,"股神"巴菲特即开始拍卖与其共进午餐的机会,并将拍卖款捐出,用于向穷人提供住房、就业培训、健保和儿童护理等服务。2012年6月9日,起拍价2.5万美元的巴菲特午餐,拍出了346万美元的创纪录天价。昔日皇家靠这种方式收上来的钱财则未知如何处理。买宴肯定是当时很通行的做法,如《资治通鉴》载,后周太祖广顺二年(952),"前静难节度使侯章献买宴绢千匹,银五百两"。胡三省注曰:"五代之时,不特方镇入朝买宴,唐明宗天成二年三月,幸会节园,群臣买宴,则在朝之臣亦买宴矣。"《续资治通鉴》载,宋太祖建隆元年(960),南唐中宗李璟派儿子从镒及户部尚书冯延鲁来大宋买宴。不过,洪迈并不认同钱俶买宴说,认为多出来的那两天假期,在于"乾德五年(923)正月,诏以朝廷无事,区寓乂安,令开封府更增十七、十八两夕"。

明初,永乐皇帝以很亲民的口吻下了道圣旨,说自己"继位以来,务遵成法。如今风调雨顺,军民乐业。今年(永乐七年即1409)上元节正月十一日至二十日,这几日官人每都与节假,著他闲暇休息,不奏事。有要紧的事,明白写了封进来"。上元节即元宵节,这假够长,10天之多。并且他还特别叮嘱:"民间放灯,从他饮酒作乐快活。兵马司都不禁,夜巡著不要搅扰生事,永为定例。"宣德皇帝后来也照猫画虎地重申了一遍,也是"今岁(宣德二年即1427)维新,上元届节,特赐百官假十日",也是"在京军民,如故事张灯饮酒为乐,五城兵马弛夜禁,但戒饬官员军民人等,不许因而生事,违者罪之"。再过两年,"特赐文武节假二十日,元宵夜,召群臣悉赴御苑观灯",假期时长翻了一番;宣德五年、八年也是这样,然记载此事的沈德符说了:"此又系特恩,非常例也。"因时制宜的成分居多。放假的那些天,"南宫试士,大半鳞集,呼朋命伎,彻夜歌呼,无人诃诘。至若侯门戚里、贵主大珰,则又先期重价,各占灯楼,尺寸隙地,仅容旋马,价亦不赀",当真热闹非常,至于沈德符说自己"儿时目睹繁华,至今入梦"。此前,申时行等纂修之《大明会典》载:"凡每岁正旦节,自初一日为始,文武百官放假五日。冬至节,本日为始,放假三日。"最少的天数都抵得上今天的长假了。

因此,"没有出节都办不了事",就算是中国的传统,也只是某一特定历史时期的传统。如今国务院早就颁布了《全国年节及纪念日放假办法》,一些地方显然像其他政令一样并没有当成一回事。更可笑的是,他们对网络时代的监督竟然如此懵懵懂懂。

2013 年 2 月 24 日

教子

歌唱家李双江先生的儿子又惹祸了。跟上回因为开车而打伤一对夫妇不同,这回是大祸:涉嫌轮奸。并且,此番不仅国内网友愤慨,也引起了外媒的注意,他们并不讳言"星二代"的堕落也是自己国度存在的问题。李子在收容教养后不足一年再出此事,不少口诛笔伐者名之"子不教,父之过",应该脱胎于《三字经》,虽然人家是"养不教,父之过"。

我们史上不乏成功的教子案例,最具代表性的一女一男当推孟母和窦禹钧。《三字经》早给概括进去了:"昔孟母,择邻处,子不学,断机杼。窦燕山,有义方,教五子,名俱扬。"孟母三迁的故事尽人皆知,因此之故吧,这几年不断有全国政协委员呼吁把孟母生日定为"中华母亲节"。窦禹钧也很有名,粤方言中叫父亲为老窦,据说即本于此。禹钧乃后晋蓟州人,州内燕山绵亘,因有窦燕山之谓。他的五个儿子——仪、俨、侃、偁、僖——相继科举及第,成就"五子登科"的正宗原版,"灵椿一株老,丹桂五枝芳"。可惜到了近代和当代,因为有些官员的作为人神共愤,"五子"由实指成代指,"车子、房子、票子、位子、孩子"一类,"五子登科"亦同时由褒义沦为贬义。燕山五子中的三子——仪、俨、偁,《宋史》中均有传,其中以窦仪的成就为最高。老窦父以子贵,顺势在儿子的传里面露了一下脸,使我们知道他当过后唐几个地方的支使判官、后周的户部郎中、右谏议大夫。窦仪的成就在于,这个后晋进士差点儿当上北宋的宰相,"太祖屡对大臣称仪有执守,欲相之,赵普忌仪刚直,乃引薛居正参知政事"。窦仪 53 岁去世,太祖还"悯然谓左右"曰:"天何夺我窦仪之速耶!"对没有大用之遗憾不已。

老窦虽然"教五子,名俱扬",但如何教的,不得其详,孟母那里多少透露了一点儿过程:给孩子提供一个好的读书环境。关于名人教子,孔夫子的做法也载入了史册。《论语·季氏》里,夫子的儿子孔鲤自道,自己有一次从庭前走过,被父亲叫住,问学《诗》了没有,然后教导说:"不学《诗》,无以言。"于是自己乃"退而学《诗》"。皇侃疏曰,此"言《诗》有比兴答对酬酢,人若不学《诗》,则无以与人言语也"。又有一次,孔鲤说自己也是"趋而过庭",又被父亲叫住,这回问学《礼》了没有。听说又是"未也",父亲又告诫:"不学《礼》,无以立。"于是,"鲤退而学《礼》"。皇侃再代圣人解释:"礼是恭俭庄敬立身之本,人有礼则安,无礼则危。若不学《礼》,则无以自立身也。"前人就此得出结论:"孔子之教其子,无异于门人。"夫子的孙子、孔鲤的儿子子思说"夫子之教,必始于《诗》《书》而终于《礼乐》",正是此意。

教子没这么著名的,历史上也有大把。《续资治通鉴长编》载,宋太宗曾召见贾黄中的母亲,说:"教子如是,真所谓孟母矣。"且"作诗赐之,颁赐甚厚"。不过,《宋史》说,贾黄中的成就实际上是父亲教导的结果,"父玭严毅,善教子"。黄中才五岁的时候,就"每旦令立正,展书卷比之,谓之'等身书',课其诵读"。贾父"大棒与胡萝卜"并施,让儿子平常只能吃蔬菜,"俟业成,乃得食肉"。淳化四年(993),大雨不止,京城"朱雀、崇明门外积水尤甚,往来浮罂筏以济。壁垒庐舍多坏，民有压死者，物价涌贵"；城郊则"秋稼多败，流移甚众"。太宗很生气，切责宰相李昉及参知政事贾黄中、李沆等："卿等盈车受俸，岂知野有饿殍乎？"出来后贾黄中说了一句经典名言："当时但觉宇宙小一身大，恨不能入地耳。"就是该找个地缝钻进去。太宗也曾召见苏易简的妈妈，也是"命坐"之后问："何以教子，遂令成器？"易简妈妈回答："幼则束以礼让，长则训以《诗》《书》。"把夫子的做法倒了个个儿，表明教子道路并无严苛的一定之规。

有意思的是，虽然父母教子成才的实例不乏，《孟子》里却有"君子不教子"的说法，事在《离娄篇》。公孙丑问："君子之不教子，何也？"孟子答："势不行也。"他进一步说，"教者必以正，以正不行，继之以怒；继之以怒，则反夷矣……父子相夷，则恶矣"，所以"古者易子而教之"。朱熹对此是这样阐释的，"教子者，本为爱其子也。继之以怒，则反伤其子矣。父既伤其子，子之心又责其父"，就是两败俱伤了，"易子而教，所以全父子之恩，而亦不失其为教"。不要以为这是朱熹的一家之言，自明朝洪武二年（1369）起，科举便以朱熹对四书五经的"传注为宗"。

"君子不教子"与"养不教，父之过"，就这么矛盾地存在着。去年，李子打人之后，凤凰网"重新发布"了2007年3月6日李双江与新华网网民在线交流的文字，其中李双江大赞儿子天赋好，认为他们这一代不仅"是我们的希望"，也"是中国人的希望"。他说自己虽然舍不得对儿子动一根指头，但"孩子总归学不坏，因为我们所给他的东西都是正面的东西"。然而已经发生的事实表明，李先生在这一点上显然过于自信了。

2013年2月28日

民留官

2月8日,山西大同市长耿彦波被任命为太原市副市长并代理市长。消息传出,不少大同市民一度聚集,以签名和举横幅等方式表达对耿彦波的感激与挽留,吸引了全国的目光。报道说,自2008年2月耿彦波上任大同市长后,雷厉风行地修路、种树、拆迁、造城,大同市"一轴双城"的发展构想已具雏形。这些工作得到了大同市民的认同吧。

这两年间或有百姓挽留官员的新闻,不过有的一眼看去就有闹剧之嫌。这类事情在从前较多,真心实意的不乏,盖官员的确"青天"或清廉。唐朝崔戎"改华州刺史,迁兖海沂密都团练观察等使",华州百姓便不让他走,至于"恋惜遮道至有解鞶断镫者",把他靴子给脱下来,马镫给割断。这是《旧唐书·崔戎传》的记载。《新唐书》稍详一些:崔戎"徙兖海沂密观察使,民拥留于道不得行,乃休传舍,民至抱持取其靴"。当时上面来宣布调令的人还在场,"民泣诣使,请白天子丐戎还",人家出于维稳需要还真就答应了,然而使的是一招缓兵之计,崔戎"夜单骑亡去,民追不及乃止"。

《续资治通鉴长编》中也有不少这样的挽留。宋真宗景德元年(1004),"定州民诣阙贡马,乞留知州吴元扆,并求立德政碑",

真宗"命还其马,赐元宸诏褒之"。真宗大中祥符五年(1012),澧州知州刘仁霸奉诏"仍留在任",乃因"考满,吏民有请故也"。仁宗天圣四年(1026),杜衍自乾州卸任,"百姓邀留于境上",不解"何夺我贤太守也?"乞留吴元宸,百姓是借贡马之机提前向上面发出请求;刘仁霸"考满"而暂时不动,相当于吴元宸故事的续集;而杜衍那种,便与唐崔戎、今耿彦波庶几近之了。

官员被百姓挽留,有事迹是重要前提,担心喂饱了一头饿虎再来头饿狼那种反其道而行之,亦即明明心底里极端憎恶口头上却又让他留下的,无奈而义愤地表达而已,现实中断无真实发生的可能。综合新旧两《唐书》,可窥知百姓何以挽留崔戎。其为剑南东、西两川宣慰使,"既宣抚,兼再定征税,废置得所,公私便之"。为华州刺史,"吏以故事置钱万缗为刺史私用,戎不取",小金库的钱并不入私囊;走的时候还交待,"籍所置钱享军,吾重矫激以夸后人也",也就是把这笔钱用作享军费用,以给后任一个示范。

吴元宸又做了些什么,令定州百姓挽留呢?惜乎只附一例。"元宸在定州凡五年,属久旱,州吏白召巫作土龙祈雨",元宸觉得很扯,以为"巫本妖民,龙止兽也。惟精诚可以格天"。于是他召集了一帮道士,"设坛醮,洁斋三日,百拜恳祷,信宿而雨"。吴元宸的做法其实更扯,但凑巧的是雨来了,百姓不问过程只问结果,就把他看成了可以格天的人物。不能说百姓愚昧,彼时认识世界的水准只在那个程度。刘仁霸的事迹亦稍显单薄,李焘说他"近作歌十首,述本州风俗,以劝课农桑为意,农民唱于田里"。《宋史·蛮夷传》载:"大中祥符三年(1010),澧州言,慈利县蛮相仇劫,知州刘仁霸请率兵定之。上恐深入蛮境,使其疑惧,止令仁霸宣谕诏旨,遂皆感服。"文武两方面合起来,是百姓依依不舍的原因吧。

杜衍呢,形象要丰满得多。王曙知潞州时碰到一宗案子:上党民王氏杀了继母,"狱已具,僚吏皆以为无足疑者",但王曙觉得有问题。"既而提点刑狱杜衍至,更讯之,果得真杀人者",推翻了先前的所谓铁案,王曙因此作《辨狱记》"以戒狱官"。而杜衍之平反冤狱,并非此之个案。《宋史》另载,"高继升知石州,人告继升连蕃族谋变,逮捕系治,久不决,衍辩其诬,抵告者罪";还有"宁化军守将鞫人死罪,不以实,衍覆正之。守将不伏,诉之,诏为置狱,果不当死"。杜衍之举尤该为今人所推崇,近几年来,曝光的冤案有不断增多的趋势,刚刚就有陷入十年牢狱之灾的"张叔平侄强奸案"获得平反,当年,"女神探"聂海芬硬是靠突审制造了这起冤案。冤案免不了,杜衍更重要。《宋史》还说杜衍清廉得很,"不殖私产,既退,寓南都凡十年,第室卑陋,才数十楹,居之裕如也"。这样的官员,无论在哪里为官,一定都是深受百姓爱戴的。

大同方面的报道还说,他们那里最现实的问题是,"大同改造计划规模宏大,牵涉甚广,居民安置、工程款支付、资金后续等大量问题亟待解决",那么,大家挽留耿彦波,未必没有对政策延续性的担心,这正是当今中国太多地方的共性问题,跟史上的那些倒是大不一样。

2013 年 3 月 3 日

知天命

光阴荏苒，转眼间自己也到了知天命的年纪。"羲和鞭日走，不为我少停"，白居易的句子想必能引起很多人的共鸣。他在这首《题旧写真图》中还说："我昔三十六，写貌在丹青，我今四十六，衰悴卧江城……一照旧图画，无复昔仪形。形影默相顾，如弟对老兄。"被岁月留下印痕，人人概莫能外，所以前人每有"妒此画中人，朱颜得常在"（顾九锡语），"只有兹图中，花与人俱妍"（洪亮吉语）等，借以感喟。

年纪到了五十岁而曰"知天命"，众所周知乃孔夫子的名句。源自《论语·为政上》："吾十有五而志于学，三十而立，四十而不惑，五十而知天命，六十而耳顺，七十而从心所欲，不逾矩。"夫子微言大义，短短几十个字，千百年来把大家忙得不亦乐乎，你可以这样释义，他可以那样笺疏。明代思想家也是东林党领袖顾宪成，视本章为"夫子一生年谱，亦是千古作圣妙诀"，理由呢，"试看入手一个学，得手一个知，中间特点出'天命'二字，直是血脉准绳一齐俱到"。不过，抬杠的人说："夫自志学以至从心所欲不逾矩，此岂人人之定法，又必人人十年而一进，恐世间无印版事也。"统揽如此，细节也是，就拿这句"五十而知天命"来说，同样是见解纷纭。南朝的皇侃说："天命，谓穷通之分也。"什么是穷通？困厄与显达,通俗地说即混得如何。当"人年未五十,则犹有横企无厓;及至五十始衰,则自审己分之可否也"。五十了,混得不好也得认命,不能再心有不甘了。东晋孙绰以为这是"勉学者之至言",因为"大易之数五十,天地万物之理究矣。以知命之年通致命之道,穷学尽数可以得之,不必皆生而知之也",肯下苦功夫去读书,不是天才也一样会有收获。熊埋的观点则与皇侃接近:"既了人事之成败,遂推天命之期运,不以可否系其理治,不以穷通易其志也。"但此中流露出的生活态度,较皇侃要积极得多。

在众多注解当中,程树德先生所撰之《论语集释》最推崇清朝刘宝楠《论语正义》,以为"刘氏释天命最为圆满,可补诸家所不及"。刘宝楠又是怎么说的呢?"知天命者,知己为天所命,非虚生也",这该是李白"天生我材必有用"的文雅说法。孔夫子"及年至五十,得《易》学之,知其有得,而自谦言无大过,则天之所以生己,所以命己,与己之不负乎天,故以知天命自任",这又该是孟子"仰不愧于天,俯不怍于人"的语意了。刘宝楠接下来的发挥的确深刻:"是故知有仁义礼智之道,奉而行之,此君子之知天命也。知己有得于仁义礼智之道,因而推而行之,此圣人之知天命也。"反过来,"不知天之所以命生,则无仁义礼智顺善之心,谓之小人"。

抛离竹简时代的一个好处是,可以从从容容地把话说得明明白白,再不用言过于简,意过于赅。比方前述白诗是他在 46 岁发出的感慨,便无须诠释。容斋主人洪迈还发现,"白乐天为人诚实洞达,故作诗述怀,好记年岁",于是他把白集中的这类诗句都挑了出来,从"此生知负少年心,不展愁眉欲三十"开始,直到"寿集七十五,俸霑五十千",差不多年年都有,好几年还不止一首,"玩味庄诵,便如阅年谱也"。在"知天命"这个生命节点上,自然更少不了。如《登龙尾道南望忆庐山旧隐》:"龙尾道边来一望,香炉峰下去无因。青山举眼三千里,白发平头五十人。自笑形骸纡组绶,将何言语掌丝纶。君恩壮健犹难报,况被年年老逼身。"如《自问》:"黑花满眼丝满头,早衰因病病因愁。宦途气味已谙尽,五十不休何日休?"如《对酒自勉》:"五十江城守,停杯一自思。头仍未尽白,官亦不全卑。荣宠寻过分,欢娱已校迟。肺伤虽怕酒,心健尚夸诗。夜舞吴娘袖,春歌蛮子词。犹堪三五岁,相伴醉花时。"如《喜敏中及第偶示所怀》:"自知群从为儒少,岂料词场中第频。桂折一枝先许我,杨穿三叶尽惊人。转于文墨须留意,贵向烟霄早致身。莫学尔兄年五十,蹉跎始得掌丝纶。"又如《马上作》:"处世非不遇,荣身颇有馀……一列朝士籍,遂为世网拘。高有罾缴忧,下有陷阱虞。每觉宇宙窄,未尝心体舒……何言左迁去,尚获专城居。杭州五千里,往若投渊鱼。虽未脱簪组,且来泛江湖。吴中多诗人,亦不少酒酤。高声咏篇什,大笑飞杯盂。五十未全老,尚可且欢娱。用兹送日月,君以为何如?"失意、自得、悲情、达观,斯年端的是五味杂陈。倘把"形骸属日月,老去何足惊。所恨凌烟阁,不得画功名"(《题旧写真图》),与"额下髭须半是丝,光阴向后几多时……更惭山侣频传语,五十归来道未迟"(《答山侣》)相对照,就更把握不准他在知天命这年的心境究竟如何了,但至少我们知道他在说什么,而不像"代圣人立言"那些。

寒山和尚诗曰:"人生在尘蒙,恰似盆中虫,终日行绕绕,不离其盆中。"虽然有些宿命,道理却还真是这个道理,悟出这一点,不拘"而立""不惑""知天命"还是"耳顺"吧,此之谓勘破。佛门中说一个人悟道有三阶段:勘破、放下、自在。非佛门中人了解一下,对于调整或平复心境,也没什么坏处。

2013 年 3 月 10 日

《西游记》

　　复旦大学自主招生考试，连续两年都出现了"神问"，其中两个极大吸引公众眼球因而成为社会公共话题的，都跟《西游记》有关。去年是"玉皇大帝和如来佛哪个大"，前几天的是"《西游记》里有多少妖怪"。至于此番被考的同学事后打趣道，估计两回发问的是同一个教授。

　　《西游记》应该为即将踏入高等学府的学子所了解，况且，万氏兄弟创作的动画片《大闹天宫》、六小龄童主演的电视剧《西游记》等，早已产生了普及之效。问题在于，我们需要了解《西游记》的什么，从大处领略其神韵、精髓，还是钻进不可能产生答案的牛角尖。对复旦这种只要妖怪数量的"神问"，网友不是说了吗，吴承恩自己也回答不出。

　　无论"评选"肇始于哪个历史阶段吧，《西游记》作为我国古典四大名著之一已经成为今天的共识。当然，即便前人，对《西游记》本身也褒贬不一。认同的，如明朝谢肇淛《五杂组》云："《西游记》曼衍虚诞，而其纵横变化，以猿为心之神，以猪为意之驰，其始之放纵，上天下地，莫能禁制，而归于紧箍一咒，能使心猿驯伏，至死靡他，盖亦求放心之喻，非浪作也。"又如清朝张书绅《新说西游记总批》说："或问《西游记》果为何书？曰：实是一部奇文，一部妙文。"在他看来,如来观音、阎罗龙王、悟空八戒,皆奇人;游地府、闹龙宫、反天宫,皆奇事;"西天十万八千里,筋斗云亦十万八千里,往返十四年五千零四十八日,取经即五千零四十八卷,开卷一天地之数起,结尾以经藏之数终",皆奇想也;至于"诗词歌赋,学贯天人,文绝地记,左右回环,前伏后应",合起来,《西游记》"无一不奇,所以谓之奇书"。

不认同的,则如清朝毛宗岗云:"读《三国》胜读《西游记》。《西游》捏造妖魔之事,诞而不经,不若《三国》实叙帝王之事,真而可考也。且《西游》好处,《三国》已皆有之。"他说这些话,是以《三国演义》为才子书之第一,因而不仅拿《西游记》来垫脚,还搭上了《东周列国志》《水浒传》,认为前一本的"缺陷"是"因国事多烦,其段落处,到底不能贯串",后一本则"无中生有,任意起灭,其匠心不难"。又如闲斋老人云:"《西游》玄虚荒渺,论者渭为谈道之书,所云意马心猿,金公木母,大抵心即是佛之旨,予弗敢知。"他同时将《三国》《水浒》《金瓶梅》一概贬损,所以如此,在于他要推崇《儒林外史》。文学作品的优劣从来都是见仁见智的,不可能有划一的标准,就像张书绅所言:"以一人读之,则是一人为一部《西游记》;以士农工商、三教九流、诸子百家各自读之,各自有一部《西游记》。"但"各自读之"的体会,毕竟都可以领略一个侧面,复旦的"神问"则不知意指何在。

《西游记》自问世之后,无论在庙堂还是江湖都产生了巨大影响力。昭梿《啸亭续录》云,乾隆时"以海内升平,命张文敏(照)制诸院本进呈,以备乐部演习,凡各节令皆奏演",其中就有"演唐玄奘西域取经故事,谓之《升平宝筏》"。曲文皆由张照亲自操刀,"词藻富丽,引用内典经卷,大为超妙"。徐珂《清稗类钞》有"颐和园演戏"条,云"颐和园之戏台,穷极奢侈,袍笏甲胄,皆世所未有。所演戏,率为《西游记》《封神传》等小说中神仙鬼怪之属"。此时又是为什么呢?一个是慈禧喜欢看包括《西游记》在内的小说,不过瘾,还要"节取其事,编入旧剧,加以点缀,亲授内监,教之扮演"。再一个涉及剧目的"选题"问题,其他题材的限制太多,禁区太多,碰不得,碰了容易出事,人们只好另辟蹊径。而做《西游记》的文章最保险,"取其荒幻不经,无所触忌,且可凭空点缀,排引多人,离奇变诡"。今人诟病抗日剧扎堆,把个浙江横店影视城生生塑造成了"抗日根据地",天天"四五十个剧组都在打鬼子""死在横店的鬼子可以绕地球好几十圈了",实则正有此种"无所触忌,且可凭空点缀"的因素在内,主题正确,容易通过审查。清朝训诂学达到空前高度,前人早已指出正有文字狱令人噤若寒蝉的因素。然而,抗日剧之"凭空"实在过了,先前有双手抓起鬼子就撕成两半、往天上扔颗手榴弹就能炸下飞机,新近准备上演的《箭在弦上》又传出消息,内中有被三名日本兵轮奸的女子于痛苦中自动穿上裤子然后抓起弓箭顷刻间射死周围一圈日伪军的场面!

明朝戏笔主人在评价《西游记》《金瓶梅》时说,二书"专工虚妄,且妖艳靡曼之语,耽人耳目",然"在贤者知探其用意用笔,不肖者只看其妖仙冶荡,是醒世之书反为酣嬉之具矣"。此语用之于复旦的"神问",可称神来之句。提出"神问"的那教授现在不妨站出来给出他的答案,以及他眼中的《西游记》该怎么读,或者直截了当,究竟何以发出此问。没有答案的话,我们给他掷过去一顶帽子:既对考生不负责任,也对社会不负责任。

2013 年 3 月 15 日

南海神庙·波罗诞

广州南海神庙在每年农历的二月十一至十三都要举行南海神诞,其中十三为正诞,祭祀南海神。这个庙会的历史悠久,宋朝刘克庄《即事》诗就写到了:"香火万家市,烟花二月时。居人空巷出,去赛海神庙。东庙小儿队,南风大贾舟。不知今广市,何似古扬州。"当下,这个广州地区民间影响最大的庙会,正在一如既往地热闹着。有了"非物质文化遗产"后,南海神诞自然要跻身其中。从新闻中得知,今年的神诞从 3 月 20 日至 26 日,像前两年一样又是七天之多,未知是否借鉴了"长假"的吸金大法。

南海神诞又叫波罗诞。为什么? 浏览诸多文章,大抵皆言因庙中有"夷人"或"番僧"种下的波罗树。明王临亨《粤剑编》云:"广城东六十里为南海神祠,门左有达奚司空立像。"波罗树就是达奚种的。王临亨是根据宋朝阮遵的说法:"菩提达磨与二弟由天竺入中国,达奚其季也。经过庙,欸谒王,王留与共治。达奚不可,揖欲去,俄死座间,化为神。航海者或遇风波,呼司空辄有应云。"因为这老外"植波罗树,不克归,立化于此。故至今海神庙土人皆呼为波罗庙"。王临亨还说"司空像本肉身也,而泥傅其外,未知真否"。说得那么神,可能真吗? 以余观之,南海神庙或诞又叫波罗庙或诞,并非种植了波罗树这么简单,应该是两种信仰——南海神与佛——合而为一的产物。

南海神者何？古人所认为的东南西北四海神之一。学者指出，《山海经》中有四海海神的说法，都具有崇鸟、崇蛇的共同信仰特征。而与四海海神对应的还有四方方位神，南方之神就是祝融。到了汉代，海神与方位神合流，"南海神曰祝融，东海神曰句芒，北海神曰玄冥，西海神曰蓐收"，不仅有名字，还各自有老婆，祝融的老婆姓翳名逸寥。韩愈《南海神广利王庙碑》今天仍存，云："考于传记，而南海次最贵，在北东西三神、河伯之上，号为祝融。"然而，祝融不是火神吗？清代屈大均阐释："火之本在水，水足于中，而后火生于外。火非水无以为命，水非火无以为性。水与火分而不分，故祝融兼为水火之帝也。其都南岳，故南岳主峰名祝融。其离宫在扶胥，故昌黎云，南海阴墟，祝融之宅。"离宫之说颇有趣，祝融的宝殿在衡山，出巡的时候驻在南海神庙。为什么南海神次最贵？屈大均也说了："四海以南为尊，以天之阳在焉。"

隋朝国家一统，乃于开皇十四年（594）"诏东镇沂山，南镇会稽山，北镇医无闾山，冀州镇霍山，并就山立祠。东海于会稽县界，南海于南海镇南，并近海立祠"。这末一句说的，就是南海神庙的"先祖"了。由此诏书亦知，文帝彼时立神庙，呈"全方位"的态势，不仅祀海神，而且祀山神。识者以为，此举搭建了国家祭祀与民间信仰互动的平台，确是。这样一来我们会发现，南海神庙对达摩（磨）传说的攀附一面。达摩是在南朝梁武帝时由广州登陆的，彼时庙尚不存，弟弟不肯留下之说不是建立在空中楼阁上？因此，波罗及其搭配出的树、诞、鸡（祭祀道具）等，必有另外一层原因，决不仅仅如屈大均所说波罗树有多神奇，"树不著花，土人刀斫其干，液出而成实，丑若鬼面，剖之有房，熟而食之，如栗而香。若或不经刀砍，则液流于地，实成地中，香达于外，土为之裂"云云。我们以前也有波罗树，《新唐书·南蛮传》载："自曲靖州至滇池，人水耕，食蚕以柘，蚕生阅二旬而茧，织锦缣精致。"而"大和、祁鲜而西"就不同了，"人不蚕，剖波罗树实，状若絮，纽缕而幅之"。土产波罗树，实乃野生木本棉花。

南海神庙的"波罗树"，即便实指常绿乔木，也更具社会学意味。概因"波罗"二字，可以是梵语"波罗蜜（密）"之省，而波罗蜜除了是水果名称，还有"到彼岸"的内涵，即由此岸（生死岸）度人到彼岸（涅槃、寂灭）。这一观念，南朝的人已经有了。《世说新语》云："殷中军被废东阳，始看佛经，初视《维摩诘》，疑般若波罗密太多，后见《小品》，恨此语少。"刘孝标注曰："波罗密，此言到彼岸也。"综合起来不难看出，南海神与波罗融为一体，不分你我，实际上表明了本土与外来两种信仰的融合。商船、渔船出海，例向南海神祭拜，这种现实与沿海居民的生产生活方式息息相关；而祈求佛祖保佑，像其他地方一样，乃是精神世界的重要需求。神庙中的"千里眼""顺风耳"神像乃道教的守护神，说明其中也有道教的成分，足见南海神庙祭祀并非单一的一面。

"第一游波罗、第二娶老婆"，由广州民间俗语中，可窥波罗诞曾经在百姓心目中的至高地位。1992年那个波罗诞，余研究生即将毕业，到南海神庙勤工俭学了一回：白天验门票，晚上用麻袋或纸箱把香客们随处布施的人民币、港币、美金等收集起来。三天下来，真正见识了那是怎样一番盛景，尤其庙内到处缭绕的香火，熏得眼睛整天"内牛满面"。仿佛昨天的事情，却已有21年过去了。

2013年3月24日

假官员

"国务院发展研究中心研究员""国务院政策研究室司长"赵锡永不久前终于露了马脚。从 2010 年开始，这个真实身份现今仍然为谜的人，即在湖南娄底和云南昆明、玉溪等地"指导工作"，比如寄语娄底"把握机遇、调整结构、转变方式、加速发展"等。赵锡永所到之处，副省长、市委书记都要出来会见，因此也荣任了几个地方的政府顾问。2 月 27 日至 3 月 1 日，赵锡永还率专家组在玉溪市、玉溪下属的通海县、澄江县进行调研，"把脉玉溪经济社会发展战略及实现路径和玉溪重点产业转型升级、新兴产业发展战略定位"。不料 3 月 8 日，国务院研究室给云南发了一纸公文："我单位没有赵锡永这个人，也未组织什么所谓专家组赴云南考察调研……"

宋朝有过一起假官员行骗。《宋史·雷孝先传》载："磁州民张熙载诈称黄河都总管，籍并河州郡刍粮数，至贝州。"这是由老百姓来假冒朝廷派下来的官员。不知是贝州知州雷孝先的警惕性很高，还是张熙载诈得不够火候，总之熙载刚到，孝先即"觉其奸，捕系狱"。有趣的是，孝先不满足于识破骗子，而是"欲因此为奇功，以动朝廷"。他这么干的，"迫司理参军纪瑛教熙载伪为契丹谍者，号景州刺史兼侍中、司空、太灵宫使，部送京师"，也就是指使狱讼部门把个原本宋朝的假官员,精心打扮成大辽的假官员,然后上报说自己捉到了一条大鱼。从李焘《续资治通鉴长编》可知,此事发生在宋真宗天禧五年(1021),彼时大宋需向大辽纳岁币,屈辱得很,捉了他们的一个州刺史,该是怎样的功绩?好在朝廷不知什么人没有沉浸在此番意淫当中,《宋史》说"枢密院按得孝先所教状",将孝先贬官,"谪泽州都监"。

而在李焘笔下,地点、结果则不尽相同,"责孝先为潭州都监,熙载决配海州,瑛未得与官"。没有追究纪瑛,该有雷孝先"迫"之故。到处都是一把手说一不二的时代,下面的人不可能不从命,纪瑛该是得到了谅解。检索谭其骧先生主编《中国历史地图集》,宋朝的泽州即今之山西晋城一带,而潭州即今之湖南长沙一带,两地相去甚远,《宋史》与《长编》之中必有一笔误,泽(澤)、潭在传抄中也确实容易混淆,可惜前人未予校正。海州,今连云港。识破了一个小骗子,却催生了一个大骗子,官场上之事就是这般吊诡。

顺便提及,雷孝先儿子简夫,乃发现苏氏父子的伯乐。邵博《邵氏闻见后录》云:"眉山老苏先生里居未为世所知时,雷简夫太简为雅州(今四川雅安),独知之,以书荐之韩忠献、张文定、欧阳文忠三公,皆有味其言也。三公自太简始知先生。"邵博说自己在雅州当官时,"得太简荐先生书",里面完整地收有雷简夫当年向韩、张、欧推荐苏洵的那三封书信。给韩琦的说:"一日,眉人苏洵携文数篇,不远相访。读其《洪范论》,知有王佐才;《史论》得迁史笔;《权书》十篇,讥时之弊;《审势》《审敌》《审备》三篇,皇皇有忧天下心。"给张方平的说:"(洵)岂惟西南之秀,乃天下之奇才尔。"给欧阳修的,更感叹:"呜呼!起洵于贫贱之中,简夫不能也,然责之亦不在简夫也。若知洵而不以告于人,则简夫为有罪矣。"然使邵博不解的是,虽"三公(琦、平、修)自太简始知先生,后东坡、颖滨(苏辙)但言忠献、文定、文忠,而不言太简,何也?"

《儒林外史》提供了一个假官员的文学形象:万中书。"前日他从京师回来,说已由序班授了中书",仅凭这些,高翰林就对20年前见过一面的秀才信以为真了。加上老万"现今头戴纱帽,身穿七品补服",口中大话不少,著名的马二先生如何为"我的朋友",把高翰林、施御史、秦中书一干人等给蒙住了,宴请时要奉其为首座。露馅之后,老万很坦白:"不瞒老爹说,我实在是个秀才,不是个中书。只因家下日计艰难,没奈何出来走走。要说是个秀才,只好喝风屙烟。说是个中书,那些商家同乡绅财主们才肯有些照应。"再顺便提及,座中迟衡山的一番话倒是很意味:"依小弟看来:讲学问的只讲学问,不必问功名;讲功名的只讲功名,不必问学问。若是两样都要讲,弄到后来,一样也做不成。"如今的各级官员都要想方设法弄顶博士帽子戴戴,而大学教授又以争抢行政岗位为能事,结果呢,可不就像他几百年前说的那样!

赵锡永该是万中书的"升级版"了,所谓升级,先在于他的假冒动机如何还不大清楚,但肯定不是因为"家下日计艰难,没奈何出来走走";再在于"照应"他的那些人,远远超越了"商家同乡绅财主们",而是如假包换的大小官员。国务院公文还请云南省政府办公厅"通知省内相关地区和有关部门,及时采取措施,制止并揭露赵锡永的诈骗行为"。不过,各地马上言之凿凿,赵锡永对他们并没有造成任何损失。假冒官员而不行骗,要么是赵锡永另类,要么就是地方说谎,后者的可能性更大一些。"万中书"事发,那几个当事人物怕牵连自己,不是本着"有了钱,就是官"的原则,以"十二封银子,每封足纹一百两"为代价,"替万中书办了一个真中书"吗?

2013 年 3 月 29 日

刺字

3月24日,英国球星贝克汉姆来到北京大学。其间,一名女球迷问他左肋的中文文身是什么意思,小贝说不知道,然后他当众脱下西装撩起衬衣,让大家自己看,居然是"生死有命富贵在天",据说是香港一位师傅的手笔。《论语》里的这一名句,记得"批林批孔"时,被斥为孔老二反动的"天命论"。有趣的是这帧图片旋即引发了网友的恶搞潮:同样姿势的小贝,文身或成"为人民服务"、或成"办证139××"、或成"生男生女都一样",更绝的还有个我们都熟悉不过的拆字外加圆圈……

在身上文出字样叫做刺字,起源该是墨(黥)刑吧,虽然汉文帝明确废除了此种肉刑,但此后并未绝迹。《水浒传》里有不少梁山好汉被"刺配"过,第七回的回目就是"林教头刺配江州道"。刺配,就是在犯人脸上刺字后,再发配边远地区。宋神宗元丰八年(1085),"诏犯盗,刺环于耳后,徒、流以方,杖以圆;三犯杖,移于面",表明刺在脸上的是重刑。刺字带有羞辱的成分,且具有终身性,难以消除,所以宋江他们后来出入公共场所,都要讨块膏药把刺字盖上。当然,一定去掉的话应该也有办法,"狄青不去涅文"就是个很著名的励志故事。发迹之后,连皇帝都来关心他脸上的刺字,但狄青说:"臣非不能,故欲留以为天下士卒之劝。"

宋朝好像特别青睐刺字。最著名的当推岳母的"精忠报国"，虽宋朝正野史对此均未道及，故事从明朝才流传开来，但丝毫不妨碍后人对其真实性的笃信不疑。另一个著名故事同样发生于南宋，王彦的"八字军"，这是见诸史料记载的，只是那八个字究竟为"赤心报国誓杀金贼"还是"誓竭心力不负赵王"，莫衷一是。元丰元年（1078）交趾入贡，人家送来206人，结果这边略略分类之后，也是径直就刺了过去，"年十五以上额刺'天子兵'，二十以上面刺曰'投南朝'，妇人左手刺曰'官客'"。然而要不了几年，"天子兵"就会到"投南朝"的年纪，怎么办，这种刺字只是要单纯地定格瞬间？此外，从前称男宾为官客，女宾为堂客，而刺妇人为"官客"，又有些莫名其妙了。元丰四年（1081），五路大军征伐大夏国军，李宪上言，他们"驻兵女遮谷，遣汉蕃将士袭击馀党于山谷间，斩百级，获马牛孳畜甚众"，其中"降毫波给家等二十二族首领，凡千九百余户，已剪发、刺手，给归顺旗及锦袍、银带赐物"。这里没说刺的什么字，但率领另一路大军的种谔汇报时说得明确："效顺人已刺'归汉'二字，恐诸路其在臣后者，一例杀戮，乞赐约束。"参照来看，李宪他们干的差不了多少吧。

不过王彦的做法并非空穴来风，实因宋朝士兵都须刺字。禁军、厢军属职业军人，直接刺脸或鬓或额，文字并非誓言而主要是番号。学者考证，这是承袭后唐做法，目的是为了防止士兵逃走。但这样一来，军人与罪犯就有殊途同归的意味，至少使他们自身形成了一个社会集团，与其他群体严格区别，且为主流社会所排斥。因此，御史台推直官、秘书丞李宗易说过，奉诏之河东募强壮充军，"其强壮避刺面，多逃逸"，他建议"止刺其手"。仁宗庆历元年（1041），鄜延都监种世衡"请募青涧城土丁，不刺面，别名一军"。次年，种世衡又"请募番兵五千，左手虎口刺'忠勇'二字"。

李焘《续资治通鉴长编》证实了这一点："河东、河北义勇，当庆历初，河北路总十八万九千二百三十人，河东路总七万七千七十九人，皆简强壮并钞民丁涅手背为之。"而几乎与此同时，知秦州韩琦奏本路兵备素少，朝廷叫他"以点到弓手，选其少壮刺手背充军"，韩琦却建议还是刺面，以为"今或只刺手背……终是与民不殊。请黥为禁军，人给刺面钱二千"，花点钱，以期百姓"但为刺面给粮，则甘死战斗"。

即便是刺手，司马光也很有非议。他针对河北、河东义勇的上疏说："百姓一经刺手，则终身羁縻，不得左右，人情畏惮，不言可知。康定年中拣差乡弓手时，元不刺手，后至庆历年中，刺充保捷，富有之家犹得多用钱财，雇召壮健之人充替。今一切皆刺其手，则是十余万无罪之人永充军籍，不得复为平民，其为害民，尤甚于康定之时也。"他进而认为："今来虽有义勇，正军亦未可废，则何忍以十余万无罪之赤子，尽刺以为无用之兵乎？若以为敕命已行，不肯遽改，即乞且免刺手背，候边事宁息，依旧放散，则民虽有一时骚扰之劳，犹免终身羁縻之苦。"可惜，尽管他同时放下了"若以臣所言皆孟浪迂阔，不可施行，望别择贤才而代之"一类的狠话，仍然是说了白说。

据不完全统计，小贝身上的文身可能超过二十处，遍布全身。中文名句之外，还有拉丁文、古印度语、希伯来语的，显示了其"世界性"的一面。不过据悉，贝嫂维多利亚并不喜欢身体刺字，她曾向朋友诉苦，说看小贝的肉体就像在看一封信。在下则连一处也看不惯，搞不清包括刺字在内的文身究竟美在哪里。

2013 年 4 月 4 日

官员自杀

各地、各级官员的自杀最近出了不少，好像隔三差五就来一单，跳楼的居多，也有上吊的。虽然了结生命的方式有不同选择，寻死的动机往往如出一辙：抑郁症。当然，这不是死者的"生前自道"，而是事后当事方给出的说法。久而久之，大家都习惯了，就像干了令公众切齿之事的人，如果是政府职能部门的，则必是"临时工"一样。不同地方、不同级别的官员"何其相似乃尔"，每令舆论竭尽揶揄之能事，虽然他们没有任何证据能推翻那"定性"。

从前也有官员自杀，有时还很多，比如宋易为元、明易为清等所谓"鞑虏"入主之际，原因大抵都是殉节。而在社会承平时期，官员自杀的原因也不像今天这么"单一"，多种多样但无一"抑郁"，或彼时抑郁这种"心境障碍"的症候尚未为前人所识之故？

有一种是畏罪自杀。太祖开宝六年（973），李守信"受诏市木秦、陇间，盗官钱钜万，及代归，为部下所告"。在回来的路上，李守信知道东窗事发，乃"自刭于传舍"，自己抹了脖子。但那时不像今天，即便是贪官，死了也就拉倒了，太祖仍然命苏晓追查，"逮捕甚众"。右拾遗、通判秦州马适的妻子是李守信的女儿，"守信尝用木为筏以遗适"，结果"适坐弃市，仍籍其家，余所连及者，多至破产，尽得所盗官钱"。此中可能有用刑过度的成分，但亦可窥彼时反腐力度之一斑。

有一种是被自杀，仇家要泄私愤。侍中曹利用因为代表大宋与辽签订"澶渊之盟"而得到了提拔，"虽太后亦严惮之，但呼侍中而不名"，然而，却终因中了别人设下的圈套而得罪了临朝的太后，加上他本人恃功益骄，侄子曹芮在镇州犯罪成了导火索而受到株连。罗崇勋受命办案之后，先是"喜见颜色"，然后"昼夜疾驰（镇州），锻成其狱"。罗崇勋高兴什么？他曾因"监后苑作岁满叙劳，过求恩赏"把太后惹恼了，"帘前谕曹（利用），使召而戒励"。曹利用也是方法有问题，"召崇勋立庭中，去其巾带，困辱久之，乃取状以闻"。就是这一回，"崇勋不胜其耻"，埋下了报复的伏笔。欧阳修《归田录》云："芮既被诛，曹初贬随州，再贬房州。"走到襄阳渡北津，押送他的人指着江水点拨他："侍中，好一江水。"那意思是你干脆自己跳下去吧，然而"再三言之，曹不谕"——故意不谕吧，于是"至襄阳驿，遂逼其自缢"。

有一种是赐自杀，也可算是被自杀。宋钦宗靖康元年（1126）金兵渡河，蔡京、王黼等一班大臣纷纷携带家眷和财物南逃。吴敏、李纲上奏钦宗，请诛王黼等一干佞臣，童贯等枭首之外，朱勔、蔡京的两个儿子——同是朝廷重臣的蔡攸、蔡絛赐死。《清波杂志》云，蔡絛闻命，尚颇有自知之明："误国如此，死有余辜，又何憾焉。"言罢痛痛快快地喝了毒药，"而攸犹与不能决，左右授以绳，攸乃自缢而死"。

还有一种是受不得冤枉。《续资治通鉴长编》载，嘉祐元年（1056），宋仁宗"自禁中大呼而出"，喊什么呢，"皇后与张茂则谋大逆"！张茂则何许人也？"初补小黄门，五迁至西头供奉官"，从个小太监熬成了宫里的警卫头目。"禁庭夜有盗，茂则首登屋以入，既获贼，迁领御药院"，又去管按验秘方、秘制药剂去了。谋大逆,经皇帝的嘴里嚷出来还得了,张茂则"闻上语即自缢",赖"左右救解,不死"。宰相文彦博召茂则责之曰:"天子有疾,谵语尔,汝何遽如是! 汝若死,使中宫何所自容耶?"通俗地说,就是你跟个神经病较什么真啊,仁宗晚年大概正有此病。之前,宴契丹使者于紫宸殿,文彦博奉觞诣御榻上寿,不料仁宗没头没脑地来了一句:你不高兴吗?"彦博知上有疾,错愕无以对"。后来,契丹使者入辞,再置酒紫宸殿,使者刚入至庭中,仁宗又疾呼曰:"趣召使者升殿,朕儿不相见。"接着一套@#￥&﹡%……"语言无次"。大家知道他又犯病了,"遽扶入禁中",文彦博只好对使者说,昨天皇帝喝多了点儿,"今不能亲临宴,遣大臣就驿赐宴,仍授国书"。

比较而言,春秋时李离的自杀,因为知耻而令人生出了敬意。李离是晋文公的狱官,"过听杀人,自拘当死",因为听察案情有误而枉杀了人命,就判了自己死罪。文公劝慰他:"官有贵贱,罚有轻重。下吏有过,非子之罪也。"李离不这么看:"臣居官为长,不与吏让位;受禄为多,不与下分利。今过听杀人,傅其罪下吏,非所闻也。"官是我当的,钱是我拿的,没让过给人家,出了事就算到人家头上,不是我的逻辑。文公又为他开解,你如果认为自己这样就有罪的话,那不是"寡人亦有罪邪"? 李离说,狱官断案有法规,"失刑当刑,失死当死",您觉得我"能听微决疑",才让我放在这个岗位上,"今过听杀人,罪当死"。言罢李离"伏剑而死",自杀了。

李离的自杀给恬不知耻的官员树立了一个样板。然而,正因为恬不知耻的特性,样板的作用也就极其有限。当下,制造了张高平叔侄冤案的"女神探"聂海芬,纵不像李离那样走极端,因为自己自以为行之有效的断案法给人家带来 10 年牢狱之灾,难道不该引咎自责一下吗?

2013 年 4 月 7 日

隆武帝

前几天因为作客《梅州日报》，借机重返平远县。1991 年冬，我曾在平远的三个乡镇——差干乡、仁居镇、黄畲乡——从事田野调查，为撰写硕士论文做准备。22 年过去，虽非沧海桑田，然举目所见，亦不似故地重游，倒像新到一个地方，完全陌生了。且黄畲已并入仁居，差干成镇，名堂上的变化亦不小。此番匆匆，最想回的仁居只能路过，直奔差干这些年打造的五子石景区。当年曾偷闲去过，彼时尚叫"五指石"，概因山形似五个手指，如今之改未知出于什么道理。但记得当时几乎是荒山一座，尚未开发，也不见一个游人，可以切身体会"鸟鸣山更幽"。只是想到"战士指看南粤"大约指的就是这里时，心潮小小地荡漾了一回。

去年来平远上任"县太爷"的师弟充当向导，一路介绍本县的发展，雄心勃勃。谈到差干的定位，之一是打造"帝都"。旁人或许诧异，我知道这个帝是南明隆武帝。按照习见的历史年表，李自成1644 年攻进北京，崇祯帝缢死煤山，明朝就算灭亡了。但实际上，其后还有三个南明小朝廷相继在南京、福州、肇庆建立，年号分别是弘光、隆武、永历，庙号分别是安宗、绍宗、昭宗。隆武帝名朱聿键，世袭唐王。因此，《明史》中朱聿键的传在《诸王》，而钱海岳先生《南明史》则辟为《绍宗本纪》。隆武帝在差干留有若干"遗迹"，五指石上有"隆武殿",当年我还曾专门到差干所辖的一个叫作"隆武堂"的自然村。翻看笔记,从管理区办事处徒步两个多小时,穿过江西寻乌的两个村子才到,颇似差干的飞地。那地方也极落后,只有几排泥砖砌成的房子,不通电,仅存两户人家中的一户也准备搬到山下定居,房子都装修好了。使人惊诧的是村口保存完好的极为考究的小路:大大小小的鹅卵石铺成,两边的齐整程度、路面的平整程度,真有些"御道"的意味。

结合史书记载与民间传说、现实来看,隆武帝可能打算来平远,平远也做好了迎接的准备,然而并没有能成行。《南明史》卷二载:"永历五年(1651)八月,侍郎王命璿自五指山至中左(厦门),言上(隆武)在山为僧。旋敕使至,故臣皆不能决。六年二月,复遣使存问,诸臣云将去平远起兵。故臣乃具公疏请敕验视,卒不可得也。"这里的"五指山""平远",指向都非常清楚。平远于明朝嘉靖四十二年(1563)设县,因在福建武平、江西安远之间,各取其尾字而得名。按此说法,隆武帝真的来过差干,然而斯时年号已是永历,表明他已经"崩"掉,也许像他的祖先建文帝一样死未见尸,才给后人留下了遐想的丰富空间。一种观点就说他当时根本没死,死的是别人,所谓"建宁崩者为唐王聿钊,汀州崩者为张致远,而上实潜逊为僧安溪妙峰山,法号参唯";再有就是刚刚所引的隆武帝在五指石为僧了。建文帝、大顺皇帝李自成均有未死而出家为僧说,则佛门或为后人安排的落魄帝王的最佳选择。而与建文帝死于燕王靖难之役不同的是,隆武帝甚至连究竟死在哪里,也说法不一,福州说、汀州说、天兴说、建宁说并存,其中以汀州说的可能性较大。

隆武帝是如何死的,不同的史籍有不同的记载。计六奇《明季南略》云,"清兵过延平而东,独陈谦之子帅数骑追驾,为其父报仇",到赣州(疑为汀州),追上了,连皇后及从驾官朱继祚、黄鸣俊一起"械至福州",在那里,"贝勒杀隆武及曾后于市"。陈谦是谁?鲁王的使者,因为带来的信函称隆武为"皇叔父"而不称"陛下",惹得龙颜大怒而下之狱,未几又把人给杀了。则谦子的做法,类同"张弘范灭宋于此"了。而鲁王之"不恭",亦见隆武成正朔之不能服众——众多王室后代,粤西靖江王便干脆自立门户,"隆武诏至不受,举兵将东"。外敌当前,内讧不已,南明又如何能形成气候?徐鼒《小腆纪年附考》对隆武之死的叙述又不同,云隆武二年即清顺治三年(1646)八月辛丑(二十八日),在汀州,熊纬率追兵至,"呼问谁是隆武",周之藩挺身而出,曰"吾乃大明皇帝也",结果"群射之"死,进而隆武与曾后遇害于府堂。《南明史》又不同,"八月辛丑,五鼓,有八十三骑叩城,称扈跸者";城门骗开之后,骑兵们"突入行宫,福清伯周之藩、总兵王凉武等死之;大学士黄鸣俊、吴春枝,侍郎于华玉畔降于清。上腹饥,内官市汤圆二进,未举箸而清兵箭发上后,中矢崩"……

隆武帝死的时候只有45岁,倘非生逢乱世,他可能会有一番作为。《明史》说他"好学,通典故";计六奇说他逃难之际,"虽崎岖军旅,犹载书十车以从"。国难当头,书生自无舞文弄墨之地。然倘若隆武帝与差干发生的真的只是逻辑上的关联,则打造"帝都"之举就难免底气不足、小题大作了。但当"文化"资源沦为"聚宝"的一种,捕风捉影甚至无中生有而将芝麻弄成西瓜,也就无须奇怪。山东阳谷、临清以及安徽黄山,不是连"西门庆故里"也争得不亦乐乎吗?

2013 年 4 月 17 日

鼎湖山

　　上周日游览了肇庆鼎湖山，记不清来过几次了，这个"北回归线上的绿宝石"实在美不胜收。此番对位于半山腰的"宝鼎园"忽然产生了一点想法。以前是没有这个园的，如今园里添了九龙宝鼎，重达 16 吨，号称世界之最。资料上说，鼎是 2002 年在南昌铸成的，安放于此结束了鼎湖山长期以来"有湖无鼎"的历史。当地认为，黄帝曾在此铸鼎，所以叫鼎湖山。

　　然而，在大量史志记载中，"鼎湖山"却均作"顶湖山"。《方舆胜览》言及肇庆府"形胜"，简单的几个字："北望顶湖，南瞻铜鼓，州当西江口。"在"顶湖"下面，转引《图经》注曰"万仞峙其后"，高耸得很。铜鼓亦山名，"四峰列其前。白羊冈居其左，腐柯山居其右"。按《读史方舆纪要》的描述，铜鼓山在"府南二十里，山有赤石如鼓，扣之有声，因名"。是书中，"鼎湖山"也是"顶湖山"，位于"府东北四十里，山高千余仞，周数百里，为一方巨镇，盘石森耸，攀援莫上。山顶有湖，四时不竭"。《广东新语》也是，"顶湖者，端州镇山，去郡四十里。从羚羊峡望之，紫翠滴沥，若在帆际。舍舟后，沥水从大蕉园取道入，有白云寺，当山之正麓"。屈大均认为，"广中之山，其顶多有积水，而是山为湫为潭者八九"，所以肇庆这座才叫顶湖山。

　　鼎湖山之 ding，当然可以有不同写法。比方浙江的一座山，祝穆笔下是"腐柯",顾祖禹笔下是"烂柯",屈大均那里又是"斧柯",然无论这第一个字眼怎么变化,其中的内涵都是相同的,意谓"王质观棋处"。那是很有名的一个传说:王质上山砍柴,看人家下棋,一局未终,斧柄已经烂掉,不知不觉间那么多年过去了,下棋的自然非神仙莫属。屈大均说:"斧柯山海内有四。"似乎表明在不大注重经济效益的时代,文化资源同样存在着争抢问题。"鼎"与"顶",有没有可能也像"腐""斧""烂"那样实则相通呢?不大可能。因为倘此鼎湖与关联黄帝的那个鼎湖有关,则至少迄宋至清,主流观点没有不沿袭此说的道理,像"×柯山"一样,你有你的版本,我有我的版本。

黄帝铸鼎,按钱穆先生的说法是汉代方士为谋取眼前富贵而编来骗汉武帝的。传说的具体情节,见于《史记》之《孝武本纪》及《封禅书》,两处文字几乎一模一样。"黄帝采首山铜,铸鼎于荆山下",鼎既成,龙把黄帝给接走了,"故后世因名其(升天之)处曰鼎湖"。首山、荆山在哪里?西晋晋灼引《地理志》曰:"首山属河东蒲阪,荆山在冯翊怀德县。"也就是一个在山西,一个在陕西。《三辅黄图》说汉武帝在黄帝仙去之处建鼎湖宫,此宫"在湖城县界",即今天的河南灵宝;此条注引又一说是在陕西蓝田。无论在哪里,都与肇庆相去甚远,可以说边都搭不上。那么,"顶湖"又何以成为"鼎湖"?我疑心与南明的永历皇帝有关。盖"鼎湖"一词,还可借指帝王,活着的或者崩了的。

北周末代皇帝宇文衍在诏书中讲到他父亲死了,有"万国深鼎湖之痛,四海穷遏密之悲"。孔尚任《桃花扇·设朝》中,南明弘光皇帝在南京登基,嘴上谦让并叨咕"暂以藩王监国,仍称崇祯十七年"之际有段唱词,中有"兵燹难消,松楸多恙,鼎湖弓箭无人葬;吾怎忍垂旒正冕,受贺当阳",再次表达自己很不好意思。其中"鼎湖"那句,说的是崇祯皇帝煤山自缢之后,没有人去安葬他。正史认为明朝覆亡于1644年,实则还有个史称南明的残喘期。崇祯死后,众多的宗室藩王你监国他登基,很热闹,其中桂王朱由榔正在肇庆登基,年号永历。这个政权前后共14年,在南明几个政权中存在时间最长,对清朝的抗争最激烈,影响也最大。永历皇帝最后在云南被缢杀,钱海岳先生《南明史》对此有一段生动描述:清朝诏书至,"甲士数十人请宣旨",帝曰:"朕言为旨,尚有何旨?"大家答:"今上旨耳。"今上,大清康熙皇帝。永历听罢,乃"入谒太后,握皇后手,微示别状,无一语"。然后甲士们"拥之入行宫太庙旁,进帛",帝又曰:"朕尚有言。"甲士报之以嘲笑:"此更何言?"崇祯临死,是不知对谁而言,所以写了几个字;永历临死,想说却已经不让他说了,"上遂崩"。柳亚子先生有一首《四月二十五日,前明永历皇帝殉国纪念节也,前十数日有滇中之捷,感而赋此》诗,中有"赤县重开新日月,鼎湖遗恨旧风雷"句,即用"鼎湖"指代永历。所谓"滇中之捷",指的是1908年4月孙中山在西南边境筹划的旨在反清的河口起义。

鼎湖,因而也可能与抗清有关。既然在《广东新语》成书的清初,"鼎湖"尚为"顶湖",那么,或是后来的人们对之赋予的象征意义,以"鼎湖"先喻永历再指代大明江山也说不定。至于顶湖之本名,可能确实只是山"顶"有"湖"且不少,足成特色。苟如此,则追求鼎湖山有湖有鼎,也许是会错了意。这是我游览之余的一点儿猜想。

2013年4月21日

地震

4 月 20 日早晨 8 点 02 分,雅安市芦山县发生了 7.0 级地震。这是继 2008 年汶川之后,四川发生的又一起强烈地震。

到目前为止,地震仍然是一种不可抗拒且无法准确预报的自然灾害。汶川地震时有人拿东汉张衡的地动仪来痛责地震局的无能,实则地动仪也只是事后监测,通信不发达,人们借此及时了解地震发生和所在的大体位置。其工作原理道得分明:"如有地动,尊则振龙,机发吐丸,而蟾蜍衔之。振声激扬,伺者因此觉知。虽一龙发机,而七首不动,寻其方面,乃知震之所在。"今人根据《后汉书》记载,"以精铜铸成,圆径八尺,合盖隆起,形似酒尊,饰以篆文山龟鸟兽之形。中有都柱,傍行八道,施关发机。外有八龙,首衔铜丸,下有蟾蜍,张口承之"云云,复制出了地动仪,早些年我在北京中国历史博物馆看到过这个复制品。地动仪的监测功能被证明过,"尝一龙机发而地不觉动,京师学者咸怪其无征。后数日驿至,果地震陇西,于是皆服其妙"。

地震是地壳快速释放能量过程中造成振动,期间会产生地震波的一种自然现象,从前的人不这么看,将地震归结为天谴之一种。具体而言,因为人的行为会上感于天,天会根据人的行为善恶邪正下应于人,而天下应于人的方式即是用灾异来谴告人,所以,前人认为:"国家将兴,必有祯祥;国家将亡,必有妖孽。见乎蓍龟,动乎四体。"《国语·周语》中,伯阳父就这样阐释幽王时的"三川皆震":"周将亡矣! 夫天地之气,不失其序,若过其序,民乱之也,阳伏而不能出,阴迫而不能烝,于是有地震。"此说未知是否地震天谴说之滥觞。

《左传·昭公二十三年》记录了当年八月发生的地震,南宫极"为屋所压而死"。苌弘对刘蚠说:"君其勉之! 先君之力可济也。周之亡也,其三川震。今西王之大臣亦震,天弃之矣。东王必大克。"这是在说什么呢? 有关春秋时期的"王子朝之乱"。东周景王遗诏传位庶长子朝,然周大夫单旗、刘蚠违诏而立其嫡长子猛,是为悼王。王子朝不干了,以南宫极为帅,起兵攻打单旗、刘蚠,悼王因之忧惧而死,同母弟弟王子匄立,是为敬王。不过南宫极他们并不理睬,而扶植了王子朝,致使周室两王并立。朝居王城,故谓西王;匄居狄泉,在王城之东,故曰东王。明白了这个背景,苌弘的话就容易理解了。他是说:地震了,机会来了,你爸爸的未竟事业可以延续了(刘父曾欲立王子猛,未及而卒)。幽王就是因为无道而"三川皆震",使天地之气失序,川竭山崩,为犬戎所灭;现在南宫极死于地震,这是西王无道,上天显示征兆准备惩罚他了,因此西王将灭,东王将胜。凑巧的是,当年十月,东王果然入于成周,而西王奔楚。

地震天谴说一直为后人所延续。唐高宗"以晋地屡震"而谓群臣:"朕政教不明,使晋地屡有震动。"高宗在藩时封晋王,他乃有此自责。侍中张行成赶快解围:"天,阳也;地,阴也。君象阳,臣象阴,君宜动转,臣宜安静。今晋州地震,弥旬不休,臣恐女谒用事,大臣阴谋。"后唐明宗时太原大地震,左补阙李祥的上疏不大客气:"臣虑天意恐陛下忘创业艰难之时,有功成矜满之意。伏望特委亲信,兼选勋贤,且往北京安慰,密令巡察问黎民之疾苦,严山川之祭祀,然后鉴前朝得丧之本,探历代圣哲之规,崇不讳之风,罢不急之务。"宋仁宗庆历三年(1043),沂州大地震,仁宗也是自我检讨:"地道贵静,今数震摇,得非兵兴劳民之象乎?宜诏本路转运、经略司,安恤百姓,毋得辄弛边备。"元朝王恽援引了不少前人观点阐释《国语·周语》的那段话,也是揭示这个道理。如援引《灵台秘苑》云:"地本于阴而生万物,其形至厚,其德至静,定而不动者也。若忽震动,是谓臣强。阳伏而不能出,阴迫而不能入,阴有余也。若外戚擅权,后妃专政,则土为变异;小人用下有谋及民扰,则地震,其分多兵饥。若动于宗庙、宫庭,或动而不已者,国有叛臣、谗佞并进,大臣数动,诛罚不以理,而上下不相亲,或政在女子,或秋行冬令,则地裂。若裂而有声,四方不宁,地忽陷,臣专政,民离散,亦为失地。"明朝成化十二年(1476)南京地震,南京科道官上言同样关联了时政:"弭灾之策,乞进君子以正朝廷,择将帅以备边郡,设法制以弭盗贼。并乞饬天下镇巡官及三司郡县,省刑薄敛,拯饥缉盗,毋妄兴土木,毋因公科扰。"

然地震之"天谴说"直到2008年汶川地震时,仍为朱学勤先生所拾起,"这就是天谴吗?死难者并非作孽者。这不是天谴,为什么又要在佛诞日将大地震裂"云云,一时间成为众矢之的。朱先生后来坦言,当时他"内心非常彷徨",因为死去的川籍同胞确非作孽者,他是"希望能够惊醒2008年浮躁的国人"。应当说,朱先生既不客观也不明智,更有图一时口快之嫌。此外,媒体的一路绿灯,也表明编辑等懵然不知天谴其所谓吧。

2013 年 4 月 28 日

长假（续）

五一假期原本三天，前两年才减为一天，减去的两天再多加一天，分别给了清明、端午和中秋，从而使重要传统节日都有了公共假期。只是这样一来，五一就从长假变成了"小长假"，前提仍然是要经过被不知谁人授权的"全国假日办"越俎代庖地生拉硬拽之后。像今年这样，拼凑出了三天，最多的时候能拼出五天，搭上前后两个双休日就是。

岁时节日的假期可以视为常态的假期，所谓法定。与之相对应的，还有一些非常态的假期。今年五一假期是4月29日到5月1日，因为2、3两日是周四、周五，所以广东机关事业单位索性让这两天变成"自愿带薪休假"；再加上接着到来的双休，就等于连续休了7天。从前，这种"灵机一动"的事情也不乏见，但往往表现在政治性节日之上。所谓政治性节日，就是皇帝的生日、朝廷的庆典、政府的祭祀等。不同朝代的皇帝生日不同，庆典、祭祀的对象往往也不同，因而后面的不理睬前面的自然而然，"非常态"也便不足为奇了。

宋大中祥符元年（1008）十一月，真宗封禅泰山满意而归，"赐百官休假五日，中书、枢密院一日"。同月，又"诏以正月三日天书降日为天庆节，休假五日"。封禅泰山好说，从秦始皇的时候就开始了，表示自己受王命于天，向天老子报告太平，对其佑护之功表示答谢,当然更要报报自己的政绩;降天书是怎么回事呢?源自真宗做过的、被现实"兑现"了的一个梦,说来也关联封禅。那年刚开年,真宗便对宰相王旦等人说,"去年十一月二十七日,夜将半",自己刚要睡觉,"忽一室明朗,惊视之次,俄见神人,星冠绛袍",告诉他"宜于正殿建黄箓道场一月,当降天书《大中祥符》三篇"。一个多月之后,果然,"适睹皇城司奏,左承天门屋之南角,有黄帛曳于鸱吻之上",天书还真的来了。但见帛上写着:"赵受命,兴于宋,付于恒(真宗名恒)。居其器,守于正。世七百,九九定。"那意思清楚不过:赵恒当皇帝是天意,大宋江山足以传七百世,差不多万年永长了。天书内容呢,"辞类《尚书·洪范》、老子《道德经》,始言上能以至孝至道绍世,次谕以清净简俭,终述世祚延永之意"。这套玩意明眼人一看,就知道只有喜欢谈神论道的人才编得出来。余疑《水浒传》"还道村受三卷天书 宋公明梦九天玄女"那一回,就从中受到了启发。

天书的到来,不仅给皇家增添了一份喜庆,间接还收获了"民意":"三月,兖州父老及各路进士上千余人诣阙,上表奏请封禅,后宰相王旦又率群臣及僧道两万余人请封。"而四月,当天书"再降于大内功德阁"之时,不开拔泰山是不可能了。不得了的是,还没动身呢,那皇帝老儿五月"复梦向者神人,言来月上旬复当赐天书于泰山"。果然,木工董祚届时"于醴泉亭北见黄素曳草上,有字不能识"。一之为甚,其可再乎?

对官员来说,这可不是什么坏事。封禅次年有诏曰:"去岁是日天书降泰山,在京及诸路并赐休假一日,自今准此。"因为天书而封禅,再因为天书和封禅,大家得了那么多天假期,算是两全其美吧。而这样的好日子其后竟接连而至:大中祥符二年(1009)五月,"诏兖州长吏以天书降泰山日诣天贶殿建道场设醮,以其日为天贶节,令诸州皆设醮",四年正式规定"以六月六日天书再降为天贶节";五年新设先天节和降圣节……天贶节,"在京百司及诸路,并赐休息一日";先天、降圣、天庆节,"并前后一日不视事",都是诏曰,前面那个是小长假,后面这三个就是长假了。休假之时,"有司勿进刑杀文字",看起来还要留人值班的。天禧三年(1018),礼仪院言:"每岁端午,百官休务,皇帝不御前殿……无急机务,请令中书、枢密院其日罢奏事,著为定式。"这些传统节日才是真的放松休息吧。

六月六日在民间也是节日,崔府君的生日。崔府君何许人也?小神一尊,《列仙全传》说他"昼理阳事""夜断阴府"。这一天,《东京梦华录》描述"多有献送,无盛如此",《岁时广记》描述"倾城具香椿往献之"。一尊小神的生日过得这么隆重,显然先关联了天书,崔府君大约属于沾光,碰巧赶上了。《六月六日赐休假诏》说得明白:"去岁将封岱岳,荐降元符。当展礼之有期,荷储祥于是日。况薰风溥畅,朱夏清和,宜推休朝之恩,用庆庞鸿之贶。"宋朝后来的皇帝,如高宗赵构、孝宗赵昚,即位之前都曾有崔府君"托梦"以示"吉征",算是对供奉老崔的锦上添花了。

有意思的是,真宗时期曾"诏泸州南并盐灶户自今遇正、至、寒食,各给假三日,所受日额仍除之",连每天上交的"份子"钱都给免了。后来,又"诏诸煎盐井役夫,遇天庆等四节并给假"。百官之外,对盐灶户高看一眼。这是出于何种考虑,要就教于方家了。

五一假期曾经是长假,在一片诟病声中于 2008 年退出了历史舞台。吊诡的是,其甫一退出,舆论旋即要求恢复,且将春节、十一长假的拥堵,归咎于五一长假的取消。前两天,央视官方微博@央视新闻也发表题为《五一无长假,实在负春光》的评论。大家这种横竖都是自己有理的态度,着实有些不可理喻。

2013 年 5 月 4 日

天谴

在前人眼中,天谴的表现方式不一,地震只是其中的一种。

明确天谴为"上天责罚",似出自西汉董仲舒。其《春秋繁露》云:"圣主贤君尚乐受忠臣之谏,而况受天谴也。"但这样的思想却久已有之。孔子编《春秋》,举凡日食、彗星、山崩、地震都要记录在案,就是出于天象或自然灾害与人类社会主要是政治存在某种关联的考虑。在人的力量奈何不得王权、皇权的时代,"天谴说"盛行当是一件好事,令君主或帝王毕竟有点儿怕的东西,臣子也可抓住这天赐良机直言时政。像战国荀况对此发出的异议,如"星坠、木鸣,国人皆恐……怪之可也,而畏之非也"云云,以后世的眼光来衡量,具有思想史上的进步意义不假,但在封建现实中倒不如突出放大天谴的效用。

最近在通读《续资治通鉴长编》,正读到宋仁、英、神宗这一部分,不妨看看他们对天谴的态度。

庆历六年(1046)二月日食,仁宗说:"日食之咎,盖天所以谴告人君,愿罪归朕躬,而无及臣庶也。凡民之疾苦,益思询究而利安之。"这是帝王们的一种普遍心态,还不能认为假惺惺。这年七月地震了,监察御史唐询看出,这是"夷狄侵侮中国之象,今朝廷以西北讲和,寖弛二边之备,臣常默以为忧。愿下圣诏,申饬守边之臣,其于兵防敢有慢隳者,以军法论"。钱彦远还联系上了当时的大旱,"天其或者以为陛下备寇之术未至,牧民之吏未良,天下之民未定,故出谴告以示之"。这就是宰相贾昌朝期盼的"陛下发德音,足以应天弭变"了。

至和二年(1055),欧阳修就"累年火灾"弹劾京师大兴土木建造寺庙宫观:"自玉清昭应、洞真、上清、鸿庆、寿宁、祥源、会灵七宫,开宝、兴国两寺塔殿,并皆焚烧荡尽,足见天意厌土木之华侈……陛下与其广兴土木以事神,不若畏惧天戒而修省。其已兴作者既不可及,其未修者宜速寝停。"他要仁宗反思:"累次大火,常发于土木最盛处;凡国家极力兴修者,火必尽焚。且天厌土木而焚之,又欲兴崇土木以奉之,此所以福应未臻,而灾谴屡降也。"看,你越修,天谴越烈,还是"伏乞上思天戒,下察人言,人言虽狂而实忠,天戒甚明而不远",不要"自取青史万世之讥"啊。

仁宗没有儿子便迟迟不立储,谏言这个大问题,大臣们也只有借助天谴。嘉祐元年(1056)仁宗46岁时,吴奎就说了:"陛下在位三十五年而嗣续未之立,今之灾沴,乃天地祖宗开发圣意,不然,何以陛下无大过,朝廷无其失,辄降如此之灾异乎?"没儿子不要紧,礼法早有规定,"大宗无嗣,则择支子之贤者"嘛。吴奎是就当时的水灾而言。随后,司马光抓住日食说话:"当今甚大而急者,在于根本未建。"范镇又联系上了彗星灭:"臣人微言轻,固不足以动圣听,然所陈者,乃天之戒。陛下纵不用臣之言,可不畏天之戒乎!彗星尚在,朝廷不知警惧,彗星既灭,则不复有所告戒。后虽欲言,亦无以为辞,此臣所以恐惧而必以死请也。"有天谴作盾牌,大家说话的胆子都豪气许多,敢于直指要害。

英宗治平二年(1065)八月下了一场大雨,"坏官司庐舍,漂杀人民畜产……死而可知者,凡千五百八十八人"。诏曰:"岂朕之不敏于德,而不明于政欤?将天下刑狱滞冤,赋敛繁苦,民有愁叹无聊之声,以奸顺气欤? 不然,何天戒之甚著也?"然后,"啪啪啪"拍了一通胸脯,让大家关于"时政阙失及当世利害"的话尽管说。一个月后,范百禄不客气了:"陛下明诏罪己,以求直言,冀以答塞天变,今踰月矣,然未闻朝廷有所改修。"他发出一问:是大家没说,还是朝廷根本没当回事?"有司而不言,则是有司不良以负陛下,言之而朝廷弗行,则是朝廷之不畏天变也。有司负陛下则有责,朝廷不畏天变,则天之责将何以复之耶?"这样的旧账翻起来,比比皆是。对于天谴,皇帝老儿们一时间有所畏惧而已,谁指望一谴就灵,谁就失之于幼稚了。

王安石有著名的"三不足"之说,起首就是"天变不足畏"。其实,并无任何证据表明此乃安石原话。熙宁三年(1070)春,神宗与安石有一段对谈:"闻有'三不足'之说否?"安石答:"不闻。"神宗说:"陈荐言,外人云:'今朝廷以为天变不足畏,人言不足恤,祖宗之法不足守。'昨学士进试馆职策,专指此三事,此是何理?朝廷亦何尝有此? 已令别作策问矣。"可见神宗对"三不足"之说非常生气。邓广铭先生坚定地认为,王安石虽然没跟神宗提出"三不足",但肯定说过,"他自己倘若不曾说过,司马光是撰造不出如此富有开创和革新意义的话语的"。或许如此吧,然要神宗认同"天变不足畏"似无可能。安石罢相之后,熙宁十年(1077)四月,神宗还在说:"闻诸路皆少雨,可令转运司访名山灵祠,委长吏祈祷。已雨,速具以闻。"同时要监司"察刑狱淹延,或就近巡按",仍然流露出天变可畏的意味。

在"无法"的时代真的要幸亏"有天",有法而形同虚设,再没有天谴的威慑,就是无法无天,这种情形导致的后果不难想象。耳闻目睹,我们不是早已领略得多了吗?

2013 年 5 月 8 日

刑讯逼供

今年的十二届全国人大一次会议上，全国人大代表、浙江省高级人民法院院长齐奇提交了一份建议案，建议两高、公安部联合制定死刑案件审判期间证据补查程序的规定，解决刑事诉讼的运作机制问题，建立"以审判为中心"的证据收集、示证、质证、认证和审查制度，并规定相应的违法追究责任，防范死刑错案。齐奇还表示，刑事上的冤错案件，基本都与刑讯逼供有关。

刑讯逼供作为一种极恶劣的审讯方法，表现为采用肉刑或变相肉刑折磨被讯问人的肉体或精神，以获取其供述。虽然我国刑事诉讼法，以及最高人民法院关于执行该法若干问题的解释、人民检察院刑事诉讼规法律条文均明确规定禁止刑讯逼供，最高人民法院的三令五申更不计其数，但在司法实践中，刑讯逼供仍然是个普遍存在。新近得到平反的、影响极其恶劣的几个刑事案件，均能觅到刑讯逼供之踪。放眼来看，也许自古及今，刑讯逼供就从未断绝过。

《史记·张耳陈馀列传》载，公元 200 年，"高祖从平城过赵，赵王（张耳）朝夕袒蔽，自上食，礼甚卑，有子婿礼"，但刘邦"箕踞骂，甚慢易之"。赵相贯高等很看不过眼，撺掇张耳不如借机杀了刘邦。贯高的仇家知道后告了密，刘邦进行大逮捕，赵王这边"十余人皆争自刭"，贯高独怒骂曰，谁让你们死了？"谁令公为之？今王实无谋，而并捕王"，你们都死了，谁来给赵王洗刷罪名！在狱中，贯高将责任独揽，"吏治榜笞数千，刺剟，身无可击者，终不复言"，连刘邦知道后，也赞了声"壮士"。但生活中像贯高这样的硬汉凤毛麟角，绝大多数还是如西汉司法官员路温舒所言："夫人情安则乐生，痛则思死。棰楚之下，何求而不得？故囚人不胜痛，则饰辞以视之。"

清朝沈家本《历代刑法考》汇集了诸多昔日的刑讯逼供。比如秦朝，二世使赵高案治丞相李斯，"榜掠千余，不胜痛，自诬服"。承认了之后，李斯心有不甘，又自狱中偷偷上书，声言自己当丞相30来年，"有功，实无反心"。赵高便派一些自己人，"诈为御史、谒者、侍中，更往覆讯斯"，好像是来了解冤情的。李斯不虞有诈，实话实说，结果赵高"辄使人复榜之"。想翻案？照打不误！假做真时真亦假，当秦二世真的派人来调查的时候，"验斯，斯以为如前，终不敢更言，辞服"。二世不明就里，还高兴地说："微赵君，几为丞相所卖。"又比如唐朝，武则天时的刑讯逼供法是"昼禁食，夜禁寐，敲扑撼摇，使不得瞑"。前两年蒙冤11年的河南农民赵作海就领教过这种威力，他说派出所用木棒连着两天敲他的脑袋，还在他头上放鞭炮让他不能睡觉。此外，武则天时的周兴发明有炽炭热瓮法，只是料不到自己被"请君入瓮"；来俊臣发明有十面大枷，"喘不得、失魂胆、求即死"云云，单是名目已昭示出恐怖功能，事实亦然，"凡囚至，先布械于前示囚，莫不震惧，皆自诬服"；此外，如"凤凰晒翅"——以椽关手足而转之；"驴驹拔撅"——以物绊其腰，引枷向前；"仙人献果"——使跪捧枷，累甓其上……看文字都觉毛骨悚然。

浏览各种史书，都不难觅到刑讯逼供的踪影。以《续资治通鉴长编》为例，随便翻开一册，就有两例。宋真宗景德四年（1007），黄梅县尉潘义方"坐获劫盗"，那贼信口说赃物曾经存在卖酒的朱凝家，于是潘县尉就把朱凝抓来，不分青红皂白，"遣狱卒以牛革巾湿面蒙其首，燥则愈急"，令朱凝"不胜楚痛，即自诬受赃"。此事暴露之后，诏曰"拷掠之法，素着科条，非理擅行，兹谓惨酷。诸道官司应有非法讯囚之具，一切毁弃"。然而，还是真宗年间，大中祥符二年（1009），"夏县尉安起，捕百姓三人以为盗，面令公人拷掠百数，加非理刑，破其踝骨"。同样是前几年，云南晋宁看守所发生了一起拘押人员的死亡事件，明明是刑讯逼供导致，官方却说是死者和人在玩"躲猫猫"游戏，不小心撞到了墙上，留下了中国法制史上的一个笑柄。看看古人是怎么给自己的罪行圆场的，"其人既伤，所由司伪作本人状，言其踝损皆父兄殴击致然，非官司也"，不承认是自己打的，总要找个替罪羊，编那种貌似温情脉脉的故事，你得骗了自己才行啊？此前，真宗"尝议择官知审刑院"，对宰相说："当须详悉法令之人。"王旦对此有不同看法，他说："今法官奏断案牍，则大理寺有法直、详断，审刑又置详议官分主其事，知院者但能晓达事理，详究物情，不必熟法令者。"王旦说的有一定道理，审刑院的职能主要是审判复核，复核审判过程，监督审判程序，尤其是有没有刑讯逼供。

刑讯逼供，历来千夫所指。此举固有其"效率"的一面，但巨大的副作用恐怕超过了它的这一面，冤案的酿成令司法蒙羞，令国家声誉受损。再用路温舒的话来表述，靠刑讯逼供而断案的人，当其"奏当之成，虽咎由听之，犹以为（囚）死有余辜"，这种人"不顾国患，此世之大贼也"。

2013 年 5 月 17 日

人既得志

"子系中山狼,得志便猖狂。金闺花柳质,一载赴黄粱。"《红楼梦》里贾迎春的判词。"子系"合起来,是繁体的"孙"字,指迎春的丈夫孙绍祖。孙绍祖在家境困难时曾经拜倒在贾府门下,乞求帮助,后来在京袭了官职,又"在兵部候缺题升",加上贾家衰败了,就完全变了一个人。第八十回,迎春在王夫人房中哭哭啼啼地诉说,先说孙绍祖"一味好色,好赌酗酒,家中所有的媳妇丫头将及淫遍";又说孙绍祖如何逼债,"老爷曾收着他五千银子,不该使了他的。如今他来要了两三次不得",便指着她的脸破口大骂。

得志,即实现了自己的意愿,或在事业上获得了成功。人既得志,底气十足,可能就判若两人,先前的经历也可能判若两事,有的以为砥砺了意志品质,可以青春无悔;有的则羞于提起,避之唯恐不及。

《萍洲可谈》云,张杲卿微时和程戡一起去考试,都落了榜,"囊尽,步出南薰门,至朱仙镇"。这天刚好是立春,"就肆买食",凑了半天,"共探怀得数十钱,仅能买汤饼,无钱致肉也,相与摘槐茁荠食而去"。后来大家都成政府的高级公务员了,又是一个立春日,"程邀杲卿开宴,水陆毕陈,艳妾环侍,程有骄色",杲卿则"从容话旧,及朱仙槐荠事,程愧其左右,面颊舌咋,终无欢而罢"。

呆卿回来对内人说，老程该到头了吧，自满到这个程度。未几，程戡"果罢执政"。当然了，这只是野史的说法，《宋史》程戡传及张呆卿传中对此都没有提及，反而程戡是不可替代的边帅，其"告老章累上，终弗听，遣使以手诏问劳，赐茶药、黄金"。张呆卿也颇可称道，"指斥时事无所避"。仁宗说他"孤立，乃能如是"，呆卿答："今陛下之臣，持禄养望者多，而赤心谋国者少，窃以为如陛下乃孤立尔。"倘若野史的说法成立，则程戡的举止颇类南齐皇帝萧昭业的"我昔思汝（即钱），一个不得，今日得用汝未"了。这种人一旦得志，便疯狂地消费权力。

《西京杂记》里有"公孙弘粟饭布被"条，说他"起家徒步"，苦出身。当上丞相后，故人高贺找上门来想跟着他，不料公孙弘摆出了一副穷架势，"食以脱粟饭，覆以布被"。高贺不高兴了："何用故人富贵为？脱粟布被，我自有之。"他这么说，是因为他了解到"公孙弘内服貂蝉，外衣麻枲，内厨五鼎，外膳一肴"，典型的两面派。他把这些不仅给嚷嚷出去了，还下了断言，这样的人"岂可以示天下"！这一嚷不要紧，"于是朝廷疑其矫焉"，惊动汉武帝也来过问一下。然公孙弘深谙以退为进之道，将计就计，他说自己真的是"诚饰诈以钓名"，再加上一句"夫知臣者以臣为忠，不知臣者以臣为不忠"，这一退收到奇效，令武帝更敬重他了，所谓"愈益厚之"。这番经历令公孙弘得出"宁逢恶宾，无逢故人"的结论；《清波杂志》结合其他新鲜事例还给续了一句："故人相逢，不吉则凶。"这又是一种人既得志，得了便两面三刀，明哲保身。

《池北偶谈》云，康熙时蔡启僔进京考试过淮安，"谒山阳令邵某"，知道那是个乡贤。不料乡贤没瞧得起他，在他递进来的名刺上批了几个字："查明回报。"此种轻蔑极大地激发了小蔡的斗志，一下子中了状元。功成名就，小蔡不忘前嫌，在扇面上题了首绝句寄给老邵："去冬风雪上长安，举世谁怜范叔寒？寄语山阳贤令尹，查名须向榜头看。"以战国时落魄的范雎——范叔自况，来向老邵挑衅，未知老邵回应与否。从《史记》中我们知道，当了丞相的范雎，肚子里正是没撑得开船。其廷辱须贾、赚杀魏齐，令司马迁发出"一饭之德必偿，睚眦之怨必报"的千古之叹。这也是一种人既得志，得了便与人斗，锱铢必较。

钱锺书先生阐释陈胜的"苟富贵，毋相忘"时分析道，人"皆冀交游之能富贵，而更冀而不弃置贫贱交也"，实际情况却正相反，"人既得志，又每弃置微时故旧之失意未遇者也"。钱先生以为"二事皆人情世道之常"。当年，跟陈胜一起"与人庸耕"的那些哥儿们自然没有这样的识见。陈胜发迹了，真的称王了，再去找人家，双方已不是当年燕雀和鸿鹄的关系，倒有点儿像癞蛤蟆和天鹅了。瞧那几个鲁莽汉子，"陈王出，遮道而呼涉"也罢了，偏偏得寸进尺，"愈益发舒，言陈王故情"。这些故情，可能就像元杂剧《薛仁贵荣归故里》第三折中伴哥描述的，"俺两个也曾麦场上拾谷穗，也曾树梢上摘青梨，也曾倒骑牛背品腔笛，也曾偷得那青瓜连皮吃"，全是端不上台面的鸡毛蒜皮。人家手下出主意了："客愚无知，专妄言，轻威。"杀了一个之后，起到了儆猴的效果，"诸陈王故人皆自引去"。但这么一来，威倒是重了，然"由是无亲陈王者"，给自己的溃败也埋下了伏笔。

"得志便猖狂"，彼时说的是孙绍祖，当下的不少官员也正是这副嘴脸。当然了，这种得志终究属于小人得志。张果卿得志不就不是那样吗？

2013 年 5 月 28 日

毁碑

5月24日,位于江西萍乡武功山景区最高峰的"世纪之碑",遭到强烈雷击而全部损毁。武功山金顶海拔1918米,是景区最高峰,该石碑立于2000年,成为标志性建筑,碑之一面写着"武功金顶"和"海拔1918.3米",另一面写着"世纪之碑"。

雷轰而毁之碑,史上最有名的是荐福碑。《续墨客挥犀》云,范仲淹镇鄱阳时青睐某个书生,诗做得好。然书生有一肚子苦水,"自言平生未尝饱,天下之寒饿无在某右者"。当时欧阳询的字非常盛行,"荐福寺碑墨本值千钱",范仲淹于是"为具纸墨打千本,使售于京师",打算用卖拓片的方式帮他一把,不料"纸墨已具,一夕雷击碎其碑"。这就是"有客打碑来荐福,无人骑鹤上扬州",后乃以"雷轰荐福碑"寓意命途多舛。苏东坡留下的《穷措大》残诗,残存的正是"一夕雷轰荐福碑"这句。

元马致远有杂剧曰《半夜雷轰荐福碑》,不过,剧中欧阳询换成了颜真卿,范仲淹换成了长老,书生有了名字叫张镐。长老对张镐说:"我这碑亭中有一通碑文,乃是颜真卿书法,我将一千张纸,几锭墨,教小和尚打做法帖,卖一贯钱一张,往京师去一路上做盘缠,意下如何?"结果一个雷,"将一统家丈三碑,霹雳做了石头块,这的则好与妇女捶帛"。老和尚问张镐:"你因甚恼着雷神来?"因甚?马致远在前面铺垫了,张镐在庙里躲雨的时候咒龙神来的，说人家是"披鳞的曲蟮，带甲的泥鳅"，正好龙神布完雨正在庙里歇息，听到了，当时就结了怨，那么毁碑的"鬼力"，该是他撺掇来的吧。

雷如何摧毁地面的物体甚至人？前人，包括沈括这个我们今天定义的宋朝大科学家，都相信是像木匠一样用斧子一类的东西。《梦溪笔谈》云："世人有得雷斧、雷楔者，云雷神所坠，多于震雷之下得之，而未尝亲见。元丰中予居随州，夏月大雷震一木折，其下乃得一楔，信如所传。"他还煞有介事地描述："凡雷斧多以铜、铁为之，楔乃石耳，似斧而无孔。世传雷州多雷，有雷祠在焉，其间多雷斧、雷楔。"古人对自然所知甚少，对雷难免感到恐慌，元末曾"命咒师作佛事以厌雷"。但历史上更多的碑被毁，却不是雷干的，而是人为的。比方《思益堂日札》有"奏毁王振祠碑"，云乾隆时御史沈廷芳奏："崇文门内智化寺。明英宗为逆阉王振立祠，李贤撰碑，称其丰功大节，谀阉乱道，观者发指。"王振是明朝的专权宦官，当然是倒台了大家才敢说他是"逆阉"。休说这等臭名昭著的，中国历史的一个惯例是后朝每要平反前朝的人物，而这些人物在蒙难之际，也不免于此，司马光一被列入"元祐奸党"，其神道碑马上就给"仆"了。

石质的碑如何来毁？"文革"时红卫兵对曲阜孔庙历代累积的上千通石碑，就是一个"砸"字。五代王定保《唐摭言》提供了另外一种，"覆碑于地，以牛车拽之磨去其文"。那是颜标典鄱阳时建了个鞠场——足球场，"姚岩杰纪其事，文成，粲然千余言"。本来是件大家高兴的事，不料颜标想删掉一两字，惹得"岩杰大怒"。姚岩杰恼什么呢？因为他首先家底硬气，"梁国公元崇之裔孙"；其次是"弱冠博通坟典；慕班固、司马迁为文，时称大儒"，了不起。但颜标是县官加现管，也寸步不让，"已勒石"不要紧，毁了它。这是针尖对麦芒后的双输结果。

还有一种是火烧。《邵氏闻见录》云,姚嗣宗知华阴,有个运使叫李参的,"因谒岳相,见庭中唐大碑为火所焚",乃问嗣宗:"谁焚此碑?"嗣宗答:"草贼耳。"李参又问:"何不捕治?"嗣宗又答:"当时捉之不获。"李参再问是什么人,嗣宗再答:"黄巢耳。"李参明白了,姚嗣宗这是瞧不起我在耍我啊。《云麓漫钞》云,秦始皇即帝位后三年,"东行上峄山,立石颂秦德。自泰山至会稽,凡六刻石"。儿子二世接班之后,延续并光大了这一传统,"李斯从到碣石并海南,至会稽,而尽刻始皇所立石,旁著大臣从官名,以彰先帝成功盛德"。然《封氏闻见记》云,魏太武帝拓跋焘(一说曹操)"登山,使人排倒之"。这些刻石乃李斯小篆,"历代摹拓以为楷则",大约是需要的拓片太多,令"邑人疲于供命",推倒了还不够,邑人又"聚薪其下,因野火焚之",烧了了事。

如荐福碑、峄山碑这类承载传统文化的碑刻,无论被毁还是致残,都有令人扼腕之痛。然而有太多的,如王振碑,因为原本不该存在,毁了也就毁了。金末大将崔立在南京发动政变之后投降了围城的蒙古大军,这个大权在握便"日乱数人,犹以为不足,乃禁民间嫁娶"的无耻家伙,居然还想立碑扬名后世。《归潜志》云,崔立对手下正话反说:"汝等何时立一石,书吾反状邪?"大家听出门道了,"于是乎有立碑颂功德议"。谁执笔碑文呢?《续资治通鉴》说找到了王若虚。若虚私下谓元好问:"今召我作碑,不从则死;作之则名节扫地,不若死之为愈。"后来因为兵事,碑没有立成。这样的碑即使立了,日后也难逃被毁的结局。今天各地亦时不时传出百姓自愿为官员立碑的新闻,引起议论纷纷的,大抵都属此类。

2013 年 5 月 31 日

"三叩九拜"

5月30日,法国网球公开赛第二轮,六号种子、赛前被一些声音认为会重新夺冠的李娜输给了美国选手马泰克,前32名未进,创下个人法网最差成绩。在赛后的新闻发布会上,输球的李娜一如既往地展示"个性"——实则情绪失控,问十句,八句噎人。比如记者问"失利后能否对中国球迷说些什么",她就轻蔑地反问:"我需要对他们说什么吗?我觉得很奇怪,只是输了一场比赛而已。三叩九拜吗?向他们道歉吗?"

所以在她那么多极不理智的话中拎出这句,在于"三叩九拜"的说法很新鲜。概此前听到的是:三拜、九叩,或三跪九叩。那么,这里的拜与叩是否像"波诡云谲"或"波谲云诡"中的"诡"与"谲"那样,颠之倒之而同样成立呢?不是。此中的三或九,并非三心二意、三令五申中的三或二、五,属于虚指;而是像三姑六婆、三风十愆中的三、六或十,属于实指。三姑,尼姑、道姑、卦姑;六婆,牙婆、媒婆、师婆、虔婆、药婆、稳婆。三风,巫风、淫风、乱风;巫风中的歌、舞,淫风中的货、色、游、畋,乱风中的侮圣言、逆忠直、远耆德、比顽童,合起来为十愆。相传这是商初伊尹辅佐汤孙太甲的话,伊尹告诉太甲,要维护统治必须戒除这些恶习。所以,东坡《骊山》诗曰:"由来留连多丧国,宴安鸩毒因奢惑。三风十愆古所戒,不必骊山可亡国。"也就是说,亡国之前未必一定会发生"幽王烽火戏诸侯"或"明皇宫就禄山来"那样的极端事件。

三拜、九叩,或三跪九叩,正是实指。顾炎武《日知录》云:"古人席地而坐,引身而起,则为长跪;(俯)首至手则为拜手;手至地则为拜;首至地则为稽首⋯⋯古人以稽首为敬之至。"俯首至地重复三次,就是三拜了。他认为,以常礼来看,"古但有再拜稽首,无三拜也"。冯谖去薛地收债,"能与息者,与为期;贫不能与息者,取其券而烧之",为孟尝君焚券市义。他是这么自作主张的:"孟尝君所以贷钱者,为民之无者以为本业也;所以求息者,为无以奉客也。今富给者以要期,贫穷者燔券书以捐之。有君如此,岂可负哉?"薛地的头面人物听了,"坐者皆起,再拜"。面对这样的大礼而"再拜",已经符合礼仪了。当然,以示情切而自己加码的特殊例子亦不乏,不仅有三拜,还有四拜、五拜。苏秦发迹后,原本对他非常苛刻的嫂子,"蛇行匍伏,四拜,自跪而谢",表达忏悔之情,用顾炎武的说法就是"盖因谢罪而加拜,非礼之常也"。《左传·僖公十五年》载,"秦获晋侯以归",晋大夫们披头散发地在后面跟着,有"三拜稽首"之举,杨伯峻先生认为这如同申包胥之九顿首以及《国语·楚语》之"椒举降三拜,纳其乘马,声子受之"一样,都是一种"变礼",即"为将亡或已亡国之人所行之礼";而申包胥之举,清朝学者赵翼也认为"以求救之切"。与之相类的,还有明朝的"臣见君行五拜礼,百官见亲王、东宫行四拜礼,子于父母亦四拜礼"。这些在赵翼看来,属于"久则习以为常,成上下通行之具,故必须加隆以示差别,亦风会之不得不然者也"。

到了北周,三拜才由国家正式规定为日常礼仪。《周书·宣帝纪》载,宣政元年(578)九月,"诏诸应拜者,皆以三拜成礼"。李娜的九拜则从未听闻,虽《乐记》里有"百拜"之说,但前人早就考释了，那是"通计一席之间，宾主交拜近至于百"，比喻非常之多，强调的总数而非针对个体，针对个体的话，见面之后鸡啄米一样头该抬不起来了。李娜所要表达的，也许是清朝的"三跪九叩"。这些年"辫子戏"横行，响彻荧屏的"遮遮遮"以及"一叩头、二叩头、三叩头"之声也许吸引了她的注意。三跪九叩，就是双膝跪地下三次，每次叩三个头，三三见九。这是清朝最庄重的大礼，大臣见皇上时行的。昭梿《啸亭杂录》还记载了一个侧面：皇子婚配，"以某官女某氏作配皇几子为福晋"，准丈人须"率阖族谢恩，行三跪九叩礼"；其后，皇上家送定亲礼物来了，准丈人也要行此礼；结婚次日，皇子夫妇朝见皇上皇后，更要行此礼了。有意思的是，皇上本人有时也要如此。《清史稿》载，1689 年康熙第二次南巡途经绍兴，"祭禹陵，亲制祭文，书名，行九叩礼，制颁刊石，书额曰：'地平天成'"。

对李娜信口而出的"三叩九拜"，当然没必要较她的真，但各个媒体对她此番赛后"发飙"一律采取毫不客气的态度，至于新华社也发出了批评之声，却无人指出这种常识性的笑话，在下担心"三叩九拜"成为一个新词。李娜无须对球迷"三叩九拜"，谁会、谁能对她抱有这种奢望？但她应该对公众有一点起码的礼貌和尊重，心平气和地道出真实情境，大家不是在看笑话，而是意欲和她"也同欢乐也同愁"。李娜三番五次耍出这种态度，貌似"直脾气"，实际上也有修养欠缺的因素在内，大约这也是她成为伟大运动员的最大障碍。倘若她今后克服不了，即便能够再获得一次或若干次大满贯冠军，顶多是又有了不错的成绩，仅此而已。

2013 年 6 月 2 日

破格

　　湖南湘潭"火箭提拔"的 27 岁副县长徐韬刚被提名免职，湖南耒阳的 80 后女副市长王卿、广东揭阳的 27 岁副县长汪中咏又进入公众视野。有人盘点发现，近年来被媒体公开报道的"火箭提拔"官员已有 18 人。除了年纪轻、任职时间短等共同特点之外，还有一个引人注目之处，就是这些年轻官员的父母或亲属多数也都是官员。这就难免不让公众想入非非了。

　　"火箭提拔"是公众的一个形象说法，火箭嘛，上升的速度极快。标准的或者正统的说法则是"破格"，古代叫超迁、超升、超授或者超擢。

　　比如超迁。《史记·张释之传》载，汉文帝视察虎圈，"问上林尉诸禽兽簿，十馀问，尉左右视，尽不能对"，业务范围内的事极其生疏，而"虎圈啬夫从旁代尉对上所问禽兽簿甚悉"，文帝就要提拔啬夫为上林令。张释之不同意："今陛下以啬夫口辩而超迁之，臣恐天下随风靡靡，争为口辩而无其实。"他的意思是，一个普通杂役一下子提拔为上林苑的头头，导向不对。又比如超升，《后汉书·韦彪传》韦彪谏曰："天下枢要，在于尚书，尚书之选，岂可不重？而间者多从郎官超升此位，虽晓习文法，长于应对，然察察小慧，类无大能。宜简尝历州宰素有名者，虽进退舒迟，时有不逮，然端心向公，奉职周密。"嘴上光会说不行，得看看动手能力。并且他特别举出前例，"宜鉴啬夫捷急之对"。

超迁、超升、超授或者超擢，都是破格。破格破的是资格，而所谓资格，从官员除授或升迁的角度看就是所依据的相关章程，这个章程起标准的作用。当然，标准是相对的，现实是丰富多彩的。通俗地说标准是死的，人是活的，执行起来也就不必刻舟求剑。用宋朝韩维的话说："资格但可施于叙迁，若升擢人材，岂可拘于资格？"但是显而易见，不拘资格亦即破格的标准很难把握。

《续资治通鉴长编》载，御史韩川谏言"诸路监司不当拘限资格，专任举主，当令宰相自加选择"。司马光因此提出对资格的看法："窃缘常调之人，不可不为之立资格，以抑躁进，塞悻门。若果有贤才，朝廷自当不次擢迁，岂拘此职制？"他认为："凡年高资深之人，虽未必尽贤，然累任亲民，历事颇多，知在下之艰难，比于元不历亲民便任监司者，必小胜矣。"而由宰相通过破格来举荐人才，局限太多，"朝廷执政止八九人，若非交旧，无以知其行能，不惟涉徇私之嫌，兼所取至狭，岂足以尽天下之贤才？"突出民意呢，也不行，概"爱憎毁誉，情伪万端"。所以司马光出了个主意："奏设十科以举士，其中一科公正聪明，可备监司。诚知请属挟私所不能无，但有不如所举者，其举主严加谴责，无所宽宥。"这就是今天所说的用人失察失误要追究主要领导责任的早期版本了，可惜今天大小贪官揪出来那么多，"带病提拔"的不乏，却不曾见到谁因失察而被追究过。但司马光"株连"法既出，同僚即有反对之声。吕公著说："举官虽是委人，亦须执政审察人材，择可用者试之。"韩维说："今不先审察，待其不职而罚之，甚失义理。"李清臣说："若待其不职然后罢黜，人必有受其弊者。"其实大家的争论渐渐跑题了，司马光的本意无非在强调，遴选好官员的第一道关口如何重要，如果不限以资格，很可能导致"说你行，你就行，不行也行"。

强调资格，弊端亦显而易见。宋哲宗时殿中侍御史吕陶曾言："窃以今日任官之弊，其轻且滥者，惟郡守为甚也。封疆千里，生聚万众，休戚所系，而不问能否，一以资格用之。"混够年头了，即便庸人一个也得给个待遇，吕陶以为这种情况"甚可痛也!"我们都知道，在本质上"甚可痛也"的，是为什么而当官的异化。如《续资治通鉴》所载，宋孝宗淳熙元年（1174）时不知哪个臣僚指出的用人之弊："夫任贤使能，人主之柄；助人主进贤退不肖，大臣之职。近世一官或阙，自衔者纷至，始则悉力以求之，不则设计以取之；示以好恶而莫肯退听，限以资格而取求不已，未闻朝廷有所惩戒也。"争着当官，并非一定是坏事，但"居官思职，义也；背公营私，利也"，看看现在这些争的，"惟计职务之繁简，廪稍之厚薄，既得之，则指日而望迁，援例而欲速，公家之事，未尝为旬月计也"。这个"臣僚"大有确证其人的必要，因为他在 800 多年前已经把话给说绝了。是他未卜先知，还是我们现在的官场状况仍然停留在那个时代的水平?

当年，曾肇与苏辙被提拔为中书舍人，王岩叟与"士大夫相顾而笑，不以为允"。在岩叟看来，二人"都不曾经历一日州县之职，未尝习知民事"，连一点儿基层工作经验都没有，"岂可辄为中书舍人，预天下之政?"今天提拔干部固然不必讲资格，但是破格提拔了谁，一定得有令人信服的理由。倘若背后殊途同归的都是"官员家庭"的背景，那么想让公众信服也就难上加难的了。

2013 年 6 月 9 日

崖门

　　到过新会很多次,却还从没到过崖门——宋朝灭亡的最后所在。前些天又来,一偿夙愿。距离 1278 年,亦即南宋大臣陆秀夫携 8 岁小皇帝赵昺投海的那一年,整整 735 年过去了,站在看似新修的崖山祠上眺望当年的所在,波光粼粼,风平浪静。或许,当初也正是这种景观,只是因为一个王朝在这里进行了殊死的最后一战,才有波涛汹涌的人文意象吧。

　　严格地说,宋朝在恭帝赵㬎时应该算是灭亡了。德祐二年(1276)二月,那个 6 岁小皇帝"遣监察御史杨应奎上传国玺降"。降表先将亡国的责任推给了宰相贾似道,再"奉太皇太后命,削去帝号,以两浙、福建、江东西、湖南、二广、两淮、四川见存州郡,悉上圣朝,为宗社生灵祈哀请命",且五月"朝于上都"。这跟他的祖宗徽钦二帝当年"北狩",性质可是迥然不同,此番自家拱手相奉残存的江山。陈宜中等同月立了 7 岁的赵昰,虽然两年就死了,"其臣号之曰端宗",实际上已有自娱自乐的性质。至于陆秀夫等又立了 6 岁的赵昺,连个追谥也没混上,更不是严格意义的王朝了。昺之立,《宋季三朝政要》还有一段生动描述:昰既崩,大家要散伙,独陆秀夫以为不可。他说:"诸君散去可也,度宗一子尚在,将焉寘此? 古人有一成一旅兴者,今百官有司,军士亦且万余人,若天道未绝赵祀,此岂不可为国耶?"于是,小家伙懵懵懂懂地"即位于枢前"。这一切发生在硇州。硇州是今天的什么地方?见解不一,罗香林先生等认为是香港大屿山,而饶宗颐先生等则认为在吴川县南海中。这要归结为前人说话过于笼统了。

从各种记载中可以看出,退至崖门之后,宋朝残存势力摆出了最后一战的架势。此地东有崖山,西有汤瓶山,"崖山在海中,两山相对,势颇宽广。中有一港,其口如门,可以藏舟",宋末三杰之一的张世杰(另为陆秀夫、文天祥)认为凭此天险可与元军抗衡。可叹的是,在生死存亡的关头,在崖门这个弹丸之地,也要摆一下皇帝的谱,要"入山伐木,造军屋千间,起行宫三十间",而斯时"官民兵除逃窜死亡外,犹计二十万,多于船上住坐"。那么,"以舟师碇海中,棋结巨舰千余艘,中舻外舳,贯以大索,四周起楼棚如城堞,居昺其中",显见是后来的事,被元军从陆地赶入了海中也说不定。

元军主帅张弘范曾经想到过招降。《宋季三朝政要》云,文天祥被俘后,曾被张弘范带至崖山,令之"以书招(张)世杰"。文天祥凛然回答:"我不能救父母,乃教人背父母,得乎?有死而已,不能从也。"他那首脍炙人口的《过零丁洋》即诞生于此际。需要说明的是,元刊诗句为"人生自古谁无死,留取声名照汗青",并不是"丹心",当然这丝毫不影响该诗舍生取义的凛然风骨。招降不成,张弘范、李恒乃以大军攻之,"舰坚不动。又以舟载茅,沃以膏脂,乘风纵火焚之。舰皆涂泥,缚长木以拒火舟,火不能蓺"。这是《宋史》中的说法,《宋季三朝政要》中还有另外的细节:"大元军绝其薪水道,崖山人食干饮咸者十余日,皆疲乏不能战。大元军乘潮而进,两军大战半日,南军大败。"于是,亡国史上最惨烈的一幕发生了。

陆秀夫"知无可奈何,乃取舟中物悉沉之,仗剑驱妻子赴水",妻始而不愿,"挽舟不可",陆秀夫说:"尔去,怕我不来?"然后登御舟告诉小皇帝:"国事至此,陛下当为国死。太皇后辱已甚,陛下不可以再辱。"言罢"抱宋卫王俱投水中"。此中云"抱",而《宋史》云"负",虽然是两种不同的投海姿态,然这种细节上的出入同样无关紧要。毕沅《续资治通鉴》云:"军卒求物尸间,遇一尸,小而晳,衣黄衣,负诏书之宝,卒取宝以献。"小皇帝果真溺死是无疑的。接着,"内瀚刘鼎孙、侍郎茅湘、吏部赵樵等溺者数万",而用《宋史》给出的数字,"后宫及诸臣多从死者,七日,浮尸出于海十余万人"。再接着,在混战中本已逃脱的杨太后、张世杰亦相继投海……

"汉、唐之亡,皆自亡也。宋亡,则举黄帝、尧、舜以来道法相传之天下而亡之也。"明朝学者王夫之此语,用那句通俗的话来表达就是"崖山之后,再无中国"了。因而宋之亡,在汉人史学家看来迥异于此前的朝代更迭。"骂名留得张弘范,义士争传陆秀夫。"(董必武《游厓山》)两军对垒,何以骂之? 盖传崖门海战之后,其勒石曰"张弘范灭宋于此",明朝有人在句首添一"宋"字,示其恬不知耻。不要说张弘范并非宋人而乃大金遗民,即便是汉人,简单的"忠奸"归咎对记取历史教训亦无足取。《宋史》说:"宋之亡征,已非一日。"王夫之阐释得更详尽:"向令宋当削平僭伪之日,宿重兵于河北,择人以任之,君释其猜嫌,众宽其指摘,临三关以扼契丹;即不能席卷燕、云,而契丹已亡,女直不能内蹂。亦何至弃中州为完颜归死之穴,而召蒙古以临淮、泗哉?"

当然,王夫之的"其得天下也不正,而厚疑攘臂之仍",姑妄听之可也。

2013 年 6 月 23 日

快递

报社大门口每天都聚集着好多送快递的小哥。他们用各自的交通工具运来一堆东西,花基正好提供了座位,也正好一字排开,分拣完了,打电话招呼收件人来拿。看得惯了,不免若有所思,终于想高攀一下适之先生,"做一点半新不旧的考据文章"。

古代也有快递,彼时叫急递或急脚递,限于交通不便的客观条件,主要用于传递紧急文书或军事需要,不像今天多数都是网购商品。凡事当然不会那么绝对,所谓"挪用"便不是今天的新生事物。比如杨贵妃吃荔枝,因为"必欲生致之",乃动用驿道来"置骑传送"。就算荔枝是四川涪州所供,比从广东来要近得多,到长安也有两千里行程;而荔枝"味未变已到京师",动用的自然还是驿递中的快递,且代价肯定极大,杜牧有"一骑红尘妃子笑,无人知是荔枝来"、东坡有"颠坑仆谷相枕藉,知是荔枝龙眼来"嘛。需要说明的是,向朝廷贡荔枝,并非杨贵妃受宠结出的恶果,托名西汉刘歆的《西京杂记》云:"尉陀献高祖鲛鱼、荔枝,高祖报以蒲桃、锦四匹。"看,赵佗时就已开始。

不那么严格的话,烽火、狼烟,以及民间的鸿雁传书,都可以视为快递的先驱。严格的话,则要视相应的机构设置与否。《梦溪笔谈》云:"驿传旧有三等:曰步递、马递、急脚递。急脚递最遽,日行四百里,惟军兴则用之。熙宁中,又有金字牌急脚递,如古之羽檄也。"急脚递，就等同于今天的快递了。金字牌急脚递更不用说，快上加快，"以木牌朱漆黄金字，光明眩目，过如飞电，望之者无不避路，日行五百余里"。岳飞在抗金前线一天之内接到十二道金牌，要他撤军，岳飞因有"十年之功，废于一旦"之叹。金牌，应该就是金字牌急脚递。主流观点认为，急脚递肇始于宋，迄元普遍推开，元朝叫急递铺。《元史·兵志》载："古者置邮而传命，示速也。元制，设急递铺，以达四方文书之往来。"《资治通鉴》卷二百七十八载，后唐安远节度使符彦超是被部下王希全、任驾儿谋杀的，二人"夜，叩门称有急递，彦超出至听事"，然后下手。胡三省注曰："军期紧急，文书入递不容稽违晷刻者，谓之急递。"这则记载表明，至少五代时已有急递一说。

读过《水浒传》的人都知道，一百单八将里的神行太保戴宗，"有一等惊人的道术，但出路时，赍书飞报紧急军情事，把两个甲马拴在两只腿上，作起神行法来，一日能行五百里；把四个甲马拴在腿上，便一日能行八百里"。从那阕《临江仙》判词来看，戴宗也就是寻常人物，"面阔唇方神眼突，瘦长清秀人材，皂纱巾畔翠花开"。今天的各路"气功大师"实则也都貌不惊人，但同样因为"术奇"，政界的、商界的、演艺圈的各路俊杰便纷纷趋之若鹜。戴宗的这种神奇本领，当是建立在急脚递的现实生活基础之上，同时又大大超越了生活。《续资治通鉴长编》载，哲宗元祐六年（1091）刑部大理寺曾言："赦降入马递，日行五百里。事干外界或军机，及非常盗贼文书入急脚递，日行四百里。如无急脚递，其要速并贼盗文书入马递，日行三百里。"饶是奔走的里程不及戴宗的一半，也非独立完成，而要接力，十里或二十里一换人（马）。这似可见，戴宗的所谓本领，应该先自家吹牛，自媒体再跟着瞎嚷嚷，炒作出来的。放在今天，曝光之后估计也是个倒掉的"大师"。

元朝急递铺里送快递的人,叫铺兵。今天的快递员招聘而来,没有装备上的讲究,英宗时铺兵属于体制内人,整齐划一:腰革带,悬铃,持枪,挟雨衣;夜则持炬火。带铃铛,相当于特种车辆顶上呜呜叫的装置,"道狭则车马者、负荷者,闻铃避诸旁",且兼有"夜亦以惊虎狼"的功能,与特种车辆光是"惊"人不同。工作流程呢?举惠宗时为例。"凡有递转文字到,铺司随即分明附籍,速令当该铺兵,裹以软绢包袱,更用油绢卷缚,夹版束系,赍小回历一本,作急走递"。到下一铺交割,要"附历讫,于回历上令铺司验到铺时刻,并文字总计角数,及有无开拆、磨擦损坏,或乱行批写字样,如此附写一行,铺司画字,回还。若有违犯,易为挨问"。并且,"随路铺兵,不许顾人领替,须要本户少壮人力正身应役",可见那是一个很苦的差事。《西游记》第三十五回,孙悟空降服太上李老君金、银炉童子化身的妖魔,解救了师傅,唐僧例牌"谢之不尽",连说悟空辛苦了,悟空也一点儿都不客气:"诚然劳苦。你们还只是吊着受痛,我老孙再不曾住脚,比急递铺的铺兵还甚,反复里外,奔波无已。"不过,唐朝还没有急递铺和铺兵,这是《西游记》"穿越"的又一有趣之处。

《清稗类钞》有一则"送快信者不失信",道是"自邮局兴而有快信,繁盛之都会悉有之。有专足之邮差投递,虽夜分必往,虽风雨无阻"。紧接着推介了一名行业先进典型——长沙邮差易寿彭,事迹是:"宣统辛亥夏五月,一日,大风雨,至落星田,其地有大树,风甚树折,枝适压其背,血流被体,犹忍痛疾奔,分投讫,始归,已薄暮矣。家人尤之,谓何不早归就医,则曰:'余所送者,快信也,焉可以余一时之伤而失信乎?'"按今天网友的评判标准,这该算是"最美快递员"了。

2013 年 6 月 30 日

争第一

这些天来，一些地方有主要领导参加的体育赛事很是吸引公众的眼球。没别的，因为领导的表现实在耀眼。举例来说：在2013年广州国际龙舟邀请赛上，广州市委书记、市长组成联队参加表演赛，再次问鼎，从而三度蝉联冠军；安徽蚌埠市直机关足球赛，市长一人独进4球……这些看上去该对领导健康体魄竖大拇指的消息，却引来了公众的非议。有人说得一针见血：谁敢去和书记市长争第一？

不能跟上司比赛时较量高低，古人给出了很多示范。《朝野佥载》云，吏部尚书唐俭与唐太宗下棋，因为"争道"，令"上大怒，出为潭州"。贬官之余"蓄怒未泄"，太宗对尉迟敬德说："唐俭轻我，我欲杀之，卿为我证验有怨言指斥。"敬德表面上答应了，但到第二天对证时，敬德顿首曰："臣实不闻。"没听过唐俭说皇上坏话；"频问，确定不移"。太宗气坏了，"碎玉珽于地，奋衣入"。过了好久终于想明白，"引三品以上皆入宴"，自我检讨说："敬德今日利益者各有三，唐俭免枉死，朕免枉杀，敬德免曲从，三利也；朕有怒过之美，俭有再生之幸，敬德有忠直之誉，三益也。"唐俭下棋的时候使出真本领，不是没缘由的。彼时他"甚蒙宠遇"，至于太宗"每食非俭至不餐"，唐俭想必以为大家关系这么好，哪里会为下盘棋翻脸呢。《朝野佥载·补辑》又云，太宗曾遣谓唐俭："更不须相见，见即欲杀。"逻辑上推断，这话该说在下棋争道事件之后吧。虽然是娱乐，但与顶头上司争一下就有如此严重之后果，一定为唐俭所始料不及。

为了某种需要，唐太宗当然也有"甘拜下风"的时候。《隋唐嘉话》云，太宗妹妹丹阳公主嫁给了大将薛万彻，可能是出于开玩笑，太宗说了句"薛驸马村气"，当妹妹的羞愧难当，"不与（薛）同席数月"。太宗"闻而大笑，置酒召（薛）对，握槊，赌所佩刀子，佯为不胜，解刀以佩之"。妹妹高兴极了，散席之后，"薛未及就马，遽召同载而还，重之逾于旧"。《唐语林》收录了该条，把"太宗尝谓人曰"改成"人谓太宗曰"，又把"置酒召对"改成"置酒召诸婿对，独与薛欢语，屡称其美"。这一改更"完美"兼"严谨"了，讨嫌的并非太宗，在"诸婿"中"独与"，重视的程度又拔高了一筹。

权贵骚客中争第一的事例，更加不胜枚举了。唐朝崔湜、崔涤再加上他们的堂兄弟崔莅，"并有文翰，列居清要。每私宴之际，自比王谢之家"。几兄弟胸脯动辄拍得山响："吾之一门及出身历官，未尝不为第一，丈夫当先据要路以制人，岂能默默受制于人！"如何"据要路"？崔湜给上官婉儿当了面首。《封氏闻见记》另云，开元时，候选官员王翰大约闲得没事，自己鼓捣了一个排行榜，"窃定海内文士百有余人，分作九等，高自标置，与张说、李邕并居第一，自余皆被排斥"。自己玩玩儿就算了，"凌晨于吏部东街张之，甚于长名（榜）"，结果"观者万计，莫不切齿"。吏部侍郎卢从愿暗查到是王翰干的，"欲奏处刑宪，为势门保持，乃止"。王翰《凉州词》最为后人所熟悉："葡萄美酒夜光杯，欲饮琵琶马上催。醉卧沙场君莫笑，古来征战几人回！"因而史称其"颇攻篇什，而迹浮伪"，定性还是比较准确的。想王翰当时，虽有水平，然"发言立意,自比王侯,颐指侪类",该是一副多么讨人嫌的样子啊!

《唐摭言》还有"争解元",即争乡试第一名。那是白乐天典杭州,"江东进士多奔杭取解"。时张祜自负诗名,觉得没人能比。既而徐凝到来,形势变了。"会郡中有宴",张祜曰:"仆为解元,宜矣。"徐凝不服:"君有何嘉句?"张祜举例,自己甘露寺诗的"日月光先到,山河势尽来",金山寺诗的"树影中流见,钟声两岸闻",都可代表。徐凝说,挺好是挺好,不如我的"千古长如白练飞,一条界破青山色"。张祜一时语塞,"愕然不对",第一自然就给徐凝夺去了。然徐凝该诗,为后世的苏东坡定性为"恶诗",拙文《不与徐凝洗恶诗》中曾有提及。到了袁枚,恶诗才算得到平反:"'万古常疑白练飞,一条界破青山色',的是佳语,而东坡以为恶诗,嫌其未超脱也。然东坡海棠诗云:'朱唇得酒晕生脸,翠袖卷纱红映肉。'似比徐凝更恶矣。人震苏公之名,不敢掉罄,此应劭所谓随声者多,审音者少也。"袁枚指出的这种光环笼罩下的鹦鹉学舌现象,在今天更是习见。

南朝时齐高帝萧道成与王僧虔经常同案挥毫,有一次问他咱俩的字谁第一。僧虔是一代书家,很巧妙地对答:"臣书第一,陛下亦第一。"萧道成让他说个明白,他说"臣书人臣中第一,陛下书帝中第一",看在什么层次中排队了。按这个道理,倘若是一堆书记市长划龙舟、踢足球,别跟百姓掺和在一起,成绩的成色才算十足。前两年,广州横渡珠江的赛果每每是:书记第一、市长第二,依次类推。因而外省的媒体当时就质疑了:领导们的体力或者游泳技术与职务高低成正比,是巧合还是"规则意识"使然?

2013 年 7 月 8 日

阿房宫

上个月,陕西传出计划投资 380 亿元再造"新阿房宫"的消息,一度网上大热。这消息是被误读的,细看新闻源头,是西咸新区携手北京首都创业集团公司以"380 亿打造首创阿房宫文化旅游产业基地"。人家在签约仪式上介绍了,该基地将建设博物馆、艺术中心、会议中心、演艺中心、文化交流中心等文化旅游类公益项目,并发展文化创意产业、艺术家工作室、特色商业、园林式酒店、现代服务业和人文旅游,不是要建造一个"新阿房宫",两码事。

"六王毕,四海一,蜀山兀,阿房出。覆压三百余里,隔离天日……"杜牧的名篇《阿房宫赋》,起首寥寥 30 来字,也道出了阿房宫恢弘背后的奢靡实质。现实中,阿房宫也确是秦朝在渭南上林苑中营建的宏大建筑群,仅有的两代皇帝接力建设,最后也没有竣工。《史记·秦始皇本纪》载:"始皇三十五年(前 212),除道,道九原抵云阳,堑山堙谷,直通之。于是始皇以为咸阳人多,先王之宫廷小,吾闻周文王都丰,武王都镐,丰镐之间,帝王之都也。乃营作朝宫渭南上林苑中。"步骤是,"先作前殿阿房,东西五百步,南北五十丈,上可以坐万人,下可以建五丈旗。周驰为阁道,自殿下直抵南山。表南山之颠以为阙"。有人换算过,"五百步"合今天 693 米,"五十丈"合今天 116.5 米,"五丈旗"合今天 11.65 米。体量如此庞大的建筑群,不是吹口气就能行的。史云"隐宫徒刑者七十余万人,乃分作阿房宫,或作骊山",还要"发北山石椁,乃写蜀、荆地材皆至"。则阿房宫之兴建,无疑乃劳民伤财之事。

到了秦二世,埋完他的父亲,以"骊山事大毕,今释阿房宫弗就,则是章先帝举事过也",于是复作阿房宫。陈胜造反,右丞相冯去疾、左丞相李斯、将军冯劫共同进谏曰:"盗多,皆以戍漕转作事苦,赋税大也。请且止阿房宫作者,减省四边戍转。"这是说,还是把建阿房宫的人抽出去打仗吧。但秦二世说什么?"今朕即位二年之间,群盗并起,君不能禁,又欲罢先帝之所为,是上毋以报先帝,次不为朕尽忠力,何以在位?"接着还治罪三人,结果冯去疾、冯劫以"将相不辱"而自杀,李斯被囚,终"就五刑"。

成书于东汉末年的《三辅黄图》,专门记载秦、汉都城建设,其中说道:"阿房宫,亦曰阿城。惠文王造(将阿房之出生又前溯了差不多一百年),宫未成而亡。始皇广其宫,规恢三百余里。离宫别馆,弥山跨谷,辇道相属,阁道通骊山八百余里。表南山之颠以为阙,络樊川以为池。"除了说到体量,还说到它的一个功能,即"以磁石为门,怀刃者止之"。宋朝程大昌《雍录》说得更明白:"期以吸胁胡人隐刃,名曰却胡门。"意思是,你要是身上藏着兵刃,磁石不是吸铁嘛,它能给你吸出来。这该是世界上最早的安检门吧。

阿房宫的命运众所周知,被楚霸王项羽一把火给烧了。《史记·项羽本纪》交待得很清楚,"项羽引兵西屠咸阳,杀秦降王子婴,烧秦宫室,火三月不灭",亦即《阿房宫赋》所说的"楚人一炬,可怜焦土"。苏东坡对杜牧的这一名篇非常欣赏,经常诵读。有一天就读了好几遍，"每读彻一遍，即再三咨嗟叹息，至夜分犹不寐"。他那里津津有味，值班服侍他的两个老兵烦了，"坐久甚苦之"。一人长叹曰："知他有甚好处，夜久寒甚不肯睡，连作怨苦声。"另一个说："也有两句好。"前一个大怒曰："你又理会得甚的。"这一个说："我爱他道'天下人不敢言而敢怒'。"旁人听到后，第二天告诉东坡，东坡大笑曰："这汉子也有鉴识。"这算是名人轶事一桩。而对《阿房宫赋》，质疑其史实者历来不乏。程大昌就说："杜牧赋《阿房》，其意远，其辞丽"，然"用秦事参考，则其所赋，可疑者多"。他举了几个例子。其一，其叙宫宇之盛曰："覆压三百余里，隔离天日。"而《史记》说作阿房"周驰为阁道，自殿下直抵南山"，无论南北还是东西都不足百里，"安得覆盖三百余里也"。其二，其叙妃嫔之盛曰："王子皇孙，辇来于秦，为秦宫人，有不可得见者三十六年。"而始皇一共在位才26年，"初并六国，则二十五年前未能尽致侯国子女也，安得三十六年不见御幸也耶？"其三，如"绿云扰扰，渭流涨腻"一类，终始皇之世而阿房都没落成，宫人都没住过，"安得有脂水可弃，而涨渭以腻也"。如此等等。

　　《阿房宫赋》毕竟是文学作品，较一下历史的真当然可以，但更该看到的，是它关于秦人无暇自哀、后人当哀之鉴之等足以警世的论断。元朝张养浩当年途经骊山时也有一首小令，叫作《山坡羊·骊山怀古》："骊山四顾，阿房一炬，当时奢侈今何处？只见草萧疏，水萦纡。至今遗恨迷烟树。列国周齐秦汉楚，赢，都变做了土；输，都变做了土。"不知怎么，读着读着，眼前浮现了当今圆明园遗址的图景，虽然这一把火是英法联军放的。

2013 年 7 月 12 日

说人话

　　电视剧《甄嬛传》热播，催生了"甄嬛体"的表述方式。该体的特点，如清人周寿昌所云之"摘裂书语以代常谈"，也就是把简单的表述弄得繁复，让人骤然间不名所以。电视剧中，自称必"本宫、臣妾"，缀以"想必极好、倒也不负"一类；而流行的"甄嬛体"还需一个反转，就是加上一句流露出不耐烦意味的"说人话"，虽然"甄嬛体"说的也是人话。举一例来看，"你今儿买的蛋糕是极好的，厚重的芝士配上浓郁的慕斯，是最好不过的了。我愿多品几口，虽会体态渐腴，倒也不负恩泽。"这是电视剧的对白，如果"说人话"，就是"蛋糕真好吃，我还要再吃一块"。

　　这样的现象古代也有很多，"掉书袋"即可视为其一。常见的一个笑话是：秀才夜里被蝎子给蜇了，赶忙喊道："贤妻，速燃银灯，尔夫为毒虫所袭！"喊了半天，老婆听不懂，没反应，秀才痛得受不了，只好"说人话"："老婆子，快点灯，我让蝎子给蜇着了！"掉书袋当有褒贬之分，如秀才对老婆这样，文化程度不在一个层次而硬要为之，便属于卖弄；而倘若针对"同等学力"的人群，则是学问的一种体现，引经据典，是为了更深刻地揭示问题。钱锺书先生的笔记体巨著《管锥编》，倘以"掉书袋"名之，只能归结为名之者的轻率与轻佻，真正读进去的人会觉得受益匪浅。

周寿昌说，"掉书袋"这三个字始见于马令《南唐书·彭利用传》，彭利用自号"彭书袋"。那里面罗列的或许现实发生的故事，"真堪绝倒"。比方其一，他家仆人干活老出错，他这么教训的："始予以为纪纲之仆，人百其身，赖尔同心同德，左之右之。今乃中道而废，侮慢自贤，故劳心劳力，日不暇给。若而今而后，过而弗改，予当循公灭私，挞诸市朝，任汝自西自东、以遨游而已。"倘"说人话"，意思无非是：你原来表现还不错，但像现在这样继续下去，就别干了。其二，邻居家失火，他去救，看着大火发了感慨："煌煌然，赫赫然，不可向迩。自钻燧而降，未有若斯之盛，其可扑灭乎？"倘"说人话"，就是火这么大，扑得了吗？前一例中，彭利用说话的对象明确是家中仆人，后例无论是对谁说的，时机都不对，像那个秀才刚一被蜇，所以这是典型的不"说人话"，完全是可贬的掉书袋了。

范镇《东斋记事》云，蔡君谟尝言："宋宣献公未尝俗谈。"宋宣献公，即宋绶，北宋著名学者、藏书家。欧阳修有《宋宣献公挽词三首》，"望系朝廷重，文推天下工"云云，其《归田录》引谢绛之言："宋公垂（绶字）同在史院，每走厕必挟书以往，讽诵之声琅然闻于远近，其笃学如此。"沈括《梦溪笔谈》说宋绶"博学，喜藏异书，皆手自校雠"，他还因此留下了一段名言："校书如扫尘，一面扫，一面生。故有一书每三四校，犹有脱谬。"北宋一代文豪杨亿亦称其文沉壮淳丽，曰："吾殆不及也。"在《宋史》中，宋绶"性孝谨清介，言动有常。为儿童时，手不执钱。家藏书万余卷，亲自校雠，博通经史百家，其笔札尤精妙。朝廷大议论，多绶所财定"。可惜，蔡君谟举其"未尝俗谈"的例子却是："在河南时，众官聚厅虑囚，公问之曰：'汝与某人素有何冤？'囚不能对。坐上官吏以俗语问之，囚始能对。"这根本不是宋绶谈话雅俗的问题，而是根本不看对象文化程度的问题,对那因犯来说,宋绶就是不"说人话"。

张岱《陶庵梦忆》记有次去做客,准备告辞了,主人说"宽坐,请看'少焉'"。张岱不解,主人说,他们这里有个缙绅先生,"喜调文袋,以《赤壁赋》有'少焉月出于东山之上'句,遂字'月'为'少焉'",指的原来是月亮。这也是不"说人话"的一种,虽与"缩脚"有几分类似。张岱还说,天童山上有个金粟和尚,人家来向他探求解决人生困惑之方,他却是见人便打,还美其名曰"棒喝"。张岱是跟朋友来的,抢先封了老和尚的手,说我们两个门外汉,"不知佛理,亦不知佛法,望老和尚慈悲,明白开示。勿劳棒喝,勿落机锋,只求如家常白话,老实商量,求个下落"。机锋,乃禅宗用以比喻敏捷而深刻的思辩和语句。这里的"勿落机锋,只求如家常白话"明白无误,就是别弄得玄而又玄,请"说人话"。

前文曾引《吴下谚联》中一个书生的诣媚:"恭惟大王高耸金臀,洪宣宝屁。清音入耳,依稀短笛之声;香霭袭人,仿佛烧刀之味。"阎王放个屁而已,看他说的是人话吗? 如今网友喜欢创造"××体",但见有人尤其是名人新奇一点儿的表述,马上跟风造句。然如我们所见,"××体"皆不长寿,咳唾间便成过眼云烟。这种现象说"××体"是文化快餐大抵都抬举了,纯粹只是网友找乐的一种方式,与文化了不相涉。

2013 年 7 月 15 日

溢美增恶

"不因爱而溢其美,不因恨而增其恶。"当年在中山大学读书时,某位老师常常引用这么一句话。出处及用于什么都不记得了,但内容在脑海里很清晰。后来知道,《庄子·人间世》有云:"两喜必多溢美之言,两怒必多溢恶之言。"当下——并不局限于当下,对人物评价——不拘今古,都往往逃不出溢美增恶的窠臼。以孔夫子而言,"批林批孔"时大家举手投足,对之莫不缀着一个"恶"字;之后,《论语》里的片言只字又全是金科玉律,连孔子后裔修族谱都要验 DNA,以防鱼目混珠了。

唐朝李泌小时候非常聪明,"书一览必能诵",张九龄呼之"小友"。《三字经》中的"泌七岁,能赋棋",说的就是他。《太平广记》之"李泌"条共有两处,一处在卷三十八,把他归入"神仙";另一处在卷二百八十九,则把他归入"妖妄"。"神仙"派取自无名氏《邺侯外传》,"妖妄"派取自李肇《国史补》。后者云,有人送来"美酒一榼",正好有客人在,李泌跟人家说是麻姑的馈赠,"与君同倾"。正喝着呢,门房来说"某侍郎取榼",盛酒的家伙人家要拿回去。这一句"侍郎"露馅了,什么麻姑呀,真扯,然"泌命倒还,亦无愧色"。这就是李肇眼中的"妖妄"。前者云,李泌在衡山读书时与明瓒禅师交游,明瓒有个徒弟叫嫩残,李泌觉得他不是凡人,加上"听其中宵梵唱,响彻山林",自己也懂些音律,"能辨休戚",乃"谓懒残经音,先凄怆而后喜悦,必谪坠之人,时至将去矣"。半夜时偷偷去拜访,"懒残命坐,拨火出芋以饷之",对李泌说:"慎勿多言,领取十年宰相。"这就是《邺侯外传》中的"神仙"。钱锺书先生认为,"神仙""妖妄"实为一事,乃毁誉天渊,"此观者情感之异耳"。所谓实为一事,指两故事荒诞不经的本质一面,讨厌李泌的或喜欢他的,见解自然要分道扬镳。所以溢美,所以增恶,关键也正在于此。

几千年来,国人虽非以溢美增恶为信条,然行其实也。姜太公兵法《龙韬》云:"多言多语,恶口恶舌,终日言恶,寝卧不绝,为众所憎,为人所疾。"清朝尚书钱陈群则一概说好话,其居京时,但有举子求见必极力赞扬,"貌瘦,则赞其清华;体肥,则赞其福厚;至陋劣短小者,亦必谓其精神充足、事业无穷,各使得意而去"。一天送客回房,"方解衣,子弟问客何人",老钱凝思良久说,忘了叫什么了。子弟曰:"大人如是称许,何遽忘之?"老钱笑了:"彼求见者,不过求赞耳!赞之而已,又何必知为谁也。"姜太公指出的现象是一贯言恶,老钱的做法是一贯称美,这些都不是真正意义上的溢美增恶。真正意义上的,是因时因事因人而言。

宋仁宗时太常博士马端除监察御史,马端是苏绅举荐的,苏绅为龙图阁大学士、知河阳。欧阳修不同意马端的任命,说他"往年常发其母阴事,母坐杖脊"。当儿子的对母亲的丑事"不能容隐",还让母亲被刑,"理合终身不齿官联,岂可更为天子法官?臣不知朝廷何故如此用人,纵使天下全无好人,亦当虚此一位,不可使端居之,况刚明方正之士不少"。说着说着,连举荐人也捎带上了,"绅之奸邪,天下共恶,视端人正士如仇雠,唯与小人气类相合,宜其所举如此也。端之丑恶,人孰不知!而绅敢欺罔朝廷者,独谓陛下不知尔。此一事尚敢欺惑人主，其余谗毁忠良，以是为非，又安可信！伏乞寝端成命，黜绅外任，不可更令为人主侍从"。仁宗虽然采纳了欧阳修的建议，但欧阳修对二人"增恶"的程度亦见一斑。后来，60 岁的欧阳修也尝到了"增恶"的苦果。其"守青州，上疏请止散青苗钱，王安石恶之"，欧阳修欲告老还乡，冯京请留之，安石曰："修善附流俗，以韩琦为社稷臣。如此人，在一郡则坏一郡，在朝廷则坏朝廷，留之何用！"离了大谱的，还有司马光说陈升之、御史中丞李定说苏东坡，前者云："闽人狡险，楚人轻易。今二相皆闽人，二参政皆楚人，必将援引乡党之士，天下风俗，何由得更惇厚！"全凭籍贯论人，属于典型的地域歧视。后者云："知湖州苏轼，本无学术，偶中异科。"须知东坡的地位非为后人奠定，时人已有"其文学实天下奇才"的结论，则李定之"增恶"全无理智可言了。

　　王充《论衡·艺增篇》云："世俗所患，患言事增其实；著文垂辞，辞出溢其真，称美过其善，进恶没其罪。"他觉得，这是"誉人不增其美，则闻者不快其意；毁人不益其恶，则听者不惬于心"。原因查找有一点儿想当然，相较之下，宋朝上官均的话平实而更能破的："夫爱憎好恶者天下之常情，好则相誉而忘其不善，恶则相毁而忘其所可称。"环诸后世乃至今天我们国度里的种种事实，捧起来的那些，此"人"只应天上有；贬损的那些，要踏上一万只脚，叫他永世不能翻身，所以后代每要为前代的人或事褪去光环或进行平反。明了这些，就不能不佩服前人见解的精辟之处。

2013 年 7 月 21 日

阿×

落籍广州之前,即知此地往往以"阿×"呼人。用带"阿"的称呼语,呼名或者呼姓,有表示亲近、亲昵的意味,适用范围颇广。侯孝贤电影《冬冬的假期》中,"颜正国"每呼"阿正国"。而侯氏自传体电影《童年往事》中,主人公每被呼为"阿孝",奶奶更在后面加个"咕"字,成"阿孝咕"。奶奶一门心思惦记要回广东梅县的老家,因而但凡见到有钢架的桥梁就问人家"嗨木嗨(是不是)梅云(县)的梅缸(江)桥",所缀之"咕"大概是客家方言了。

无论何种汉语方言,都保留了大量古汉语的成分,"阿×"也不例外。赵翼《陔馀丛考》云:"俗呼小儿名辄曰阿某,此自古然。"赵翼的研究建立在前人基础上,南宋两部笔记就都提到了"阿×"。先看赵彦卫《云麓漫钞》,他将自唐迄宋的此类情形开了一个序列:"古人多言'阿'字,如秦皇阿房宫,汉武阿娇金屋。晋尤甚,阿戎、阿连等语极多。唐人号武后为'阿武婆'。妇人无名,第以姓加'阿'字。今之官府妇人供状,皆云阿王、阿张,盖是承袭之旧云。"汉武阿娇金屋,是今人非常熟悉的典故:武帝四岁时为胶东王,长公主抱置膝上,逗他说想不想娶媳妇呀,小家伙说想;又逗他想不想娶阿娇(长公主之女、他的表姐)呀,小家伙很果断地回答:"若得阿娇作妇,当作金屋贮之。"武帝第一任皇后也正是阿娇,很可惜,"金屋藏娇"后来沦为纳妾的代名词。

再看刘昌诗《芦浦笔记》:"古人称呼每带阿字,以至小名小字见于史传者,多有之。"他又提供了不少实例:《汉高祖纪》武负注:"俗呼老大母为阿负。"鲁肃拍吕蒙背曰:"非复吴下阿蒙。"曹操小名阿瞒,唐明皇小名亦云阿瞒。与此同时,刘昌诗还印证了赵彦卫的"晋尤甚"。如钟士季谓王戎:"阿戎了了解人意。"阮籍谓王浑(戎父):"共卿语,不如与阿戎谈。"此外,王子敬为阿敬,王平子为阿平,庾会小字阿恭,王询小字阿苽。王恭曰"与阿大语",则指王忱。殷浩为阿源,王胡之小字阿龄,王蕴小字阿兴,王敦小字阿黑,王导小字阿龙,郄恢小字阿乞,王恬小字阿螭,殷恺小字阿巢,许询小字阿讷,王处小字阿智,高崧小字阿酆,刘叔秀为阿秀。何偃遥呼颜延之为颜公,延之曰:"非君家阿公,何以见呼?"如此等等,开列了长长的一串。刘昌诗显然意犹未尽,声明"嗣有得,当续之"。

这一罗列也可发现,赵翼所谓"俗呼小儿名辄曰阿某"的"偏狭"一面,因为刘昌诗列举的众多"阿×"并非小儿。顾炎武《日知录》已指出,人在年纪小的时候、未取字的时候,均可以"阿"来"自称其亲",或"不定何人之辞"。比如前者有《孔雀东南飞》之"堂上启阿母""阿母谓阿女";后者有《三国志·庞统传》之"先主谓曰:'向者之论,阿谁为失?'"以及《晋书·沈充传》:"敦作色曰:'小人阿谁?'"《晋书·五行志》载,穆帝崩,"太后哭之曰'阿子,汝闻否?'"这里的"阿子",乃长辈对晚辈(母对子)的昵称。而《世语新说·贤媛》"桓宣武平蜀"注引《妒记》:"(桓)温平蜀,以李势女为妾。郡主凶妒,不即知之。后知之,乃拔刀往李所,欲砍之。见李在窗前梳头,姿貌端丽,徐徐结发,敛手向主,神色闲正,辞甚凄婉。主于是掷刀前抱之,曰:'阿子!我见汝亦怜,何况老奴!'遂善之。"这里的"阿子",又是尊对卑（妻对妾）的昵称。

至于成人之"阿"，顾炎武举《隶释·汉郎阮碑阴》云："其间四十人，皆字其名，而系以'阿'字，如刘兴阿兴、潘京阿京之类，必编户民未尝表其德，书石者欲其整齐而强加之，犹今闾巷之妇以阿挈其姓也。"后面一句，就是《云麓漫钞》的语意了。由此似可推断，"阿"之于称呼小儿、小女之外，就姓名而言，男子往往以"阿"冠名或字，女子往往以"阿"冠姓，所以如此，倒也未必是因"妇人无名"。

　　名或姓之前何以缀一"阿"字呼之？顾炎武认为："阿者，助语之辞，古人以为慢应声。"且以《老子》为例："唯之与阿，相去几何？"赵翼则有另一番见解："各处方言不同，而以阿呼名遍天下，无不同也。本朝国语，亦以阿厄漪起，而余随征缅甸，军中翻译缅文，亦多阿喀拉等音，凡发语未有不起于阿者。尝细思其故，小儿初生到地，开口第一声即系阿音，则此乃天地之元音，宜乎遍天下不谋而同然也。"赵翼的推断有一定道理，据说全世界的语言中"爸爸妈妈"的发音都差不多，但这终究是"生物"层面的考量，应该还有文化层面的分析吧。

2013 年 7 月 28 日

秤砣

7月17日上午，湖南临武县南强莲塘村村民邓正加夫妇在该县文昌南路卖西瓜，与前来执法的县城管人员发生争执冲突，邓正加在现场不幸死亡。目击者称，邓正加是被一名城管用秤砣砸中头部致死的。临武县政府新闻网当日发布的官方消息，将邓正加之死定义为"意外死亡"；次日又通报称，县公安机关已经控制了涉事的城管队员，初步调查情况显示，城管队员没有如外界所称"用秤砣砸邓正加"。

砸没砸，时间自然会给出答案，从事件发展的态势上看，不会不了了之。果真没砸的话，就对了，因为我们都知道，秤砣是杆秤的一个组成部分，属于衡器而不属于凶器，不是用来伤人的，无论是城管伤害小贩还是其他。

杆秤是秤的一种，利用杠杆原理来称重量，由木制的带有秤星的秤杆、秤砣、提绳等组成。秤砣，即从前的"权"。秦始皇统一度量衡，其中的"衡"就涉及秤，衡是秤杆。从秦始皇陵出土的秦权看，两千多年前的模样跟今天没差多少。一些秦权上还刻着秦始皇帝和二世皇帝统一度量衡的诏书，始皇时刻的有："廿六年，皇帝尽并兼天下诸侯，黔首大安，立号为皇帝，乃诏丞相状、绾，法度量，则不壹、歉疑者，皆明壹之。"二世时刻的有："元年，制诏丞相斯，去疾，法度量，尽始皇帝为之，皆有刻辞焉。今袭号，而刻辞不称始皇帝，其于久元也，如后嗣为之者，不称成功盛德，刻此诏，故刻左，使勿疑。"有的只有始皇二十六年诏书，有的又加刻了二世元年的诏书。除秦陵出土的秦权外，考古工作者还在陕西咸阳、西安、宝鸡，以及甘肃、山东等地发掘出土了秦权。现在的秤砣基本上是铁疙瘩（当然古今都有系绳的孔道），原来的材质则铜权居多，也不排除铁、陶、瓷、石质；在造型上，原来是圆的、方的、瓜棱型的、葫芦型的、银锭型的，五花八门，今天似乎见到的都只是一个模样，以至于说到秤砣，脑袋里能立即成像。

《汉书·律历志》载："权者，铢、两、斤、钧、石也，所以称物平施，知轻重也。"这些计量单位相互间的换算关系大抵是：1 石等于 4 钧，1 钧等于 30 斤，1 斤等于 16 两，1 两等于 24 铢。至于什么叫"称物平施"，孔颖达有过解释："称此物之多少，均平而施。"《汉书》那里接着还说："权与物钧而生衡，衡运生规，规圜生矩，矩方生绳，绳直生准，准正则平衡而钧权矣。"这五个原则，实际上就是杆秤的工作原理。《孟子·梁惠王上》有云："权，然后知轻重；度，然后知长短。物皆然，心为甚。"孟子说这句话，主要是想表达什么东西都一样，都是可以测量的，人心也不例外。这是针对齐宣王"恩足以及禽兽，而功不至于百姓"而言，孟子认为齐宣王是可以成就事业的，因为齐宣王见人家牵牛去作牺牲，"不忍其觳觫"，让换一只羊来替代，觉得"是心足以王矣"。也就是"权"了一下，齐宣王之心"乃仁术也"。现在所以"王之不王，不为也，非不能也"。所谓不能，即"挟太山以超北海"一类，那是做不到；不为，属于"为长者折枝"一类，那是不愿意去做。

杆秤的每个组成部分都非常重要，但比较而言，秤砣的地位似乎尤其特殊一些。《西游记》第三十一回，孙悟空要战黄袍怪，

284　了无痕

宝象国公主没看得起他，大圣笑了："你原来没眼色，认不得人。俗语云：尿泡虽大无斤两，秤砣虽小压千斤。他们相貌，空大无用，走路抗风，穿衣费布，种火心空，顶门腰软，吃食无功。咱老孙小自小，筋节。"如果说这句著名的俗语从大圣之嘴道出来多少有些调侃的意味，那么，还有一种秤砣类似水能载舟覆舟的比喻，就是非常严肃的话题了。比如前两年风靡一时的电视剧《宰相刘罗锅》中，主题歌《清官谣》的歌词开篇就是"天地之间有杆秤，那秤砣是老百姓"。这句词写得很好，理论上应该如此，可惜在许多时候却只是停留在理论层面。必须承认，如今决定官员升迁去留的，仍然是他的上司，无关百姓甚事。具体到一个地方一个单位，那些根本不为百姓所了解的官员，来就来了，不行也在这儿混下去了，人家要解决的是级别"进一步"的问题，达到目的即可，别的都不在话下。这种情形不是司空见惯吗？

从前几年开始，杆秤就开始显示出不断退出历史舞台的趋势。2011年10月10日，广州市政府发出《关于在公众贸易中禁止使用杆秤的通告》，要求从事公众贸易的单位和个人应按国家规定配用准确度符合要求的电子计价秤、度盘秤、案秤、台秤等计量器具，但如今菜市场上杆秤并不乏见，不去论它。倘杆秤退出，秤砣自然亦将消失，"毛之不存，皮将焉附"是也。然而这是理论上，实际上秤砣却未必就此会退出历史舞台。杂志书《碧山》第1期在介绍紫砂泥壶的时候，就有一款很新颖的"秦权壶"，壶体正是秤砣模样，壶身再刻上秦朝统一了的小篆文字。秤砣以艺术化的形式实现了"凤凰涅槃"。照片上看，那秦权壶已有令人爱不释手之感，应了明朝张岱所说："一砂罐，直跻商彝周鼎之列而毫无愧色。"

2013 年 8 月 2 日

祈雨的方式

　　自被冠上"雨神""龙王"的绰号,彼岸歌手萧敬腾所到之处,人们都关注那地方是否下雨,有统计说他的"唤雨成功率达83.3%"。时值盛夏酷暑,有不少网友便在微博上借萧敬腾之名"祈雨"。极端的做法是前几天,杭州高温达41℃时,不知哪位黑客攻击了萧敬腾经纪公司喜鹊娱乐的网站,并在萧的个人页面上强制跳出写有"杭州人民需要你"的弹窗,导致该网站一度陷入瘫痪。

　　借萧敬腾来祈雨,纯粹是一种娱乐。下雨是自然现象,我们今天都知道其原理,可以进行科学的解释。从前笃信"天人感应"的人不知道,像日食、地震一样,他们把自然现象与人间社会对应起来,无不下雨,要通过各种方式来祈求。"三观"不同,注定古人在祈雨时不似网友对萧敬腾这般,完全是开玩笑的态度,而纯粹郑重其事。他们的内心深处,对能够呼风唤雨艳羡无比,《西游记》里的诸多情节正是典型写照。第四十一回,孙悟空大战红孩儿,激战正酣,那妖魔忽然往自家鼻子上捶了两拳,八戒还以为人家打不过而放赖,殊料人家"念个咒语,口里喷出火来,鼻子里浓烟迸出,闸闸眼火焰齐生"。没办法,悟空只好"去东洋大海求借龙兵,将些水来,泼息妖火"。回来再战,红孩儿再喷火时,"那龙王兄弟,帅众水族,望妖精火光里喷下雨来"。但龙王下雨,"不敢擅专,须得玉帝旨意,吩咐在那地方,要几尺几寸,什么时辰起住,还要三官举笔,太乙移文",此番是看着朋友的面子来的,属于"私雨,只好泼得凡火",对红孩儿的三昧真火不仅奈何不得,而且"好一似火上浇油,越泼越灼"。虽然大圣把雨给唤来了,但我们都知道这一切纯粹出于前人的幻想。20世纪50年代流行一段气壮山河的文字:"天上没有玉皇,地上没有龙王,我就是玉皇! 我就是龙王! 喝令三山五岳开道,我来了!"延续的仍然是这种幻想。

生活中的祈雨,没有大圣一个跟斗翻到东海那么容易乃至儿戏。以宋朝为例,看看他们祈雨的方式。

宋太宗淳化三年(992),"帝以时雨久愆,遣常参官十七人分诸路按决刑狱"。这是试图通过司法公正的方式祈雨。用太宗的话说,"朕所忧者,在狱吏舞文巧诋,计臣聚敛掊克,牧守不能宣布诏条,卿士莫肯修举职业耳"。因此,当李昉、张齐贤等诚惶诚恐地上表待罪时,太宗又说:"朕中心苟有所怀即言之,既言即无事矣。然中书庶务,卿等尤宜尽心。"

宋真宗咸平四年(1001),"自去冬旱,帝每御蔬菜,忧问切至"。这是试图通过吃斋的方式祈雨。雨终于来了的这一天,"(帝)方临轩决事,雨沾衣,左右进盖,却而不御",高兴极了。大中祥符九年(1016)久旱,真宗则"减膳撤乐,遍走群望",遥祭山川星辰。这是试图通过反躬自身的方式。"及是霈沛,帝作《甘雨应祈诗》,近臣毕和",欣喜溢于言表之余,又诏:"诸州蝗旱,今始得雨,方在劝农,罢诸营造。"

仁宗庆历三年(1043),帝曰:"天久不雨,朕每焚香上祷于天。昨夕寝殿中忽闻微雷,遽起冠带,露立殿下,须臾雨至,衣皆沾湿。移刻雨霁,再拜以谢,方敢升阶。自此尚冀槁苗可救也。"章得象赶快溜缝:"非陛下至诚,曷以致天应若此!"仁宗祈雨的方式又异于前："比欲下诏罪己,彻乐减膳,又恐近于崇饰虚名,不若夙夜精心密祷为佳耳。"这是试图以至诚感天。直到清朝咸丰时,这种做法仍有余绪。邵懿辰致友人信中说:"酷暑不雨,省中祷雨不甚虔,屠不能断,再不雨,则米价安能平减耶?"当然了,宋朝即有人不信祈雨这一套。《续资治通鉴》载,太宗太平兴国八年(983),郭贽知荆南府,"俗尚淫祀,属久旱,盛陈祷雨之具,贽始至,悉命撤去,投之江",巧的是,"不数日,大雨"。

祈雨方式中比较独特的,堪称大辽的射柳与水沃:先射柳祈雨,不灵,再"水沃群臣"。射柳祈雨的过程,《辽史·礼志》有相应介绍,他们叫作"瑟瑟仪"。这么说的:"若旱,择吉日行瑟瑟仪以祈雨。前期,置百柱天棚。及期,皇帝致奠于先帝御容,乃射柳。皇帝再射,亲王、宰执以次各一射。中柳者质志柳者冠服,不中者以冠服质之。不胜者进饮于胜者,然后各归其冠服。"再过一天,"植柳天棚之东南,巫以酒醴、黍稷荐植柳,祝之。皇帝、皇后祭东方毕,子弟射柳。皇族、国舅、群臣与礼者,赐物有差"。如果三天内下雨了,"则赐敌烈麻都马四匹、衣四袭;否则以水沃之"。这里的"水沃",与今天若干少数民族盛行的泼水节未知同源与否。

网友向萧敬腾求雨热热闹闹,惊动了在电视剧《西游记》中饰演孙悟空的六小龄童。他于 8 月 13 日也发了条微博:"今天你(指萧)来北京,希望你能再带来一场大雨,不要让我们再生活于烤箱模式了。"结果,北京晚上果然下雨,被网友戏称"悟空这是在向龙王求助"。顷见国家气象局下属"中国天气网"的专家撰文说,统计数字表明"雨神"的遇雨概率也就60.46%。不过,严谨倒是严谨了,娱乐精神相应也欠缺了不少。

2013 年 8 月 15 日

三清山

　　上个双休日重游了江西名山三清山。前两年来过一次，印象不深。一是因为整个行程都在雨中，忽大忽小，浇灭了兴致；二是因为行走的沿途似乎无甚可看，只觉得栈道还有些特色，因而年初去平远五指（子）石景区，见山腰间正在施工的栈道，云与三清山相类，不意却正是从那里借鉴而来，连工程队都是同一帮人马。有前面这两个因素吧，此番进入眼帘的景致并非似曾相识，倒像初次见面。

　　三清山位于今天的上饶市境内，确切地说是上饶市玉山县。《方舆胜览》有"上饶郡"条，怀玉山、龙虎山等俱在其中，却没有三清山，想来宋时不大有名或尚未得今名。明朝大旅行家徐霞客的日记里提到了，见"江右游日记"：丙子年（1636）十月十七日到"玉山县北三十里外。盖自草坪北渡，即西峙此山，一名大岭，一名三清山。山之阴即为饶之德兴，东北即为徽之婺源，东即为衢之开化、常山，盖浙、直、豫章三面之水，俱于此分焉"。地理位置交待得清清楚楚。不过，东北方向的"徽之"婺源如今已成"赣之"。据说1934年蒋介石为"围剿"红军而调整行政区划，将婺源改隶江西；1947年改回；1949年5月不知为何再划给江西。据说头回改隶时婺源人不干，闹出不小的风波，至于掀起了长达十几年的"婺人返皖"运动。安徽绩溪人胡适属于运动的坚定支持者，他有句话被反复引用："徽州人岂肯把朱夫子的出生地划归江西，他们还把二程先生的祖先算是徽州人呢！"

　　三清山，顾名思义，道教名山。此之"名"，大抵还不是传说葛洪来此开山炼丹。葛洪去过好多地方，到哪里都砌好炉灶，烧上柴火，锻炼铁锅中的矿物质。他认为："夫五谷犹能活人，人得之则生，绝之则死，又况于上品之神药，其益人岂不万倍于五谷耶？"因此，"夫金丹之为物，烧之愈久，变化愈妙。黄金入火，百炼不消，埋之，毕天不朽。服此二物，炼人身体，故能令人不老不死"。那么，为什么炼丹非得到大山里去呢？因为"作药者若不绝迹幽僻之地，令俗闲愚人得经过闻见之，则诸神便责作药者之不遵承经戒，致令恶人有谤毁之言，则不复佑助人，而邪气得进，药不成也"。所以不但要钻进大山，还要"必入名山之中"，要"（选）无人之地，结伴不得过三人，先斋百日，沐浴五香，致加清洁，勿远污秽，又不得与俗人往来，又不令不信道者知之"。但如我们所见，服食仙丹之后真正起了作用的，恐怕只有大闹天宫的孙悟空。《西游记》告诉我们，大圣先期偷偷来到王母娘娘准备好的蟠桃宴，面对"玉液琼浆，香醪佳酿"馋得不行，"止不住口角流涎"，便拔毫毛变了几个瞌睡虫把运水道人、烧火童子打发睡了，然后"就着缸，挨着瓮，放开量，痛饮一番"。酩酊大醉后，回大圣府路上又误入太上老君的兜率宫，把人家丹灶炉旁五个葫芦中"炼就的金丹"都倒了出来，"就都吃了，如吃炒豆相似"。到了"小圣施威降大圣"，孙悟空接受惩罚，却是任凭"刀砍斧剁，雷打火烧，一毫不能伤损"。李老君解释其中的原理："我那五壶丹，有生有熟，被他都吃在肚里，运用三昧火，煅成一块，所以浑做金钢之躯，急不能伤。"这样的美事只存在于神话世界里，现实中光是唐朝皇帝死于吃丹药的就有好几个，穆宗李恒、武宗李炎、宣宗李忱，连大名鼎鼎的太宗世民也疑似。

　　三清山之得名，可能是因为"象形"。三清者，既是道教所指玉清、上清、太清三清境，也是这三境洞真教主元始天尊、灵宝天尊和道德天尊的合称。而三清山之玉京、玉虚、玉华三峰峻拔，仰望之正像那三位天尊端坐山巅。如今的三清山风光，自然的也远远胜过人文的。明朝夏浚来时，就已"丹灶烟消人久去"；《读史方舆纪要》云三清山，"三峰峻拔，自麓行二十五里始陟山巅"，特别说明"其岩洞多奇胜"。世易时移，环山数面已皆有缆车索道上山，但凡有这东西的地方，便没人步行了。此番自缆车中俯瞰，阶梯仍在，却没见到一个"驴友"。而三清山"奇胜"之处，亦不在岩洞而在各种"象形"石头了。有的一目了然，如"老道拜月"中的"道士"、"神猫待鼠"中的"神猫"，须发毕现，逼真至极；有的由导游稍一点拨，会发现还真像那么回事，东方女神、万笏朝天、仙桃企鹅等，至于明朝胡靖的"孤柱擎空见少华（三清山别名）"，显见是指那根叫作"巨蟒出山"的石柱了……

　　2012 年 9 月，三清山被联合国教科文组织正式列入世界地质公园名录，这也是继 2008 年成功申报世界自然遗产之后，三清山获得的又一个世界级品牌。人家看中的，也是三清山的"自然"成分。就我这个普通游人而言，三清山风光旖旎的一面，如今也确实较其"人文"的一面要有诱惑得多。

2013 年 8 月 18 日

奢侈品

　　有网民近日爆料,称在中国招标网看到一份大理州安监局的设备采购清单,其中采购"装备箱"一栏中,出现了奢侈品品牌"路易威登"即 LV。对此,该局局长常建华回应,网上的采购单属实,但采购单上之所以出现 LV 字样,是因工作人员不知道 LV 是奢侈品牌,"稀里糊涂登记上的",实际上,他们最终采购的是"皇冠"品牌的箱子。

　　奢侈品,在国际上被定义为"一种超出人们生存与发展需要范围的,具有独特、稀缺、珍奇等特点的消费品",又称为非生活必需品。我国经济腾飞之后,包括 LV 在内的奢侈品品牌,国人耳熟能详,"没吃过猪肉还没见过猪跑"? 不认识 LV 不要紧,采购价格摆在那里,一个"正常"的箱子多少钱应该还是知道的,常局长无法自圆其说,但硬说不知道,即便是揣着明白装糊涂还是别的什么托辞,都只能且自由它了。不过,从前的人可知道什么叫奢侈品。如宋仁宗时曹利用被抄家,"得水晶杯盘十副,贾人不能言其直",他也没见过,觉得"此非人间所常有也"。在贾人眼里,那就是十足的奢侈品了。奢侈品的出现,每因奢靡之风的盛行。如唐朝段文昌富贵后不能把持自己,"用金莲盆盛水濯足"。那些一贯养尊处优的就更不用说,明朝的宁王朱宸濠"既就擒,拘宿公馆,以铜盆与盥洗",他还发脾气了:"纵乏金盆,独无银者耶?"

倘若就历史记载来开一份奢侈品的清单,那是不得了的事情,随便拈几则吧。《西京杂记》云,汉高祖"初入咸阳宫,周行库府,金玉珍宝,不可称言"。花眼了,尤其花眼的是青玉五枝灯,"高七尺五寸,作蟠螭,以口衔灯,灯燃,鳞甲皆动,焕炳若列星而盈室焉"。与此同时,还有"铜人十二枚,坐皆高三尺,列在一筵上,琴筑笙竽,各有所执,皆缀花瓣,俨若生人。筵下有二铜管,上口高数尺,出筵后。其一管空,一管内有绳,大如指。使一人吹空管,一人纽绳,则众乐皆作,与真乐不异焉"。这些"咸阳宫异物",正是奢侈品。《开元天宝遗事》云,虢国夫人有夜明枕,"设于堂中,光照一室,不假灯烛";又说韩国夫人"置百枝灯树,高八十尺,竖之高山,上元夜点之,百里皆见,光明夺月色也"。这里的夜明枕、灯树,显见也正是奢侈品。后蜀孟昶的七宝溺器很有名,明朝严嵩父子不遑多让,他们的溺器"皆用金银铸妇人,而空其中,粉面彩衣,以阴受溺"……

北宋开国皇帝赵匡胤有道诏书:"废岭南道媚川都,选其少壮者为静江军,老弱者听自便,仍禁民不得以采珠为业。"为什么呢?因为盘踞岭南的南汉后主刘𬬮,"所居栋宇,皆饰以玳瑁珠翠,穷极侈靡",因此还专门"于海门镇募兵能采珠者二千人,号'媚川都'"。而采珠之人,"必系石于足,腰絙而没焉,深或至五百尺,溺死者甚众"。及刘𬬮的宫殿为宋师所焚,"潘美等于煨烬中得所馀诸珍宝以献,且言采珠危苦之状",所以太祖"亟命小黄门持示宰相,速降诏罢之"。老赵对女儿也有同样的约束,"永庆公主尝衣贴绣铺翠襦入宫",告诉她:"汝当以此与我,自今勿复为此饰。"女儿笑了:"此所用翠羽几何!"父亲说:"不然,主家服此,宫闱戚里必相效。京城翠羽价高,小民逐利,辗转贩易,伤生浸广,实汝之由。汝生长富贵，当念惜福，岂可造此恶业之端！"然宋孝宗说："自古人君当艰难之运，未有不节俭；当承平之后，未有不奢侈。"太祖后来所为，正未跳出子孙总结之窠臼。

南宋开国皇帝赵构显然也认识到了奢侈品之害。毕沅《续资治通鉴》载，绍兴十二年（1142）其谓大臣曰："比闻大金中宫颇恣，权不归其主，今所须者，无非真珠、靰鞳之类，此朕所不顾而彼皆欲之，则侈靡之意可见矣。"他的对策是："宜令有司悉与，以广其欲，侈心一开，则吾事济矣。"金人不是索要"白面猢狲及鹦鹉、孔雀、师子、猫儿"吗？给他，统统给他，"敌使万里远来，所须如此，朕何忧哉！"他还有进一步的见解："闻金皇后擅政，三省惟承后旨，其主所言，顾未必听。且后性侈靡，其珍珠装被，追集绣妇至数千人，后日更绣衣一袭，直数百缗，其风如此，岂能久耶！"这样，供给金人奢侈品无异于被他视为作战方略的一种。道理的确是他说的道理，只是其中自欺欺人的成分太多，打不过人家，不得不卑躬屈膝而已。则此一番言论，未尝不可视为阿Q"精神胜利法"的鼻祖之一吧。

奢侈品消费是一种高档消费的行为。严格地说，奢侈品这个词本身并无褒贬可言，然"锣鼓听声，听话听音"。比方这句，2012年中国消费者已成为全球最大的奢侈品消费群体，占全球购买量的25%，其次是欧洲、美国、日本。这类的话显然就能听出"贬"义。大理安监局接着表示，以后会提高员工对奢侈品的认识。此番没有把丑闻归咎于"临时工"，应该也算了不起的进步了。这是好话歹话，同样自家去"听"好了。

2013 年 8 月 21 日

造字

　　历时 10 多年、先后修改 90 余稿的《通用规范汉字表》日前正式发布了。本《字表》共为 8105 个汉字颁发了"身份证",先前的 45 个异体字如昇、喆、堃、淼等正式"转正",加入规范字行列。《字表》分为三级,其中一、二级合计 6500 字,主要满足出版印刷、信息处理等方面和社会生活的一般用字需要;剩下的隶属首设的三级字表,即专门领域的通用字。报道还说,网络自造字比如近年来网上大热的"囧",被拒之表外。

　　造词、造"××"体,是如今网友的一大爱好。前者又可细分,利用谐音、故意大舌头、以粗俗为有趣,如大侠成大虾、胖子成胖纸之类;随意简写,如"喜大普奔"(即喜闻乐见、大快人心、普天同庆、奔走相告)、"不明觉厉"(即虽然不明白,但觉得很厉害)等。无论哪一种,殊途同归的是把原本晓畅易懂的语言异化得形同土匪黑话。后者几乎三天两头便风生水起,"梨花体""丹丹体"什么的,汇总起来已洋洋大观。这种乐此不疲的玩法继续蔓延下去,汉语将如何不堪,很难想象。因而对网友多如牛毛的造词,《现代汉语词典》修订时基本不进行确认,现在对造字亦持此种态度,无疑是慎重的。

　　字,确是造出来的。上古没有文字,只好结绳记事,令三皇五帝成为神话传说。最早造字的人（神），我们都知道是仓颉，黄帝的史官，所谓"奚仲作车，仓颉作书"。汉朝人写的《淮南子》不知从哪听来的："昔者仓颉作书而天雨粟，鬼夜哭。"山西临汾更有"仓颉造字处"遗迹，传说似乎得到了坐实。当然，如同仓颉上司的"轩辕黄帝陵"一样，我们也没必要因为神话传说而去刻意证否。仓颉如何造字？许慎《说文解字》说是"见鸟兽蹄爪之迹"受的启发，这该是原初形态的造字吧；成熟之后的，是"保氏六书"，亦即秦汉时人建立起来的关于汉字构造的一种理论。《汉书·艺文志》云："古者八岁入小学，故周官保氏掌养国子，教之六书，谓象形、象事、象意、象声、转注、假借，造字之本也。"许慎更结合例字给六书下了明确定义："一曰指事。指事者，视而可识，察而见意，上下是也。二曰象形。象形者，画成其物，随体诘诎，日月是也。三曰形声。形声者，以事为名，取譬相成，江河是也。四曰会意。会意者，比类合谊，以见指㧑，武信是也。五曰转注。转注者，建类一首，同意相受，考老是也。六曰假借。假借者，本无其字，依声托事，令长是也。"但清人戴震指出，六书的前四种是"造字"，后两种实际上是"用字"。

武则天造过不少字，然清周寿昌《思益堂日札》云："凤阁侍郎秦宗客造十二字以献，似非后自制矣。"应该如此，领导嘛，很多事情只是挂名而已。周寿昌又总结了"吴主孙休创八字名其子""南汉刘岩自制龑字以为名""唐武宗创二字以试王仆射"等，得出"则造字又不独一武后也"的结论。这些后来进入汉字大家庭的字的生命力如何呢？极微。刘声木《苌楚斋五笔》云："唐武后为千古所羞称，所造之廿字，后人亦从无有用之者。不意光绪廿一二年间，扬州有某某，专喜用其字。他人诘以何意，某某自己亦不能言。"这就跟今天一些家长翻《康熙字典》给子女取名差不多了，以为难倒他人就显出自己有文化。刘声木还在报上看到一则讣闻，有"不孝子学曌等"字样，以为"是直以武后之名为名，更不可解。虽古人断章取义，原无不可，然又何必以汉之吕后、后魏之胡后、唐之武后等之名以为名"，接着还上升到了"国家将兴，必有祯祥；国家将亡，必有妖孽"的高度，且不理他。倘以六书理论衡量后来的造字，则曌、夑等属会意，囧属象形无疑了。

大元至元六年（1279）二月，蒙古颁行新字，也是一种造字，非方块汉字而已。其时诏曰："国家创业朔方，制用文字，皆取汉楷及辉和尔（旧作畏兀儿）字以达本朝之言。考诸辽、金及遐方诸国，例合有字。今文治寖兴，字书尚缺，特命国师帕克斯巴（即八思巴）创蒙古新字，颁行诸路，译写一切文字，期于顺言达事而已。"这种新字又叫八思巴字，"凡千馀，大要以谐声为宗"。但伴随着蒙元帝国的消亡，八思巴字便成了一种"死文字"，如今能够驾驭的，只有学富五车的专家了。汉字则展示了无穷的生命力。所以如此，在于汉字的生命力并非来自权威，而在于广泛的民间基础，武则天、刘夑他们造的字，除了涉及他们的名字后世不得不使用之外，其他的难免沦为废字。顾颉刚先生1968年写的一则"交代材料"说，1952年五反运动时，批判他的人不知为何给他造了个字，上面是"次"下面是"力"，读如"糟"。这就更纯粹是胡来了。

最后需要指出的是，"囧"并非网络造字，原本就存在。《说文解字》中即有"囧部"，云"囧，窗牖丽廔，闿明也，象形"。这就表明，囧在当年是窗户，现在是被赋予了"郁闷、悲伤、无奈"的表情符号而已。明朝焦竑《焦氏笔乘》在谈到"古字有通用假借用"时提到"囧命伯囧"，伯囧者，周太仆也。因此，能像当下这样热度不衰的话，囧字在将来有收入《通用规范汉字表》的可能，哪一级的问题。

2013 年 8 月 31 日

城管

广州城管最近装备了"六件套"——防刺衣、防护手套、防护头盔、防护盾牌、全频加密对讲机、胸挂摄像头。其中,胸挂摄像头为全国首创。此事引起了舆论的普遍关注。8月29日,广州市某副市长在新闻发布会上对此进行了说明,有趣的是,他还说自己查了一些资料,"古代就有城管,在宋朝京城就有一支500人的专门从事城市管理的队伍,明确规定在官府门前、民宅周围不能乱摆放"。

以愚意度之,他查的应该是百度,百度里有篇相关文章,引了《宋史·职官志》中的"街道司,掌辖治道路人兵"。李焘《续资治通鉴长编》载,仁宗嘉祐二年(1057)十二月,又有"置街道司指挥兵士,以五百人为定额"。两者叠加,就此得出的结论。苟如是,或谬矣。首先不妨把《宋史》那句话看全:"街道司,掌辖治道路人兵,若车驾行幸,则前期修治,有积水则疏导之。"光看前面,容易望文生义和城管联想;如果看全了,会发现某种程度上那是专为皇帝出行服务的建制。皇帝要动弹了,他们先动弹,这与城管的功能怕是南辕北辙吧。

宋朝应该没有城管,至少跟小贩没什么交集。《水浒传》里,武大郎、武松两兄弟偶遇于阳谷"县前",显系"县衙前",武大正在那里卖炊饼。什么是炊饼?就是蒸饼。吴处厚《青箱杂记》云,仁宗皇帝讳贞，以其音近于蒸，"今内庭上下皆呼蒸饼为炊饼"。武家本在与阳谷县相邻的清河县，武大之得娶潘金莲，乃因某"大户"偷腥不成而忌恨，于是"却倒陪些房奁，不要武大一文钱，白白地嫁与他"，后果如何众所周知了。结婚之后，"清河县里有几个奸诈的浮浪子弟们"一天到晚前来武家骚扰，清河县住不下去，武大便"搬来这阳谷县紫石街赁房居住，每日仍旧挑卖炊饼"，成了一个标准的流动小贩。那个"不忿闹茶肆"的郓哥也是这种角色，"自来只靠县前这许多酒店里卖些时新果品"。武大、郓哥能够在"县前"做小买卖，前者还能供养漂亮老婆，逻辑推断彼时并无城管驱之逐之的前提。

如果说那是小说，还是地方上的事，那不妨再看看《东京梦华录》中的京城。其"御街"条云："坊巷御街，自宣德楼一直南去，约阔二百余步。两边乃御廊，旧许市人买卖其间，自政和间官司禁止。"宣德楼乃皇宫的南门，也是汴京的中心。这里的"市人"理解为流动小贩应该没有疑问。概汴京城中，每一街巷都有固定的店家，如"潘楼东街巷"中有"李生菜小儿药铺""仇防御药铺""看牛楼酒店""郑家油饼店"等；"东角楼街巷"有"金银彩帛交易之所，屋宇雄壮，门面广阔，望之森然。每一交易，动即千万"，不是小打小闹的。而潘楼东街巷之"东十字大街"的那些，小贩的性质无疑，他们"每五更点灯博易，买卖衣物、图画、花环、领抹之类，至晓即散"，彼时叫"鬼市子"，今天广东叫"天光墟"。与此同时，张择端名作《清明上河图》中，京城街道两旁的空地上正有不少张着大伞的小商贩，不乏占道经营的意味。

与宽容小贩相反，宋朝对违建的打击不遗余力，这跟今天倒是恰恰相反。以屋顶违建来说，新近北京的"全国最牛"居然占据了整个楼顶；深圳"最牛"则是建了个空中庙宇。前者施工了六年，后者八年前就曝光了，都没见城管有什么办法制止，人家不在家或不搭理他们，他们就乐得当甩手掌柜。宋朝不然。毕沅《续资治通鉴》载，真宗咸平五年（1002），"京城衢巷狭隘，诏右侍禁、阎门祗候谢德权督广之"。谢德权得令，"先撤贵要邸舍"，从重量级人物开刀，阻力之大可想而知，至于未几"有诏止之"。但谢德权意志坚定："今沮事者皆权豪辈，吝僦屋资耳，非有它也。臣死不敢奉诏。"仁宗时有个叫周湛的知襄州，"襄人不用陶瓦，率为竹屋，岁久，侵据官道，檐庑相逼，故火数为害"。所以周湛一到，"度其所侵，悉毁撤之"，不同的是，此番亦因"豪姓不便"，周湛最后"徙知相州"。不过由此可知，宋朝在强拆违建当中亦难觅城管的踪影，都是钦定或地方大员的作为。违建问题至少可以溯去唐朝。《唐会要》载，代宗大历二年（767）五月敕："诸坊市街曲，有侵街打墙、接檐造舍等，先处分一切不许，并令毁拆。"文宗太和五年（831）七月，左街使上奏："伏见诸街铺近日多被杂人及百姓、诸军诸使官健起造舍屋，侵占禁街"。如此等等。由谁来执行呢？代宗那时明确委任了李勉。李勉是什么人？唐朝宗室，《旧唐书》有他的传，大历二年他的职务是"拜京兆尹，兼御史大夫"。京兆尹乃首都的最高行政长官，御史大夫掌管监察执法。那么同样，李勉也是钦定，在某个时期靠专项行动来集中治理痼疾。

现代意义的城管何时出现？在下未加考证，然何以不少评论随声附和宋朝即有城管？该是今人并不读书，凡事依赖"百度"检索并望文生义的恶果了，始作俑者一旦开了黄腔，后面的便纷纷跌倒。城管装备的升级，折射了城管与小贩尖锐对立的现状，倘若不能从小贩何以产生这些根本上解决问题，城管的装备只能是越升越高。

2013 年 9 月 2 日

子产不毁乡校

值此全国范围内打击网络谣言之际，"子产不毁乡校"的典故这两天在广东很火。起因在于 8 月 31 日晚上将近 10 点，广州市公安局发布了一条官方微博，说"谣言必须打，打击须依法，严防扩大化"，但"一些歪曲历史事实的谣言，不是现实的，没有扰乱公共秩序。子产不毁乡校，打击造谣要防止扩大化，若人人噤若寒蝉，相视以目，显然是噩梦"。此官微一语道出了人们对当下打击网络谣言做法的一种忧虑。9 月 2 日，广东省高院也发了一条，详细解释了该典，并称"子产把乡校作为获取群众议论政事的反馈信息的场所，而且注意根据来自公众的意见，调整自己的政策和行为"。这两条微博得到了众多转发，显见网民的认同度。

子产不毁乡校，出自《左传·襄公三十一年》。子产是春秋时有名的政治家，执掌过郑国国政。乡校，杜预注曰"乡之学校"。《孟子·滕文公上》有"设为庠、序、学、校以教之"，杨伯峻先生认为："疑国学（相当于今之大学）惟天子有之，诸侯惟庠、序、校而已。郑之学曰乡校。"那么，《左传》中的"郑人游于乡校，以论执政"，就是以乡校为载体，议论当政者的得失。一定是乡校中传出了不少逆耳之言吧，智者然明建议子产取缔之："毁乡校，何如？"子产对此不予认同："夫人朝夕退而游焉，以议执政之善否。其所善者,吾则行之;其所恶者,吾则改之。是吾师也,若之何毁之?"接着他又进行了引申:"我闻忠善以损怨,不闻作威以防怨。岂不遽止,然犹防川,大决所犯,伤人必多,吾不克救也,不如小决使道,不如吾闻而药之也。"然明对子产的见解深表佩服,"今而后知吾子之信可事也";孔子"闻是语也",也修正了自己先前的认识:"以是观之,人谓子产不仁,吾不信也。"不过,杨先生指出,子产讲这话时孔子才 11 岁,"当是以后闻而论此"。

"子产不毁乡校"的核心思想是:让人说话,有则改之,无则加勉,没什么好担心的;不让人说话,反而应该可怕。《国语·周语》中也有类似意思:"防民之口,甚于防川。川壅而溃,伤人必多,民亦如之。是故为川者决之使导,为民者宣之使言。"由于《左传》与《国语》相传均为春秋末期的左丘明所著,因而既可视为这是其思想的一以贯之,也可视为一种强调。并且,《左传》与《国语》提供的正是一正一反两个典型。或者说,《国语》中周厉王这个反面典型,印证了子产所预见的严重后果。先是,"国人谤王",厉王掌握了具体人等,"则杀之",致"国人莫敢言,道路以目"。厉王自以为有"弭谤"的本领,邵公便讲了上面那番话,且有继续发挥:"夫民之虑之于心而宣之于口,成而行之,胡可壅也? 若壅其口,其与能几何?"但是,周厉王对这番进谏根本听不进去,结果,"三年,乃流(厉)王于彘",国人暴动,厉王被逐。

"我闻忠善以损怨,不闻作威以防怨",这是公元前 542 年,亦即整整 2555 年前,子产这个开明政治家的见识。他所说的道理后人都懂,有识之士的阐述还更加透彻。如宋神宗皇帝大行,太皇太后遣人问政,"所当先者",司马光便直截了当地说"近岁士大夫以言为讳,闾阎愁苦于下而上不知,明主忧勤于上而下无所诉",所以,"今日所宜先者,莫若明下诏书,广开言路,不以有官无官,凡知朝政阙失及民间疾苦者,并许进实封状,尽情极言"。连具体做法司马光都想好了:"颁下诸路州军,出榜晓示,在京则于鼓院投下,委主判官画时进入;在外则于州军投下,委长吏即日附递奏闻。皆不得责取副本,强有抑退。"为了确保言路大开,司马光还有"诛心"之论:"群臣若有沮难者,其人必有奸恶,畏人指陈,专欲壅蔽聪明。"与此同时,吕公著亦上奏十事,其六曰纳谏,针对的是中央层面,"宜选骨鲠敢言之士,遍置左右,使职谏争"。这些见解的指向同样非常清楚:先得让人有什么说什么,尤其是不好听的,不能掩耳盗铃。但是如我们所见,当政者多数时候做起来都往往"口与躬违,心与迹作"。这样的实例太多太多。

毕仲游当年告诫苏东坡,你这人"官非谏臣,职非御史,而好是非人,危身触讳,以游其间,殆犹抱石而救溺也",算了,还是歇着吧。仲游认为:"夫言语之累,不特出口者为言,其形于诗歌,赞于赋颂,托于碑铭,著于序记者,皆言语也。"观诸今天的情形,在"著于序记"之后又可缀上"现于网络"了。广州公安微博既出,人民网舆情监测室官微旋予以了高度评价:"整治谣言是一件利网利民的好事,要警惕一些地方混淆概念、突破法律边界造成'捕谣比赛',防止谣言定性的随意化与打击范围的扩大化。"归根到底,在宪法保障言论自由(第三十五条)的前提之下,各级政法机关更要增强舆论监督的"承受力"和"容忍度"。当下考验的,正是他们的行为取向。

2013 年 9 月 7 日

"大师"

北京某个住宅小区楼顶上的"最牛违建",真可谓"拔出萝卜带出泥"。不难猜想,能以六年之久在楼顶兴建两层违章"别墅",曾对物管声称"我既然敢住这,就不怕谁告"的人,必有所恃。果然,僵持之中又牵出了一个"大师"——违建的主人张必清。此"大师"当年发明过"神鞋",如今是"奇经诊疗方法发明人"。所以说"又",因为不久前公众刚刚围观了"能够在几十米之外戳死司马南"的王林。

此中"大师"所以要加引号,在于它非指在相关领域造诣精深、享有盛誉的专业人才,而是入得了《搜神记》《太平广记》的人物,共同特点是"绝技"傍身,能治绝症,通晓吉凶,半人半神。这自然并非当代土产,自从有了人,可能同时也就有了这种人,彼时由"三观"导致,渐渐发展成别有用心。《史记·田单列传》载,"燕引兵东围即墨,即墨大夫出与战,败死",大家推田单当头,田单就利用了"大师"。先"令城中人食必祭其先祖于庭,飞鸟悉翔舞城中下食。燕人怪之",田单因宣言曰:"神来下教我。"乃令城中人曰:"当有神人为我师。"有个守卒说自己就是上面派来的"大师",田单将计就计,"东乡坐,师事之"。冒牌货却害怕了:"臣欺君,诚无能也。"田单并不计较:"子勿言也!"于是,"每出约束,必称神师"。借此"大师",田单不仅玩燕军于掌骨之中,也令自家队伍笃信不二,坚定了守城的信心。

宋朝的不少"大师",就与今天这般尊容相似了:与权贵打得火热,以之为靠山,行诈骗之能事。

《续资治通鉴》载,真宗天禧元年(1017),"有日者上书言宫禁事,坐诛,籍其家,得朝士所与往还占问吉凶简尺,帝怒,欲尽付卿史案罪"。日者,即"大师",唐章孝标《日者》诗曰:"十指中央了五行,说人休咎见前生。"一双手、一张嘴,你的前程运命他都掌握了。真宗本来很笃信这一套,此番不知因何动怒。宰相王旦打圆场,先是把这些书札"具请以归",第二天告诉皇帝:"此人之常情,且语不及朝廷,不足究治。"并且说自己当年也"不免为此",如果一定定罪的话,"愿并臣下狱"。真宗刚被说动,王旦便赶快学了曹操的做法,"悉焚所得书"。未几有大臣"欲因是以挤己所不快者,力请究治",真宗让把那些书信找出来,王旦说已经烧了。从"由是获免者众"来看,当时朝廷官员和此"大师"交往的不在少数。真宗乾兴元年(1022)还有一件,这回是个女"大师",名叫刘德妙,本是巫婆,跟宰相丁谓打得火热。"谓败,逮系德妙,内侍鞫之",刘德妙把二人如何演双簧和盘托出。她说丁谓这么教她的:"汝所为不过巫事,不若托老君言祸福,足以动人。"丁谓还作了一篇《混元皇帝赐德妙》,把女"大师"吹成太上李老君的使者。

神宗熙宁八年(1075),"沂州民朱唐告前徐姚县主簿李逢谋反,辞连宗室右羽林大将军世居、河中府观察推官徐革,命御史中丞邓绾、知谏院范百禄、御史里行徐禧杂治之。狱具,世居赐死,逢、革等伏诛"。这案件又牵出了一名"大师":蜀人李士宁。此大师"得导气养生之术,又能言人休咎,以此出入贵家"。他以仁宗御制诗赠世居母,又许世居以宝刀,且曰:"非公不可当此。"这几招,令"世居与其党皆神之",相信李士宁乃"二三百岁人也",对他的诗"以为至宝之祥"。世居败后，如何处置李士宁出现了不同意见。范百禄"谓士宁以妖妄惑世居致不轨，罪当死"，徐禧则偏袒之，"以为无罪"。最后，"士宁但决杖，配永州；而百禄坐报上不实，贬监宿州税"。后来，李士宁成了政治斗争的工具，"惠卿始兴此狱，连坐者甚众，欲引士宁以倾安石"，因为王安石与李士宁也关系不错。

《杨文公谈苑》里有"王延范误惑于术人"条，说王延范广西转运使干得好好的，三个"大师"把他忽悠上了死路。一个忽悠他"君素有偏方王霸之分"，一个忽悠他"君当八少一，当大贵不可言"，再一个忽悠他"君形如坐天王，眼如啣伽，鼻如仙人，耳如雌龙，望视如虎，当大有威德"。三人成虎，遑论三个"大师"？王延范飘飘然了，"日益矜负，因寓书左拾遗韦务升，作隐语讽朝廷事，为人所告，鞫实抵罪，籍没其家，藁葬南海城外"。杨亿说："大抵术人谬妄，但知取悦一时，不知误惑于人，其祸有至于如此者。"正是王旦所说的"人之常情"，致使"大师"遍地，时时成为一景吧，如王延范这种地位得到这种下场的，何代乏人？

国内这些年倒了不少"大师"，严新、张宏堡、张香玉、张宝胜、沈昌……有人统计过，仅仅20世纪80年代气功热度正高的时候，出名的"大师"就不下100个，不出名的1000个也不止。如今"大师"们都知道环境不同了，在公开场合都选择了偃旗息鼓，暴露的这些大抵像诸多落马贪官一样，或一不留神，或被"牵连"。李一因为上了杂志的封面，王林因为人家网上晒出的合影，张必清此番因为"最牛违建"，但也正如偶然落马的贪官一样，靠偶然打回原形的"大师"越多，越说明我们的社会根本没有剔除令他们滋润的土壤。

2013年9月10日

月饼

中秋节就要到了。月饼是中秋的时令食品,往年是"天价"犯了众怒,今年不知怎么网友对五仁月饼进行了口诛笔伐。

按照《中国大百科全书》的说法,南宋周密在其著作《武林旧事》里最早提到"月饼"的概念。检索该书,在卷六"市食"条下的"蒸作从食"中果然有所发现。周密笔下之武林,非金庸笔下之江湖,而是南宋的都城临安(杭州)。1992年余初到杭州游览,夜幕中曾在"武林广场"留影,时殊不解杭州为何以这么个名字命名城市中心广场,全不知其乃杭州旧称。那么,《武林旧事》实则杭州旧事。此前,孟元老追忆汴京繁盛的《东京梦华录》即出,引来了众多仿效者,《武林旧事》为其一,且仿效得最成功。《四库全书总目》评价曰:"湖山歌舞,靡丽纷华,著其盛,正著其所以衰。遗老故臣,恻恻兴亡之隐,实曲寄于言外,不仅作风俗记、都邑簿也。"

周密列举的"市食",就是市面店铺里卖的东西。该书卷七之"乾淳奉亲"条提到:"初筵,教坊奏乐呈伎,酒三行,太上宣索市食,如李婆婆杂菜羹、贺四酪面、脏三猪胰胡饼、戈家甜食等数种。"在周密开列的这份食单上,记录了八大类共200多种食品,从水果、菜蔬到肉类,从腌制、凉拌到烧烤,从飞禽、走兽到鱼虾,从粥、糕点到各色酒水饮料,无所不备。而从食,即正餐外的点心和小吃,周密这么说的:"子母茧、春茧(茧形包子)、大包子、荷叶饼……月饼、馉子……"而"蒸作"二字似乎表明,月饼在彼时乃蒸而非烤,该与武大郎的炊饼"同宗"。概炊饼即蒸饼,宋仁宗讳祯,蒸饼音近也不行,只好改名。"月饼"虽然首次出现,但仅仅是个名词,与今天我们吃在嘴里的月饼是否一个东西还很难说。

月饼的"名"出现在南宋,其"实"则显然可以上溯。唐高祖李渊说过"应将胡饼邀蟾蜍",把胡饼与月亮(蟾蜍)关联起来,可能已具备月饼之"实"了。《东京梦华录》"中秋"条,自然谈到了吃,"是时螯蟹新出,石榴、榅勃、梨、枣、栗、孛萄、弄色枨桔,皆新上市"。对时令食品,螯蟹之外,大量地提到了水果。这里的"弄色"值得注意,表明宋朝已经能做水果的外观文章了。弄色即做色,或为"用铜绿色水浸泡,以长时间保持色泽鲜艳",或为"果子将熟之际,剪纸粘上,夜露日烘,渐变红色,其纹如生"。后一种做法今天已不乏见,春节余在贵阳,每见不知怎么"晒"出的带有"富贵""发财"一类字样的苹果,确是生成的感觉。前一种未知有害与否,总之还是别给今天的无良商家听去为妙。孟元老讲了那么多水果,与他对其他节日介绍对食品的不厌其详大不同,似可证明月饼在彼时即便事实上存了,却还无足轻重,构不成代表中秋特色的要素。

但在明朝,月饼显然与今天的一般无二了。或正从明朝开始,月饼成为中秋节特定的节日用品(拜月用)和食品。如嘉靖朝田汝成《西湖游览志馀》云:"八月十五谓之中秋,民间以月饼相遗,取团圆之义。"万历朝沈榜《宛署杂记》记述的是制作:"士庶家俱以是月造月饼相遗,大小不等,呼为月饼。"其中还提到"市肆至以果为馅,巧名异状,有一饼值数百钱者"。看起来,彼时月饼已与"天价"有染。明末刘侗、于奕正著《帝京景物略》则这样说:

"八月十五日祭月,其祭果饼必圆;分瓜必牙错瓣刻之,如莲华。"这一天,"家设月光位,于月所出方,向月供而拜,则焚月光纸,撤所供,散家之人必遍。月饼月果,戚属馈相报,饼有径二尺者。女归宁,是日必返其夫家,曰团圆节也"。诸如此类,不是完全具备了今天月饼的特征码?

关于月饼的起源,还有"八月十五杀鞑子"的著名传说。鞑子,源出鞑靼,原为北方游牧民族的一支。宋元人泛称蒙古各部为鞑靼,近代则为汉人对蒙古人及满洲人的蔑称。传说元末江淮百姓忍受不了蒙古统治者的虐政,在月饼馅中夹藏纸条而相约起义,到八月十五,家家户户掰开月饼看到暗号,便一同杀死身边的蒙古人。无论故事的版本如何,策划都归到了刘伯温头上,就像永乐皇帝修建北京城是在其死后 30 多年,民间仍然津津乐道于"刘伯温制造哪吒城"一样,这是对其勋业极度崇拜的结果。就"八月十五杀鞑子",当代陈学霖先生指出:"从清末到民国,在炽烈的反满情绪影响下,这个以刘伯温为中心的元朝末年汉人起义故事很受汉民族的欢迎,信以为真,并在每年庆祝中秋节时大张其事。"陈先生以大量篇幅考证了此说的并不可信,以及不可信的东西何以成为"后人对这些轰轰烈烈的革命事迹的集体记忆"。

"小饼如嚼月,中有酥和怡。"东坡《留别廉守》中的句子,说的也是月饼吧。五仁月饼只是月饼中的一种,在食品安全已成惊弓之鸟的今天,它也不见得就恶劣到了什么程度,犯不着网友不知真假的动怒。但今天传统节日似乎只剩了吃之一途,说是网友没事找事寻开心,不会冤枉谁吧。

2013 年 9 月 18 日

奢靡之风

正在开展的"群众路线教育实践活动",一个明确的指向是反"四风",也就是形式主义、官僚主义、享乐主义和奢靡之风。这些主义或风的表现,人人耳闻目睹,公职人员也大都有切身体会,就概念而言,实在无须多说。其中的享乐主义与奢靡之风,相互间存在千丝万缕的关联,因为奢靡的表现即在挥霍浪费钱财,过分追求享受。后果也是众所周知,"历览前贤国与家,成由勤俭破由奢",李商隐的高度概括,向为谈及此类问题者所乐道。

但是,道理归道理,生活归生活。随便翻翻手边的书籍,也可发现这是历朝历代一阵明白一阵糊涂,或者"揣着明白装糊涂"的事情。

《燕翼诒谋录》云:宋真宗"咸平、景德以后,粉饰太平,服用浸侈,不惟士大夫之家崇尚不已,市井闾里以华靡相胜,议者病之"。大中祥符元年(1008),真宗乃有诏曰:"金箔、金银线、贴金、销金、间金、蹙金线,装贴什器土木玩之物,并行禁断。非命妇不得以金为首饰。许人纠告,并以违制论。寺观饰塑像者,赍金银并工价,就文思院换易。"大概是效果不彰吧,四年、八年相继又诏,前一个:"宫院、苑囿等,止用丹白装饰,不得用五彩。皇亲士庶之家,亦不得用。春幡胜除宣赐外,许用绫绢,不得用罗,诸般花用通草，不得用缣帛。"后一个："自中宫以下，衣服并不得以金为饰。"如此下诏，称得上三令五申，而且规定得非常具体，像后面这次，"销金、贴金、缕金、间金、戗金、圈金、解金、剔金、捻金、陷金、明金、泥金、榜金、背金、影金、阑金、盘金、织金金线，皆不许造"，多详细啊。"然上之所好，终不可得而绝也"，他自己不正，也就别指望下梁纠偏。就说这年二月，未来的仁宗皇帝五岁生日，真宗便奢靡了一回，"宰臣以下称贺，宫中出包子以赐臣下，其中皆金珠也"。仁宗继位后，"俭朴躬行"是出了名的，同时也"申严其禁，上自宫掖，悉皆屏绝，臣庶之家，犯者必置于法"。力度加大了，"然议者犹有憾，以为有未至焉"，用今人的说法："扫帚不到，灰尘照例不会自己跑掉。"

奢靡之风带来的恶果，前人也是意识得到的。如何治理？宋孝宗说得很好："革弊当自宫禁始。"淳熙三年（1176），他"召宰执，宣示中宫裈衣"，告诉大家："珠玉之属，乃就用禁中旧物，所费不及五万缗。"龚茂良等曰："不因宣谕，无由得知支用之俭。"你不说，我们不知，还以为奢靡得很呢。这里流露出的是将信将疑的态度。孝宗回答得斩钉截铁："朕安肯妄有所费！"他接着问"近来风俗奢侈如何"时，得到的回答可以坐实茂良等的态度："辇毂下似稍侈，皆由贵近之家仿效宫禁，以故流传民间。彼若知圣意崇朴，亦必观感而化。"茂良等应该是故意这么说，觉得所谓宫禁之俭纯粹是自己所虚美，他们不是接着搬出祖宗来说事了吗？"仁宗尝以南海没入大珠赐温成皇后，后时为贵妃，以充首饰，戚里靡然效之，京城珠价至数十倍。仁宗禁中内宴，望见贵妃首饰，不复回顾，曰：'满头白纷纷，岂无忌讳！'贵妃惶恐易去。仁宗大喜，命剪牡丹遍赐妃嫔。不数日间，京城珠价顿减。"必须承认，龚茂良他们是忠于职守的官员。金章宗完颜璟初即位，"有司言改造殿庭诸陈设物,日用绣工一千二百人,二年毕事。金主以多费,欲辍造",看张汝霖怎么说:"此未为过侈,将来外国朝会,殿宇壮观,亦国体也。"台阶搭得多妙啊。然而,大金"其后奢用浸广,盖汝霖有以导之",朝中有这样的佞人,宫掖奢靡便几成必然。

明朝叶权《贤博编》云:"杭州之奢侈,钱氏时已然,南宋更靡,有自来矣。"他的这个"奢侈",足以把人给弄糊涂,从所举的例子来看,"城中人不事耕种,小民仰给经纪,一春之计全赖西湖。大家坟墓俱在两山,四方宾旅渴想湖景,若禁其游玩,则小民生意绝矣"。这怎么会是奢靡之风,不是杭州商品经济比较发达的一个表征吗?"且其风俗华丽,已入骨髓,虽无西湖,不能遽变",就更可以为之佐证了。叶权说自己"少时则见其逾游逾盛,小民逾安乐耳,何烦禁之"。由此来推断,彼时治理官场上的奢侈之风殃及了民间这条池鱼吧。看不明白,乱猜。

在《新唐书·魏徵传》中,借着"阿史那结社率作乱",以及"云阳石然(燃)""自冬至五月不雨"等人为和自然的灾异征兆,魏徵有道上疏。他比较了贞观之初与上疏之时(贞观十三年)的十大不同,其中第五大说的就是奢靡之风:"在贞观初,不贵异物,不作无益。而今难得之货杂然并进,玩好之作无时而息。上奢靡而望下朴素,力役广而冀农业兴,不可得已。"这句"上奢靡而望下朴素",说到了点子上,诸多需要杜绝的事情又何尝不是如此!当下在反享乐主义和奢靡之风,无论反什么,被反的都会敛迹于一时,逆风而上的终究是极少数。但这种做法终究属于"运动式",不大可能治本。

2013 年 9 月 29 日

土豪

　　网络时代不断"制造"新词，或者"旧词翻新"，一会儿一个，"乱花渐欲迷人眼"。时下"土豪"又忽焉被挂在了嘴边。9月9日，有人在微博上发起"与土豪做朋友"以及"为土豪写诗"活动，从而诞生了"土豪，我们做朋友吧"这句新的流行语。那些发了财但似乎上不了档次或正话反说而故意调侃的对象，大抵都成了"土豪"。与其他流行语不同的是，"土豪"还有自己的颜色，原本的香槟色摇身一变，成了"土豪金"。

　　在我这一代人所接受的教育中，"土豪"是个十足的贬义词。"打土豪，分田地"的标语或口号，迭见于革命话语的文学、影视作品之中，早就深深印在了脑海里，且"土豪"往往与"劣绅"联用。毛主席 1927 年写就的名篇《湖南农民运动考察报告》明确提出："打倒土豪劣绅，一切权力归农会。"在其所综计的"农民从政治上打击"土豪的方法上，有一项叫作"戴高帽子游乡"，具体做法是："把土豪劣绅戴上一顶纸扎的高帽子，在那帽子上面写上土豪某某或劣绅某某字样。用绳子牵着，前后簇拥着一大群人。也有敲打铜锣，高举旗帜，引人注目的。这种处罚，最使土豪劣绅颤栗。戴过一次高帽子的，从此颜面扫地，做不起人。"这种做法，40 年后再大行其道，只是土豪这个阶层消失了，对象也就不同了。但对于什么是土豪，毛主席并没有给出定义，但在他的另一篇《怎样分析农村阶级》中有这样一句："军阀、官僚、土豪、劣绅是地主阶级的政治代表，是地主中特别凶恶者。富农中亦常有较小的土豪、劣绅。"借此大致能够明白一点儿吧。

作为名词或者概念，土豪的历史也堪称悠久。原本的土豪未必贬意十足，它或指地方上有钱有势的家族或个人，或指一方的首领。文天祥《己未上皇帝书》说道："至如诸州之义甲，各有土豪；诸峒之壮丁，各有隅长。彼其人望，为一州之长雄。"这里的土豪就完全是褒义的。再看其他两例。其一，《宋书·殷琰传》载，殷琰"督豫司二州南豫州之梁郡诸军事"，时晋安王刘子勋反，然何去何从，受制于土人也是前官员杜叔宝。概殷琰"素无部曲，门义不过数人，无以自立"，而叔宝"既土豪乡望，内外诸军事并专之"，足堪一方首领。其二，《隋书·韦鼎传》载，文帝开皇十二年（592），韦鼎除光州刺史，"州中有土豪，外修边幅，而内行不轨，常为劫盗"。韦鼎凡事讲究"以仁义教导，务弘清静"，对劫盗也不例外。他只对那个土豪说了句："卿是好人，那忽作贼？"结果很奏效，人家听完便"即自首伏"。这两个土豪，都有那么点儿原始意味，定性的话该属于中性。后一个似可以划入当年"打倒"对象的行列，但也并不等同。后世的土豪当然同样可喻为劫盗，那应该是社会学意义上的，不会像那位老兄真的赤裸裸上阵，直接去干剪径一类的勾当吧。

《杨文公谈苑》云，王化基鞫祖吉狱（吉知晋州，受赇事败）时，先下去搞调研，"询其土豪王某"。王土豪说："吾小民，见州将贫乏，相酿率为一日之寿，岂知其犯法哉？"王土豪言自己小民，是在官员面前的一种谦称，但从其能够发动其他小民为父母官做寿一事来推断，符合有钱有势的定位。土豪之外，这里面透露的其他一些信息很有意思。王土豪言罢曾"怅叹不已",度其语意似是这个逻辑:不就过个生日嘛,哪里至于就把人给抓了。不过,事情恐怕也没有那么简单。王化基"诘其前后郡守",王土豪言"三十年以来,唯梁都官不受一钱,余无免者"。这就等于不打自招了,祖吉不会是个清官,过生日敛财,一个招数而已。这一招,今天的官员也屡试不爽,有的一年要过两个,阴历的阳历的各一;极端的,连岳父岳母的生日都大操大办。所以,由王土豪包括祖吉在内的"余无免者",再看他的"怅叹不已",就不妨诛心,也许他在怅叹投资打了水漂吧。此外,王土豪说的梁都官即梁勖,其人"进士及第,有文词,(宋)太祖欲令知制诰",不知因甚"为时宰所忌,遂止"。此番王化基又向太宗举荐,可惜梁勖"以老病不任吏事"。杨亿讲的这一段野史,被李焘收进了《续资治通鉴长编》成为正史,表明梁勖是一个被官方认可的清官吧。

　　土豪在什么时候完成了词义的"第一次"转变,不得而知。以顾炎武的文字而言,其《田功论》中,要"募土豪之忠义者,官为给助,随便开垦";而《与人书》中,又"马角无期,貂裘久敝,惟长者垂悯孤根……不至为土豪鱼肉,即石田十顷徐图转售,尚得为首丘之计",两相较之,已然毁誉参半。清嘉庆时之郝懿行,有"古之土豪,乡贵之隆号;今之土豪,里庶之丑称"的说法,表明土豪已经完全"变质",理应成为打倒的对象了。如今"卷土重来"的土豪,等于给词义进行"第二次"转变,成了谐谑称呼,又抹去了贬义色彩。在"屌丝"等原本极度羞于出口如今却被姑娘小伙齐齐挂在嘴边的时代,"土豪"洗去身上"黑色"的、"反革命"的成分,实在也是正常不过的事情。任何别的词语今后"转正"或者"变质",我们也都不必奇怪。

2013 年 10 月 12 日

韩流

自从"韩流"来袭,韩国美女就成了国人眼中的一道亮丽风景。但很多人都相信,因为韩国的美容业发达,她们中有不少是"人造美女"。有业内人士甚至断言,80%以上的韩星都有整形或整容的历史。一些明星后代的长相,更被视为"铁证如山"了。

"韩流"很早就来袭过。宋朝文人就很欣赏高丽的白折扇,徐兢说"藏于怀袖之间,其用甚便",苏东坡说"展之广尺余,合之只两指",赞美溢于言表。明朝人则很青睐他们的马尾裙。陆容《菽园杂记》云:"马尾裙流入京师,京师人买服之,未有能织者。"开始呢,流行范围"惟富商、贵公子、歌妓而已",慢慢地"无贵无贱,服者日盛。至成化末年,朝臣多服之者矣"。著名的"万岁阁老"万安,至于"冬夏不脱",而"大臣不服者,惟黎吏侍淳一人而已"。并且,"京师始有织卖者",自己也生产了。这种服饰,王锜《寓圃笔记》云:"以马尾织成,系于衬衣之内。体肥者一裙,瘦削者或二三,使外衣之张,俨若一伞。"不过对赶这种时髦,他有不同看法:"然系此者,惟粗俗官员、暴富子弟而已,士夫甚鄙之,近服妖也。"《宋史·高丽列传》已载:"(高丽)男子巾帻如唐装,妇人鬌髻垂右肩,余发被下,约以绛罗,贯之簪。旋裙重叠,以多为胜。"这个"旋裙",就是马尾裙吧?

用品、服饰如此，美女自然也要登陆了。皇家娶来的，也许不大能说明问题，我们去"和番"的，也还要挑选长相如王昭君那种，但还是先看一下。《续资治通鉴》载，至元六年（1340），元顺帝立奇氏为第二皇后。奇氏即高丽人，原本"进为宫女，主供茗饮以事帝"，然其"性颖黠，日见宠幸"。立了之后，奇氏"无事则取《女孝经》、史书，访问历代皇后之有贤行者为法"。顺帝"尝为近幸臣建宅，亲画屋样，又自削木构宫，高尺馀，栋梁楹槛，宛转皆具，付匠者按此式为之"，对这个"鲁般天子"，奇氏还有过进谏，"陛下年已大，子年已长，宜稍息造作"云云。但她心疼的并非国家财富，皇后鸿吉哩氏崩，奇氏"见其所遗衣服敝坏"，曾经大笑："正宫皇后，何至服此等衣耶！"富贵之后，奇氏还将手里掌握的高丽美人当成了公关物品，"大臣有权者，辄以此遗之"，导致"京师达官贵人，必得高丽女然后为名家"。因此，"自至正（顺帝年号）以来，宫中给事使令，大半高丽女，以故四方衣服、靴帽、器物，皆仿高丽，举世若狂"。由此足窥彼时"韩流"的热度了。高丽女子为何热得发烫？明朝正德年间回回人于永的上言可见端倪："高丽女白皙而美，大胜中国。"

　　明朝永乐皇帝也娶过一个高丽女子。据沈德符《万历野获编》之"帝王娶外国女"条，永乐"纳高丽所献女数人，其中一人为贤妃权氏，侍上北征，回师薨于峄县，遂槁葬焉"。《明史·后妃传》披露了更详细的信息："权氏，朝鲜人。永乐时，朝鲜贡女充掖庭，妃与焉。姿质秾粹，善吹玉箫。帝爱怜之。七年封贤妃，命其父永均为光禄卿。"《李朝实录》还说，永乐帝在"权妃生时，凡进膳之物，惟意所适；死后，凡进膳、造酒，若浣衣等事，皆不适意"。这里面肯定会夸张了，但其后来见到贤妃之兄，"赐言之时，含泪伤叹，至不能言"，表明感情还是有些的吧。对永乐帝娶权妃，沈德符说"是时尚仍元俗,未禁属国进女口也",不过,按其"高丽女见疑"条,永乐帝实则违反了父训。当然,他连父亲指定的继承人、侄子建文帝都毫不客气地推翻,此之违反更微不足道了。该条载,洪武十三年(1380),"高丽愆贡期,上赐诏诘责之"。未几高丽派周谊来斡旋,朱元璋警惕性很高,敕辽东都指挥使司曰:"前元庚申君,曾纳谊女于宫中,庚申君出奔,内臣得此女以归,今高丽数遣谊来使,殊有意焉,卿不可不备。敕至当遣谊来京,别有以处之。"庚申君,即元顺帝。"及周谊至京,署本国衔,为礼曹判书。上赐以袭衣,遣通事先归,留谊于京师",这时仍命边将:"自今入境者,皆止于边,不许入见,虽有贡赋亦不许入献。"在沈德符看来,这是朱元璋"终以女在宫为疑",而"严防女戎如此",在于得免褒姒、骊姬之祸。

从前"韩流"登陆,委实不易,王明清《挥麈录》可资佐证。宋哲宗时扬康功出使高丽,先和大家告别,问有没有什么东西要带的,"皆不答",只蔡卞说,高丽的磬很不错,回来时给我捎一口吧。康功使还,"遂以磬及外国奇巧之物,遗元度(卞字)甚丰,它人不及也"。有人问怎么回事,康功笑曰:"当仆之度海也,诸公悉以谓没于巨浸,不复以见属。独元度之心,犹冀我之生还,吾聊以报其意耳。"如今双方交往,路途上的风险早已不存在。而韩流来袭,亦文化交流的现象而已。只是不知,我们的影视在他们那里的反响如何。倘若完全是单向度,来而无往,不仅"非礼也",我们也有检讨自己外宣成效的必要了。

2013 年 10 月 18 日

医患关系

10月25日，浙江温岭第一人民医院发生了一起杀医生事件。3名医生在为病人看病过程中被1名持刀人员袭击，其中王云杰医生不幸身故。行凶者只是对之前在该院所做微创手术的结果持有异议。这几年来，各地有几起杀医生的恶性事件，前年北京同仁医院女医生、去年哈尔滨医科大学附属第一医院实习医生相继遭到不幸，一时间都震惊全国。行凶者的动机，基本上都是因为医患关系紧张而升级。

医者，仁术也。从前的人对医生大抵是膜拜的，皇帝才会动杀机，就是说"伴君如伴虎"的，不仅仅是那些直言进谏之士。宋仁宗病了，"医官宋安道等进药，久未效"。郓州观察推官孙兆、邠州司户参军单骧"皆以医术知名"，被特别召来"诊御脉"。还不见好，乃"责降医官"，且连先前的宋安道一并治罪。仁宗此前就说过"世无良医，故夭横者众"一类的话，流露出对医生作用的将信将疑，此时算是"验证"了。但治不好病就治罪，有人为孙兆他们鸣不平："先帝初进兆等药，皆有验，不幸至此，乃天命也，非医官所能及。"仁宗说那"唯公等裁之"，你们看着办吧。大家能怎么办？"皆惶恐"之余，只有照旨意办事，"同时责降者十二人，独兆、骧得远地"。所以，宋高宗皇后吴氏"忽寝疾"时，"侍医进药，辄却之"。老太太感叹自己都八十了,"而以医累人耶?"其"悼词"中的"却药辍进,务全护医"说得就更明白了,她是不想因为自己可能治不好的病而带累了医生。先前,汉高祖刘邦平定英布时,"为流矢所中,行道病",可能太厉害了,"吕后迎良医"。又可能听到医生说"病可治"而有了底气吧,刘邦"嫚骂之"曰:"吾以布衣提三尺剑取天下,此非天命乎?命乃在天,虽扁鹊何益!"帝王有这样的意识,医生才有放心执业的可能。可惜今天走极端的那些人,大抵还是归罪医生。

《续资治通鉴》载,正隆四年(1159)十二月,金海陵王"杀其太医使祁宰"。初,"宰性慷慨,欲谏南伐,未得见";等到"元妃有疾,召宰诊视",他觉得有机会了,"既入见,即上疏谏",慷慨陈词国家大事:以前荡辽戡宋,"上有武元、文烈英武之君,下有宗翰、宗雄谋勇之臣,然犹不能混一区宇,举江、淮、巴蜀之地以遗宋人",今天的谋臣将士,还不如那个时候的呢;"加以大起徭役,营中都,建南京,缮治甲兵,调发军旅,赋役烦重,民人怨嗟,此人事不修也"。为了论证有力,祁宰又搬出天象:"间者昼星见于牛斗,荧惑伏于翼轸,三岁自刑,害气在扬州,太白未出,进兵者败,此天时不顺也。舟师水涸,舳舻不继,而江湖岛渚之间,骑士驰射,不可驱逐,此地利不便也。"结果这番直言把海陵王给惹恼了,戮之于市,"籍其家"。

医生祁宰自己披挂上阵,直截了当地谈论国是;许多职业政客则懂得迂回,用医学原理来旁敲侧击。北宋吕公著这样说:"善观天下之势,犹良医之视疾。方安宁无事之时,语人曰'其后必将有大忧',则众必骇笑。惟识微见几之士,然后能逆知其渐,故不忧其可忧而忧之于无足忧者,至忧也。"南宋吴潜这样说:"国家之不能无弊,犹人之不能无病。"然"今日之病,不但仓、扁望之而惊,庸医亦望而惊矣。愿陛下笃念元老，以为医师，博采众益，以为医工，使臣辈得收牛溲马勃之助"。对当权者来说，这话也相当不入耳，但是很有回旋余地。元朝廉希宪在江陵，"疾久不愈"。有人说江陵湿热，对他的病没好处，忽必烈就把他召回京城，"希宪还，囊橐萧然，琴书自随而已"。忽必烈又"诏征名医"，见"希宪服药，能杖而起"，高兴地说："卿得良医，疾向愈矣。"廉希宪马上回答："医持善药，以疗臣疾，苟能戒慎，则诚如圣谕。设或肆惰，良医何益！"这又是在以医讽政了。

《挥麈录》云，宋徽宗时，宋毅叔"以医名天下"，但他有个毛病，要看病，来我家，"不肯赴请，病者扶携以就求脉"。郡守田登的母亲病危，仍然"呼之不至"。田登气坏了："使吾母死，亦以忧去。杀此人，不过斥责。"然后派人把他抓了来，正告他："三日之内不痊，则吾当诛汝以徇众。"与"只准州官放火，不许百姓点灯"捆绑在一起的田登，固然霸道了些，但宋毅叔的职业道德也忒欠缺了些。《管锥编》援引宋朝强至《送药王圆师》诗，揭示得就更典型了："吴僧甚商贾，嗜利角毫芒。或以翳自业，利心剧虎狼。今时愚鄙人，平居吝私囊。寒饿来求仁，一毫不肯将。不幸病且呕，呼医计仓忙。惟医所欲求，万金弗较量。吴僧业医者，十室九厚藏。"医患两边，各打了五十大板。业医而厚藏无可厚非，但需建立在自己的看家本领之上，不能全然是利益考量。

针对各地杀医生的恶性事件，有的地方加强了保安，有的地方普及医生防身术，还有人建议引入医院安检制度。这些本能反应，恐怕连标都治不了。医患关系紧张的因素多多，医患双方互相理解、互相信任之外，政府、社会都有极大作为的空间。

2013 年 10 月 30 日

佛

　　11月5日，"台湾星云大师广东行"活动正式开启。这是继2006年和2011年之后，星云大师第三次造访广州，耳闻目睹，其所到之处仍有万人空巷的意味。在某场讲演中星云大师指出，人成即佛成是一种形式，我们人做好了，佛道就做好了。在佛门里面，像现在念佛、拜佛、信佛，还有烧香、磕头，这个都没有必要；最重要的要行佛，要行慈悲，要行无物，不要执着，不要计较，要行仁慈、仁爱，要行智慧。大师的话，蜂拥而至者不知能否听得进去。

　　按照主流的说法，佛教是在东汉明帝时进入中国的。《后汉书》载，明帝梦见了金人，"长大，顶有光明"，醒来后请大家圆梦。有大臣说："西方有神，名曰佛，其形长丈六尺而黄金色。"明帝"于是遣使天竺，问佛道法，遂于中国图画形像焉"。洛阳的白马寺，相传即于永平十一年（68）明帝敕令兴建的佛教第一座寺院，以铭记白马驮经之功。不过，清朝学者赵翼认为佛教进入时间应该溯至西汉，汉武帝时霍去病大破匈奴，曾"获休屠祭天金人"，金人就是佛像，修屠祭祀并不用牛羊，只是"天子未知信，臣民亦少有行其术者。及明帝遣使求经，而楚王英即信其术，图其形像，斋戒祷祀，于是臣下始有奉佛之事，而天子尚未躬自奉佛也"。

无论怎样，自从佛来了，对佛的态度大约就有三种：虔诚地信、"急来抱佛脚"以及根本不信。明朝茅国缙说："人生死如水，聚而盈，散而涸。佛从何修？轮回从何转？"这算是委婉质疑的。韩愈辟佛，话则说得非常直接，直接到毫不客气。其《论佛骨表》云："夫佛本夷狄之人，与中国言语不通，衣服殊制，口不言先王之法言，身不服先王之法服，不知君臣之义、父子之情。"就算佛还活着吧，倘"奉其国命，来朝京师，陛下容而接之，不过宣政一见，礼宾一设，赐衣一袭，卫而出之于境，不令惑众也"；何况他早就死了，"枯朽之骨，凶秽之余，岂宜令入宫禁！"这番话说给笃信之人，人家怕也会当场翻脸，何况说给笃信的当朝皇上，韩愈因之被贬去瘴疠之地，顺理成章。明朝叶子奇比较过释与儒的区别，认为"佛居大地之阴，西域也。日必后照，地皆西倾，水皆西流也，故言性以空"；咱们的孔夫子不然，"居大地之阳，中国也。日必先照，地皆东倾，水皆东流也，故言性以实"。他同意"地气有以使之然欤"，因而"佛得性之影，儒得性之形。是故儒以明人，佛以明鬼"。叶子奇这样比较，未必有何偏见，但不难窥出"地理环境决定论"与"文化中心论"的魅影，正是这两个理论的前驱也说不定。

天子"躬自奉佛"，不知起自哪个，然以梁武帝为最，他甚至多次脱下帝袍换上僧衣，去当住持和尚。所以如此，一个可能是他真信、真入脑，再一个可能是身边缺乏高人。为什么这么说呢？欧阳修《归田录》云，宋太祖初幸相国寺，"至佛像前烧香，问当拜与不拜"。僧赞宁就出了个好主意，不用，因为"见在佛不拜过去佛"。看他给找的台阶，多妙啊。欧阳修说赞宁既读书，口才又好，"其语虽类俳优，然适会上意"。太祖很满意，"微笑而颔之，遂以为定制"。这就是说，他是寺院照去，却无须礼佛。梁武帝身边倘有这样的高人，应该也会产生这般"双赢"的结果，至少不用真的当苦行僧，搞什么"三同"吧。

拜佛，当然更多地植根于民间的普罗大众之中。像清朝袁枚那样，"每游寺院，僧人辄请拜佛，先生以为可厌"的是少数，聪明的那些不拜就不拜，不会像他那么嚷嚷，甚至扇面上大书"逢僧必作礼，见佛我不拜。拜佛佛无知，礼僧僧见在"，毫不掩饰内心所想。但目睹拜佛的动机，明朝陶辅《花影集》中的"余论"，今日仍一语中的。他说："若愚人奉佛者，深为可笑，预修因果，苦结人缘。营堂建塔，想非望于来生；散米施财，期富豪于后世。至若施设之洪，供茹之盛，诚可寒心。金碧交辉，佛殿拟于宫阙；重门深邃，僧堂盛似公廨。又如四月之八日，七月之十五，捏设盂兰等会，一盘之用费千锭之钱，一堂之供过百家之产，糜困生民，妒叨世教。"清王士禛转引唐姚崇《遗令》，持的也是这种观点："佛以清净慈悲为本，而愚者写经造像以求福。"那么应该如何？如星云大师所说：人做好了，佛道就做好了。《玉光剑气集》云，有个叫杨黼的很好学，又不去应科举，以为"不理性命，理外物耶"。听说蜀地有无际大师悟道，一定要亲自去求教。半道遇见一位老僧，告诉他："见无际，不如见佛。"他问佛在哪里，老僧说："汝但回，遇某色衣履者，即佛也。"老杨遂回，"数日无所遇，至家，叩门，母披衣倒履启户，乃僧所言佛状也"。老杨于是悟出一个道理："父母即佛，不用外慕。"

所以如前所述，星云大师的话，不知那现场攒动的人头中几人能记去心里。如今各地寺院频建，基础还在的不用说了，早就没了影的，只要史书上写着一笔就"重建"，没写的也可以生造他一个，年初在平远县看到的大佛寺即可归此列。佛教在人生观上，强调主体的自觉，并把一己的解脱和普度众生联系起来，所谓"此有则彼有，此无则彼无，此生则彼生，此灭则彼灭"。如今的不少善男信女，即便不是"急来抱佛脚"，也是将宗教信仰私人化，但求菩萨只是对自己保佑，狭隘得很。

2013 年 11 月 8 日

澳门,妈祖

前几天,借参加澳门理工学院与广东省社会科学院联合举办的"海洋强国与粤澳未来发展"论坛之机,首次来到澳门。于个人而言,这一步"意义"非凡。盖今年中秋节去了宝岛、1996 年底到过香港,我们两岸四地国土中的另外三地,算是均有涉足了。

"你可知妈港(Macau)不是我真名姓?我离开你的襁褓太久了,母亲!但是他们掳去的是我的肉体,你依然保管着我内心的灵魂。三百年来梦寐不忘的生母啊!请叫儿的乳名,叫我一声'澳门'!母亲!我要回来,母亲!"闻一多先生 1925 年 3 月在美国留学期间创作的组诗《七子之歌》,值 1999 年岁末澳门回归祖国之时,七子之一的澳门这首经过改编歌词并经李海鹰谱曲、澳门九岁小朋友容韵琳演唱,传遍了神州大地。此前,大家也都知道,Macau 不是澳门的真名姓,掳去澳门肉体的是葡萄牙殖民者。传说他们当年是在妈祖阁一带登陆的,询问这是什么地方时"鸡同鸭讲",当地人以为是问妈祖庙是什么,结果 Macau 就成了澳门的"名姓"。

严格地说,澳门也不是"原名姓"。明朝史书最早记录它时,叫作"蚝镜"(清叫"濠镜"),因为此地隶属广东香山,又叫"香山澳"。16 世纪中叶,就是咱们的明朝嘉靖皇帝时,葡萄牙人来了。

按照王临亨《粤剑编》的说法，"西洋之人往来中国者，向以香山澳中为舣舟之所，入市毕，则驱之以去。日久法弛，其人渐蚁聚蜂结，巢穴澳中矣。当事者利其入市，不能尽法绳之，姑从其便，而严通澳之令，俾中国不得输之米谷种种，盖欲坐而困之，令自不能久居耳"。语气上看，是不欢迎他们的，不过事态的发展失控了。一方面，"夷人金钱甚夥，一往而利数倍，法虽严，不能禁也"；另一方面，也有葡萄牙文化的作用，所谓"澳中夷人，饮食器用无不精凿"。王临亨举了数例，如"制一木柜，中真笙簧数百管，或琴弦数百条，设一机以运之。一人扇其窍，则数百簧皆鸣；一人拨其机，则数百弦皆鼓，且疾徐中律，铿然可听"，这说的是风琴或钢琴一类了。又如计时器（他叫"自然漏"），"以铜为之，于正午时下一筹，后每更一时，筹从中一响，十二时乃已"。最有意思的是时人惊异他们的"塑像与生人无异"。刘天虞说："向往澳中，见塑像几欲与之言，熟视而止。"如今岛上有个地方，特区政府收购了当年一字排开的五座二层别墅，分别辟为博物馆，其中之一即当年殖民官员的家庭陈设，对彼时葡国文化可窥一斑。

王临亨正是嘉靖时出生的，他很担心："今据澳中者闻可万家，已十余万众矣。此亦南方一痈也，未审溃时何如耳！"他在1603年故去，耳闻目睹了当年葡萄牙人侵占澳门的野心，可惜他的担心还是变成了现实。1840年后，葡人趁清政府鸦片战争战败，宣布澳门为自由港；1887年，葡政府更迫使清政府先后签订两个不平等条约——《中葡会议草约》和《中葡北京条约》，规定"中国允准葡国永驻管理澳门以及属澳之地，与葡国治理他处无异"，等于就此霸占了澳门。

从葡人登陆时起，妈祖与澳门就紧密关联在了一起。妈祖是我国民间的一个重要信仰神，"有海水处有华人，华人到处有妈祖"。与多数原型"虚无缥缈"的神不同,妈祖直接对应了人间的个体,即福建莆田湄洲屿女子林默,生卒年具备。妈祖被信仰,在于她对风浪中的商人和渔人有庇护功效,能化险为夷。郎瑛《七修类稿》云:"元祐(宋哲宗年号)间遂有显应,立祠于州里。至至元(元世祖年号)间显圣于海,护海运,万户马合法忽鲁循等奏立庙,号天妃,赐太牢。"《元史·河渠志》载:"文宗天历元年(1328)十一月,都水庸田司言:'八月十日至十九日,正当大汛,潮势不高,风平水稳。十四日,祈请天妃入庙,自本州岳庙乘海北护岸鳞鳞相接。'"

与一般的传说不同,妈祖信仰的时间脉络非常清楚。《明会要》另载,洪武元年(1368),"命中书省下郡县,访求应祀神祇"。三年六月,"定诸神封号,凡后世溢美之称,皆与革去。天下神祠,无功于民,不应祀典者,有司毋得致祭"。就是说,尽管是神,玩儿虚的也不成,得有实绩,而妈祖的"灵迹"数不胜数。《七修类稿》汇集了数则。"洪武中,海运风作,飘泊粮米数千石于落祭(言水往不可回处),万人号泣待死,大叫'天妃',则风回舟转,遂济直沽(今天津)"。又,"成化间,吾杭给事中陈询,钦命往日本国。至大洋,风雨大作,舟将覆矣。陈祷天曰:'予命已矣,如君命何?'"果然妈祖派人来了,"有渔舟数只漂泊而至,遂得渡登山"。又,嘉靖时陈侃封琉球,"开舟明日,飓风大作,舵折,舟将覆矣,举船大呼'天妃',但见火光烛船,船即少宁,明日有粉蝶绕舟飞,不去。黄雀立柁楼食米,顷刻风又作,舟行如飞,彻晓至闽,午后入定海也,神实不可掩也。"

踏足澳门之前,余已收藏有大量关于澳门传统建筑、街区、文化、风情等题材的小版邮票与小型张,以其设计别具一格,爱不释手。每每欣赏之余,心神往之,终于一偿夙愿,并无陌生的感觉。

然未能从容漫步其间,兼之赌场的存在,虽路不远,但来一趟审批不大容易,多少还是留下了遗憾,"大三巴"固然到了,与妈祖庙仍然缘悭一面。

2013 年 11 月 19 日

文字狱

早两年电视上有档历史节目，一名女主持人与两名历史学家讨论"生活在哪个朝代最幸福"。女主持人说，如果可以穿越，她宁愿生活在宋朝，因为宋朝的生活繁华，而且自由。此论即出，不少人支持她的"选择"，理由也是宋朝"思想是最活跃的，出现了一大批学者与学派"等等。然而在下不知，他们对宋朝的文字狱会怎么看。

提到文字狱，人们本能想到的是清朝，康雍乾之时，不过，尽管文字狱的起源不知可溯至何时，但宋朝的这点与清朝的没什么两样。拈哲宗朝数例来看。

《续资治通鉴》卷八十一有蔡确的"车盖亭诗案"。元祐四年（1089），吴处厚言："蔡确昨谪安州，不自循省，包蓄怨心，尝游车盖亭，赋诗十章，内二章讥讪尤甚。"如何讥讪的呢？比方第二首，"纸屏石枕竹方床，手倦抛书午梦长。睡起莞然成独笑，数声渔笛在沧浪"云云，吴处厚是这样发现问题的："方今朝廷清明，不知蔡确所笑何事？"蔡确曾经跟吴处厚学赋，及蔡确作相，不知两个怎么闹掰了，"王珪欲除处厚馆职，为确所沮，处厚由是恨确，故笺释其诗上之"。通过这桩诗案，"士大夫固多疾确，然亦由此畏恶处厚云"，大家认为吴处厚纯粹是欲加之罪。

六年（1091）八月，贾易上疏言："苏轼顷在扬州题诗，以奉先帝遗诏为'闻好语'，草吕大防制云'民亦劳止'，引用厉王诗，以比熙宁、元丰之政。弟辙早应制科，试文缪不及格，幸而滥进，与轼皆诽怨先帝，无人臣礼。"这是东坡继"乌台诗案"之后遭遇到的"竹西寺诗案"。东坡这么写的："此生已觉都无事，今岁仍逢大有年。山寺归来闻好语，野花啼鸟亦欣然。"因为神宗刚刚去世两个月，贾易将"闻好语"与之关联，可不是大逆不道？

八年（1093）五月，董敦逸四状言苏辙、黄庆基三状言苏轼，说兄弟两人"所行制词，指斥先帝"。苏辙对哥哥被抓把柄的那句话，即"始以帝尧之仁，姑试伯鲧，终焉孔子之圣，不信宰予"，辩解说，这哪里是谤毁呢，"臣闻先帝末年，亦自深悔已行之事，但未暇改耳。元祐变更，盖追述先帝美意而已"。东坡从用典上也进行了自辨："臣任中书舍人日，适值朝廷窜逐数人，所行告词，皆是元降词头所述罪状，非臣私意所敢增损。内吕惠卿告词，事涉先朝，不无所忌。臣愚意以为古今如鲧为尧之大臣而不害尧之仁，宰予为孔子高弟而不害孔子之圣。又况再加贬黜，深恶其人，皆先朝本意，则臣区区之忠，盖自谓无负矣。"他认为黄庆基"矫诬之甚"，尤其指出："臣恐阴中之害，渐不可长，非独为臣言也。"赖太皇太后一句"先帝追悔往事，至于泣下"，董、黄不仅未能得手，还被分斥湖北、福建转运判官。众所周知，乌台诗案中被抓的则是东坡。

黄庭坚、秦观等，都曾以文字而遭厄运。南宋还有曲端诗祸、王庭珪诗案、张元幹词案、胡铨词案等。对比一下乾隆年间的胡中藻案，看看乾隆是如何认定胡中藻"于语言吟咏之间，肆其悖逆，诋讪怨望"的，可知宋、清文字狱如出一辙。胡的诗集名曰《坚磨生诗钞》，乾隆认为："坚磨出自《鲁论》，孔子所称磨涅，乃指佛肸（赵简子的家臣）而言。胡中藻以此自号，是诚何心！"集内有句曰:"一世无日月""又降一世夏秋冬"。乾隆认为:"三代而下,享国之久,无如汉、唐、宋、明,皆一再传而多故。本朝定鼎以来,承平熙皥,盖远过之,乃曰'又降一世',是尚有人心者乎!"集内有句"一把心肠论浊清";乾隆认为:"加'浊'字于国号之上,是何肺腑!"集内有"老佛如今无病病,朝门闻说不开开";乾隆认为"尤为奇诞。朕每日听政,召见臣工,何乃有朝门不开之语!"……(以下省略近两千字),而在乾隆看来,"种种悖逆",仍然"不可悉数"。接着,他把矛头又指向各级官员:"朕见此书已数年,意谓必有明于大义之人,待其参奏,而在廷诸臣及言官中,并无一人参奏,足见相习成风,牢不可破。"他不能容忍的是"鄂昌身为满洲世仆,历任巡抚,见此悖逆之作,不但不知愤恨,且丧心与之唱和,引为同调,其罪实不容诛"。其实不是大家不知愤恨,而是阶级斗争的弦没有他绷得那么紧以及对所谓动向那么敏感,近乎神经过敏。

比较起来,讲到思想最活跃的话,还是唐朝。不仅唐朝的文字狱罕见,而且唐人作品中宫闱之事也毫无遮拦,舆论何其公开?宋朝的洪迈已发现了这一点,其《容斋续笔》云:"唐人歌诗,其于先世及当时事,直词咏寄,略无隐避。至宫禁嬖昵,非外间所应知者,皆反覆极言,而上之人亦不以为罪。如白乐天《长恨歌》讽谏诸章,元微之《连昌宫词》始末,皆为明皇而发。杜子美尤多……今之诗人不敢尔也。"这个"不敢尔",还用多说吗?陈寅恪先生《元白诗笺证稿》认为:"洪氏之说是也。唐人竟以太真遗事为一通常练习诗文之题目,此观唐人诗文集即可了然。"这该是唐朝庙堂相当自信的一个典型表征吧。

2013 年 11 月 23 日

梦中得句

叶嘉莹先生口述的回忆录《红蕖留梦》，数次提及梦中得句。比如她离开了北平以后常常做梦，有时梦见和同学去看老师，有时梦见自己做学生时在听课，有时也梦见自己当老师在讲课。还有一次在梦中见到黑板上写有一副对联："室迩人遐，杨柳多情偏怨别；雨余春暮，海棠憔悴不成娇。"20 世纪 60 年代，她的台湾大学同事台静农先生还将此句写成了条幅，用黄色细绫装裱且制成精美镜框送给她。有趣的是，台静农先生自己也曾梦中得诗，不全，只两句："春魂渺渺归何处，万寂残红一笑中。"《台静农先生诗稿》诗前小序云："余方二十岁时，梦中得句，书示同学，皆不解其意。今八十岁时忽忆及此，戏足成之。"足成的作品构成一首七言绝句，后两句为："此是少年梦呓语，天花缭乱许从容。"

台、叶两先生的梦中得句，留下一段文人佳话或趣事。类似的情景在古人中亦不乏见，如白居易有《赠昙禅师（梦中作）》："五年不入慈恩寺，今日寻师始一来。欲知火宅焚烧苦，方寸如今化作灰。"欧阳修有《梦中作》："夜凉吹笛千山月，路暗迷人百种花。棋罢不知人换世，酒阑无奈客思家。"苏轼有《梦中作寄朱行中》："哀哉楚狂士，抱璞号空山。相如起睨柱，头璧相与还。何如郑子产，有礼国自闲。虽微韩宣子，鄙夫亦辞环"云云。王安石有

《梦中作》："青门道北云为屋，大垆贮酒千万斛。独龙注雨如车轴，不畏不售畏不续"云云。秦观有《好事近》词："春路雨添花，花动一山春色。行到小溪深处，有黄鹂千百"云云。陆游则至少有十几首《梦中作》："万里行求药，三生誓弃官""征途遇秋雨，数士集邮亭""祥符西祀曾迎驾，惆怅无人说太平"云云。对欧阳修的那首，明朝学者杨慎评价极高，认为写的虽是四个不同意境，但却浑然天成；近代陈衍先生更认为："此诗当真是梦中作，如有神助。"

除此之外，非著名诗人的梦中得句亦数不胜数，浏览所及，涉嫌"风流"之事居多。南宋赵令畤《侯鲭录》说，他小时候师从李希古，希古"自言昔梦中至一宫殿，有仪卫，中数百妓抛毬，人唱一诗"，醒来后记得三首："侍宴黄昏未肯休，玉阶夜色月如流。朝来自觉承恩最，笑倩傍人认绣球。"又："隋家宫殿锁清秋，曾见婵娟飏绣球。金钥玉箫俱寂寂，一天明月照高楼。"又："堪恨隋家几帝王，舞裀授尽绣鸳鸯。如今重到抛球处，不见燻炉旧日香。"《清稗类钞·迷信类》云陆次山刺史尝仕蜀，"及归之前夕，梦一丽人搴帷入"，说久仰他的大名，你不是要回去了吗，我有半首诗给你送行，你续完了吧。言罢诵云："空山期故人，花落满床雨。"次山客气了一番，女子固请，乃续曰："我将渡巴江，归心一春苦。"女子认为续得还行，而次山"问其姓氏，俯首不答，微颔而去"。次山语人曰："明朝卢刺史尔惇之女，色艺双绝，后随父殉张献忠难，埋玉城西，岂其人耶？"诸如此类，即便算不上"沾花惹草"，至少格调不高吧。

欧阳修他们的梦中得句，大约如陈衍先生所说"当真是梦中作"。因为像黄粱梦、南柯梦一类，应该属于托梦言事；又像少时被梦见如何富贵乃至可当皇帝亦果真当上皇帝，或皇帝梦见某臣良与不良进而升迁还是贬官一类,应该属于找寻借口。这类的梦,未必有其实,做没做过只有言梦人自己清楚。人会做梦,近年有研究指出哺乳动物也会做梦。它们会梦见什么?目前还不得而知。不管实有与否,人毕竟可以表达。人为什么会梦见那些东西?很早就有专业人士阐释了,叫作解梦或者占梦。在古人的"三观"里,梦乃人之神魂精气对天地祸福的感触,故可占之。占梦的始祖一追溯,了不得,像大量文化源头一样,又到了黄帝那儿。《史记·五帝本纪》正义说,"黄帝梦大风吹天下之尘垢皆去,又梦人执千钧之弩驱羊万群",其乃自占云:"风为号令,执政者也;垢去土,后在也。天下岂有姓风名后者哉?夫千钧之弩,异力者也;驱羊万群,能牧民为善者也。天下岂有姓力名牧者哉?"于是"依二占而求之",得风后、力牧两位名臣。这当然是神话传说,黄帝时焉有文字,且垢即"土+后"了?

人在做梦时究竟梦见什么,不以人的意志为转移,所以从前给梦分了两大类:吉梦与恶梦。《周礼·春官·占梦》曰:"季冬聘王梦,献吉梦于王,王拜而受之。"东汉郑玄是这么注的:"聘,问也。"清朝俞樾解释"聘"犹《月令》聘名士之聘,即"礼来之也"。《周礼》下文又云:"乃舍萌于四方,以赠恶梦。"郑注:"赠,送也。"好梦可聘之使来,恶梦可赠之使去,这是一个比较有趣的文化现象。占梦在从前是一门显学,产生了各种专门的理论。但梦中得句或得诗究竟是怎么回事,似未见阐释成因。从古到今,那么多人拿出了梦中作品,有人肯定是故弄玄虚,但以偏概全便失之于武断。也许早有了这一方面的研究成果,自家还没看到吧。

2013 年 11 月 29 日

嫦娥

12月2日凌晨1时30分,西昌卫星发射场,搭载"嫦娥三号"的长征三号乙运载火箭点火发射,顺利升空。"嫦娥三号"的目的地是月球,其所携带的"玉兔号"月球车,将进行首次月球软着陆和自动巡视勘察,获取月球内部的物质成分并进行分析,将一期工程的"表面探测"引申至内部探测。嫦娥、玉兔、月球,前人早就据此建立了完整的故事体系,三者已然有机地融合在了一起。"探月工程"借助这些文化符号,形象而生动。

有人考证,对嫦娥的最早文字记录出自战国时期的《归藏》:"昔常娥以西王母不死之药服之,遂奔月为月精。"在西汉时的《淮南子》里,故事基本成型。《淮南子·览冥训》在谈及凡事当究治根本,亦即"乞火不若取燧,寄汲不若凿井"时举了一例:"臂若羿请不死之药于西王母,姮娥窃以奔月。怅然有丧,无以续之。何则?不知不死之药所由生也。"高诱在此注曰:"姮娥,羿妻。羿请不死药于西王母,未及服食之,姮娥盗食之,得仙,奔入月中为月精。"至于这里的"常娥"又成"姮娥",前人说了,是避汉文帝刘恒的讳;但又有前人说了,文帝是"恒",《说文解字》里没有"姮",后人造的。莫衷一是的当然不止于此,但凡神话故事,试图弄个究竟定然徒劳,能做到的只是梳理一下大致的来龙去脉。

"白兔捣药秋复春,嫦娥孤栖与谁邻?"李白在《把酒问月》中的这句,好像是发问,实则他自己也知道答案。与谁邻? 如明无名氏《金雀记·玩灯》所云:"嫦娥真可想,伐木有吴刚。"今年9月,"嫦娥三号"月球车进行全球征名活动时,吴刚理所当然也成候选。吴刚,大约从段成式《酉阳杂俎》中脱颖而出。成式云:"旧言月中有桂、有蟾蜍,故异书言月桂高五百丈,下有一人常斫之,树创随合。"那人"姓吴名刚,西河人。学仙有过,常令伐树"。段成式所说的异书,可能是指《山海经》。有人认为《山海经》中的常羲就是嫦娥,《大荒西经》说"有女子方浴月,帝俊妻常羲,生月十有二,此始浴之",而古音中的"羲"读"娥"音。有趣的是,《西游记》第九十五回,玉兔"私自偷开玉关金锁走出宫来",变身妖怪,在天竺国和孙悟空大战了一场。他的兵器是一根短棍,悟空"见那短棍儿一头壮,一头细,却似舂碓臼的杵头模样",后来知道,真的就是捣药杵。玉兔是有后台的,自然当悟空"愈发狠性,下毒手,恨不得一棒打杀"之时,会来救兵。这次来的是太阴星君,"后带着姮娥仙子",嫦娥也到场了。

吴刚被罚斫桂,是学仙有过;《西游记》里的猪八戒终成肥头大耳,则是仙人有过。八戒本来是仙,玉皇大帝的天蓬元帅,"只因王母会蟠桃,开宴瑶池邀众客"时喝多了,"逞雄撞入广寒宫"。嫦娥来迎,八戒"见他容貌挟人魂,旧日凡心难得灭。全无上下失尊卑,扯住嫦娥要陪歇"。人家不依,他便"色胆如天叫似雷,险些震倒天关阙"。结果惊动了纠察灵官,把"广寒围困不通风,进退无门难得脱"。刚开始,像如今醉驾被捉的人一样,"酒在心头还不怕",等到"押赴灵霄见玉皇,依律问成该处决",吓坏了,亏得太白金星出手相救,只是被贬出天庭。八戒重新投胎后外貌丑陋,好吃懒做兼好色,但大家都不厌烦他,其诚实的一面起到了关键作用。这一番悟能自道，更朴实得可爱。在天竺国风波的尾声，八戒本性不改，"忍不住跳在空中"抱住了嫦娥："姐姐，我与你是旧相识，我和你耍子儿去也。"遗憾的是嫦娥始终未发一言。

人类历史上首次登月成功是在1969年7月，美国阿姆斯特朗留下了"个人一小步，人类一大步"的名言，那一枚硕大而清晰的脚印，以一蹦一蹦姿态行走的宇航员，给全世界都留下了深刻印象。不过开玩笑说，我们中国人早就"上去"过，不是坐宇宙飞船。如唐玄宗，道士"掷手杖于空中，即化为银色大桥"，连走带飞就上去了，逛了"广寒清虚之府"、默记仙女优美舞曲后，玄宗还依其声调整理出了著名的《霓裳羽衣曲》。《聊斋志异》中，落第举子吴筠骑着凤凰也上去过一回，被"导入广寒宫"，跟仙女还有"衾枕之爱"。就交通工具而言，协助他的白于玉更神，"翩然跨蝉背上，嘲哳而飞，杳入云中"。当然了，我们那些都纯粹出于幻想，殊途同归的是在月亮上生活惬意得很。因此，李商隐的"嫦娥应悔偷灵药"煞是扫兴，不如王禹偁的"嫦娥月里休相笑，万古应无窃药踪"。

"今人不见古时月，今月曾经照古人。古人今人若流水，共看明月皆如此。"借助嫦娥故事，古人营造了一个充满诗情画意、可望实则不可及的仙境。那个仙境何其清幽雅致，悠闲自在？现在，这个美丽的神话没有因登月的人类"坐实"那里没有空气、没有水、没有生命而有丝毫的衰减。这或是因为，她既不像文字发明之前的种种传说有历史的影子游荡其中，也没有蕴含着前人对未知世界的粗浅理解，而纯粹寄寓着人类的美好幻想和期冀。

2013年12月6日

珠算

12 月 4 日,珠算被联合国教科文组织正式列入"人类非物质文化遗产名录"。这是我国的第 30 个世界非遗项目,之前在数量上即已赢得"世界之最",此番锦上添花。

珠算是以算盘为工具进行数字计算的一种方法,被誉为"世界上最古老的计算机"。其原理是以珠为算,凭口诀来指导拨珠,"一上一,二上二,一下五去四,二下五去三……"有人考证,珠算之名最早见于东汉徐岳的《数术记遗》。联合国教科文组织介绍珠算伴随中国人经历了 1800 多年的漫长岁月,应该就是根据这个时间点计算出来的。不过,那个时候的算盘运算法与今天的未必相同。学界认为现代珠算始于元明之间,元朝朱世杰《算学启蒙》中的 36 句口诀,乃与今天的大致相当。元无名氏杂剧《庞居士误放来生债》被称为元曲中之《钱神论》,其中庞蕴有句唱词:"古人道鹪鹩巢深林无过占的一枝,鼹鼠饮黄河无过装的满腹。咱人这家有万顷田也则是日食的三升儿粟,博个甚睁着眼去那利面上克了我的衣食,闲着手去那算盘里拨了我的岁数。攒下些山岸也似堆金玉,这壁厢凌逼着我家长,那壁厢快活杀他妻孥。"算盘里拨,与今天的动作并无二致。陶宗仪《南村辍耕录》里还有一段有趣的俗谚:"凡纳婢仆,初来时曰擂盘珠,言不拨自动;稍久曰算盘珠,言拨之则动;既久曰佛顶珠,言终日凝然,虽拨亦不动。"拨之则动,更符合算盘的特性了。因此也让人难免联想起当下职能部门的不少"公仆",俗谚"门难进、脸难看、事难办"流行了有不少年头,还是非要到某些极端案例曝光之后才去改进这个改进那个。如不久前央视《焦点访谈》报道徐州丰县市民小狄办理营业证照,往返11次就是办不下来,而一旦曝光,当事人停职,事情也立即办成了。这还不是典型的"拨之则动"吗?

清朝学者钱大昕应该看过陶宗仪的书,他说:"古人布算以筹,今用算盘,以木为珠,不知何人所造,亦未审起于何代。"陶书固然表明"元代已有之矣",但早到何时?有人在北宋名画《清明上河图》中的"赵太丞家"柜台上看到了算盘,根据形状和位置的确可以如是判断,但只能是判断而已。有人认为南宋张孝祥的"提封连岭海,风土似江吴,仙去山藏乳,商归计算珠",即算盘诗,其中的"珠"是算盘珠。未必。1976年陕西岐山出土的西周陶丸,经鉴定即为"算珠",但也未必就是后来的珠算。宋朝应该还没有算盘,现存最早载有算盘图的书,为明朝洪武四年(1371)的《魁北对相四言杂字》刻本。1578年,柯尚迁《数学通轨》中也画有一个十三档位的珠算算盘,称为"初定算盘图式"。这个"初定",表明现代意义的算盘模样与斯时不会相去太久。无论如何,可与前图相互对照、印证了。由后世对珠算时间的不断推前(亦有将陶珠出土视为原始算盘的,这么一算就有2700多年),想到顾颉刚先生的"层累说":时代越往后,传说中的中国古史期越长、人物的功业也越伟大。在前人的"发明"问题上,状况庶几近之。

别说张孝祥的诗未必关乎算盘了,元末刘因的"不作瓮商舞,休停饼氏歌。执筹仍蔽簏,辛苦欲如何",虽然诗题点明是《算盘》,也不一定是,更像是"盘算"。咏物诗托物言志或借物抒情,总要顾及"物"的特性。如宋代程良规的《竹箸》："殷勤问竹箸，甘苦而先尝。滋味他人好，乐空去来忙。"清代袁枚的《咏箸》："笑君攫取忙，送入他人口。一世心酸中，能知味也否。"《算盘》诗则一点也窥不见算盘外观及功能的影子。至于《水浒传》里的神算子蒋敬，梁山排定座次之后，其"掌管考算钱粮支出纳入"不假，但人家"高额尖峰智虑精，先明何处可屯兵"，可知此神算当为神机妙算。那么，这几年拍的电视剧《水浒传》以及电影《神算子蒋敬》里，给他安排了一把铁算盘当作兵器，该是编导的戏说了，虽然看上去貌似合理。

珠算曾经与现实生活那么不可或分，且功能早已超越了计算工具，就像《三字经》《百家姓》《千字文》等蒙书不止于识字一样。珠算口诀中便衍生了若干成语或习语，除了我们非常熟悉的"三下五除二"——形容做事及动作干脆利索——之外，还有"二一添作五""三一三十一"等，分别借指双方以及三方平分。只是随着计算机技术的发展，珠算的计算功能渐渐被削弱直到被完全取代。也正是因此，珠算需要保护了，首先列入我们的非遗，现在又得到了国际的认可。不错，在2001年教育部颁发的《义务教育数学课程标准》中，出于珠算功能的被替代以及为学生减负的考虑，珠算被取消了，但此番申遗成功，不意味着再把珠算请回课堂。其退出计算舞台是必然的趋势，像许多非遗项目一样，指望它在现代社会大显身手、保持旺盛的生命力极不现实。只是这些前人智慧的结晶以及对世界文化史的贡献，不该被我们遗忘。不仅今天不该遗忘，而且后世同样如此。

2013年12月8日

政治中无骨肉情

朝中社 12 月 13 日报道,朝鲜国家安全保卫部特别军事法庭 12 日以从事颠覆国家阴谋行为,依照朝鲜刑法第 60 条判处张成泽死刑并已于当天立即执行。报道对曾经"一人之下、万人之上"的张成泽所用的"恶谥"很有意思,分别是"野心家""阴谋家""千古逆贼""叛国贼"及"人间渣滓",还说他"早有肮脏的政治野心"。

张成泽是朝鲜迄今为止共三代最高领导人的亲戚:金日成的女婿、金正日的妹夫、金正恩的姑父。这样的人物因为政治斗争而性命不保,是非曲直均属别国内政,我们无需置喙。相映而并不成趣的是,反观我们自身,此情此景亦何其熟悉。《史记·韩长孺列传》中,"治天下终不以私乱公"的韩长孺,在论及朝政时引用了一句俗语:"虽有亲父,安知其不为虎?虽有亲兄,安知其不为狼?"钱锺书先生对此诠释得一针见血:政治中无骨肉情。比方楚汉相争时项羽抓了刘邦的父亲,告诉刘邦你要再不投降,我烹了老人家。不料刘邦说,好啊,到时候分我一杯肉羹,我也尝尝。这当然可以理解为刘邦在危急时刻的权宜之计,一句"吾翁即若翁"挤兑得项羽下不来台,但这么说话听上去还是非常冷酷,如清人感慨淮阴侯韩信所言:"分羹父子恩犹薄,推食君臣谊岂终?"

张鷟《朝野金载》云："（唐）太宗极康豫，太史令李淳风见上，流泪无言。"太宗问怎么回事，李淳风说："陛下夕当晏驾。"太宗倒不大在乎："人生有命，亦何忧也。"到了半夜，太宗梦见了一个"判冥事"，问他"六月四日事"之后，"即令还"。这个"六月四日事"，即唐高祖武德九年六月初四（626年7月2日）的"玄武门之变"，李世民袭杀哥哥建成、弟弟元吉之后夺取了皇位。从《新唐书》若干人物传记中，不难窥见那该是怎样的一场血战。《张公瑾传》载："及斩建成、元吉，其党来攻玄武门，兵锋甚盛。公瑾有勇力，独闭门以拒之。"《冯立传》载："建成被诛，（冯）立率兵犯玄武门，苦战久之，杀屯营将军敬君弘。谓其徒曰：'微以报太子矣！'"《谢叔方传》补充道："叔方率（齐王元吉）府兵与冯立合军拒战于北阙下，杀敬君弘、吕世衡。太宗兵不振，秦府护军尉迟敬德传元吉首以示之，叔方下马号哭而遁。"张鷟通过冥官询问这个貌似荒诞的故事，既揭了太宗的疮疤，也表达了自己的态度。唐太宗的雄才大略以及他所开创的"贞观之治"，后世能企及者鲜，然如司马光所云："高祖所以有天下，皆太宗之功；隐太子（建成）以庸劣居其右，地嫌势逼，必不相容。使高祖有文王之明，隐太子有太伯之贤，太宗有子臧之节，则乱何自而生矣！"所以司马光对世民的"蹀血禁门，推刃同气"，以为还是该"贻讥千古"，为之"惜哉"。

宋初的"烛影斧声"，性质相类，只是隐藏着的千古之谜有待破解。太祖赵匡胤身体一向不错，50岁时却突然暴崩；崩了之后，按道理该是他两个儿子中的一个接班，不料弟弟赵光义登基了，后世因此怀疑光义谋杀兄长而篡位。仁宗时文莹《续湘山野录》含糊地道出了这一点：天降大雪，太祖"急传宫钥开端门"，把兄弟招来，"延入大寝，酌酒对饮"。宦官、宫姜虽"悉屏之"，但"遥见烛影下，太宗时或避席，有不可胜之状"。喝完了，"禁漏三鼓，殿雪已数寸，帝引柱斧戳雪，顾太宗曰：'好做，好做！'遂解带就寝，鼻息如雷霆"。光义当晚是留宿禁内的，五鼓时分，"伺庐者寂无所闻，帝已崩矣"。话说得遮遮掩掩，官修史书自然不会采纳；相反，《宋史·杜太后传》中，把匡胤传位于弟描绘成了母意："汝百岁后当传位于汝弟。"还命赵普"于榻前为约誓书，普于纸尾书'臣普书'。藏之金匮，命谨密宫人掌之"。这就是所谓"金匮之盟"，然有研究认为这是年已六旬的赵普拿出晚节赌了一把，誓书其实子虚乌有。

再往下看，清朝康熙年间有著名的夺嫡之案，雍正兄弟间有一场血雨腥风。如孟森先生所云："世宗之嗣位，自有瑕疵，供人指摘。"广为流传的一种说法是，康熙遗诏上的"传位十四子"动了个字，"十"被改为"于"，成了"传位于四子"。今年8月29日，辽宁省档案馆新馆首度展出"康熙遗诏"，用汉、满、蒙三种文字分别书就，中有"雍亲王皇四子胤禛，人品贵重，深肖朕躬，必能克承大统，著继朕登基，继皇帝位"字样，没有什么"于"不"于"的，于是媒体报道，这证明雍正没有篡位。殊不知学者早已指出，遗诏乃雍正登基后才拟就而颁布天下，并非康熙真迹，根本不能说明问题。

说回韩长孺，他还跟我们熟知的一个成语的诞生相关：死灰复燃。长孺尝"坐法抵罪"，虎落平阳，狱吏田甲辱之。长孺曰："死灰独不复燃乎？"田甲曰："燃即溺之。"居无何，长孺果真死灰复燃了，"起徒中为二千石"。这下田甲给吓跑了。但长孺没那么小气："甲不就官，我灭而宗。"田甲乃因肉袒前来谢罪，长孺一笑置之。政治斗争的残酷性自不待言，惟其是政治斗争，此时彼时，"死灰复燃"的可能性就更大一些；惟其无骨肉情，将残酷程度更提升了一层。

2013 年 12 月 21 日

小伙伴

  《咬文嚼字》编辑部日前发布了 2013 年度十大流行语，"中国梦"位居榜首，光盘、倒逼、逆袭、大 V、土豪、点赞入选。出乎大家意料的是，小伙伴、大妈等热门候选语名落孙山，一时间令"我和小伙伴们都惊呆了"。更惊呆的是，"小伙伴"落选的理由在于语源不雅，某个不知何方的专家说了，它指男性生殖器。就是说，不雅不是浮在表面，而是藏在深处。男性生殖器的别称不少，如果再加上各地的方言，怕是手指加脚趾也数不过来。忽地添一"小伙伴"，仍有石破天惊之感。

  "我和小伙伴们都惊呆了"，出于网友贴出的一篇小学生的奇葩作文。该网友自称教了几年小学作文，并附有作文的影印件，我们得以看到这名小学生如何用逆天的想象力讲述端午节的由来。但"小伙伴"指男性生殖器，不说不知道，一说吓一跳，那是什么年月的事情？见诸何种典籍？本想借此长长知识，偏偏始作俑者话题抛出之后却又不再深入。进而又欲"自己动手"，越俎代庖探究"小伙伴"的源流，却是调动各种掌握的图书资料也不得要领。这当然首先要检讨自己才疏学浅，其次由此更知敝国"某"字用法之害人匪浅。倘说作奸犯科的官员动辄"某"一下，尚可解释有为官者讳的良苦用心，对普及社科知识的专家"某"什么呢？你看,现在想请教一下都不明对象,为了"弄清真相",只好在黑暗中摸索更长一段时间了。此中先进行种种猜想。

伙伴,应该是从"火伴"引申而来吧。在我国古代兵制中,五人为一列,二列为一火,十人共一火炊煮,同火的也就是大家在一个灶吃饭的,称为火伴。战国时魏与赵联合攻韩,韩告急于齐,齐王派田忌为大将、孙膑为军师驰援。在作战中,孙膑就是用减灶之计骗过了魏将庞涓。《史记·孙子列传》载,孙膑对田忌说:"使齐军入魏地为十万灶,明日为五万灶,又明日为三万灶。"灶少了,表示吃饭的人少了,也就是表示战斗减员了,借此麻痹对手。庞涓果然中计,径直以灶的减少作出判断:"我固知齐军怯,入吾地三日,士卒亡者过半矣。"于是"弃其步军,与其轻锐倍日并行逐之",结果追到马陵道,庞涓中了埋伏,落得兵败自刎的下场。对这件"兵家以为奇谋"的战例,南宋时的洪迈即"独有疑焉"。他说在孙膑方面,"方师行逐利,每夕而兴此役,不知以几何人给之",每天挖这么多灶得动用多少人,"又必人人各一灶乎?"另,在庞涓方面,得出"所谓士卒亡者过半"的结论,"则是所过之处必使人枚数之矣,是岂救急赴敌之师乎?"

洪迈大概是用他所掌握的军队作战供给状况来看待前人的,一旦埋锅造饭为所必需,一定是全兵动手的事情,不用专人来做,十人共挖一灶以及庞涓清点灶数,应该都不是什么难事吧。此处且不多作计较。火伴,因为军队的吃饭方式而成词语,先引申为同在一个军营的人,再引申为同伴。所以,《木兰辞》有"出门看火伴,火伴皆惊忙",狭义上看"火"与"伙"还真不能算是通假,两者的意思并不完全相同,而小伙伴,应该就是再引申而来的结果,按那名小学生作文的"语源",加个"小"字,只表示年龄的差别而已。当下较狐疑的是:是"伙伴"还是"小伙伴"的语源不雅?

如果从语源角度考虑问题的话，好多用熟了的词语恐怕都要蒙羞。《木兰辞》中接下来说："雄兔脚扑朔，雌兔眼迷离；双兔傍地走，安能辨我是雄雌？"后世称"同性恋"为兔子，有人认为起源这里。又，《管锥编》指出，刘勰之《灭惑论》乃驳道士《三破论》而作。如《三破论》云："佛旧经本云'浮屠'，罗什改为'佛徒'，知其源恶故也。所以诏为'浮屠'，胡人凶恶故，老子化之，其始不欲伤形，故髡其头，名为'浮屠'，况屠割也。"这种"源恶"，自然有攻击者故意的成分，所以刘勰说"不原大理，惟字是求"。钱锺书先生进而指出，攻佛其实不始于道而为儒，举《全后魏文》之苟济《上梁武帝论佛教表》为例："其释种不行忠孝仁义，贪诈甚者，号之为'佛'。'佛'者戾也，或名为'勃'，'勃'者乱也。"明末清初褚人获，更有"'佛'为'弗人'，'僧'为'曾人'"之谑。不过，释家也有反唇相讥："'僧'系'曾人'；曾不为人者为僧可乎？"剔出其间的纠纷不论，照今天那专家看来，此类字眼尚可用否？

"我和小伙伴们都惊呆了"，作为网络流行语迅速传播，于今不见衰竭之势。对某件事情不可思议的惊讶之情，人们往往脱口而出，新闻媒体亦每每采用，这才是真正的流行语。本国专家近年每被讥之为"砖家"，不是公众存心找茬儿跟他们过不去，实在是他们卖弄的那点儿半吊子知识，有"语不惊人死不休"的主观故意。如果"小伙伴"的语源猫在哪里就这么不了了之，我们也可以把"砖家"的帽子毫不客气地掷给那个"等闲平地起波澜"的家伙。

2013 年 12 月 24 日

笔记小说

北京出版集团公司新近重新编辑出版了《毛泽东手迹》丛书。这套丛书搜罗宏富的原始档案，是迄今为止最为完备的毛泽东手迹结集，也是其手迹真书第一次"原汁原味"地彩色亮相。其中有一封首次公开的给岸英的信，写于 1947 年 9 月 12 日，信中毛泽东开了个书单，叮嘱儿子"要看历史小说，明清两朝人写的笔记小说（明以前笔记不必多看）"。我们都知道毛泽东很喜欢历史，二十四史等正史之外，还有笔记小说。1944 年 7 月 28 日在给谢觉哉老的信中说："《容斋随笔》换一函送上。其他笔记性小说我处还有，如需要，可寄送。"

所谓历史小说，即是小说的一种表现形式，基于历史人物和事件为题材的创作，如《东周列国志》《三国演义》一类。而笔记小说，即通常所说的野史，往往出自亲见亲闻。中华书局近年或重印或标点出版的"历代史料笔记丛刊"，正是对笔记小说的一次大规模整理。毛泽东要儿子看这些书，自有他的道理，暂未得其详就是。司马光说过："实录正史未必皆可据，野史小说未必皆无凭。"这是对笔记小说价值的中允评价。因此他在撰写《资治通鉴》的时候，采及了不少"野史小说"的内容。钱锺书先生认同司马光的见解，并有进一步的补充："夫稗史小说，野语街谈，即未可凭以考信人事，亦每足据以觇人情而徵人心，又（司马）光未申之义也。"钱先生以纪昀《阅微草堂笔记》佐证自己的观点，是书卷一五曰："有州牧以贪横伏诛。既死之后，州民喧传其种种冥报，至不可殚书。余谓此怨毒未平，造作诐言耳。先兄晴湖则曰：'天地无心，视听在民，民言如是，是亦可危也已！'"说白了，就是民间不会"为权贵者讳"。

对于正史的不可尽信，《管锥编·左传正义》云："吾国史籍工于记言者，莫先乎《左传》，公言私语，盖无不有。"钱先生调侃道，"虽云左史记言，右史记事，大事书策，小事书简"，但那是宫廷，"初未闻私家置左史右史，燕居退食，有珥笔者鬼瞰狐听于傍也"；且"上古既无录音之具，又乏速记之方，驷不及舌，而何其口角亲切，如聆謦欬欤？或为密勿之谈，或乃心口相语，属垣烛隐，何所据依？"比如说，"僖公二十四年介之推与母偕逃前之问答，宣公二年钽麛自杀前之慨叹，皆生无傍证，死无对证者"。所以钱先生有个结论："古史记言，太半出于想当然。"按照《孔丛子》的说法，秦末农民起义领袖陈涉（胜）就意识到这个问题了。陈涉读《国语》到骊姬夜泣那段，问博士官孔鲋："人之夫妇夜处幽室之中，莫能知其私焉，虽黔首犹然，况国君乎？余以是知其不信，乃好事者为之词。"钱先生在此亦有点评："骊姬泣诉，即俗语'枕边告状'，正《国语》作者拟想得之。"

对于笔记小说的未必皆虚，为史家采纳而"转正"，颇多实例。据马雪芹先生统计，《朝野金载》中和正史相同的有 84 条，其中和两《唐书》《资治通鉴》都相同的有 14 条，和两《唐书》相同的 14 条；和《旧唐书》《资治通鉴》相同的 11 条，和《新唐书》《资治通鉴》相同的 7 条；等等。当然，史家在徵引时，不是全然照搬照抄。如《资治通鉴考异》卷十有"（唐高宗仪凤三年）九月，敬玄与吐蕃战,败还鄯州",此处下引《朝野佥载》曰:"中书令李敬玄为元帅,吐蕃至树敦城,闻刘尚书没蕃,著靴不得,狼狈而走,遗却麦饭,首尾千里,地上尺余。"对这些"细节",司马光说:"言之太过,今不取。"又如《考异》卷十一有"(武则天)神功元年三月,王孝杰与孙万荣战,大败,死之",此处下引《朝野佥载》曰:"孝杰将四十万众,被贼诱退,逼就悬崖,渐渐挨排,一一落涧。坑深万丈,尸与崖平,匹马无归,单兵莫返。"不要说司马光认为"张鷟语事多过其实",连我们也觉得夸张过火了。诸多笔记小说,作者的出发点就是严谨的。孙光宪写《北梦琐言》,自云"每聆一事,未敢孤信,三复参校,然始濡毫"。刘肃的《大唐新语》,虽然有学者认为是伪书,但更多人认为是当时的史书摘编,陈寅恪先生说:"刘氏之书虽为杂史,然其中除《谐谑》一篇,稍嫌芜琐外,大都出自《国史》。"《国史》即记载唐初至肃宗、安史之乱后散落民间的官修史书。

　　"上都新事常先到,老圃闲谈未易欺。"对苏东坡的这两句,钱先生有过猜想:"意谓廷老于朝事必早知,不为野语所惑耶?抑谓野人自具识见,不为朝报所惑耶?苟属后解,则亦史失而求诸野之意,所谓'路上行人口似碑'也。"苟如后者,就是今天大家并不讳言的"两个舆论场"了。据曾经为毛泽东管理图书的徐中远先生说,毛主席生前要的最后一本书为洪迈《容斋随笔》,时间是1976年8月26日;9月8日,也就是他临终前那一天的5时50分,还读了七分钟。从前述毛主席给谢老的信中我们还知道,他至少在延安时已经阅读《容斋随笔》了,解放后巡游大江南北,又多次将此书带在身边。毛主席如此偏爱这部南宋笔记小说,却又嘱咐儿子"明以前笔记不必多看",原因何在,日后也会有专家释疑吧。

2013 年 12 月 29 日

后记

几天前,腊月的某个晚上,刘志伟师忽然微信发来一张图片,且云刚刚在雅集上抽酒筹,"竟然抽到这支"。图片即刘师现场展示该筹:毛笔楷书"人似秋鸿来有信,事如春梦了无痕"。余旋即回复"太妙,太妙"！本册书名正截自东坡此句,本册序文正为刘师所赐,而本册修订版正拟于春节后面世。我们都是唯物主义者,然而面对如此巧合,不是也要难免觉得太不可思议了吗?

十年前,《了无痕——报人读史札记五集》由广西师范大学出版社出版。《天淡云闲——报人读史札记六集》本来衔接之。数次校对往返,万事俱备,已待开机印刷,不料他们那边发生了重大变故,导致后者无疾而终。

"祸兮福所倚",前人所言极是。"报人读史札记"系列就此转入母校中山大学出版社出版,不仅陆续出版了六到十集,而且将包括本集在内的先于他社出版的前五集进行了修订再版,从而使整个系列既在内容上也在形式上整齐划一。新版《了无痕》的问世,意味着该系列已全部出齐。今年11月12日母校将迎来百岁生日,权且将此系列作为自己献上的一份薄礼吧。

在修订的前五册旧作中,唯有本册"行不更名,坐不改姓"。无他,爱不释手也。至于得名缘由,初版后记中有了交待,此不赘言。补充一点，"报人读史札记"系列及其"潮白时评精选"系列、"潮白观影记"系列作品之取名"走上正轨"，从古代诗词曲赋中或用成句或截取，也正自《了无痕》开始。

序文沿用刘师当年所赐，再次表示衷心感谢！

2024 年春节于羊城不求静斋